IMMER
MEHR
GANZ
DU

Kirsten Holtmon Resaland (*1980) ist Spezialistin für klinische Kinder- und Jugendpsychologie. Sie beschäftigt sich seit vielen Jahren mit der psychischen Gesundheit von Jugendlichen.

Astrid Nylander Almaas (*1975) ist Chefärztin am Akershus Universitätsklinikum in Oslo und Fachärztin für Kinder- und Jugendkrankheiten.

Mehr über unsere Bücher, Autor*innen und Illustrator*innen auf:
www.gabriel-verlag.de

Die deutsche Ausgabe wurde finanziell gefördert durch

NORLA
NORWEGIAN LITERATURE ABROAD

Kirsten Holtmon Resaland · Astrid Nylander Almaas:
Immer mehr ganz du
ISBN 978 3 522 30602 7

Aus dem Norwegischen von Karoline Hippe
Gesamtausstattung: Kristine Agøy Sand
Umschlagtypografie: Suse Kopp
Layout: Torill Gaarder
Satz: Bettina Wahl
Reproduktion: DigiZwo, Stuttgart
Druck und Bindung: Livonia Print, Riga

FSC
www.fsc.org
MIX
Papier aus verantwortungsvollen Quellen
FSC® C002795

Kirsten Holtmon Resaland
Astrid Nylander Almaas

IMMER MEHR GANZ DU

Aus dem Norwegischen
von Karoline Hippe

Mit Illustrationen von
Kristine Agøy Sand

Gabriel

INHALT

HALLO!

Die Welt ist voller Menschen, die alle ungefähr aus demselben Holz geschnitzt sind. Trotzdem kann es schnell passieren, dass du glaubst, du seist mit deinen Gedanken oder Gefühlen allein, dass niemand sonst versteht, wie es dir geht. Doch du wirst überrascht sein: es gibt so viele Dinge, die „normal" oder „gewöhnlich" sind – es wird nur nicht öffentlich darüber gesprochen. In diesem Buch wollen wir dir zeigen, wie viele komische und interessante Aspekte einen Menschen ausmachen, und wir wollen ganz ehrlich erklären, wer wir [Menschen] eigentlich sind.

Während der Entstehung dieses Buches haben wir Jugendliche gebeten, vorab zu lesen und uns Rückmeldung zu geben – sie haben sich gewünscht, dass wir konkrete Vorschläge aufzeigen, wie man sich in verschiedenen Situationen verhalten kann. Deshalb haben wir dort, wo es angebracht ist, Ratschläge aufgelistet. Nicht alle Methoden funktionieren für alle Menschen gleichermaßen. Wenn du einige von unseren Vorschlägen ausprobierst und es nicht so klappt, wie du es dir vorgestellt hast, dann hast du trotzdem nichts falsch gemacht. Das heißt bloß, dass genau diese Methode nicht unbedingt zu dir passt.

Wir hoffen, du hast deine Freude an dem Buch – wir hatten jedenfalls jede Menge Spaß, es zu schreiben! Schau im Inhaltsverzeichnis nach, welche Themen dich interessieren – die Reihenfolge, in der du liest, bestimmst du selbst. Egal ob du zu den Kapiteln über Freundschaft, Gefühle, psychische Probleme oder Sexualität blätterst – unser Ziel ist es, dass du etwas Neues und Spannendes über dich selbst, die Leute in deinem Umfeld und die Welt lernst.

Wir wünschen dir viel Glück und Erfolg mit all den lustigen, herausfordernden, schönen und schwierigen Dingen, die deine Jugendzeit für dich bereithält. Wir glauben an dich!

KIRSTEN UND ASTRID

KAPITEL 1

Wer bist du?

Und welchen Einfluss hast du?

Wie läuft's gerade?

Einigen von euch, die ihr dieses Buch gerade aufgeschlagen habt, geht es im Moment richtig gut. Andere stecken momentan in der vielleicht schwierigsten Phase ihres Lebens. Für die meisten Jugendlichen ist es ein Auf und Ab, denn in einem Augenblick ist alles fantastisch, im nächsten ist man unglücklich, ohne richtig zu wissen, warum. Einige von euch sind vielleicht gerade besonders wütend, genervt oder traurig. Oder aber ihr seid richtig gut drauf, verliebt, könnt euren Alltag genießen, ohne euch um irgendetwas Sorgen zu machen. Wieder andere von euch wurden von einem Freund oder einer Freundin enttäuscht. Vielleicht erlebt ihr gerade eine schwere Zeit oder habt momentan viel Stress. Das Leben ist nicht immer einfach.

Einige von euch machen mehr durch als andere, denn das Leben ist ungerecht. Es ist schließlich kein Film, mit Regisseur und Drehbuch und einer logischen Storyline, kein Wunder also, dass das, was dir widerfährt, manchmal absolut keinen Sinn ergibt.

Wie es uns geht, ändert sich im Laufe unseres Lebens immer wieder schlagartig, und schwere Zeiten sind genauso normal wie die Phasen voller Vogelsang und Friede, Freude, Eierkuchen. Es gibt so viel in unserem Leben, worauf wir keinen Einfluss haben, vor allem, wenn wir jung sind und viele Entscheidungen noch nicht selber treffen dürfen. Dennoch haben wir zum Glück über vieles schon die Kontrolle, auch als Teenager. Beispielsweise, wie wir uns gegenüber unseren Mitmenschen verhalten. Und wir können andere um Hilfe bitten, wenn uns alles über den Kopf wächst. Wir müssen alle zusammenhalten, um das Leben und den Alltag so schön wie möglich zu gestalten. Komme, was wolle.

Wer bist du?

Hast du dich selbst gefunden? Es ist ganz normal, sich als Teenager zu fragen, wer man eigentlich ist, und dass man das Gefühl hat, alles verändert sich plötzlich ziemlich schnell. Die Leute reden dann immer davon, „sich selbst zu finden". Dass man checken soll, wer man tief im Inneren wirklich ist. Aber woher soll man das denn wissen?

Vergiss einfach, dich selbst zu finden. Alle Menschen können so viele verschiedene Persönlichkeiten in sich vereinen. In einigen Situationen bist du vielleicht still, in anderen gesprächig. In der Gegenwart mancher Menschen bist du fröhlich und albern. Bei anderen bist du ernst und machst dir Gedanken, wie du wohl rüberkommst. Mach dir also keinen Stress damit herauszufinden, wer du tief im Inneren wirklich bist. Nutze die Zeit lieber, um Interessen und Freunde zu finden, dich für etwas zu begeistern und Seiten an dir selbst zu entdecken, die du magst und auf die du stolz bist. Teste, wo deine Grenzen sind – was findest du okay, was provoziert dich? Was ist dir wichtig?

Wahrscheinlich gibt es niemanden, der oder die dich genauso sieht, wie du bist, wenn du ganz allein bist. Die meisten von uns sind ein bisschen anders, wenn sie ganz für sich allein sind. Vielleicht weinst du öfter? Oder du hörst andere Musik als im Beisein anderer? Einige glauben, das bedeute, niemand würde sie wirklich richtig kennen, aber das stimmt nicht. All diese Versionen von dir – das bist du!

Wahrscheinlich fühlst du dich mehr wie „du selbst", wenn du nicht groß darüber nachdenkst, wie andere dich sehen.

Trotzdem haben wir alle irgendwelche Muster. Wir sind so verschieden. Vieles von dem, was genau dich ausmacht, liegt in deinen Genen, aber auch die Erfahrungen, die du während deines Lebens sammelst, formen dich. Du musst dir vorstellen, dass wir alle verschiedene Charakterzüge haben, die wie Lautstärkeregler funktionieren. Zum Beispiel:

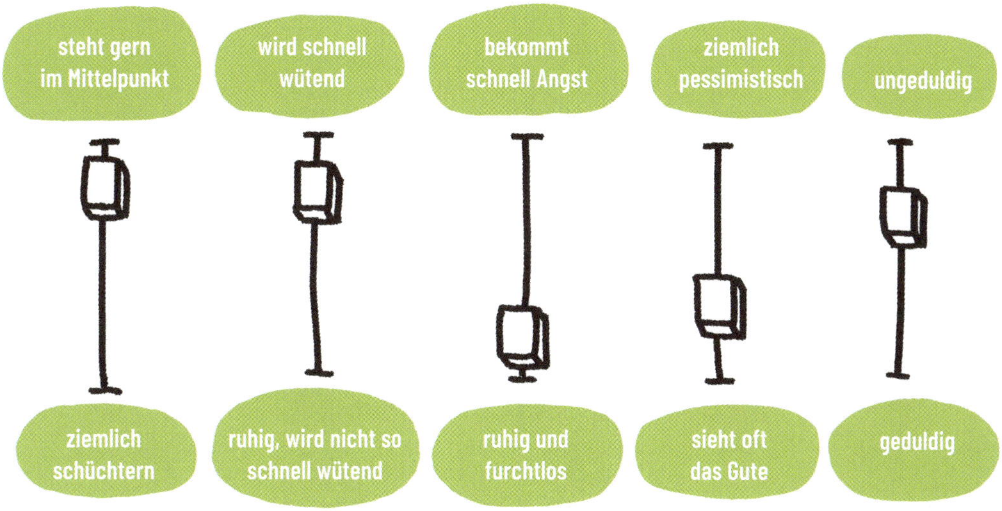

Niemand ist „perfekt". Und dafür gibt es einen Grund. Denn es ist einfach unmöglich, dass jemand mit allen anderen Menschen gut klarkommt. Einige von uns fühlen sich mit stillen und ruhigen Leuten am wohlsten, andere wiederum finden es spannend, mit gesprächigen Menschen voller Energie Zeit zu verbringen. Mit anderen Worten: Du kannst dir nicht das Ziel setzen, von allen gemocht zu werden, dich nie zu streiten. Das ist schlicht und einfach nicht möglich.

Sein wie alle anderen – oder anders sein? Als Jugendliche*r ist es ganz natürlich, dass man sich eher an Gleichaltrigen orientiert als an Eltern und anderen Familienmitgliedern. Für viele ist es wichtig, bloß nicht als sonderbar wahrgenommen zu werden. Andere sind auf der Suche nach ihrem eigenen, besonderen Stil und wollen ganz sie selbst sein, egal, was andere denken oder tun.

Man glaubt schnell mal, dass alle anderen keine Probleme damit haben, dazuzugehören. Wenn wir einander von außen beobachten, entsteht schnell dieser Eindruck. Oberflächlich gesehen haben wir viel mit anderen Menschen gemein. Doch wenn wir nur für einen Tag in den Kopf eines oder einer anderen schauen könnten, würden wir feststellen, dass viele glauben, sie seien irgendwie unnormal. Das passiert den normalsten Menschen! Es ist also völlig normal zu glauben, man sei unnormal.

Was ist unnormal? Und wer ist überhaupt normal? Es gibt keinerlei Kriterien dafür, was es bedeutet, „normal" zu sein, denn wir sind alle so unglaublich verschieden. Jedes Individuum auf diesem Erdball ist einzigartig. Wir können sagen, dass etwas „normal" sein kann, beispielsweise: „Es ist normal, dass du müde bist, wenn du letzte Nacht schlecht geschlafen hast." Personen jedoch sind weder normal noch unnormal. Einige stechen mehr aus der Masse heraus als andere. Oder funktionieren anders als die Mehrheit, aber das bedeutet nicht, dass sie unnormal sind. Diejenigen, die auf den ersten Blick „normal" wirken, können auch Geheimnisse mit sich herumtragen, von denen du nichts weißt.

Du bist heute nicht die Person, die du sein wirst, wenn du erwachsen bist. Deine Gefühlsregler können während deiner Jugend komplett außer Kontrolle geraten. Viele von uns stellen plötzlich fest, dass sie auf einmal viel verletzlicher geworden sind, dass sie sich viele Dinge mehr zu Herzen nehmen als zuvor, beinahe schon „paranoid" sind, obwohl sie eigentlich mal ein viel größeres Selbstbewusstsein hatten. Andere, die einst geduldig und fröhlich waren, werden zu Hitzköpfen von einer anderen Dimension. Du merkst bestimmt, dass sich deine Stimmung auch von Tag zu Tag, von Situation zu Situation ändern kann. In der Schule bist du vielleicht eher ruhig, dort ist es dir wichtig, dazuzugehören, aber zu Hause wirst du zu einem Monster, wenn dein kleiner Bruder und seine Freund*innen dir auf die Nerven gehen. Das ist ganz normal. Für viele Jugendliche fühlt es sich so an, als wären sie kopfüber in ein emotionales Chaos gestürzt, sie erkennen sich manchmal selbst nicht wieder. In ein paar Jahren werden die Regler wieder herunterfahren, dann bist du fast jeden Tag und in fast allen Situationen du selbst – ungefähr. Zwar nicht immer, aber fast. Mehr als jetzt auf jeden Fall.

Was sind Gefühle?

Wir Menschen haben krass viele Gefühle. Gefühle sind innere Regungen, die uns schon seit Tausenden von Jahren lenken, um Gefahren auszuweichen, uns in Sicherheit zu bringen, Feinde zu bekämpfen und uns fortzupflanzen, um so unsere Spezies zu erhalten. Gefühle senden uns wichtige Botschaften – sie signalisieren uns, was für uns wichtig ist, wo unsere Grenzen liegen und wie wir auf das, was um uns herum passiert, reagieren.

Was sind Gedanken?

Gedanken sind die Sprache, die unser Gehirn spricht. Es gibt viele verschiedene Arten zu denken, zum Beispiel in Worten, in Musik und in Bildern.

Wie reagiert unser Körper?

Unser Körper ist gerne mit von der Partie und hilft uns in allen Lebenslagen. Wenn er zum Beispiel davon ausgeht, dass wir in Gefahr sind, gibt er alles, damit wir kämpfen oder fliehen können. Findet er, wir sollten es doch etwas ruhiger angehen, senkt er unseren Puls und unseren Blutdruck. Der Körper kann manchmal auch ganz schön heftig reagieren, dass es für uns unangenehm wird, aber gefährlich ist das nie.

Was sind Handlungen?

Alles, was wir tun, sagen, aber tatsächlich auch das, was wir vermeiden, sind Handlungen. Das heißt, selbst wenn wir uns dazu entscheiden, etwas nicht zu tun, kann das eine Handlung sein. Manchmal kann es uns aber auch so vorkommen, als hätten wir selbst keine oder nur wenig Kontrolle über unser eigenes Handeln.

Wie sehr können wir uns selbst beeinflussen?

Während du durch das Leben gehst, wirst du stets von vier Phänomenen begleitet: Gefühlen, Gedanken, körperlichen Reaktionen und Handlungen (dass wir etwas tun – oder sein lassen). Weil wir alle unterschiedliche Geschichten und ganz individuelle Persönlichkeiten haben, kann ein und dieselbe Situationen bei jedem von uns andere Reaktionen hervorrufen. Auf die Frage: „Kommst du mit ins Freibad?“, reagieren Vilde, Casper und Iver ganz unterschiedlich.

Diese drei erleben diese Situation ganz unterschiedlich, weil sie ihre individuellen Erfahrungen mit Freibädern gemacht haben. Ihre Gedanken bezüglich Freibädern haben Auswirkungen auf ihre Gefühle, darauf, wie ihr Körper reagiert, und – nicht zuletzt – wie sie anschließend handeln.

Haben wir Einfluss auf unser Tun? Oft haben wir den Eindruck, dass wir in bestimmten Situationen keinen großen Handlungsspielraum haben. Für Vilde ist es selbstverständlich, dass sie mit ins Freibad fährt, für Casper kommt das gar nicht in Frage, und Iver findet sich in einem kleinen Dilemma wieder, aus dem er sich mit einer Notlüge und ein bisschen Fantasie herausrettet. In einer anderen Situation hätten diese drei bestimmt Rollen getauscht. Vilde hätte vielleicht den Gedanken an einen Museumsbesuch ganz schrecklich gefunden, weil sie das Gefühl hat, nicht so schlau wie ihre Freund*innen zu sein, während Casper in solchen Situationen total aufblüht, und Iver kommt einfach mit, weil er Bock hat, Zeit mit seinen Freund*innen zu verbringen, obwohl er Museen eigentlich ziemlich langweilig findet. Wir können es den Menschen nicht ansehen, warum sie sich in gewissen Situationen so verhalten, wie sie sich verhalten.

Änderst du etwas, änderst du alles. Gedanken, Gefühle, dein Körper und deine Handlungen haben wechselseitigen Einfluss aufeinander. Wenn wir nur einen dieser Aspekte ändern, ändert sich alles. Im Alltag können wir deshalb unsere Reaktionen auf das, was um uns herum geschieht, regulieren. Zum Beispiel können sich Sorgen und Ängste in dir aufstauen und somit in deinem Körper Stress auslösen. Dadurch verstärken sich deine Ängste und Sorgen fast schon zum Katastrophen-Level, und du denkst vielleicht: „Oh nein! ALLES ist furchtbar und wird NIE WIEDER gut!“

Doch wir können unseren Körper auch austricksen, indem wir langsam und tief einatmen, unsere Muskeln entspannen, dann finden auch vernünftige Gedanken wieder Platz. Da können sich Dinge, die eben noch unerträglich waren, wieder ganz okay anfühlen.

Eine Situation aus unterschiedlichen Blickwinkeln zu betrachten, ohne sich von der eigenen Angst mitreißen zu lassen, eröffnet uns verschiedene Perspektiven. Je öfter Iver sich traut, mit den anderen ins Freibad zu gehen, desto besser klappt das mit dem Schwimmen. Außerdem kann er dann tun, was er gerne macht: Zeit mit seinen Freund*innen verbringen.

Wenn auch Casper es schafft, mit seinen Gedanken zu experimentieren, kann es sein, dass auch er die Situation bald anders wahrnimmt und somit anders handelt.

Es ist zwar nicht einfach, doch Caspar schafft es, sich von seinen Gedanken loszureißen und sich darauf zu konzentrieren, dass Baden einfach Spaß macht. Seine Komplexe verschwinden zwar nicht automatisch, aber immerhin verpasst er den schönen Nachmittag mit seinen Freund*innen nicht.

Wenn er das nächste Mal gefragt wird, fällt es ihm leichter zu denken, dass seine Freund*innen ihn nicht einladen, weil sie seinen muskulösen Körper bewundern wollen, sondern um mit ihm Zeit zu verbringen.

Kannst du üben, deine Gedanken zu steuern, wenn es mal schwierig wird? Es ist sehr schwer – für alle Menschen – eine Situation zu ändern, die man als schwierig empfindet. Sowohl unser Körper, unsere Gedanken als auch unsere Gefühle bestehen darauf, über uns zu bestimmen und unsere Entscheidungen zu beeinflussen. Es verlangt uns einiges an Mut ab, uns selbst zu widersetzen und eine neue Richtung einzuschlagen. Im weiteren Verlauf des Buches wirst du mehr darüber erfahren, wie die oben genannten Aspekte einander beeinflussen. Wenn du verstehst, welche Prozesse eigentlich vor sich gehen, wenn wir Menschen auf etwas reagieren, fällt es dir bestimmt leichter, dich zu entspannen und dich selbst zu akzeptieren, auch wenn das Leben gerade besonders kompliziert und verworren scheint.

Selbstbild, Selbstvertrauen und Selbstgefühl

Wie siehst du dich selbst?

Das Selbstbild bezeichnet die Art und Weise, wie du dich selbst ganz ehrlich beschreiben würdest. Unter Selbstvertrauen versteht man das Vertrauen in sich selbst, das Vertrauen darin, was du alles erreichen und wie gut du mit Niederlagen umgehen kannst. Das Selbstgefühl ist das grundlegende Gefühl in dir, dass du hier auf Erden etwas wert bist. Dein Selbstbild, Selbstvertrauen und Selbstgefühl sind eng miteinander verknüpft und einfach nur verschiedene Aspekte, die beschreiben, wie du über dich selbst denkst und wie du dich fühlst.

Den Zusammenhang zwischen Gefühlen, Gedanken, Handlungen und körperlichen Reaktionen nennt man unter anderem **Der Kognitive Diamant.**.

Stell dir folgende Fragen:

Spürst du tief in deinem Inneren, dass du genauso wichtig bist wie deine Mitmenschen, dass du genauso gut behandelt werden willst wie alle anderen?

1. Findest du es okay, dass du nicht alles allein hinkriegen musst, dass es dir manchmal nicht gelingt, was du dir vorgenommen hast?

2. Bist du im Großen und Ganzen mit dir zufrieden?

3. Gibt es etwas an dir, worauf du regelrecht stolz bist?

4. Findest du, dass du ziemlich viel erreichst, wenn du dich einfach nur traust, es auszuprobieren?

5. Hast du Eigenschaften, die du für eine Freundschaft als wichtig erachtest?

6. Gibt es etwas, was du gut kannst (es muss kein Talent sein)?

7. Wenn du eine ganz ehrliche Liste mit Dingen schreiben solltest, von denen du glaubst, das andere sie über dich denken, wären da mehr positive als negative Punkte auf dieser Liste?

8. Wenn du dich im Spiegel anguckst, gefällt dir etwas von dem, was du siehst?

9. Wenn du mal superehrlich bist, ohne Angst davor zu haben, angeberisch zu wirken, aber auch ehrlich zugibst, was du an dir nicht so gern magst: Überwiegt das Positive?

Wenn du ein gutes Verhältnis zu dir selbst hast, dann hast du auf all diese Fragen mit Ja geantwortet. Am besten natürlich laut und deutlich, aber auch ein zögerliches Ja ist toll. Es ist nicht schlimm, wenn du auf einige Fragen mit Nein geantwortet hast, daran ist nichts falsch, aber vielleicht ist das ein Zeichen dafür, dass du dir gegenüber etwas großzügiger sein darfst. Bist du zu übertrieben kritisch, vielleicht strenger zu dir selbst als zu anderen?

Dein **Selbstvertrauen** ist stark genug, wenn du weißt, dass du in deinem Leben viel meisterst, gleichzeitig jedoch auch weißt, dass du nicht alles meistern musst, und dich zusätzlich traust, neue Dinge auszuprobieren. Du hast ein gutes **Selbstbild**, wenn du glaubst, ein toller Mensch mit guten Eigenschaften zu sein und auf dich stolz bist. Dein **Selbstgefühl** sollte dir stets sagen, dass du genauso viel wert bist wie jeder andere Mensch auch, egal was kommt.

Was zeigen wir von uns?

Sich mit anderen vergleichen

Wir sehen andere von außen und uns selbst von innen. Nur du lebst dein Leben, nur du hast eine Übersicht darüber, wann du etwas Falsches gesagt, etwas Dummes getan oder etwas Schlimmes gedacht hast. Nur du weißt, was du tust, wenn du allein bist und niemand dich sieht. Aber alle anderen siehst du nur von außen. Deshalb wird dir jedes Mal, wenn dir selbst etwas misslingt, auffallen, wie die anderen Wettbewerbe gewinnen oder gelobt werden. Und so gehen die meisten von uns durch die Welt und vergleichen sich sinnloserweise mit anderen. Was du siehst, ist die Fassade der anderen. Ganz generell sind dir deine eigenen Schwächen viel deutlicher bewusst als die deiner Mitmenschen. Soziale Medien machen die Situation noch komplizierter, denn dort können sich alle so inszenieren, wie sie gern von außen wahrgenommen werden wollen. Sie bearbeiten Bilder und stellen die Wirklichkeit auf eine Weise dar, die eigentlich eine Lüge ist. Trotzdem kann es passieren, dass du dich davon beeinflussen lässt und glaubst, dass du dein echtes Leben an dem Möchtegernleben der anderen messen musst.

Das Schmerzhafte zeigen wir nicht.

Hast du eine Kommentarspur im Kopf?

Es ist tatsächlich ganz normal, eine Art unsichtbaren Kritiker in sich zu haben, der kommentiert, was du tust, als würde jemand jeden einzelnen deiner Schritte beobachten. Wenn diese Kommentarstimme sehr kritisch wird und du anfängst, fast nur noch schlecht über dich selbst zu denken, ist das ein Zeichen, dass du ein schlechtes Selbstbild hast und eventuell Hilfe brauchst, damit du dich wieder gerne magst. Außerdem kann es ziemlich anstrengend sein, sich selbst ständig zu evaluieren, und es wäre gut, wenn du lernst, derartige Gedanken auch mal zu ignorieren. Um sich nicht zu intensiv an solchen Gedanken aufzuhalten, kann man sich zum Beispiel auf das konzentrieren, was man gerade tut, dem Gespräch, das man gerade führt, intensiv folgen, anstatt zu denken: „Wie komme ich eigentlich gerade rüber?"

Du musst nicht besonders sein

Die meisten Menschen sind ganz normal. Nicht alle können auf einem Gebiet der oder die Beste sein, herausstechen, am fleißigsten oder am hübschesten sein, das ist schlicht und einfach nicht möglich. Auf der Erde leben Milliarden von Menschen – wie sollte das aufgehen?

Nichts deutet darauf hin, dass man als Popstar oder Supertalent, wenn man reich und berühmt ist, ein besseres Selbstbild oder ein glücklicheres Leben hat als andere. Die meisten, die viel Aufmerksamkeit und Bestätigung bekommen, mussten viele Opfer bringen, um es so hoch hinaus zu schaffen, und es ist nicht sicher, dass dieser Lebensstil etwas für dich wäre. Super Fame zu sein, führt oft auch jede Menge Hater mit sich, denn Neid ist ein weit verbreitetes Phänomen.

Weil es oft viel Trubel um diejenigen gibt, die Wettbewerbe gewinnen, an Reality-Shows teilnehmen oder auf andere Weise viel Aufmerksamkeit auf sich ziehen, kann man schnell auf den Gedanken kommen, ein Niemand zu sein, bevor man bekannt oder berühmt ist oder viele Follower in den sozialen Medien hat. Glücklicherweise sieht die Realität nicht so aus. Du bist als Mensch genauso bedeutsam, auch wenn du keine Konzertpianistin, keine geniale Mathematikerin oder Fernsehpersönlichkeit bist. Du bist wichtig, auch wenn du nicht Tausende von Followern in den sozialen Medien hast. Du hast einen Wert, auch wenn kaum jemand weiß, wer du bist.

Welche Rolle würdest du auf einer einsamen Insel einnehmen?

Es ist schön, herauszufinden, was du an dir selbst besonders schätzt und was vielleicht auch andere an dir besonders toll finden.

Stell dir vor, du und ein Haufen anderer Jugendlicher stürzen mit einem Flugzeug ab und stranden auf einer einsamen Insel. Während ihr auf Rettung wartet, müsst ihr euch in der Gruppe organisieren und einen Weg finden, zu überleben.

In einer solchen Situation braucht man alle möglichen Persönlichkeitstypen. Und egal, wer du bist, du wirst irgendeine Eigenschaft haben, die für die Gruppe von Bedeutung ist. Kannst du herausfinden, was das ist?

Vielleicht bist du eine super Führungspersönlichkeit, das ist in solchen Situationen echt wichtig. Aber nicht alle können die Führung übernehmen, denn ehe man es sich versieht, herrscht Chaos. Bist du eher schüchtern und lässt gerne andere bestimmen, wenn du selbst unsicher bist? Auch das ist wichtig und macht es euch einfacher, als Team zu funktionieren. Bist du ein Clown und machst gerne Scherze, um die Situation aufzulockern? Auch wenn es vielleicht nicht immer angebracht ist, ist dein Humor ein tolles Ass im Ärmel. Auf einer einsamen Insel kann es wirklich ein Trumpf sein, jemanden dabeizuhaben, der oder die für gute Stimmung sorgt. Bist du geradeheraus und direkt und kommst ab und zu auch mal in Schwierigkeiten, weil du kein Blatt vor den Mund nimmst? Tja, manchmal ist es sicher besser, wenn man sich etwas vorsichtiger ausdrückt, aber es ist auch eine große Stärke, die Dinge von außen zu betrachten und eine ehrliche und präzise Rückmeldung zu geben.

Bist du furchtlos? Super, denn vielleicht geht die Gruppe somit ein paar Risiken ein, die sich lohnen, um zu überleben. Bist du eher ängstlich und besorgt? Auch gut, denn so kannst du ein Gleichgewicht in die Gruppe bringen, damit ihr euch nicht kopfüber in gefährliche Situationen stürzt, ohne euch bewusst zu machen, welche Risiken ihr gerade eingeht. Und so weiter. Geh mal in dich und überlege, welche Eigenschaften andere an dir schätzen würden, falls ihr auf einer einsamen Insel gestrandet wärt. Denn egal, wo deine Schwächen und Stärken liegen – für dich gäbe es auf jeden Fall einen Platz. Deine einzigartige, tolle Persönlichkeit wäre ein wichtiges Element in der Gruppe, einfach nur, weil es dich gibt und weil du du bist.

Selbstgefühl

Was versteht man unter Selbstgefühl (auch: Selbstwertgefühl)? Du hast ein gutes Selbstgefühl, wenn du dich selbst liebevoll und fürsorglich behandelst und dir bewusst ist, dass du genauso viel wert bist wie alle anderen Menschen auf diesem Planeten. Du bist so unendlich viel wert, und ein gutes Selbstgefühl hilft dir, das zu erkennen.

Wenn dich das Gefühl plagt, weniger wert zu sein als andere, kann es dir schwerfallen, eigene Grenzen zu setzen. Es kann dazu führen, dass man sich selbst schlecht behandelt und aufgibt, anstatt für das Leben zu kämpfen, das man sich wünscht.

Es ist nicht so leicht, einen guten Rat zu erteilen, wie man das Selbstgefühl stärken kann, denn das kann man nicht ohne Weiteres selbst beeinflussen. In diesem Buch folgen einige Kapitel, in denen es darum geht, sich selbst besser kennenzulernen, komplizierte Gefühle und schlimme Gedanken auszuhalten, sich mit seinem Körper anzufreunden, statt ihn steif und gestresst durch den Alltag zu scheuchen. Je eher du es schaffst, dich zu akzeptieren und selbst zu lieben, umso leichter wird es dir fallen, ein gutes Selbstgefühl zu entwickeln. Aber: Deine Umwelt spielt auch eine nicht unerhebliche Rolle bei der Formung deines Selbstbildes. Wenn jeden Tag mit dir geschimpft wird und niemand dir erzählt, wie schön es ist, dass es dich gibt, ist es nicht so einfach für dich, zu erkennen, wie viel du wert bist. Wenn dir sexueller Missbrauch, Vergewaltigung, Mobbing oder Gewalt widerfahren ist, kann es sein, dass dein Selbstgefühl fälschlicherweise glaubt, dass dir diese Dinge passiert sind, weil du es verdient hast. Andere Menschen können dein Selbstgefühl tatsächlich beeinträchtigen, indem sie dich so behandeln, als seist du weniger wert als sie.

Die beste Medizin gegen ein schwaches Selbstgefühl ist es also, mit Leuten Zeit zu verbringen, die dich gut behandeln, und Bescheid zu sagen, wenn dir ernsthafte Verletzungen wie Mobbing, sexuelle Übergriffigkeiten oder auch psychische Gewalt durch deine Eltern widerfahren.
Im hinteren Teil des Buches haben wir aufgelistet, wo du dir im Ernstfall Hilfe suchen kannst (ab S. 384).

Was versteht man unter Selbstvertrauen?

Was versteht man unter Selbstvertrauen? Du hast ein hohes Selbstvertrauen, wenn du daran glaubst, dass du auf unterschiedlichen Gebieten viel erreichen kannst – wenn du dir selbst vertraust und Dinge zutraust. Das Ziel ist nicht, sagen zu können: „Ich schaffe ALLES! Ich bin der/die BESTE!", denn niemand schafft alles oder ist immer und auf jedem Gebiet besser als alle anderen. Eigentlich musst du nirgends der oder die Beste sein. Beim Selbstvertrauen geht es in erster Linie darum, herauszufinden, dass man so einiges erreichen kann. Vielleicht hast du ein gesundes Selbstvertrauen, wenn es darum geht, andere zum Lachen zu bringen – in Diskussionen über Politik und Gesellschaft hältst du dich aber eher zurück. Oder du weißt, dass du in der Schule ziemlich gut bist, aber nicht so sehr im Sportunterricht. Bei gesundem Selbstvertrauen ist dir bewusst, dass du viel schaffen kannst, wenn du es nur probierst, und dass die Welt nicht untergeht, wenn du nicht alles erreichst. Je weniger Angst du davor hast zu scheitern, umso leichter fällt es dir, neue Dinge auszuprobieren und dich ins Leben zu stürzen. Genau das bedeutet gesundes Selbstvertrauen. Wenn dein Selbstvertrauen nicht so stark ist, wirst du schnell merken, dass du unscheinbarer wirkst und dass du sicherheitshalber Dinge lieber nicht ausprobierst, aus Angst davor, zu scheitern.

Stell dir vor ...

... du sollst eine Leistung erbringen, zum Beispiel wirst du gebeten, etwas vor einer Gruppe zu präsentieren. Was denkst du?

Hier hast du kein besonders starkes Selbstvertrauen.

Du gehst mit gesundem Selbstvertrauen an die Sache heran.

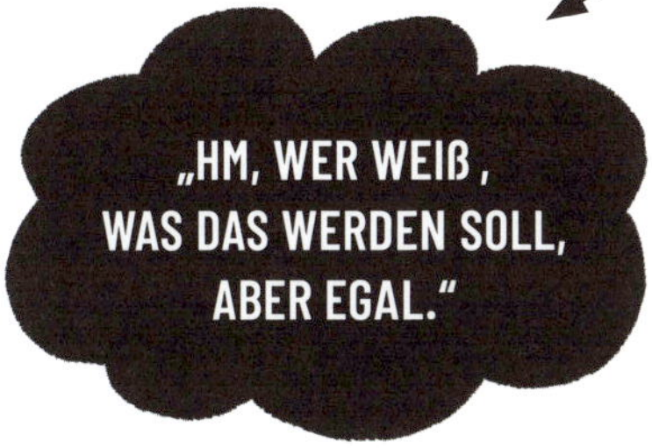

Du bist der Meinung, dass hier nicht deine Stärke liegt, aber dein Selbstvertrauen ist generell gut ausgeprägt, du kommst damit klar, falls es nicht so gut laufen sollte.

Es ist ganz normal, dass dein Selbstvertrauen je nach Thema oder Situation variiert und dass es im Alltag unterschiedlich stark ausgeprägt sein kann. Besonders Jugendliche können Phasen haben, in denen sie glauben, nichts auf die Reihe zu kriegen. Solange diese Phasen nicht zu lange andauern, ist es ganz normal und nicht besorgniserregend, wenn dein Selbstvertrauen mal nicht so stark ist.

Einige haben auch ein zu starkes Selbstvertrauen. Zum Beispiel, wenn jemand glaubt, eine Profikarriere im Fußball hinlegen zu können, aber eigentlich nur mittelmäßig talentiert ist. Normalerweise macht das nichts. Man ist vielleicht enttäuscht, und eventuell kann es auch peinlich werden, wenn man herausfindet, dass man sich selbst überschätzt hat. Aber das ist noch lange kein Grund, nicht mehr stolz auf sich selbst zu sein. Ein Mega-Selbstvertrauen ist eine gute Voraussetzung, um nach seinen Zielen zu streben und große Träume zu haben!

Wie kann ich mein Selbstvertrauen stärken?

Der nervigste Rat, aber gleichzeitig auch ein guter Rat: Das Selbstvertrauen wird gestärkt, wenn man sich vorwagt und Dinge einfach durchzieht, auch wenn man Angst vorm Scheitern hat.

Der zweitnervigste Rat, der jedoch nicht weniger der Wahrheit entspricht: Man kann üben, sein eigenes Scheitern besser zu verkraften. Je weniger man glaubt, dass die Welt sofort untergeht, wenn man mal einen Fehler macht, umso leichter fällt es uns, Chancen zu ergreifen. Wenn man immer wieder Nein sagt, weil man von vornherein glaubt, dass einem sowieso alles misslingt, bestätigt man nur selbst das eigene Gefühl von Schwäche und Unzulänglichkeit. Nach einer Weile ist das Selbstvertrauen plötzlich so dünn wie ein Knäckebrot, und in Situationen, in denen man wirklich Mut bräuchte, traut man sich kaum, sich auf sein Selbstvertrauen zu verlassen.

Der nächste Rat, der nicht ganz so nervt: Tu einfach Dinge, in denen du gut bist, und zwar so oft, dass du dich an das Gefühl gewöhnst, dass dir etwas gelingt. Du kannst auf einem Gebiet gut sein, ohne automatisch der/die Beste sein zu müssen. „Das schaff ich" – das hört sich nach einem Erfolgserlebnis an. Das Ziel ist es nicht zu denken: „Das schaff ich besser als alle anderen."

Selbstbild

Was versteht man unter Selbstbild? Wenn du dich selbst einmal beschreiben solltest, ganz ehrlich, ohne Angst davor zu haben, wie ein*e Angeber*in zu klingen, aber auch aufzählen darfst, womit du nicht so ganz zufrieden bist, hätte man einen Eindruck von deinem Selbstbild.

Was macht ein gesundes Selbstbild aus? Viele wünschen sich ein besseres Bild von sich selbst. Du darfst nicht vergessen: Ein gutes Bild von sich selbst zu haben, bedeutet nicht, zu glauben, dass man sich selbst für perfekt hält. Kein Mensch ist auf jedem Gebiet ein Genie, wir alle haben anstrengende und schlechte Seiten, zusätzlich zu unseren guten Seiten. Du hast ein gesundes Selbstbild, wenn du um deine guten Seiten weißt, aber auch damit klarkommst, dass du Eigenschaften hast, auf die du nicht unbedingt stolz bist. Wenn du dich selbst mit einem Lächeln analysieren kannst und feststellst, dass du mehr positive als negative Eigenschaften hast, ist dein Selbstbild in Takt.

Was macht ein schlechtes Selbstbild aus? Du hast ein schlechtes Bild von dir selbst, wenn du der Meinung bist, dass dir generell viel misslingt und du keine wahren Begabungen hast.

So kannst du dein Selbstbild pflegen:

Hier sind ein paar Vorschläge und Ideen, die du ausprobieren kannst – sie sind jedoch kein allgemeingültiges Fazit oder das perfekte Rezept für ein gesundes Selbstbild.

- → Erfinde eine*n unsichtbare*n Freund*in. Stell dir vor, er/sie ist ein Teil von dir. Seine/Ihre Aufgabe ist es, dich zu ermutigen und – schlicht und ergreifend – lieb zu dir zu sein. Du wirst den Rest deines Lebens mit dir verbringen, und es ist echt unnötig anstrengend, wenn du dir gegenüber zu kritisch und negativ bist. Dein*e unsichtbare*r Freund*in soll ein innerer Gedankenstrom sein, der dich aufmuntert und tröstet.

→ Lege eine heimliche Angeberliste mit all deinen Eigenschaften an, auf die du stolz bist, und zwar so richtig. Trau dich, ehrliche und positive Gedanken über dich zu denken. Erlaube dir selbst Gedanken wie: „Wow, ich bin toll", oder „Ich bin echt hübsch", oder „Ich bin eine wunderbare große Schwester."

→ Schreib dir die netten Worte auf, die Leute zu dir oder über dich sagen. Speichere diese Liste mit all den tollen Sachen, die du über dich gehört hast, in deinem Handy, deinem Computer, oder schreibe sie auf ein Blatt Papier. Denk dran, dass diese Komplimente nicht immer und immer wieder bestätigt werden müssen, Komplimente haben kein Mindesthaltbarkeitsdatum.

→ Was würden die Leute sagen, wenn sie eine Lobrede auf dich halten sollten? Stell dir vor, was jemand, der dich gerne mag und deine Freundschaft wertschätzt, auf einer Feier über dich erzählen würde.

→ Vielleicht bist du Teil einer Freundesgruppe oder einer Szene, in der ihr euch gegenseitig disst oder sogar euch selbst vor anderen gern schlechtmacht. Kannst du etwas dazu beitragen, dass ihr einander eher aufbaut, statt Konkurrent*innen zu sein oder euch gegenseitig zu sticheln? Versuch es mal und schau, wie die anderen darauf reagieren.

→ Führ dir immer wieder vor Augen, was bei dir gerade alles gut läuft. Auch die kleinen Dinge zählen!

→ Sei dir darüber im Klaren, dass nicht vorhandenes Lob nicht automatisch etwas Schlechtes bedeutet. Wenn du beim Friseur gewesen bist und niemand deine neue Frisur kommentiert, heißt das nicht, dass dich plötzlich alle hässlich finden. Wenn niemand dir sagt, dass die Rede am Geburtstag deines Opas super war, kann es daran liegen, dass alle glauben, jemand anderes wird dir das Kompliment schon ausrichten, oder vielleicht kommt auch niemand auf die Idee, dass du diese Art von Rückmeldung gerade brauchst.

Üb dich darin, Lob und Komplimente anzunehmen.

Das ist echt nicht so einfach, wie es klingt. Folgende Dinge solltest du im Hinterkopf haben:

→ Die meisten, die etwas Positives sagen, meinen es auch so. Natürlich ist es sinnvoll, auf der Hut zu sein, falls jemand Komplimente macht, um sich bei dir einzuschleimen, aber generell kannst du Lob und nette Worte ernst nehmen.

→ Wenn du kein gutes Selbstbild hast, kann es vorkommen, dass du das Lob anderer Leute nicht gerechtfertigt findest. Schaffst du es, zwischen deiner Meinung und der Meinung anderer zu unterscheiden? Ihr müsst auch nicht immer einer Meinung sein.

→ Finde heraus, wie du Lob und Komplimente annehmen kannst, ohne dass es für dich oder die anderen unangenehm wird. Oft glaubt man, dass man, um besonders bescheiden zu wirken, das Kompliment runterspielen muss. In vielen sozialen Settings mag das gut ankommen, aber eigentlich ist das keine gute Angewohnheit. Du riskierst, dass die, die dich loben, sich in Zukunft

mit ihren Komplimenten zurückhalten, weil du ihnen signalisierst, dass dir das echt unangenehm ist. Lob und Aufmunterung sind schön, du solltest sie annehmen und nicht ablehnen.

→ Stattdessen kannst du folgendermaßen auf Komplimente reagieren (du kannst die Versionen auf dich und deinen Charakter anpassen): „Danke, das freut mich, dass es dir gefällt.“ „Danke.“ „Oh, das ist aber lieb von dir!“ „Vielen Dank, ich bin ganz gerührt.“ „Findest du? Wie lieb von dir!“ „Danke! Ich höre sonst immer nur, wie schief ich spiele, das tut gut, auch mal zu hören, wie gut es lief.“

→ Frag andere nicht nach ihrer Meinung, wenn du eigentlich nur Bestätigung oder Unterstützung suchst. Du riskierst, dass die Leute glauben, du wolltest eine „ehrliche Meinung“ hören. Dann kann es passieren, dass sie etwas sagen, was du nicht hören willst.

Im Perfektionismus gefangen!

Viele haben das Gefühl, dass Talente oder brillante Schulnoten zu starkem Druck von außen oder innen führen können. Sie denken, es sei wichtig, immer und immer wieder abzuliefern. „Finden die anderen mich immer noch toll?" – dieser Gedanke kann sich schnell bei uns einschleichen und wird auf einmal zu einem echten Plagegeist. Plötzlich bleibst du die ganze Nacht lang wach und liest, um deine*n Lehrer*in nicht zu enttäuschen, der/die dir mit Respekt begegnet, weil du so gut in der Schule bist. Beim Kampfsport, der dir früher mal einen Kick gegeben und richtig viel Bock gemacht hat, geht es heute nur noch darum, Turniere zu gewinnen und deine Trainer*innen zu beeindrucken. So sollte es nicht sein. Was kann man tun, wenn man in diesem Strudel gefangen ist?

Man könnte natürlich einfach sagen, dass deine Umwelt damit aufhören soll, dich immer so zu loben. Aber das wird nicht passieren. Die Menschen um dich herum werden nicht aufhören, deine guten Leistungen zu kommentieren. Was könnte also die Lösung sein? Du musst dein Talent und deine Tüchtigkeit zurückerobern und dir wieder zu eigen machen. Geh deinen Talenten und Hobbys nach, weil sie dich glücklich machen, weil sie dir sinnvoll erscheinen oder dir etwas geben.

Nur weil du in etwas gut bist, wird dir keine Medaille verliehen, für die du regelmäßig beweisen musst, dass du sie verdient hast. Dein Talent ist deine Gabe, du kannst damit tun und lassen, was du willst. Spielst du richtig gut Fußball? Schön für dich, dann kannst du in einer Mannschaft spielen, wenn du dazu Lust hast. Was Trainer*innen oder Talentscouts meinen, ist deren Sache, du kannst dir gerne ihren Rat anhören, wenn du willst, aber am Ende bestimmst du, wohin dein Weg führt. Wenn du beispielsweise andere Prioritäten setzt, deshalb nicht so gut spielst wie die anderen aus der Mannschaft und dein Trainer daraufhin enttäuscht ist, ist das sein Problem, denn das ist dein Leben. Bekommst du gute Noten in der Schule, leidest aber plötzlich unter Leistungsdruck und hast Angst, deinem eigenen Standard nicht gerecht zu werden? Finde heraus, wie wichtig bestimmte Noten für dein weiteres Leben sind, sprich auch gerne mit einer*m Vertrauenslehrer*in, worauf du in Zukunft deinen Fokus legen willst.

Das Gleiche gilt für Komplimente für dein Äußeres. Viele von uns, die sich an Komplimente für ihr Aussehen gewöhnen, glauben irgendwann, dass ihr Äußeres die wichtigste Komponente an ihnen ist. Doch dein Aussehen ist nicht mehr als das: dein Aussehen. Wenn dir wichtig ist, regelmäßig zu hören, wie schön oder hübsch du bist, solltest du aufpassen, dass du nicht unsicher wirst, was deine anderen Qualitäten betrifft. Überleg mal, welche Eigenschaften Leute an dir schätzen würden, die du kennenlernst, ohne dass sie ein Bild von dir sehen, zum Beispiel im Internet. Oder welche positiven Dinge die Leute während eines Spiels aufzählen würden, in dem es verboten wäre, dein Äußeres zu kommentieren.

Wenn du dich nicht schön genug findest

Die meisten Teenager sind sehr mit ihrem Aussehen beschäftigt. Der natürliche Ursprung der Pubertät ist der Prozess, in dem sich unser menschlicher Spieltrieb zum Sexualtrieb entwickelt, eine Phase, in der wir beginnen, nach jemandem Ausschau zu halten, mit dem wir uns fortpflanzen können. Das trifft heute schon längst nicht mehr zu, die meisten Jugendlichen haben heutzutage nicht etwa Sex, weil sie eine Familie gründen wollen. Unsere Hormone machen trotzdem das, was ursprünglich ihre Aufgabe war, und während ihrer Jugend beschäftigen sich viele von uns mehr mit ihrem Äußeren als zuvor. Viele betrachten sich lange im Spiegel und versuchen, sich selbst von außen zu beurteilen: „Bin ich hübsch genug?" Mit seinem Äußeren zufrieden zu sein, egal wie man aussieht, ist besonders schwierig, wenn man jung ist. Es ist nicht gerade hilfreich, wenn sich unser Selbstbild zusätzlich auf einer Berg- und Talfahrt befindet. Es ist ganz normal, dass man an einem

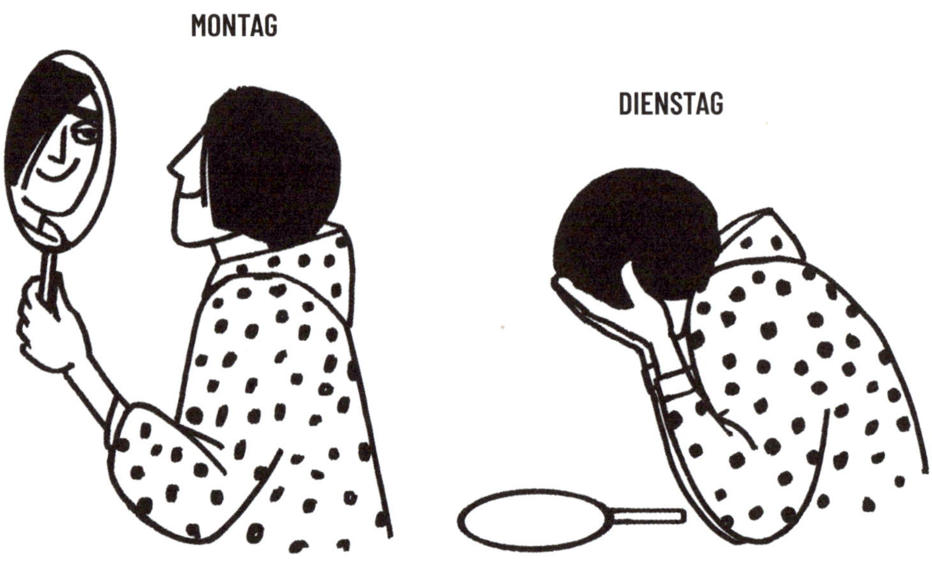

Tag denkt: „Oh YEAH, ich seh gut aus!", während man am nächsten Tag findet: „Ich bin so furchtbar hässlich."

Egal wie du aussiehst, am besten ist es, wenn du dich mit deinem Äußeren anfreundest. Nicht alle müssen die Schönsten oder die Durchtrainiertesten sein. Wenn dein Ziel ist, enge Freundschaften einzugehen und liebe Menschen um dich herum zu versammeln, dann spielt dein Aussehen keine Rolle. Eigentlich eher im Gegenteil. Je mehr du dich darauf konzentrierst, gut auszusehen, desto weniger ziehst du die Menschen an, die an deinen inneren Werten interessiert sind. Das bedeutet nicht, dass du automatisch zu einer schlechteren Person wirst, wenn du dich selbst hübsch findest – dein Selbstvertrauen wird auch gestärkt, wenn du dir selbst gefällst. Aber dein Äußeres führt nicht zu guten Freundschaften oder soliden Liebesbeziehungen. Sieh dich mal um und schau dir erwachsene Paare an. Findest du, alle sehen wunderschön aus? In einer Beziehung, in der sich beide Partner wohlfühlen, geht es um ganz andere Dinge.

Auf Äußerlichkeiten wird immer ein gewisser Druck ausgeübt werden – doch die Definition von „schön" ist sehr willkürlich. Wir Menschen sind sexuelle Wesen, deshalb wird das Aussehen in unserer Gesellschaft immer eine wichtige Rolle spielen. Doch selbst wenn die Gesellschaft eine Definition von Schönheit vorgeben will, ist der Geschmack von Person zu Person unterschiedlich. Was einem gefällt, in wen man sich verliebt und was man sexy findet. Den meisten ist es wichtig, welche Persönlichkeit man hat, das Aussehen ist eher nebensächlich. Und abgesehen davon: Die Leute finden ganz unterschiedliche Dinge attraktiv. Groß, klein, rundlich, schlank, schmal oder muskulös. Was für die einen ein schönes Gesicht ist, ist für die anderen eine langweilige Miene. Und was gerade „in" ist, spielt eigentlich gar keine Rolle, denn für Schönheit gibt es keine feste Definition.

Interessanterweise ändern sich Schönheitsideale auch andauernd, ohne dass die Leute es notwendigerweise mitbekommen. Noch vor einigen Jahren war es „in", dass Mädchen sich die Augenbrauen zu dünnen Strichen gezupft haben, nur wenige Jahre später liegen dickere, fast schon buschige Augenbrauen im Trend. Vor einigen Jahren waren schlaksige, schmale Jungs attraktiv, wenig später stehen Muskeln hoch im Kurs, sodass man fast den ganzen Tag im Fitnessstudio verbringen muss, um so durchtrainiert auszusehen. So geben sich die Trends die Klinke in die Hand, sie rotieren und kehren immer wieder, ohne jedoch einem logischen Muster zu folgen.

Wir sehen nun einmal alle anders aus. Außerdem ändert sich unser Aussehen mit den Jahren. Man sollte also nicht zu viele Gedanken an sein Äußeres verlieren, das ist verschwendete Zeit und Energie. Dein Aussehen ist nur eine zufällige Verpackung, dein wahres Ich ist tief in dir drin und viel wichtiger. Natürlich darfst du dich schminken (ganz unabhängig von deinem Geschlecht oder deiner Geschlechtsidentität), viel Zeit für die Pflege deiner Haare aufbringen oder eifrig trainieren, um einen definierten Körper zu haben. Aber du solltest dich auch mögen, wenn du dich abschminkst, dein Haar fettig ist, die falschen Wimpern ab sind und du mal eine Zeit lang nicht trainieren kannst.

Es gibt Menschen, die ein dickes Geschäft damit machen, dass du mit dir unzufrieden bist. Werbung, Blogs und die verschiedensten Reality-TV-Formate haben das Ziel, Produkte zu verkaufen und Geld zu machen. Egal wie persönlich und ehrlich diese Programme wirken – sie bringen Jugendliche dazu, Komplexe zu entwickeln. Je unsicherer du wegen deines Äußeren wirst, umso wahrscheinlicher ist es, dass du auf einen Link klickst, der verspricht, dir zu „helfen", oder du kaufst Dinge, die in der Werbung oder in gesponserten Beiträgen angepriesen werden. Schaffst du es, das zu durchschauen, diejenigen, die deine Unsicherheiten ausnutzen wollen, zu enttarnen? Es gibt so viele spannendere Dinge, mit denen du dich beschäftigen kannst als mit deinem Aussehen.

Wenn du das nächste Mal jemanden oder etwas siehst, das perfekt wirkt – besonders wenn es darum geht, jemanden in den sozialen Medien zu folgen, oder Geld auszugeben – denk dran: Werbung lügt und Bilder werden retuschiert.

Fotos von sich selbst zu sehen, ist etwas anderes, als sich im Spiegel zu betrachten. Vielen fällt es schwer, Bilder oder Videos von sich selbst anzuschauen – sie finden, dass sie völlig anders aussehen, als wenn sie in den Spiegel schauen. Vertrau dem Bild, das du von dir siehst, wenn du mit dir selbst zufrieden bist – sowohl im Spiegel als auch auf Fotos. Der Rest wird durch Selbstbild, Kameraobjektive, Beleuchtung und Tagesform gefiltert. Vielleicht hast du schon Augenblicke erlebt, in denen du am liebsten alle Fotos von dir löschen möchtest. Tu das nicht! Es kann sein, dass du es später bereust, wenn du älter bist und dein jetziges Ich aus einem anderen Blickwinkel betrachtest, mit entspannter Selbstliebe und einem weniger strengen Blick. Du kannst die Fotos ja solange in einem Ordner verstecken, dann verschwinden sie nicht für immer.

Wenn andere dein Selbstbild zerstören

Leider kann es passieren, dass andere dein Selbstbild zerstören. Mobbing, sexuelle Übergriffe, Shitstorms in den sozialen Medien und Gewalt sind nur einige Beispiele dafür, dass die Umwelt einem Menschen das Gefühl geben kann, nicht willkommen zu sein oder einen geringeren Wert zu haben. Du bekommst mehr Info über diese Themen auf Seite 285. Falls du von einem oder mehreren dieser Fälle betroffen sein solltest, erfährst du auf Seite 384, wo du dir Hilfe holen kannst.

„Was denken andere über mich?"

Es ist nicht möglich, sich selbst von außen zu betrachten. Kein Mensch in der Geschichte hat dies je bewerkstelligt. Alle haben Meinungen und Eindrücke von ihren Mitmenschen, sowohl positiver als auch negativer Art. Und niemand hat einen umfassenden Überblick darüber, was die anderen von einem halten. So ist das einfach. Wahrscheinlich denken die Leute lauter gute Sachen über dich, was dir gar nicht bewusst ist. Gleichzeitig hast du sicherlich auch ein paar schlechte Angewohnheiten. Aber das macht nichts.

Stell dir vor, in dem blauen Feld steht alles, was andere über dich denken. Das gelbe Feld beinhaltet deine Gedanken und dein Bild von dir selbst, all die Dinge die „typisch du" sind:

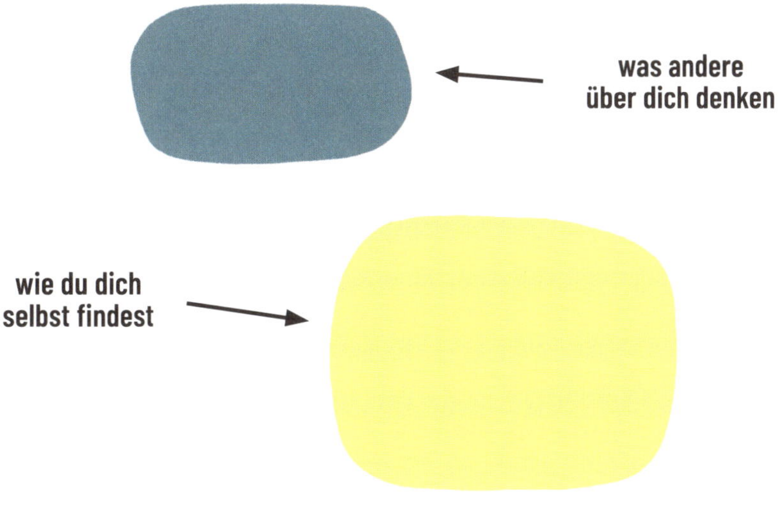

Jede*r kann eine andere Meinung zu dir haben. Vielleicht denken die meisten, die dir begegnen, dass du lustig und nett bist, aber es gibt auch Leute, die deinen Humor missverstehen und dich als unhöflich empfinden. Manche Leute finden es schön, dass du die Führung übernimmst, während andere denken, dass du zu viel entscheidest. Dann gibt es wahrscheinlich eine Reihe von Dingen, bei denen sich die meisten einig sind, wenn du sie fragen würdest. Zum Beispiel sind alle der Meinung, dass du ein*e gute*r Schachspieler*in bist, und die meisten Leute finden, dass du dazu neigst, etwas zu laut zu sprechen, wenn du engagiert bist. Na und? Da es nicht möglich ist, perfekt zu sein, müssen wir alle damit leben, dass es Aspekte an uns gibt, die andere nervig finden oder die sie nicht besonders mögen.

Die Leute in deinem Umfeld und du seid euch in vielen Dingen sicher einig. Du hast bestimmt mitbekommen, was andere über dich denken. Mit manchen Dingen bist du einverstanden, mit anderen wieder nicht. Während das gelbe Feld deine Gedanken repräsentiert, steht das blaue Feld für die positiven und negativen Meinungen, die andere über dich haben – die du nicht unbedingt teilst. Das grüne Feld zeigt, wo eure Wahrnehmungen überlappen – worin du und dein Umfeld übereinstimmen.

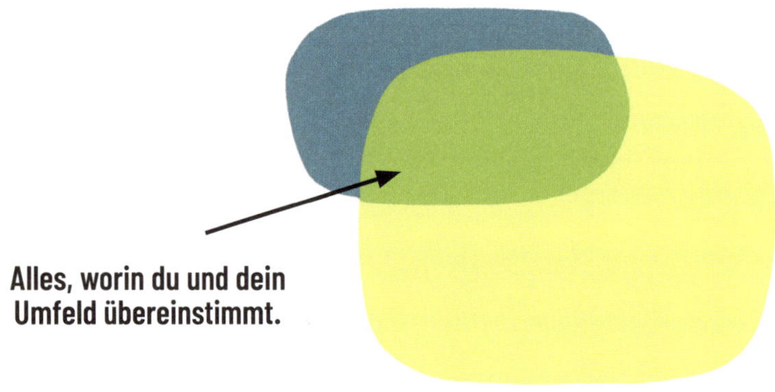

Es ist völlig normal, sich Gedanken darüber zu machen, was andere über uns denken. Tatsächlich ist es auch üblich, ein bisschen paranoid zu werden, wenn man den Eindruck hat, andere könnten einen schlechten Eindruck haben. Wir Menschen wollen eben einfach beliebt sein. Vermutlich haben uns unsere Gene daher „programmiert“, herauszufinden, was die kleine blaue Blase in der Grafik repräsentiert, also was andere über uns denken, was uns an uns selbst jedoch noch nicht aufgefallen ist. Da haben wir einen typischen Blindspot: „Was denken andere über mich, ohne dass ich davon weiß?“

Blindspotangst

Ein Bewusstsein dafür zu haben, wie man auf andere wirkt, ist immer gut. Aber supersensible Antennen für Dinge zu entwickeln, die andere vielleicht negativ finden könnten, ist fast nie konstruktiv. Dieses Phänomen können wir Blindspotangst nennen – die Angst davor, dass Leute an uns etwas anstrengend oder nervig finden, dessen wir uns gar nicht bewusst sind. Es ist anstrengend, die ganze Zeit nur herausfinden zu wollen, was andere von einem denken, denn dann kann es passieren, dass man total gehemmt ist. „Wie habe ich jetzt wohl auf die anderen gewirkt?", fragt man sich, oder man analysiert sich zu Tode, was man in diversen Situationen gesagt oder getan hat. Vielleicht braucht man viel Bestätigung, dass andere nicht sauer oder genervt sind und dass man nicht in irgendwelche Fettnäpfchen getreten ist. Oder aber man ist Kritik gegenüber inzwischen so überempfindlich, dass man überall Anspielungen erkennen will.

Stell dir vor, du wüsstest, was die anderen denken. Wenn du die Gedanken der anderen lesen könntest, würdest du feststellen, dass die meisten Menschen viel Gutes über dich denken. Nehmen wir mal an, du könntest einen ganzen Tag lang die Gedanken anderer Menschen lesen. Kaum einer dieser Gedanken würde sich um dich drehen. Die meisten Menschen sind viel zu sehr mit sich selbst und ganz anderen Dingen beschäftigt. Zwischendurch wirst du überrascht sein, wenn du mitbekommst, was für tolle Sachen die anderen Menschen über dich denken. Alles in allem wäre dieser Tag sicherlich ein voller Erfolg für dich. Natürlich taucht zwischen all dem Neutralen und Positiven hier und da auch eine kritische Einstellung dir gegenüber auf – aber so ist das Leben nun mal. Einiges davon ist sicherlich sehr interessant, vielleicht sind da auch Aspekte dabei, an denen du gerne arbeiten würdest. Wenn du zum Beispiel entdeckst, dass du eine Tendenz dazu hast, dich über andere lustig zu machen und sie damit unwissentlich verletzt. Du weißt nichts davon, weil deine Freunde sich nicht trauen, es dir zu sagen. Aber das ist etwas, woran du arbeiten kannst. Die meisten anderen Gedanken kannst du gut und gerne ignorieren. Ja okay, es gibt Leute, die deine Stimme nervig finden, aber das ist dann deren Problem. Die Nachbarin findet vielleicht, dass du zu enge Klamotten trägst, aber das geht sie überhaupt nichts an, du kleidest dich so, wie es dir gefällt.

Wenn du übertrieben oft darüber nachgrübelst, was andere von dir halten könnten – was kannst du dagegen tun? Oftmals hilft es schon zu wissen, dass die meisten Menschen es richtig blöd finden, dass man sich selbst nicht von außen betrachten kann. Damit stehst du nicht allein da! Deine nächste Aufgabe ist es, an die Dinge zu glauben, die du an dir selbst zu schätzen weißt, und dass die Welt nicht untergeht, weil du Schwächen oder schlechte Angewohnheiten hast. Und schlussendlich kannst du versuchen, deine Aufmerksamkeit auf andere Dinge zu lenken, die in der Welt geschehen, damit Sorgen und Gedanken darüber, was an dir „gut" und „schlecht" sein mag, nicht so viel Raum einnehmen. Man kann sich mit so vielen anderen Dingen, interessanten Fragen, spannenden Büchern und wichtigen Problemstellungen beschäftigen. Auch wenn alle die Hauptperson in ihrem eigenen Leben sind, tut es uns gut, wenn wir an andere und anderes als nur an uns selbst denken. Nicht etwa, weil es falsch ist, sich mit sich selbst zu beschäftigen (die meisten tun das), sondern weil einem das ganz schön die Nerven rauben kann.

Ständige Bitte nach Bestätigung kann anstrengend sein.

Oft ist es schlau, sich negatives Feedback zu Herzen zu nehmen. Wenn jemand dich auf eine negative Eigenschaft hinweist, ist es verständlich, dass du am liebsten wütend reagieren willst. Kritik ist nicht immer angenehm (mehr dazu auf Seite 241). In erster Linie ist es egal, ob du tatsächlich einfach nur etwas falsch gemacht oder doch eine Gewohnheit hast, an der du arbeiten solltest. Du willst ja schon, dass dir jemand Bescheid sagt, wenn du deinen Pullover falsch herum angezogen hast,

Den Begriff „Blindspotangst" haben wir uns für dieses Buch ausgedacht, inspiriert von einem Modell namens **Johari Window.**

damit du ihn umdrehen kannst, stimmt's? Genauso gibt es einige andere Feedbacks, die man annehmen sollte.

Manchmal ist das, was die Leute sagen, auch Bullshit. Es ist eine weit verbreitete, schlechte Angewohnheit, einfach einen dummen Kommentar abzulassen, ohne sich wirklich Gedanken zu machen. „Das ist mal wieder so typisch, dass du beleidigt bist" statt: „Kannst du mir erklären, warum dich das so verletzt?" Oder: „Warum denkst du eigentlich immer nur an dich?" statt: „Kannst du mir beim Tischdecken helfen?" Wenn dich jemand auf eine fiese Art kritisiert, darfst du das ruhig ignorieren. Tu einfach so, als hätten sie nie etwas gesagt. Sie verdienen es nicht, dass du ihnen zuhörst, bevor sie freundlicher und konstruktiver sind.
Sei dir auch dessen bewusst, dass Neid und Unsicherheit oft dazu führen, dass junge Menschen sich gegenseitig runtermachen, mit fadenscheiniger Kritik, die am Selbstbild des anderen rütteln soll. Vielleicht finden die meisten Leute an deiner Schule, dass du einen coolen Stil und eine starke Persönlichkeit bist, doch dadurch fühlt sich ein Kumpel neben dir unsichtbar. Ohne sich wirklich vorher Gedanken zu machen, sagt er deshalb: „Ich glaube, die Leute finden, dass du es langsam übertreibst und einfach nur noch weird bist." Hör nicht drauf. Das denkt dein Kumpel ja nicht einmal selbst. Für ihn fühlt es sich gerade nur besser an, wenn er dich verunsichern kann. Und wenn es dich sehr beschäftigt, wie andere über dich denken, dann kann es sein, dass er sein Ziel erreicht.

KAPITEL 2

Gibt es gefährliche Gedanken?

Über unsere Gedankenwelt

Woran denkst du?

Allen Menschen kreisen dauernd die Gedanken durch den Kopf. Es ist von Person zu Person sehr unterschiedlich, woran man so denkt, sogar wie man denkt. Erinnerungen, Fantasien, Träume und Bilder von Bedeutungen und Wörtern – all das sind Gedanken. Alle Menschen denken. Es ist ganz normal, mehrere Gedankenstränge gleichzeitig zu haben, die sich miteinander verknüpfen oder abwechselnd unsere Aufmerksamkeit abverlangen.

Durch Nachdenken finden wir Lösungen für Probleme oder kommen auf neue Ideen. Einigen ist es sogar möglich, an nichts zu denken, aber nicht alle haben die Veranlagung dazu. Den meisten geht es so, dass ihre Gedanken allgegenwärtig sind – im Kopf ist immer etwas los.

Also – gibt es überhaupt gefährliche Gedanken? Gedanken an sich sind weder gefährlich – noch verboten oder schädlich. Unsere Gedanken sind nun mal – tja – einfach nur Gedanken. Gedanken kommen und gehen, zwischen den klugen und wichtigen Themen taucht immer mal wieder irgendein Quatsch auf. Die meisten Gedanken, die uns durch den Kopf gehen, sind ganz alltägliche Dinge wie: „Hm, was soll ich heute Abend kochen?“ oder: „Wie soll ich dieses Jahr meinen Geburtstag feiern?“ Doch es ist auch ganz normal, ab und zu gruselige, perverse oder seltsame Gedanken zu haben. Gedanken sind total willkürlich. Es ist also wirklich nicht nötig, seine Gedanken immerzu zu analysieren. Lass die Gedanken einfach kommen und gehen, und konzentriere dich dann auf jene, die wirklich interessant sind oder dir etwas bedeuten.

Gedanken und Gefühle spielen einander die Bälle zu.

Unsere Gedanken beeinflussen unsere Gefühle, genau wie auch unsere Gefühle unsere Gedanken beeinflussen. Du kannst gerade absolut gute Laune haben, während du mit deiner Familie auf einem Bootsausflug bist, doch wenn sich plötzlich ein negativer Gedanke bei dir einschleicht, ändert sich deine Stimmung. Es ist normal, dass Gedanken wie diese hier und da auftauchen, und es ist ebenso normal, dass deine Laune im Takt mit ihnen umschlägt. Deine Gedanken sind auch davon geprägt, was um dich herum gerade passiert und wie es dir geht.

Unsere Gedanken haben Einfluss darauf, wie wir uns verhalten: Man sollte schon darauf achten, welche Gedanken regelmäßig wiederkehren. Gedanken können für uns zu Wahrheiten werden, die beeinflussen, wie wir dem Leben und der Welt begegnen. Diese Gedanken können dazu führen, dass wir andere schlecht behandeln, ohne es zu merken. Denn auch wenn die Menschen um uns herum unsere Gedanken nicht lesen können, haben sie doch ein Gespür dafür, wie wir uns verhalten. Einige sind beispielsweise der festen Überzeugung, mehr wert zu sein als andere, die nicht ihre Sicht auf die Welt teilen. Diese Einstellung wird früher oder später zutage treten und beeinflussen, wie diese Menschen anderen begegnen, deren Ansichten sie nicht teilen.

Unsere Gedanken können uns glauben lassen, dass wir recht haben: Forschungen haben erwiesen, dass alle Menschen dazu tendieren, ihre Aufmerksamkeit den Dingen zuzuwenden, die ihre Theorien untermauern, und alles andere eher zu ignorieren. Nehmen wir mal an, du hast das Gefühl, dass deine Mutter deine Schwester bevorzugt. Forschungen zufolge fällt dir also in erster Linie auf, wenn deine Mutter deiner Schwester den Vorrang gibt.

Wenn sie aber etwas tut oder sagt, was dich bevorzugt, wird dir das nicht groß auffallen. So willst du dir selbst weismachen, dass du recht in deiner Annahme hast, auch wenn die Fakten dem widersprechen.

Derartige Missverständnisse können auch für uns Konsequenzen haben. Nehmen wir mal an, du denkst, niemand schert sich wirklich um dich. Du kennst vielleicht den Grund nicht, es ist nur einfach schon immer so gewesen. „Schon okay", sagst du, auch wenn es vielleicht nicht okay ist. Wenn sich jemand in der Warteschlange vordrängelt oder seine schlechte Laune an dir auslässt, nickst du nur und lässt es über dich ergehen. Vielleicht denkst du: „Passiert, geht schon in Ordnung." Dann versteht dein Umfeld nicht, wo deine Grenzen sind, und das kann dich in einen Teufelskreis bringen. Denn alle werden sich daran gewöhnen, dass deine Bedürfnisse nicht so wichtig sind. Um dieses Muster aufzubrechen, musst du lernen, Grenzen zu setzen, egal, wie merkwürdig oder falsch sich das anfühlt. Du musst dem Gedanken widerstehen, dich für alle und jeden aufzuopfern, dass es nur halb so wild ist. Lass diesen Gedanken nicht ruhen! Er entspricht nicht der Wahrheit!

Gedanken sind ungefährlich, trotzdem können sie lästig sein. Es ist wichtig, dass du dich immer wieder dran erinnerst: Gedanken sind bloß Gedanken. Sie haben nicht mehr Macht, als wir ihnen zusprechen. Gleichzeitig beeinflussen sie, was wir fühlen und tun, daher ist es schlau, sie im Auge zu behalten, damit sie sich nicht in unglückliche Gedankenmuster verstricken.

Gedanken können sehr echt sein, als könnte man hellsehen: Oft ist man sich seiner Gedanken so sicher, dass sie sich wie die Wahrheit anfühlen. Vielleicht stimmen sie uns optimistisch, beispielsweise, weil wir ganz fest daran glauben, einen Wettbewerb zu gewinnen. Das macht ja auch nichts, solange wir die Enttäuschung verkraften, wenn der Fall doch nicht eintreten sollte. Es ist schlimmer, wenn du das Gefühl hast, dass dein bester Kumpel sich hinter deinem Rücken an deine Freundin ranmacht, oder dass dein neuer Stiefvater dich nicht leiden kann.

Hin und wieder treffen wir mit unseren Ahnungen jedoch genau ins Schwarze, aber viel öfter liegen wir einfach daneben. Der Grund, warum sich viele unserer Gedanken nach der absoluten Wahrheit anfühlen, ist, dass wir sie immer wieder mit unseren Gefühlen vermengen. Denkst du: „Jetzt habe ich mich blamiert!" und spürst im gleichen Moment, wie deine Wangen ganz heiß werden? Dann glaubt man wirklich, man hätte sich blamiert, obwohl es vielleicht gar nicht der Wahrheit entspricht.

Die Tendenz, die Informationen herauszufiltern, die uns in unserem Denken bestätigen, nennt sich **Bestätigungsverzerrung.**

Gedanken können echt wirken.

Wenn du das Gefühl hast, du „weißt", was die anderen über dich denken, kann es ganz schlau sein, „Detektiv" zu spielen. Worauf basiert dein Eindruck? Gibt es tatsächlich Indizien, die darauf hinweisen, dass du recht hast? Oder ist das alles auf deine eigene Unsicherheit zurückzuführen? Vielleicht fällt es dir schwer, anderen zu vertrauen, oder aber dein Selbstbild ist nicht so stark? Uns Menschen fällt es schwer, zu verstehen, was andere denken. Dieses ewige Rätselraten gehört auch irgendwie zu unserem Sozialleben dazu.

Denk dran: Deine Theorien werden nicht automatisch wahrer, nur weil du das Gefühl hast, die Lage richtig einzuschätzen. Sie sind trotzdem nur Vermutungen. Vielleicht liegst du richtig, vielleicht auch nicht.

Ist es fies, fiese Gedanken zu haben?

Wir Menschen machen es uns selbst furchtbar schwer, wenn wir versuchen, unsere Gedanken zu zensieren. Wahrscheinlich hast du, mehr als nur einmal, schlecht über andere gedacht. Du kannst dich vor deinen Gedanken nicht verstecken, und es ist ganz normal, dass man in Gedanken viel fieser ist als in der Praxis.

Ehrliche fiese Gedanken: Manchmal ist man in Gedanken ehrlich, aber dabei nicht gerade sympathisch. Du findest zum Beispiel den Pullover deines Gegenübers ganz schrecklich, oder verdrehst innerlich die Augen wegen eines schlechten Witzes. Dass du diese Gedanken nicht laut äußerst, bedeutet nicht, dass du fake bist, sondern einfach nur, dass du ein soziales Gespür hast. Du darfst so denken. Es ist nichts falsch daran, fiese Gedanken zu haben, das passiert automatisch, fast schon, als würde unser Hirn sich langweilen und bräuchte eine Beschäftigung. Versuch es so zu sehen, dass du etwas Gutes tust, indem du sie nicht laut aussprichst. Denk auch daran, dass deine Gedanken nicht allgemeingültig sind. Nur weil du einen Witz peinlich findest, heißt das nicht, dass andere das auch so empfinden. Und Geschmäcker sind zum Glück verschieden – auch was Pullover betrifft.

Fiese Gedanken, die dir helfen, du selbst zu sein: In anderen Situationen können fiese Gedanken dir dabei helfen, dich zu regulieren. Gedanken daran, jemandem Schaden zuzufügen, sind harmlos, solange du keine Pläne schmiedest, wirklich jemandem Schaden zuzufügen. Und wenn du eifersüchtig oder neidisch bist, können negative Gedanken tatsächlich Abwehrmechanismen sein, die dein Selbstbild beschützen und es dir leichter machen, mit einer Situation klarzukommen. Oft verschwinden diese Gedanken schnell wieder. Sie sind dazu da, uns zu helfen, wenn wir unsicher werden oder der Neid uns beinahe auffrisst.

Lästige und aufdringliche Gedanken

Im Laufe eines Tages haben wir unzählige Gedanken. Einige davon sind einfach nur Mängelexemplare, kann man sagen. Sie kommen aus dem Nichts, gerne dann, wenn du sie absolut nicht gebrauchen kannst, und sie haben mit dem, was du sonst denkst, oder woran du gerade lieber denken möchtest, rein gar nichts zu tun. Oft sind das Gedanken, die dich schockiert auffahren lassen: „WARUM denke ich das? Was ist los mit mir?" Diese Gedanken nennt man lästige oder aufdringliche Gedanken. Unser Hirn spielt mit unseren Grenzen und testet, was sich verboten anfühlt, oder aber es bastelt Eindrücke zu merkwürdigen Chaosgedanken zusammen. Die lästigen, aufdringlichen Gedanken können selbst die Toughesten unter uns total schockieren, vor allem, wenn man nicht weiß, was es mit ihnen auf sich hat.

Gedanken daran, sich selbst oder andere zu verletzen: Hast du jemals mit einem Messer in der Hand dagestanden und dir vorgestellt, jemanden damit zu verletzen? Dein Hirn denkt: „Ha, ich sollte besser niemandem dieses Messer in den Leib rammen!", aber was bei dir hängen bleibt, ist die bloße Vorstellung, jemanden anzugreifen. Darauf folgt vielleicht das Gefühl, dass du das Messer besser aus der Hand legen solltest, nur so zur Sicherheit. Hast du schon mal auf einer Brücke gestanden und das Ziehen im Bauch gespürt, als müsstest du dich zurückhalten, nicht zu springen? Das ist das gleiche Schema – dein Gehirn will dich davor bewahren, zu springen, aber was du wahrnimmst, ist die Vorstellung vom Springen, und schon spürst du, wie du dich besser festhältst oder einen Schritt zurückgehst.

Viele denken in diesem Moment, das war ein Impuls, als wäre man kurz davor, wirklich etwas Dummes zu tun. Da kann einem schon echt Angst einjagen. Aber wenn diese Gedanken in dir Unbehagen und Unverständnis auslösen, dann lass dir gesagt sein, dass in diesen Momenten eigentlich das komplette Gegenteil passiert. Du warst nicht kurz davor, jemanden mit einem Messer zu erstechen oder von einer Brücke zu springen. Dein Hirn hat dir nur diesen Eindruck vermittelt.

Gedanken daran, etwas Unpassendes zu sagen: Plötzlich kommt dir mitten in einem netten Gespräch ein frecher Spruch in den Sinn, eine sexuelle Anspielung oder etwas richtig Fieses. Manchmal fühlt es sich so an, als wäre es dir fast herausgerutscht, doch dann passiert dasselbe, wie mit dem Messer – dein Hirn passt auf, dass du diese Gedanken nicht aussprichst, du warst nicht einmal kurz davor.

Absurde Gedanken: Im Laufe eines Tages können deine Gedanken wilde Haken schlagen, die du nicht für möglich gehalten hättest. Plötzlich stellst du dir vor, wie du die Apfelgriebsche von der Straße, die du gerade entlanggehst, aufhebst und aufisst. Oder du hältst etwas Zerbrechliches in der Hand und stellst dir vor, wie du es auf den Boden fallen lässt. Es kann auch vorkommen, dass du denkst, dein PC hätte eine Meinung über dich, oder dein Telefon sei enttäuscht, wenn du eine peinliche SMS verschickst. Solange du nicht wirklich daran glaubst und demnach handelst, sind solche Gedanken ganz normal und kein Grund zur Sorge.

Eine Variante von lästigen Gedanken sind sexuelle Gedanken. Das sind sexuelle Gedanken und Bilder, die ganz plötzlich in deinem Kopf auftauchen können, ohne dass du verstehst, woher sie kommen. Sie sind nicht schlimm und sagen nichts über dich oder deine Sexualität aus. Dazu erfährst du mehr auf Seite 103.

Lästige Gedanken, die zum Problem werden

Wenn Gedanken, die dir lästig sind, immer und immer wieder gegen deinen Willen auftauchen, oder wenn du glaubst, gewisse Dinge auf eine bestimmte Art und Weise tun zu müssen, weil es dich sonst stresst oder beängstigt, kann es sein, dass du an einer Zwangsstörung leidest. Das ist nicht schlimm, aber ziemlich anstrengend, und du kannst dir ganz effektive Hilfe holen. Blättere um auf Seite 330, um über Zwangsstörungen zu lesen.

WICHTIG

Du musst mit jemandem sprechen, wenn du tatsächlich in Erwägung ziehst, dich selbst oder andere zu verletzen, oder wenn deine Rachefantasien zu echten Plänen werden. Aufdringliche Gedanken sind Gedanken, in denen du dich selbst nicht wiedererkennst, die sich fremd anfühlen und mit deinen Wünschen im Clinch liegen. Wenn du dich jedoch in destruktiven Gedanken wiederfindest, oder an Dinge denkst, die dich erschrecken, musst du das ernst nehmen. Lies auf Seite 384, wie du mit anderen über schwierige Themen sprichst.

Einigen kann es passieren, dass sie gegen ihren Willen unangemessene Dinge äußern: Ihnen entfahren Kommentare, die in der jeweiligen Situation total unangebracht sind. Zum Beispiel wenn sie mitten in einem netten Gespräch mit einer lieben Tante plötzlich bemerken: „Wow, du siehst echt krass alt aus." Auch wenn sie ihre Tante wirklich nicht verletzen wollen. Zwei Ursachen, warum einer Person gegen ihren Willen Dinge einfach so herausrutschen, sind Impulskontrollprobleme wie ADHS (Seite 349) und komplexe Tics, wie man sie vom Tourette-Syndrom kennt (Seite 354).

Magisches Denken

Ein etwas seltsames Phänomen, das aber ganz normal und harmlos ist, bezeichnet man als magisches Denken. Dabei handelt es sich um den „Glauben“, dass Dinge auf völlig unwahrscheinliche Weise miteinander verbunden sind. Viele Menschen sind zum Beispiel davon überzeugt, dass es sofort anfängt zu regnen, sobald sie das gute Wetter loben und Pläne schmieden, an den Strand zu gehen. Andere wiederum haben Routinen, die eine beruhigende Wirkung auf sie haben, aber wirklich sinnlos sind, wie zum Beispiel mehrmals zu überprüfen, ob sie auch wirklich die Tür abgeschlossen haben, auch wenn sie wissen, dass sie es gerade getan haben. Dann gibt es Leute, die vermeiden, auf der Straße auf Linien zu treten, weil sonst Unfälle passieren können. Solange es bei solchen Kontrollhandgriffen und Glücksunterhosen bleibt, ist derartiges Verhalten ganz harmlos. Wenn du jedoch feststellst, dass diese Rituale lästig werden und deinen Alltag einschränken, solltest du mit jemandem darüber sprechen, am besten mit einer/einem Erwachsenen. Lies mehr über Zwangsstörungen auf Seite 330.

Wenn es um dich herum still ist, setzt du dich intensiver mit deinen Gedanken auseinander

Egal ob du zwischen hohen Bergen oder in einer lauten Großstadt aufwächst, du hast dein ganz eigenes Verhältnis zu Stille. Wenn du keine Musik auf den Ohren hast oder dich mit jemandem unterhältst, spürst du deine Gedanken bestimmt stärker als sonst. Dann stellst du sicherlich auch fest, wie viel komisches Zeug jeden Tag in deinem Kopf herumschwirrt. Es ist super, wenn du deine Gedanken erträgst, wenn du allein bist. Vielleicht kannst du das nächste Mal, wenn du beispielsweise auf den Bus wartest, ausprobieren, ob du es schaffst, für eine Weile ungestört dazusitzen, ohne Musik, ohne etwas zu lesen, und deinen Gedanken nachzuhängen.

Doch wenn dir der Gedanke daran, allein zu sein, oder merkwürdige Sachen zu denken, Angst macht, ist das wahrscheinlich ein Zeichen dafür, dass du mit jemandem sprechen solltest. Gedanken sollen keine Raubtiere im Dunkeln sein, die nur darauf warten, sich auf dich zu stürzen, sobald du allein bist.

Kreisende Gedanken – welche Gedanken sind gerade angemessen?

Stell dir vor, dass unsere Gedanken in verschiedene Niveaus unterteilt sind, je nachdem, wie viel Energie sie uns abverlangen. Normalerweise sind wir von langweiligen, gewöhnlichen und ruhigen Gedanken umgeben, die kommen und gehen, ohne dass sie uns ermüden. Im Laufe des Tages tauchen aber auch immer wieder Sorgen, Erinnerungen und Bilder auf, die uns erschrecken oder unsere Kräfte strapazieren. Stell dir die verschiedenen Niveaus als etwas vor, zwischen dem du dich hin und her bewegen kannst.

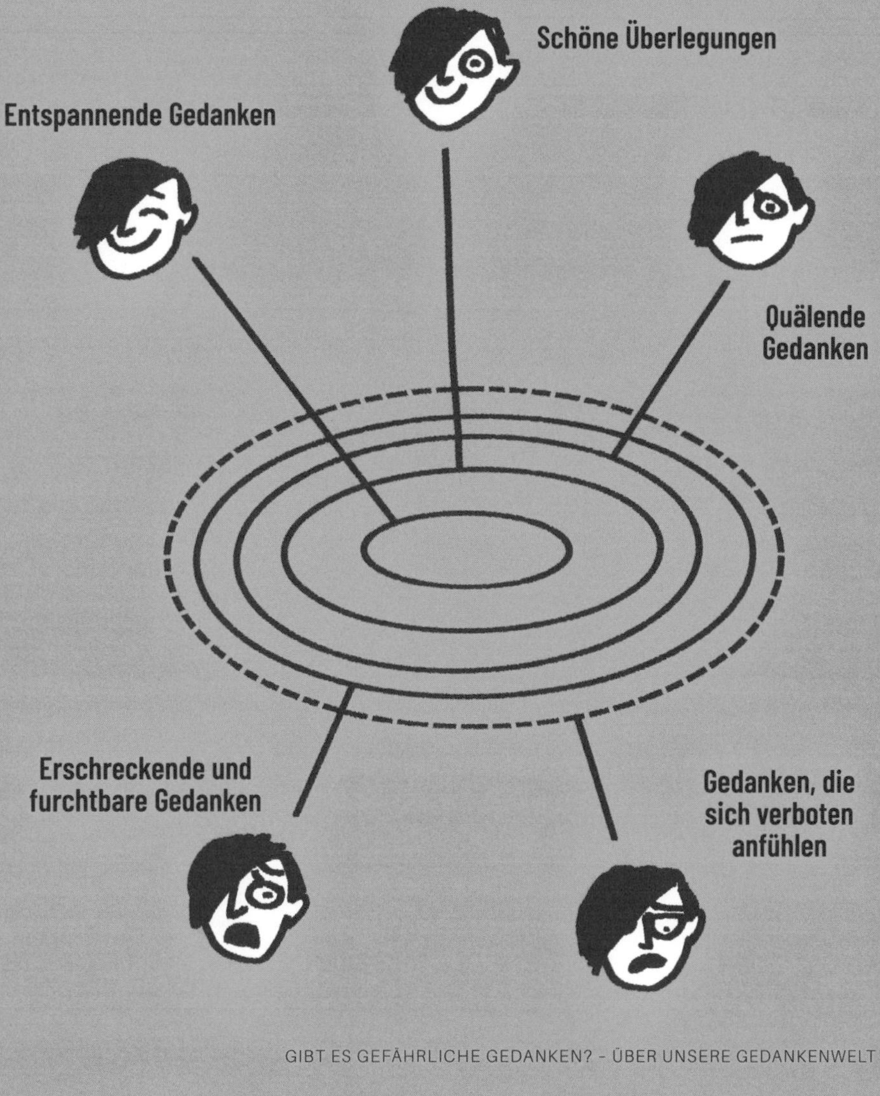

→ Gedanken, die einen **entspannenden** Effekt auf dich haben, findest du auf dem leichtesten Niveau (im Inneren des Kreises). Sie können langweilig oder ganz gewöhnlich sein, oder aber schön und lustig. Einige von uns haben Tagträume und stellen sich vor, gelobt zu werden, etwas zu gewinnen oder mit ihrem Crush zusammenzukommen. Andere denken vielleicht an Dinge, auf die sie sich freuen, oder an eine witzige Szene aus einer Serie. Wenn du erschöpft bist, kannst du guten Gewissens all deine Sorgen beiseitelegen und dich auf Gedanken konzentrieren, die dich entspannen.

→ Gedanken, die ein bisschen mehr von uns verlangen, sind **schöne Überlegungen**, lustige Einfälle, Gedanken, die interessant oder positiv sind, aber mit denen du dich eher dann beschäftigst, wenn du noch Energie hast. Beispielsweise, wenn du für eine Person, die du gernhast, eine Überraschung planst, wenn du über Gott und die Welt philosophierst, über interessante Themen nachsinnst.

→ **Quälende Gedanken** rauben dir die Kräfte, sind jedoch ein Teil des menschlichen Lebens. Probleme, die wir nicht lösen können, Dinge, vor denen uns graut oder die uns Sorgen machen, wie zum Beispiel ein Konflikt in deinem Freundeskreis, oder wie es sein wird, Papas neue Freundin kennenzulernen. Diese Gedanken drängen sich oft auf, man hat das Gefühl, man muss über sie nachdenken, aber letzten Endes bist du es, der/die entscheidet, worüber du nachdenkst. Du kannst dir immer sagen: „Ich hab jetzt keinen Bock, mir den Kopf darüber zu zerbrechen." Gedanken wie diese kommen oft dann, wenn du ohnehin schon erschöpft bist oder schlafen willst. Beschäftige dich lieber mit ihnen, wenn du Energie dafür hast.

→ **Erschreckende und furchtbare Gedanken** saugen alle Energie aus uns heraus. Das können beispielsweise hässliche, abwertende Gedanken über uns selbst sein, oder dunkle Fantasien, die sich plötzlich wie ein Film abspulen, wenn wir nicht damit rechnen. Ein klassischer Gedanke ist die Vorstellung, dass jemand, den wir lieb haben, stirbt. Nur unsere Fantasie setzt unseren Gedanken Grenzen, und einige Menschen haben eine schier unerschöpfliche Fantasie, auch, was schlimme Dinge betrifft. Gedanken sind wie Tagträume, du kannst versuchen, sie in eine ruhigere Richtung zu steuern. Das Wichtigste ist dennoch, dass du immer weißt: Gedanken sind nur Gedanken!

→ Abseits der normalen Gedanken gibt es Gedanken, die sich **verboten** anfühlen. Diese Gedanken sind so geheim und so schrecklich, dass wir uns ganz sicher sind, alle anderen würden uns hassen, wenn sie je davon erführen. Alle Menschen haben solche Gedanken – Gedanken, die nicht ans Tageslicht kommen dürfen. Beispielsweise, wenn man jemandem den Tod wünscht, dass man sich für seinen Crush schämt, oder ein Elternteil lieber mag als das andere. Das Schlimmste an solchen Gedanken ist, dass wir das Gefühl haben, sie seien echter und wichtiger als all unsere anderen Gedanken. Aber auch das sind nur Gedanken. Vielleicht gibt es einen Grund, warum uns so etwas im Kopf herumschwirrt, vielleicht aber auch nicht.

PS:

Eigentlich ganz okay, dass sich die schlimmsten Gedanken so verboten anfühlen, das hindert uns vielleicht daran, sie laut auszusprechen. Es kann dein Gegenüber nämlich unnötig verletzen, zum Beispiel, wenn du Folgendes zu deinem Bruder sagst: „Ich hab es so satt, dass du immer im Mittelpunkt stehst, ich wünsche mir so sehr, dass du beim Schwimmen verkackst und nicht mit zu Olympia fahren darfst.“

Tricks, um die Gedanken zu beeinflussen

Gedanken sind bloß Gedanken, und sie lassen sich manipulieren. Hier kommen ein paar Tricks, die du mal ausprobieren kannst, wenn du deine Gedanken in andere Bahnen lenken willst. Nicht alle diese Techniken sind optimal für alle, wenn du also eine davon ausprobierst, und es nicht so funktioniert, wie du es dir vorgestellt hast, dann liegt es nur daran, dass genau diese Technik nicht zu dir passt. Du hast nichts falsch gemacht.

Gedankenstopp: Manchmal drehen sich unsere Gedanken im Kreis. „Warum habe ich nur zugesagt, bei der Abschlussfeier zu singen? Vielleicht haben sie nur aus Höflichkeit gefragt, und finden eigentlich, dass ich schlecht singe?“ Wenn du oft ins Grübeln gerätst, kannst du die Technik des Gedankenstopps anwenden. Dabei kannst du all deine Argumente beiseiteschieben – das Einzige, woran du denken musst, ist, dass du sie dir zurechtgelegt hast. „Stopp: Darüber muss ich jetzt nicht nachgrübeln, ich weiß, dass ich kein schlechtes Gewissen haben muss wegen der Sache mit Maja.“ Anfangs ist das gar nicht so einfach, aber wenn sich deine irrationellen Gedanken im Kreis drehen, kann es einen Versuch wert sein, ihnen den Riegel vorzuschieben.

Bus-Technik: Weil Gedanken eben nur Gedanken sind, kannst du versuchen, dich gegen sie zu entscheiden. Oft strömen Unmengen an Gedanken gleichzeitig durch deinen Kopf – es ist unnötig und sowieso viel zu anstrengend, jedem einzelnen dieser Gedanken nachzuhängen. Versuche, sie wie zufällige Gesprächsfetzen zu nehmen, die du während einer Busfahrt aufschnappst. Du kannst dem Gespräch folgen und aufmerksam zuhören, du kannst dich einmischen und das Gespräch in eine andere Richtung lenken, oder du kannst aus dem Fenster schauen und die Unterhaltung zu einer milden Geräuschkulisse im Hintergrund werden lassen.

Es kann schwierig sein, die Gedanken zu ignorieren, weil sie natürlich deine Aufmerksamkeit haben wollen. Finde eine Beschäftigung, die dich eine Zeit lang von deinen Gedanken abhält, wie Fußballspielen, zocken, zeichnen oder eine Serie gucken. Dann hör mal in dich rein, wie es in dir aussieht, wenn deine Gedanken irgendwo im Hintergrund ruhen. Wenn du erst einmal entdeckt hast, dass du deine Gedanken ignorieren kannst, wird es dir leichter fallen, sie auch in anderen Situationen auszublenden. Mithilfe von Meditation, Yoga und sogenannten Achtsamkeitsübungen kannst du trainieren, deine Gedanken einfach so vorbeischweben zu lassen.

Atemtechniken: Wenn du das Gefühl hast, dass deine Gedanken sich auf einen katastrophalen Strudel zubewegen und du dich hilflos fühlst, kannst du versuchen, deinen Körper und somit auch deinen Geist zu beruhigen. Das heißt, dass du mittels deiner Atmung deinem Körper Signale senden kannst, dass es keinen Grund gibt, in den Katastrophenmodus zu verfallen. Atme aus, warte kurz, dann atme tief wieder ein, während du bis vier zählst. Dann hältst du die Luft an und atmest langsam wieder aus. Denk dran, deine Schultern zu entspannen! Hast du sie automatisch fallen lassen, als du diesen Satz gelesen hast? Das war ein eindeutiges Zeichen, dass du eben noch ganz schön gestresst warst. Führe diese Atemübungen noch eine Weile fort und beobachte, was mit deinen Gedanken passiert: Haben sie sich beruhigt?

Forschung und Theorien, die sich mit Denkprozessen und der Beziehung zu den eigenen Gedanken befassen, nennt man **kognitive Psychologie**.

Der Schlangentrick – gewinne die Kontrolle über deine Gedanken

Viele Menschen finden es ermüdend, dass der Verstand irgendwie immer tut, was er will. Vielleicht hast du den Eindruck, dass andere negativ über dich denken, dass etwas Schlimmes passieren wird oder dass deine Eltern sich trennen wollen, obwohl es dafür keinerlei Hinweise gibt?

Am besten wäre es, wenn du es schaffst, diese Vorstellungen in den Hintergrund zu schieben und du dich immer wieder daran erinnerst, dass die Dinge nicht automatisch wahr werden, nur weil sie in deinem Kopf herumschwirren. Aber das ist superschwer. Bis es dir gelingt, die lästigen Gedanken zu ignorieren, kannst du versuchen, ein paar Tricks anzuwenden, die dir im Alltag dabei helfen können, Kontrolle über deine Gedanken zu bekommen.

Der Schlangentrick ist keine Zauberei, sondern eine Technik, deine Fantasien zu steuern. Wenn „was-wenn"-Gedanken die Kontrolle über unsere Gefühlswelt übernehmen, fallen wir schnell darauf herein, dass sie wahr sein könnten. Je eher du dir in

Erinnerung rufst, dass es nur Gedanken sind, desto schneller geht diesen Gedanken die Puste aus.

Gehen wir zum Beispiel davon aus, dass du noch zur Schule gehst und das Gefühl hast, dass keine*r deiner Mitschüler*innen dich mag. Deine Eltern sagen: „Jetzt hör schon auf mit dem Quatsch, denk doch so was nicht, alle sind lieb zu dir und du hast doch Freund*innen." Und du versuchst auch, anders zu denken. Doch sobald du das Klassenzimmer betrittst, übernimmt deine Fantasie das Kommando – du denkst, niemand freut sich, dich zu sehen.

Kannst du deinem Hirn helfen, den Fokus zu verlagern? Die Ursache dafür, dass du so denkst, liegt in deinem Gehirn. Das versteht nämlich das Wort NICHT nicht so gut. Wenn dich jemand bittet, jetzt nicht an eine Schlange zu denken – was macht dein Gehirn als Erstes? Es lässt das Bild einer Schlange entstehen.

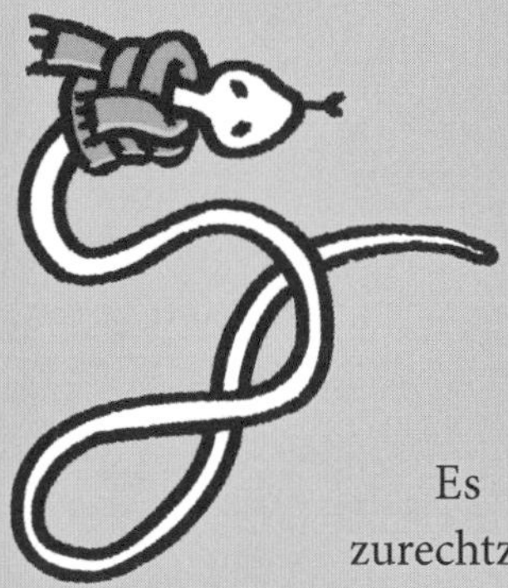

Du denkst vermutlich an eine Schlange, ob du es willst oder nicht, aber kannst du die Schlange etwas modifizieren? Binde ihr doch zum Beispiel einen Schal um, lege ihr Schmuck an oder setz ihr eine Weihnachtsmannmütze auf. Vielleicht würde ihr eine Brille gut stehen?

Es ist auch ratsam, sich etwas zurechtzulegen, woran du statt deiner lästigen Gedanken lieber denken möchtest. Wenn dir jemand sagt, du sollst an einen Stuhl ohne Schlange denken, dann siehst du wahrscheinlich trotzdem zunächst einen Stuhl und eine Schlange vor deinem inneren Auge. Aber wenn du dich jetzt dafür entscheidest, wirklich nur an einen Stuhl zu denken? Fällt es dir da leichter, die Schlange zu vergessen?

Dies erfordert oft etwas Training, kann aber ein gutes Gefühl geben, wenn du es schaffst.

Und hier kommt der Trick, den du für den Rest deines Lebens anwenden kannst:

Was du gerade mit der Schlange und dem Stuhl probiert hast, kannst du im Alltag auf alle anderen Gedanken anwenden. Gehen wir zurück zu dem Szenario, in dem du davon ausgehst, dass niemand aus deiner Klasse dich mag. Du kannst diesen Gedanken leicht verändern, so wie den Gedanken an die Schlange. Wenn du das Gefühl hast, dass sie schlecht über dich denken, dann stell dir vor, wie sie dabei Weihnachtsmannmützen tragen, oder falsche Bärte und Brillen.
Wenn du das geschafft hast, kannst du dir auch vorstellen, dass sie etwas ganz anderes von dir halten. Vielleicht kreisen ihre Gedanken gerade um sie selbst? Oder sie denken an Fußballspielen, Fernsehserien oder Hausaufgaben.
Es macht nichts, wenn es dir nicht sofort gelingt, an die Alternative zu glauben. Das Wichtigste ist, dass du probierst, das Bild zu ändern, und ihm damit die Macht entziehst. Als würdest du dich selbst daran erinnern, dass es Vorstellungen – genau – nur Vorstellungen sind. Sie sind wie Filme, die sich in deinem Kopf abspulen.

Normale Gedanken, die du mit dem Schlangentrick austricksen kannst

Das hat er sicher gemacht, **um mich zu verletzen:** Oder kann es sein, dass er einfach nur ungeschickt ist? Vielleicht wollte er witzig sein, oder einfach nur ehrlich, ohne mich aber verletzen zu wollen?

Sie ist bestimmt super genervt davon, dass ich immer noch ein Eis kaufen will, sie hat bestimmt keinen Bock mehr auf mich. Oder findet sie, es ist eine schöne Tradition, dass wir im Sommer zusammen Eis essen gehen? Vielleicht findet sie es schön, mit mir zusammen zu sein, immerhin sagt sie das ja auch?

Ich hätte Mama nie von dem Stress in der Schule erzählen sollen, es schien ihr so unangenehm zu sein, sie hat sich sicher gewünscht, ich hätte meine Klappe gehalten. Oder war sie einfach nur nervös, die richtigen Worte zu finden? Denn immerhin ist das ein wichtiges Thema, vielleicht habe ich es also nur so empfunden, dass es ihr unangenehm war, darüber zu sprechen? Vielleicht war sie auch einfach froh, dass ich ihr gegenüber so offen sein kann?

Wenn das Hirn sich selbst zur Last wird

Alle blamieren sich mal. Alle tun oder sagen manchmal Dinge, für die sie sich hinterher schämen. Man hat einen geliebten Menschen im Stich gelassen, war feige, wurde ausgelacht oder hat einfach irgendetwas falsch gemacht. Das Gehirn kann sich hinterher andauernd mit diesen Gedanken herumplagen und die Erinnerungen auf Repeat im Kopf abspielen, vor allem, wenn man einen schlechten Tag hat. Der ganze Körper quillt über vor Schamgefühlen, die Eingeweide ziehen sich zusammen, als hätte man eine Magen-Darm-Grippe, vielleicht wird dir auch schwindelig, kalt oder ganz heiß im Gesicht.

Ailo und Leah sind auf einer Party.

Leah glaubt, Ailo lehnt sich nach vorn, um sie zu küssen.

Leah hat die Situation komplett missverstanden.

Die Erinnerungen an sich sind harmlos, sie sind nicht wie Videofilme. Unser Gehirn erinnert sich manchmal sehr gut, manchmal auch weniger. In unserem Gedächtnis vermischen sich also die Dinge, die wirklich passiert sind, mit unseren Gefühlen und den Dingen, von denen wir glauben, dass sie passiert sind und wie du sie im Nachhinein empfunden hast. Zum Beispiel kann dein Gehirn völlig übertreiben und dich in dem Glauben lassen, dass alle richtig laut gelacht haben, als du im Bus gefurzt hast. In deiner Erinnerung kreischen alle aus vollem Halse und verdrehen die Augen, doch wenn du die Zeit zurückdrehen könntest, würdest du sehen, dass nur ein paar Leute vor sich hin grinsen, andere dir mitleidig zulächeln und der Rest so tut, als wär nichts geschehen. Versuche, deine Erinnerungen einfach so auf dich zukommen zu lassen, dann werden sie mit der Zeit verblassen.

Das Beste ist, wenn man die Erinnerungen an das, was schiefgelaufen ist, wie einen Werbespot ablaufen lässt, während man eigentlich auf den Hauptfilm wartet. Natürlich ist das nicht so einfach, denn unangenehme Erinnerungen schreien nach unserer Aufmerksamkeit. Aber versuch's doch einfach mal!

Deine Gedanken sind das beste Mittel, die Vergangenheit hinter sich zu lassen

Wenn die schlimmen Erinnerungen jedes Mal, wenn sie auftauchen, an deinem Selbstbild zerren, kannst du versuchen, sie mit positiven Gedanken zu neutralisieren. Nehmen wir an, dir ist passiert, was links in dem Comicstrip dargestellt ist, dass du jemanden geküsst hast, der sich eigentlich nur nach vorn gelehnt hat, um dich auf der lauten Party besser zu verstehen. Es ist dir megapeinlich, sodass du dich kaum noch unter Leute traust. Jedes Mal, wenn du nicht aufpasst, ploppt die Erinnerung an diesen Moment in deinem Kopf auf und dir wird richtig schlecht.

Wie können deine Gedanken dir helfen, der Erinnerung die Macht zu entziehen?
Zunächst einmal kannst du dir vorstellen, dass es nicht dir, sondern eine*r Freund*in passiert ist. Würdest du immer noch denken, dass es megapeinlich war? Gibt es etwas in deiner Fantasie, womit du experimentieren kannst? Vielleicht fand Ailo es gar nicht so schlimm, dass du ihn küssen wolltest?

Wenn du das Gefühl hast, alle laufen durch die Gegend und denken immer wieder an diese eine Sache, kannst du dir vielleicht auch vorstellen, dass sie es inzwischen längst vergessen haben? Oder dass sie es schon bald vergessen werden? Kannst du dir vorstellen, dass sie auch mit ganz anderen Dingen beschäftigt sind, und nicht mehr daran denken, dass du dich neulich blamiert hast?

Vielleicht gibt es auch Leute, die dich immer wieder an peinliche Momente erinnern, indem sie Witze machen und du das Gefühl hast, sie lachen dich aus. Kann es sein, dass sie nur versuchen, lustig zu sein und glauben, dass du es als Spaß verstehst, weil du ihnen nicht sagst, dass es dich stört?

WICHTIG

Es gibt einige wichtige Ausnahmen, bei denen deine Gedanken um Dinge kreisen, die mit Tricks und Techniken schwer oder gar nicht zu beeinflussen sind. Manchmal lassen dich schlechte Gedanken oder schreckliche Erinnerungen nicht in Ruhe, weil es dir wirklich nicht gut geht oder du etwas Schlimmes erlebt hast. Dann ist es nicht so einfach, deinen Verstand als Waffe einzusetzen. Wird Mama diesen Monat genug Geld für Essen haben? Warum geht Mathe nicht in meinen Kopf, obwohl ich übe und übe und wirklich mein Bestes gebe? Wie geht es meinem großen Bruder, der noch immer in einem Land lebt, in dem Krieg herrscht? In Kapitel 8 auf Seite 259 kannst du nachlesen, was passiert, wenn das Leben kompliziert wird, und auf Seite 384 erfährst du, wie du Hilfe bekommen kannst.

KAPITEL 3

Unser Körper

Wie wir ein gutes Verhältnis zu unserem Körper bekommen

Was ist ein Körper?

Der Körper ist in erster Linie dazu da, dich durch das Leben zu tragen. Mithilfe deines Körpers kannst du dich bewegen und fantastische Dinge erleben: Durch den Wind laufen, gestreichelt werden, etwas Lustiges hören, mit anderen sprechen. Unser Körper kann vor lauter Freude kribbeln, vor Trauer zerbersten oder herunterfahren, wenn wir erschöpft sind. Es ist schon ganz gut so, dass wir alle anders sind und anders aussehen. Einige von uns machen sich nie Gedanken über ihren Körper, andere haben eine positive Einstellung zu ihrem Äußeren, und wieder andere wünschten sich, sie sähen anders aus.

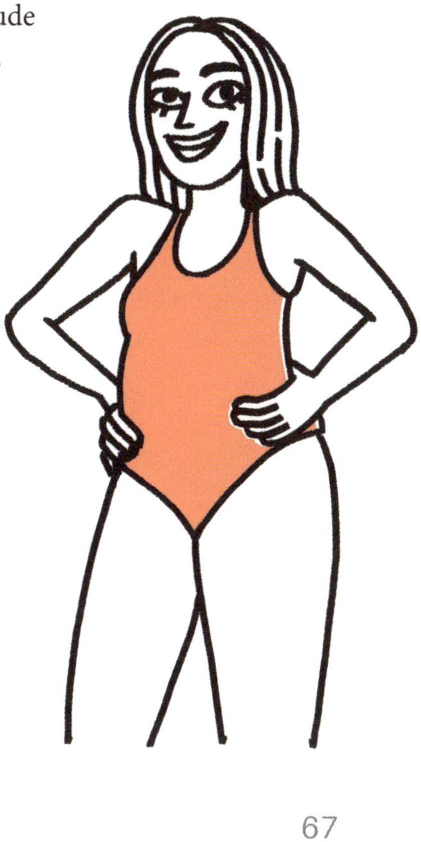

Die Jugend ist dazu da, sich mit sich selbst zu beschäftigen, und es ist kein Wunder, dass viele sich deswegen auf ihr Aussehen konzentrieren. Trotzdem ist es gut, wenn man seine Zeit auch mit anderen Dingen füllt, statt sich Sorgen darum zu machen, ob man durchtrainiert ist oder wie hot man sich eigentlich selbst findet. Die meisten von uns stellen nämlich fest, dass die besten Momente im Leben diejenigen sind, in denen man nicht daran denkt, wie man aussieht.

Scheiß auf die Zahlen!

Vergiss den BMI

Wusstest du, dass der BMI (Body-Mass-Index) dazu erstellt wurde, um große Bevölkerungsgruppen zu erfassen und nicht die Maße von Einzelpersonen? Der BMI ist auch nicht dazu da, Kinder und Jugendliche unter 18 zu bewerten, denn er würde höchstens total verrückte Ergebnisse ausspucken. Besonders große, kleine oder durchtrainierte Personen würden einen ziemlich abwegigen BMI haben. Muskeln wiegen tatsächlich mehr als Fett. Also, mit anderen Worten: Du kannst niemals allein anhand von Größe und Gewicht das Aussehen einer Person beurteilen. (PS: Wenn du wegen Unter- oder Übergewicht in Behandlung bist, kann es sein, dass sich deine behandelnden Ärzt*innen auf den BMI beziehen, aber das tun sie nur unter Vorbehalt.)

Vergiss die Kilos

Gewicht ist auch nur eine Zahl, es ist viel wichtiger, wie du dich in deinem Körper fühlst. Die meisten Menschen merken, wenn ihr Körper in Form ist und tut, was er soll, und oft hat man selbst als Erste*r den Verdacht, dass etwas in die falsche Richtung läuft, wenn man dünner wird oder immer mehr zunimmt und anfängt übergewichtig zu werden. Sich in jungen Jahren regelmäßig zu wiegen, ist völlig unnötig, zumal das Gewicht von so vielem beeinflusst wird, wie zum Beispiel dem Menstruationszyklus und dem, was du in den letzten vierundzwanzig Stunden gegessen und getrunken hast. Wie schnell du zunimmst, hängt von deinem Stoffwechsel und deinen Genen ab. Diese Gene sind wie alle anderen Merkmale sehr unterschiedlich verteilt. So wie einige Mathe sofort kapieren, während andere viel Übung brauchen, werden manche schnell zunehmen und andere kaum. Solange dir nicht von Fachpersonal geraten wird, dein Gewicht im Auge zu behalten, ist es wichtiger, deinen Körper richtig kennenzulernen, egal, welche Zahl die Waage anzeigt.

Vergiss Kalorien

Essen sollte etwas Schönes sein, etwas, das uns satt macht, was uns gesund hält und uns Energie gibt, damit wir unser Leben leben können. Essen und Trinken können Erlebnisse sein, wie der Duft frisch gebackener Zimtschnecken oder der Geschmack eines frisch gepressten Smoothies an einem heißen Sommertag. Doch es kann auch eine reine Notwendigkeit sein, wie Wasser nach einer Trainingseinheit oder ein paar Happen Zwieback, die man gerade so herunterkriegt, wenn man mit Magen-Darm-Grippe im Bett liegt. Unser Leben lang werden wir Essen brauchen, und je natürlicher unser Verhältnis zu Essen ist, umso besser. Dann ist das Zählen von Kalorien oder das Aufwiegen von Proteinen gegen Kohlenhydrate nicht der richtige Weg.

Vergiss Diäten

Ganz generell ist es nicht gesund, Gewicht zu verlieren, wenn man jung ist. Das Gefühl, sich selbst kontrollieren zu können und etwas geleistet zu haben, indem man wenig isst oder viel Sport treibt, kann das Belohnungssystem in deinem Gehirn ordentlich ankurbeln, und es ist sehr verlockend, dieses gute Gefühl aufrechtzuerhalten. Wenn du der Meinung bist, dass du tatsächlich gesünder leben und somit deinen Körper ändern solltest, sprich mit einem/einer Erwachsenen, von dem/der du weißt, dass er/sie sich damit auskennt, z. B. mit eine*r Ärzt*in. Hol dir Hilfe, statt dich allein an die Arbeit zu machen.

Einige Dinge, die du tun kannst, um dich gesund zu halten

Je entspannter und natürlicher deine Einstellung zum Essen ist, umso besser ist das Verhältnis zu deinem Körper.

→ Trink öfter Wasser als zuckerhaltige Getränke. Wenn du es zur Gewohnheit machst, stets eine Wasserflasche zu Hand zu haben, statt in der Pause eine Limo zu kaufen, hast du mehr Kontrolle darüber, wie viel Zucker dein Körper aufnimmt, ohne jedoch dein Verhältnis zu Nahrungsmitteln zu strapazieren.

→ Reduziere deinen Konsum von Süßigkeiten, Kuchen, süßen Brötchen, Snacks und Kaffeegetränken mit Sirup oder Sahne. Unsere Körper brauchen keinen reinen Zucker oder Butter, um zu überleben, daher sollte man sich bewusst machen, dass man diese Dinge nicht täglich zu sich nehmen sollte. Zwischendurch ist es in Ordnung, sich mit Chips, Süßigkeiten oder Zimtschnecken einen gemütlichen Nachmittag oder Abend zu machen.

→ Such dir Hilfe, wenn du merkst, dass du aus anderen Gründen isst, als Hunger, zum Beispiel, wenn du dich langweilst oder traurig bist. Du kannst natürlich erst selbst etwas dagegen unternehmen, zum Beispiel dir eine Beschäftigung suchen, wenn du dich langweilst, oder jemanden anrufen, wenn du traurig bist. Doch es ist nicht immer leicht, diese Muster zu ändern, da kann es sehr hilfreich sein, Unterstützung von einem Erwachsenen zu bekommen.

WICHTIG

Wenn du ein schwieriges Verhältnis zu Essen und zu deinem Körper entwickelt hast, such dir jemanden, mit dem/der du darüber sprechen kannst. Auf Seite 341 kannst du dich über Essstörungen informieren.

Vergiss Pumpen

Krafttraining ist gesund, gut für den Körper und kann auch Spaß machen und motivieren. Dein Ziel sollte es jedoch sein, stark zu werden und dich gut zu fühlen, statt bloß deine Muskeln definieren zu wollen. Körper sind ganz verschieden gebaut und entwickeln sich unterschiedlich, besonders während der Pubertät, und nicht jeder schafft es, deutliche, definierte Muskeln zu bekommen. Die Bilder, die du auf Werbeplakaten für Fitnessstudios, Sportdrinks und Sportklamotten siehst, sind Erwachsene, deren Job es ist, genau so auszusehen. Außerdem sind diese Bilder oft so stark retuschiert, dass du die Models wahrscheinlich gar nicht erkennen würdest, wenn du ihnen auf der Straße begegnest. Influencer und Blogger wenden viel Zeit und Energie dafür auf, genauso auszusehen, und die Bilder, die sie posten, sind oft peinlich genau ausgewählt und manipuliert. Für einen besonderen Körpertyp zu trainieren ist ein Projekt, das oft dafür sorgt, dass du mit dir selbst nicht zufrieden bist und mit einem Gefühl von Versagen konfrontiert wirst. Nicht etwa, weil mit deinem Körper irgendetwas falsch ist, sondern weil deine Zielsetzung es verhindert, dass du ein gesundes Verhältnis zu deinem Körper aufbauen kannst.

Körper sind verschieden

Neben Größenunterschieden gibt es noch ganz andere Kriterien, in denen sich unsere Körper unterscheiden. Auf die meisten dieser Eigenschaften haben wir keinen Einfluss, weil sie in unserer DNA liegen. Wir suchen es uns nicht selbst aus, ob wir schlank oder breitschultrig sind, lange oder kurze Beine, schmale oder breite Hüften haben. Genau wie auch unsere Gesichter unterschiedlich sind und wir mit unterschiedlichen Hautfarben geboren werden. Du solltest es dir nicht zum Ziel machen, wie jemand anders gebaut zu sein. Du hast deinen Körper.

Fitness

Warum reden alle ständig darüber, sich fit zu halten? Unsere Körper sind dazu veranlagt, aktiv zu sein. In unserem Teil der Welt sind wir eigentlich nicht mehr darauf angewiesen, in der Natur nach Nahrung zu suchen oder lange Strecken zurückzulegen, um Geld zu verdienen – uns geht es im Sitzen eigentlich ganz gut. Man könnte meinen, unsere Gene hätten sich angepasst, sodass der moderne menschliche Körper auch dann hervorragend funktioniert, wenn er den ganzen Tag still sitzt. Aber der Fall ist nicht eingetreten. Der Körper ist also immer noch genauso auf Bewegung angewiesen wie bei der Mammutjagd. Deshalb reden alle immer davon, die Treppe zu nehmen statt mit dem Aufzug zu fahren. Unsere Körper werden krank, wenn sie zu viel sitzen oder liegen. Oder, um es genauer zu sagen: Sie werden durch Aktivität gesünder. Interessanterweise verbessert sich auch deine Laune, wenn du gehst oder läufst oder Basketball spielst oder tanzt, dein Stresslevel sinkt, du kannst besser schlafen, deine Schmerzen klingen schneller ab (!) und du kannst dich besser konzentrieren. Außerdem wird durch regelmäßige Bewegung dein Immunsystem gestärkt.

Deinem Körper ist es egal, ob du der/die Stärkste, Schnellste oder Ausdauerndste bist. Dein Körper vergleicht sich nicht mit anderen und schert sich auch nicht darum, welche persönlichen Rekorde du brichst. Alles, was er sich wünscht, ist, dass du dir, wenn möglich, einen Alltag zusammenschusterst, in dem du nicht nur stillsitzt. Finde heraus, welche Aktivitäten du gerne machst. Jedes Mal, wenn du dich körperlich betätigst, und sei es zu Fuß zu gehen, statt den Bus zu nehmen, tust du dir selbst etwas Gutes. Es gibt tausend Möglichkeiten, um zu trainieren oder Sport zu treiben. Die Aktivitäten sollten dir Spaß machen und dich nicht furchtbar langweilen, es lohnt sich also, dich ein bisschen auszuprobieren, um herauszufinden, was dir leichtfällt, um in Bewegung zu kommen.

Wenn du trainierst, nur um zu gewinnen: Wenn du viel trainierst und an sportlichen Wettbewerben teilnimmst, soll es dir damit gut gehen. Für einige ist das der absolute Traum, sinnstiftend und der absolute Kick – und das ist mega! Wenn du jedoch merkst, dass du erschöpft bist und der Druck auf Erfolg dich unglücklich macht, musst du kurz innehalten und überlegen. Training und Sport sollen Spaß machen, auch wenn du zwischenzeitlich vielleicht mal weniger motiviert bist. Du hast bereits eine gute Grundlage, und du kannst viel Spaß beim Training haben, auch wenn du dich dafür entscheidest, nicht mehr bei Wettbewerben anzutreten. Denk immer dran, dass du mehr bist als die Leistungen, die du erbringst und dass es ganz viel gibt, womit du dich stattdessen beschäftigen kannst.

Wenn du trainierst, um gut auszusehen: Viele finden es toll und motivierend, die Ergebnisse ihrer Trainingseinheiten an ihrem Körper zu sehen. Das ist total in Ordnung – eine kleine Prise Eitelkeit hat noch niemandem geschadet. Trotzdem: Denk dran, dass du für dich selbst trainierst und nicht für andere. Es ist toll, wenn du nach dem Training ein gutes Gefühl hast und nicht davon abhängig bist, Bilder zu sehen, dich mit anderen zu vergleichen oder Kommentare auf deine Fotos zu bekommen. Wenn der Gedanke daran, Muskeln aufzubauen, dein Leben bestimmt und du nicht mehr darauf achtest, wie es dir eigentlich geht, kann es sein, dass du auf dem Weg dahin bist, eine Megarexie zu entwickeln (siehe Seite 348). Es ist wichtig, dass du dir Hilfe holst, damit es dir besser geht.

Lass die Finger von Anabolika! Der Traum vom schnellen Muskelaufbau kann dazu führen, dass Doping plötzlich verlockend klingt. Ist es nicht genial, einfach nur eine Pille zu schlucken und sofort zum gewünschten Ergebnis zu kommen? Das Problem mit Doping sind die krassen Nebenwirkungen, die es mit sich bringt, wie Pickel, Haarausfall, Hodenverkleinerung, Erektionsprobleme, Vergrößerung des Brustgewebes bei männlich gelesenen Personen, maskuline Körperzüge und eine dunklere Stimme bei weiblich gelesenen Personen. Wenn man sich immer noch in der Pubertät befindet, hört man plötzlich auf zu wachsen. Doch am schlimmsten sind immer noch die psychischen Nebenwirkungen: aggressives und gewaltbereites Auftreten, Schlafprobleme, Depressionen, Psychosen und Selbstmordgedanken. Wenn du Fragen zum Doping hast, oder wenn du anabole Steroide genommen hast und jetzt aufhören willst, kannst du hier Hilfe finden:

https://www.nada.de/nationale-anti-doping-agentur-deutschland
https://www.gemeinsam-gegen-doping.de

Was passiert, wenn wir schlafen?

Während wir schlafen, wird unser Gehirn gereinigt. Alle unsere Organe sind im Ruhemodus, es werden Hormone und Stoffe für unser Immunsystem produziert, die dafür sorgen, dass der Körper und das Hirn die Stoffe wieder aufbauen, die sie über den Tag hinweg verbraucht haben. Während wir schlafen, dümpelt unser Hirn so in seiner Hirnflüssigkeit herum und die Abfallstoffe des Tages werden weggespült.

Warum träumen wir genau das, was wir träumen? Träume haben die Menschen seit jeher fasziniert. Das ist nicht so seltsam, denn jede Nacht reisen wir in ein alternatives Universum, an einen Ort, an dem verrückte Dinge passieren können. Träume können schön, aufregend und interessant, aber auch schrecklich sein. Träume können Dinge aus deinem wirklichen Leben aufnehmen und verarbeiten, aber auch Teile deines Lebens mit wilder Fantasie zusammenfügen. Das bedeutet, dass deine Träume nichts darüber aussagen, was du „wirklich willst" und dass du wegen deiner Träume kein schlechtes Gewissen haben musst. Manche können im Schlaf in ihre eigenen Träume eingreifen, andere haben keinen blassen Schimmer, wie man sich selbst beeinflusst, während man schläft.

Es ist ungeheuer schwer, Traumforschung zu betreiben, aber inzwischen hat man herausgefunden, dass Träume dazu beitragen, dass wir Erinnerungen besser abspeichern können. Wir können auch auf richtig gute Ideen kommen, während wir träumen – angeblich hat der Wissenschaftler Mendelejew das Periodensystem im Schlaf erfunden. Forschungsberichten zufolge helfen Träume uns, schlimme Erlebnisse zu verarbeiten.

Albträume können sich auf Ereignisse beziehen, die in der Realität passiert sind oder die wir im Film gesehen, gehört oder in einem Buch gelesen haben. Es kann auch ein willkürlicher Einfall unseres Gehirns sein. Es ist völlig normal, dass wir Überbleibsel von beängstigenden oder schwierigen Dingen in unseren Träume wiederfinden. Wir können auch Flucht, Gewalt, Sex und Mord träumen, ohne irgendeine Verbindung zu der Realität herstellen zu können. Forscher haben versucht herauszufinden, warum in unseren Träumen so krasse Szenen entstehen, und einige von ihnen gehen davon aus, dass unser Gehirn mithilfe von gewalttätigen Träumen und Albträumen für schwierige Situationen „übt".

Schlafparalyse

Unser Gehirn lebt also ein wildes Leben, während wir schlafen, aber der Körper ist von diesen Signalen abgekoppelt. Daher können wir davon träumen, dass wir laufen, während unsere Beine ganz still im Bett liegen. Manche Menschen sind von einem Phänomen namens Schlafparalyse betroffen. Bei der Schlafparalyse versagt das System ein wenig und das Gehirn wacht vor dem Körper auf. Das heißt, es wacht beinahe auf. Für eine Weile ist das Gehirn zwischen Traum und Realität gefangen. Du denkst also, du wärst aufgewacht, aber dein Körper ist völlig steif und reglos, während du ganz seltsame Beobachtungen machst. Zum Beispiel hast du plötzlich das Gefühl, ein Außerirdischer kommt auf dein Bett zu oder ein Monster steht in der Tür. Schlafparalyse ist nicht gefährlich, kann dich aber in Angst und Schrecken versetzen, wenn du nicht weißt, was da gerade mit dir passiert.

Wenn man nicht schlafen kann

Es gibt viele verschiedene Arten von Schlafproblemen. Zum Beispiel können Ekzeme, das Restless-Leg-Syndrome (unruhige Beine), Schmerzen oder Tinnitus den Schlaf stören. Viele Menschen haben auch Phasen, in denen ihnen das Einschlafen ohne ersichtlichen Grund schwerfällt. Oder der Kopf ist so voller Stress und Chaos, dass der Schlaf einfach nicht eintritt.

Es kann auch sein, dass man glaubt, man habe Schlafprobleme, doch eigentlich ist man nur eine Nachteule, die erst so richtig aufwacht, wenn es draußen dunkel und still wird. Oder man ist bettflüchtig und kann es sich im Bett gar nicht so richtig gemütlich machen, weil es so viele andere Dinge gibt, die aufregender sind als zu schlafen. Es ist gar nicht schlimm, wenn du eine Nachteule bist. Dennoch ist unsere Gesellschaft so strukturiert, dass wir schon früh am Morgen wach und ausgeschlafen sein sollen, und das klappt nicht so gut, wenn man erst ins Bett geht, wenn draußen schon die ersten Vögel singen. Darum wird unzureichender Schlaf früher oder später deinen Alltag bestimmen, du wirst spüren, wie schwer es dir fällt, dich zu konzentrieren, wie du weniger schaffst und gereizter bist, wenn du nicht genug geschlafen hast.

Hast du Schlafprobleme und willst versuchen, die Probleme selbst zu lösen?

→ **Schlaf nicht tagsüber,** auch wenn es dir schwerfällt, weil das dein normaler Rhythmus ist. Wenn du tagsüber schläfst, fällt es dir nachts schwerer einzuschlafen.

→ **Grübelst du abends viel,** wenn du eigentlich schlafen solltest? Versuch, in kurzen Stichpunkten aufzuschreiben, was dich beschäftigt, dann kannst du dir die Liste am nächsten Morgen noch mal ansehen. Überleg, was dein Hirn und dein Körper brauchen, um sich zu entspannen. Einige lösen kleine Kopfrechenaufgaben, anderen hilft es, sich vorzustellen, dass man fliegt, wiederum andere haben einen festen Tagtraum, eine Fantasie, zu der sie gerne einschlafen.

→ **Steht dein Körper unter Stress?** Wenn es in deinem Körper nur so rauscht, kannst du versuchen, ihn mit Atemübungen zu beruhigen. Atme richtig aus, dann atmest du wieder tief ein. Wiederhol das mehrmals und du wirst feststellen, wie sich deine Muskeln entspannen und schwer in die Matratze sinken.

→ **Behalte deinen Koffeinkonsum im Auge.** Energydrinks, Cola, Kaffee und schwarzer Tee beinhalten Stoffe, die unser System wach halten. Die Konsequenz ist für viele ein gestörter Schlaf, wenn man diese Getränke zu spät zu sich nimmt. Experimentiere ein bisschen und finde heraus, wie es sich für dich anfühlt.

→ **Bist du bettflüchtig?** Finde heraus, welchen Wert Schlaf in deinem Leben hat. Finde heraus, wann du eigentlich schlafen gehen solltest. Eine halbe Stunde vorher schaltest du dein Handy, deinen PC etc. aus. Denk dran, dass es eine Weile dauert, bis du es dir unter der Decke bequem gemacht hast, das solltest du in deinem Zeitplan berücksichtigen. Dann heißt es nur noch, stark zu bleiben und den Deal mit dir selbst einzuhalten, dass es nun an der Zeit ist, der Welt Gute Nacht zu sagen und das Licht auszuschalten.

WICHTIG
Wenn es dir schwerfällt, einzuschlafen, weil du Angstzustände hast, egal welcher Art, kann man das nicht so einfach selbst bewältigen. Sprich mit eine:r Erwachsenen darüber, einem Elternteil oder einer anderen Person, die ein Teil deines Alltags ist, und finde heraus, wie ihr die Sache gemeinsam angehen könnt, damit es dir abends besser geht.

Erschöpfung

Es ist ganz natürlich, ab und zu mal erschöpft zu sein, das ist nicht weiter schlimm. Stell dir mal vor, wie erschöpft die Menschen vor Jahrhunderten und Jahrtausenden waren, als sie noch den ganzen Tag auf der Jagd waren oder Steine geschliffen haben, um Häuser zu bauen. Erschöpfung ist eine normale und gesunde Reaktion auf deinen Energieverbrauch. Manchmal können wir es ganz leicht erklären, warum wir so fertig sind, beispielsweise nach einer Prüfungsphase, wenn wir eine Krankheit überstanden haben, oder nach einem Streit mit jemandem, den wir lieb haben. Doch manchmal sind wir total erschöpft, ohne die Ursache zu kennen. Vielleicht arbeitet unser Körper mit etwas, das wir nicht sehen können, kämpft gegen ein Virus, ist verletzlich wegen unserer Hormone – oder wir sind einfach gestresster, als uns bewusst ist. Prinzipiell können wir sagen, dass es normal und gesund ist, erschöpft zu sein – kein Grund, sich Sorgen zu machen. In einem normalen Alltag müssen wir erschöpft sein.

Unser Körper braucht Ruhe, nur wann?

Wenn wir uns ausruhen, erholt sich der Körper. Muskeln, die während des Trainings abgebaut wurden, werden wieder aufgebaut, und das Gehirn hat die Möglichkeit, alle Eindrücke, die wir in den letzten Stunden aufgesaugt haben, zu verarbeiten.

Um unsere Ziele zu erreichen, sei es, für einen Wettkampf zu trainieren oder für einen Test zu lernen, müssen wir uns ausruhen. Spitzensportler ruhen sich viel aus. Gleichzeitig sind die wenigsten von uns Spitzensportler. Es ist also nicht nötig, dass wir uns regelmäßig hinlegen und entspannen müssen, um klarzukommen.

Wir Menschen sind ganz verschieden – so unterscheiden sich auch die Methoden, mit denen wir unsere Kräfte wieder auftanken. Einige zehren davon, sozial zu sein, anderen raubt das die letzte Energie. Einigen hilft ein langer Waldspaziergang, um Stress zu regulieren, andere werden wahnsinnig, wenn sie von nichts anderem als stummen Bäumen, zwitschernden Vögeln und den eigenen Gedanken umgeben sind.

Es gibt jedoch Regeln, die wir alle gemeinsam haben: Alle Körper brauchen physische Ruhe und Nährstoffe nach einem intensiven Training. Jeder Geist braucht Ruhe, nachdem er etwas Krasses erlebt hat, das heißt, er muss eine Pause machen, um Eindrücke zu verarbeiten und wieder zu sich kommen.

Ein Vorschlag für eine Gedächtnisstütze

Frag dich nicht: **„Bin ich gerade erschöpft?"**
Frag dich lieber, in regelmäßigen Abständen: **„Brauche ich gerade eine Pause?"**

Gestresst?

Stress ist eigentlich ein Überlebensinstinkt, der uns vor Gefahren schützen soll. Wenn du beim Schwimmen einem Hai begegnest, wirst du dankbar sein, dass die Stresshormone in deinem Körper explodieren, das Blut schneller durch deine Adern pumpt und deine Sinne geschärft werden. Zum Problem wird es erst, wenn die Stresssymptome nicht nachlassen und dein Körper somit über einen längeren Zeitraum im Stressmodus bleibt. Du hast vielleicht keine Ahnung, was dich stresst, vielleicht spürst du nur, dass dein Körper nie richtig zur Ruhe kommt, als wäre er die ganze Zeit in Alarmbereitschaft. Oder dass deine Gedanken immer wieder durch deinen Kopf rasen, in dem vergeblichen Versuch, Lösungen für deine Probleme zu finden, von denen du eigentlich gar nicht weißt, ob es sie gibt.

Wie kann man den Körper von Stress befreien?

Sind Entspannungsübungen, Atemtechniken und Mindfulness wirkliche Hilfen? Diese Techniken sorgen weder dafür, dass der Mathetest sich in Luft auflöst noch besorgen sie dir einen Ferienjob. Die einfache Antwort lautet: Ja! In vielen spannenden Forschungsprojekten wurde ermittelt, dass diese Übungen beim Stressabbau helfen, das zeigen sowohl Gehirnscans als auch Blutproben. Diese Techniken werden unter anderem von Kampfpiloten und Sportlern angewendet. Sie nehmen dir nicht alles ab, was du noch zu erledigen hast, sondern helfen dir, den Überblick zu behalten und Maßnahmen zu ergreifen, die dich weiterbringen. Am wichtigsten ist: Sobald dein Körper sich beruhigt, fühlst auch du dich besser. Durch kurze Übungen, durch die dein Körper sich reguliert, beruhigt sich das Herz, der Blutdruck sinkt, Sauerstoff fließt zurück in die Muskulatur und Stresshormone werden abgebaut.

Es gibt ein paar gute Apps für Atemübungen, Entspannungsübungen, Mindfulness und Yoga. Oft muss man diese Techniken mehrmals ausprobieren, bevor man den Effekt spürt.

Als Erstes kannst du versuchen, ruhig zu atmen. Obwohl du dir keine Sorgen machen musst, dass du zu wenig Luft bekommen könntest – es ist unmöglich, „falsch" zu atmen –, gibt es einen Unterschied zwischen gestresstem Atmen und ruhigem Atmen. Leg dich auf den Rücken, mit einem Kuscheltier oder etwas anderem, Leichtem, auf dem Bauch. Atme aus. Sobald du wieder einatmest, stell dir vor, dass du in deinem

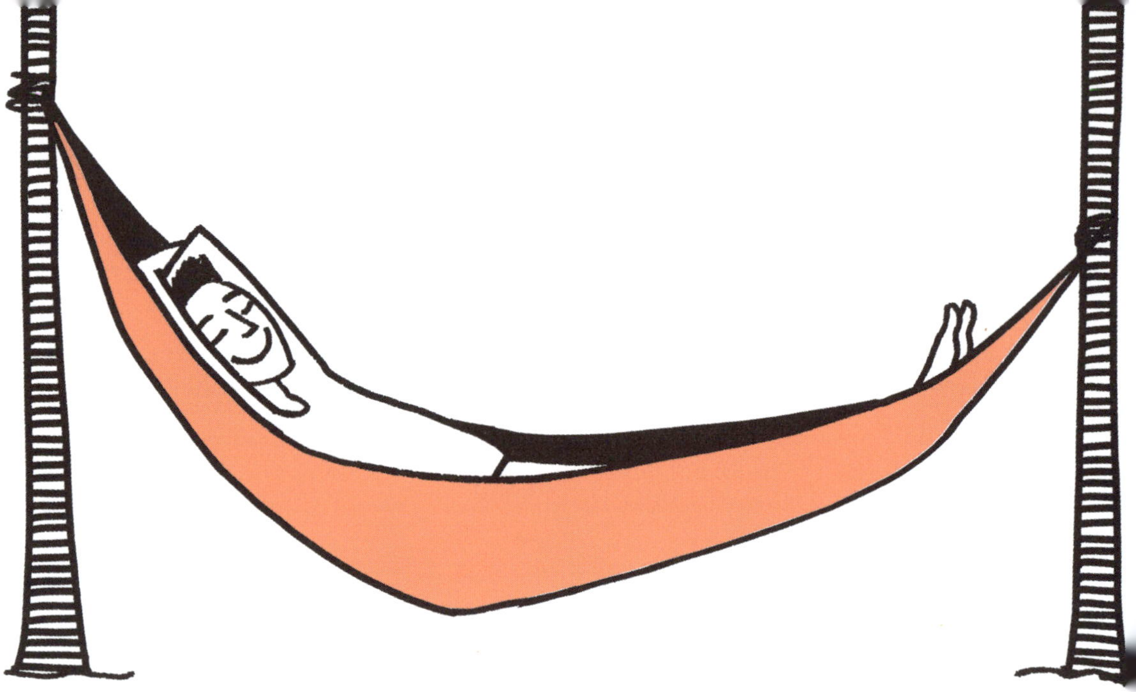

Bauch einen Ballon aufbläst. Das Kuscheltier geht dabei nach oben, sobald du wieder ausatmest, senkt es sich hinab. Wenn du viel Stress hast, kann es sein, dass du beim Einatmen den Bauch einziehst (Brustatmung) – da kann es dir allein schon helfen, wenn du eine andere Atemtechnik anwendest (Bauchatmung).

Ein weiteres Beispiel für eine Übung: Setz dich hin und richte deine gesamte Aufmerksamkeit auf deine Atmung. Wenn du dich nicht richtig konzentrieren kannst, kannst du mitzählen, beispielsweise 1-1-1-1 beim Einatmen und 2-2-2-2 beim Ausatmen. Mach diese Übung im Bus, oder wo auch immer du gerade bist. Eventuell kannst du dich irgendwo zurückziehen, wo dich niemand stört. Probiere diese Übung ein paar Mal für ein bis zwei Minuten aus – du kannst dir einen Wecker stellen, damit du dich voll und ganz auf deine Atmung konzentrieren kannst, und beobachten kannst, wie sie sich auf deinen Körper auswirkt, ohne dich zu fragen, wie viel Zeit wohl schon vergangen ist.

Schmerzen und Krankheit

Hast du eine hohe Schmerzgrenze?

Schmerz an sich ist nicht gefährlich. Schmerz soll uns vor Gefahren beschützen und dafür sorgen, dass wir einen Schritt zur Seite gehen, nachdem wir in etwas Spitzes getreten sind, oder unsere Hand zurückziehen, bevor wir uns noch mehr verbrennen. Unsere Schmerzgrenzen sind ganz individuell. Das kann mit deinen Genen zu tun haben, mit den Schmerzen, die du bereits erlitten hast, oder mit Assoziationen, die du mit Schmerzen verbindest. Zwei Menschen, die genau das Gleiche erleben, wenn sie zum Beispiel auf einen Stift treten, können deshalb ganz unterschiedliche Schmerzreaktionen haben. Für den einen kann es eine intensive und kaum auszuhaltende Qual sein, für die andere eher ein leicht schmerzender Stich in der Fußsohle, der recht schnell wieder nachlässt. Manche Leute finden die Angst davor, dass etwas wehtun könnte, schlimmer als den eigentlichen Schmerz, zum Beispiel wenn man beim Arzt eine Spritze bekommt.

Einige Kinder und Jugendliche müssen mit Schmerzen leben, weil sie eine Krankheit oder eine Verletzung haben. Obwohl es oft furchtbar wehtun wird, ist es möglich, den Schmerz mithilfe von Medikamenten und Übungen erträglicher zu machen.

An dich, wenn du schon lange krank bist:

Vielleicht hast du eine Diagnose bekommen, mit der du für den Rest deines Lebens leben musst, vielleicht musst du dich einer toughen Behandlung unterziehen. Oder vielleicht bist du schon lange krank, ohne dass die Ärzte eine Ursache gefunden haben, und so langsam verzweifelst du, weil es dir immer schlechter geht. Die Krankheit ist ein Teil deines Lebens, aber bitte denk dran, dass du mehr bist als deine Krankheit! Alle Arten von Krankheiten können das Selbstbild, die Emotionen und die Stimmung belasten. Wenn dein Körper erschöpft ist und an seine Grenzen stößt, kann auch unser Mut uns verlassen, sodass es schwieriger wird, die negativen Gedanken auszublenden. Daher wird allen jungen Menschen, die mit einer Langzeiterkrankung leben, empfohlen, mit jemandem zu sprechen, etwa mit einer Psychologin/einem Psychologen, um ihrem Frust Luft zu machen, ihr Befinden in Worte zu fassen und ihre Gedanken ein wenig zu sortieren. Es ist üblich und völlig normal, von Familie und Freunden genervt zu sein, wenn man seit langer Zeit mit

einer Krankheit zu kämpfen hat, da kann es eine Erleichterung sein, seinen Ärger und seine Sorgen an anderer Stelle loszuwerden.
Bei längerer Krankheit können die Abwehrmechanismen des Körpers etwas verrückt spielen. Der Körper schützt sich normalerweise selbst und schlägt Alarm, wenn etwas nicht stimmt oder er verletzt wird. Aber wenn du schon länger krank bist, kann dieses Alarmsystem die ganze Zeit in voller Bereitschaft sein und noch mehr Chaos verursachen. Der Körper kann dann auf die wohlmeinende Idee kommen, Stresshormone freizusetzen, Muskeln anzuspannen und den Blutdruck zu erhöhen. Wenn dein Gehirn das erkennt, kann es es mit der Angst zu tun bekommen. Es nimmt alle Kraft zusammen und brüllt: „Gefahr!“ Es kann dir signalisieren, dich hinzulegen, das Kino abzusagen, weil du möglicherweise zu erschöpft bist; dir raten, nichts mehr zu essen, weil dir ohnehin gleich wieder übel wird, und den guten Rat der Ärzte missachten, dass du zwischendurch auch ruhig versuchen solltest, dein Leben ein bisschen zu genießen.

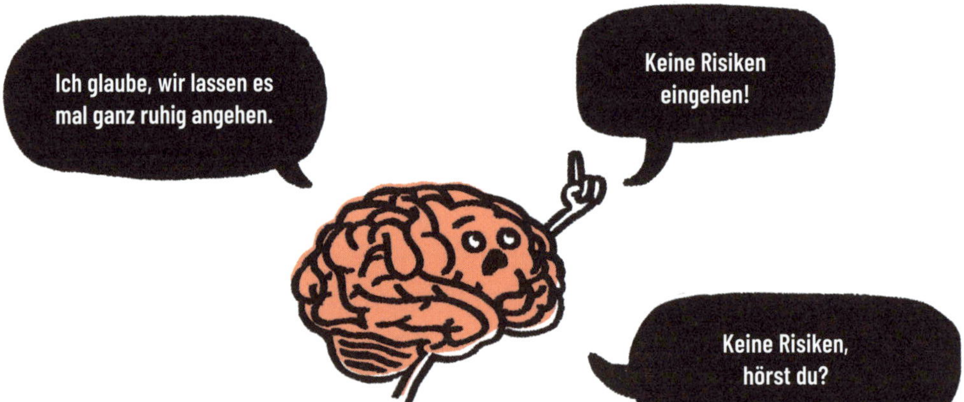

Sprich mit deine*r Ärzt*in über Möglichkeiten, die du ausprobieren kannst und womit du lieber warten solltest.

Wenn es dich tröstet: Wir haben mit vielen Jugendlichen zusammengearbeitet, die ihre Päckchen zu tragen haben, körperlich und psychisch. Und wir sehen, dass viele von euch durch ihr Schicksal ein bisschen weiser, noch fürsorglicher und einfühlsamer werden. Ihr wisst mehr über das Leben als viele andere in eurem Alter. Auch wenn das eine teuer erkaufte Erkenntnis ist, auf die du lieber verzichten würdest, die Welt braucht Menschen wie euch.

Unser Körper – was ist normal?

- Unzufrieden sein oder Komplexe bezüglich des Aussehens haben. Bei den meisten Menschen wird dies mit zunehmendem Alter besser.

- Sich mit Äußerlichkeiten zu beschäftigen, sowohl mit dem eigenen Körper als auch mit den Körpern anderer.

- Zu erkennen, dass sich der Stoffwechsel und die Fettspeicherung des Körpers ändern, und damit auch der Körper seine Form ändert. Das hat mit der Pubertät zu tun und ist ein natürlicher Prozess.

- Einen unregelmäßigen Schlafrhythmus zu haben, Phasen, in denen man schlecht schläft, und dann wieder andere Phasen, in denen man am liebsten den ganzen Tag pennen würde, wenn man könnte. Prinzipiell hat man während der Pubertät ein großes Bedürfnis nach Schlaf.

- Im Laufe des Tages und in der Woche müde und erschöpft zu sein. Erschöpfung gehört zum Alltag, und nach dem Sport oder einem langen Tag sind die meisten Menschen müde.

- Dass der Appetit sich immer wieder ändert, dass es Phasen gibt, in denen du mehr Appetit hast als sonst.

- Sich verletzlicher zu fühlen als vor der Pubertät, als ob du dich gehäutet hättest oder nackt wärst. Plötzlich kann sich eine völlig harmlose Berührung ganz anders anfühlen als zuvor. Wenn du die Person, die dich berührt, gern magst, kann das schön oder aufregend sein, doch wenn es sich um eine fremde Person handelt oder jemanden, den du nicht magst, ist es eher unangenehm.

- Das Gefühl, Schwierigkeiten beim Atmen zu haben, wenn du an deine Atmung denkst, genauso wie sich deine Zunge größer anfühlen kann, wenn du dich zu sehr auf sie konzentrierst. Das ist völlig harmlos, du kannst einfach warten, bis es von allein vorbeigeht. Atme dabei langsam aus.

Ab wann besteht Grund zur Sorge?

Sprich mit einem/einer Erwachsenen (siehe S. 384), wenn von den folgenden Punkten einer oder mehrere auf dich zutreffen:

- Wenn du feststellst, dass es dir schwerfällt zu essen, ohne ein schlechtes Gewissen zu bekommen, oder wenn es sich gut anfühlt, Mahlzeiten auszulassen. Du musst nicht dünn sein, um jemandem anzuvertrauen, dass du ein problematisches Verhältnis zum Essen hast.

- Wenn du Erbrechen herbeiführst, also deinen Körper dazu bringst, dass er sich übergibt, obwohl du weder krank bist noch eine Lebensmittelvergiftung hast. Es geht dir vermutlich nicht gut, wenn du das Bedürfnis hast, dich übergeben zu wollen. Außerdem besteht die Gefahr, dass du eine Essstörung entwickelst, die sich Bulimie nennt (siehe Seite 343).

- Wenn du ein Muster hast, bei dem es beim Essen um andere Dinge geht als darum, deinen Hunger zu stillen. Viele Teenager essen, um ihre Emotionen unter Kontrolle zu bringen, zum Beispiel kann es sich so anfühlen, als würden Essen oder Süßigkeiten helfen, wenn du traurig bist oder dich alleine fühlst. Es ist besser, sich mit seinen verletzten Gefühlen auseinanderzusetzen und herauszufinden, wie du mit ihnen umgehen kannst. (Natürlich ist es erlaubt, ab und zu einen gemütlichen Abend mit Snacks zu verbringen, oder sich wie im amerikanischen Film mit Eis zu trösten. Aber wenn du das Gefühl hast, dass dein Appetit eine Flucht vor großen, wichtigen Emotionen ist, musst du aufpassen).

- Wenn du so starke Schlafprobleme hast, dass es Auswirkungen auf deinen Alltag hat.

- Wenn du mit deinem Äußeren so unzufrieden bist, dass es dich daran hindert, gewisse Dinge zu tun, zum Beispiel an den Strand zu gehen oder Zeit mit Gleichaltrigen zu verbringen.

- Wenn du die ganze Zeit müde bist, egal wie viel du dich ausruhst – auch dann, wenn du einen normalen Schlafrhythmus hast und dich gesund ernährst. Oder umgekehrt – wenn du die ganze Zeit sehr unruhig und aufgekratzt bist oder so viel Energie hast, dass du denkst, jeden Moment die Kontrolle zu verlieren. Das muss zwar nichts heißen, aber es kann sein, dass du davon profitieren kannst, dir Hilfe zu suchen.

- Wenn du so sehr damit beschäftigt bist, so große oder ausgeprägte Muskeln aufzubauen, dass sich dies auf andere Bereiche deines Lebens auswirkt, zum Beispiel indem du ein schlechtes Gewissen bekommst, wenn du mal nicht trainierst.

KAPITEL 4

Sex

Fantasien, Gefühle und Grenzen

Denken Jugendliche immer an Sex?

Haben etwa alle Jugendlichen schon Sex gehabt? Muss man sich perfekt fühlen, um Sex haben zu können? Ist man langweilig, wenn man keine verrückten Sachen macht? Viele glauben, dass die Antwort auf jede einzelne dieser Fragen Ja lautet, aber das ist Quatsch. Die Wahrheit ist, dass einige oft an Sex denken, andere weniger. Es gibt sogar Menschen, die in ihren Zwanzigern noch keinen Sex hatten (auch wenn sie vielleicht das Gegenteil behaupten). Du kannst Sex haben, egal wie dein Körper aussieht, und niemand kann die Anforderung an dich stellen, etwas zu tun, worauf du keine Lust hast. Die meisten Menschen haben ganz normalen Sex und finden das ziemlich geil.

Sex kann spannend und fantastisch sein, Spaß machen, ein bisschen langweilen, peinlich sein und ganz okay. Es kann lange dauern oder auch schnell vorbei sein. Solange beide es wollen, solange es nicht wehtut, ist alles in Ordnung. Beim Sex geht es nicht darum, wie man aussieht oder welche fancy Tricks man irgendwo gelernt hat. Und es eilt auch nicht. Einige sind schon als Teenager bereit, andere finden es besser, noch zu warten. Was zählt, ist, dass du Lust hast und dass du dich sicher und wohl in deiner Haut fühlst. Wenn du mit deinem Körper zufrieden bist, kannst du dich besser entspannen, und umso leichter ist es, herauszufinden, was Sexualität für dich bedeutet.

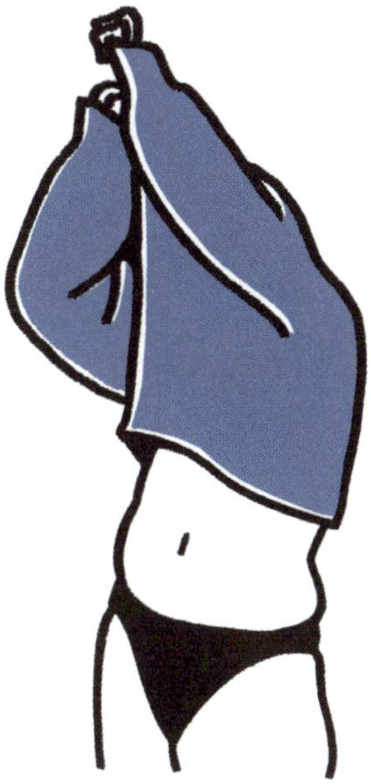

Was ist Sex?

Sex kann für alle etwas anderes bedeuten. In diesem Kapitel definieren wir Sex als sexuellen Kontakt zwischen Menschen. Du kannst ja mal überlegen, wo du die Grenze ziehen würdest, was Sex ist und was nicht. Für einige ist es schon Sex, wenn man knutscht und sich mit Klamotten streichelt, für andere fängt Sex erst an, wenn man nackt ist.

Wer und was dich anmacht, und mit wem du Lust auf Sex hast, ist von Person zu Person unterschiedlich und kann sich im Laufe des Lebens immer wieder ändern. In der Pubertät ist es üblich, dass man viel ausprobiert und herausfindet. Oder weißt du vielleicht schon, worauf du stehst? Es ist ganz allein deine Sache, wen du attraktiv findest und in wen du dich verliebst. Übrigens solltest du wissen, dass es ein klassisches Missverständnis ist, dass diejenigen, die sich vom gleichen Geschlecht angezogen fühlen, nur das komplette Gegenteil von sich selbst attraktiv finden. Du kannst beispielsweise ein sehr maskuliner Junge sein und trotzdem auf andere maskuline Jungs stehen. Egal worauf du stehst, Jungen, Mädchen, beide Geschlechter, Persönlichkeiten oder irgendwo dazwischen: Das entscheidest du allein und das ist gut so!

Was denkst du über Sex? Deine Kindheit hat zu einem gewissen Teil Einfluss auf deine Einstellung zu Sex. In manchen Familien wird offen und frei über Sex und Sexualität gesprochen, andere leben vielleicht in einem Umfeld, in dem selbst ein verliebter Blick schon zu viel des Guten ist. Überleg mal, was die Welt um dich herum für eine Einstellung zu Sex hat und was sie dir darüber erzählt haben. Vielleicht hast du den Eindruck, dass Sex etwas Beängstigendes ist, oder du denkst, es sei eine Sünde. Oder hast du den Eindruck, dass deine Eltern von dir erwarten, als Jugendliche*r deine ersten sexuellen Erfahrungen zu sammeln, obwohl du selbst noch warten willst, bis du verheiratet bist? Nur du allein sollst herausfinden, wie du zu Sex und Sexualität stehst. Hol dir gerne Rat bei anderen, aber lass sie nicht über dich bestimmen.

Sex und Liebe passen gut zusammen. Die meisten finden, dass man sich beim Sex erst so richtig fallen lassen kann, wenn man sich bei der anderen Person sicher fühlt, sie sehr gerne mag oder verliebt ist. Das gilt besonders, wenn du auf dem Gebiet noch Anfänger*in bist und noch herausfinden musst, was du magst. Vergiss nicht, es gibt kein Alter, in dem du anfangen musst, sexuell aktiv zu werden. Das ist für jede*n anders, und man kann auch eine Liebesbeziehung eingehen, ohne gleich Sex zu haben. Du solltest auch in einer Beziehung niemals gegen deinen Willen mit deine*r Partner*in Sex haben, nur um ihn/sie nicht zu verlieren.

Du hast immer – IMMER – das Recht, deine eigenen Grenzen zu setzen. Was du für richtig hältst und wozu du dich bereit fühlst, ist deine private Angelegenheit und das Einzige, was zählt. Niemand hat das Recht, von dir zu verlangen, eine sexuelle Handlung zu vollziehen, die du nicht willst oder zu der du noch nicht bereit bist.

Lust auf Sex kommt und geht. Unter anderem kommt es darauf an, wie es dir gerade sonst so geht. Was dir im einen Moment ein Kribbeln im Bauch verursacht, kann sich in einem anderen Moment total falsch anfühlen.

Masturbation

Masturbation (sexuelle Selbstbefriedigung) ist normal, gesund und gut für dich. Jede*r hat unterschiedliche Vorlieben beim Masturbieren, probiere einfach mal verschiedene Sachen aus.

Viele Menschen masturbieren schon als Kinder, ohne das Wort zu kennen oder es unbedingt mit Sexualität in Verbindung zu bringen. Das ist vollkommen in Ordnung und es ist sowieso eine großartige Weise, sich mit seiner Sexualität anzufreunden. Unter Erwachsenen wird eher selten über Masturbation gesprochen, auch wenn es zur menschlichen Sexualität dazugehört. Einige befriedigen sich selbst, wenn sie Pornografie konsumieren (Filme, Bilder/Fotografien und Literatur, bei denen Sex und Nacktheit im Fokus stehen). An sich ist das völlig unproblematisch, solange man weiß, dass viele pornografische Inhalte von der Realität weit entfernt und teilweise auch retuschiert sind. Außerdem ist es empfehlenswert, auch mal ohne Pornografie zu masturbieren, da die Bilder, Texte und Filme oft nur die eigene Fantasie ersetzen.

Orgasmus

Der Orgasmus ist ein sexueller Höhepunkt. Orgasmen können sich ganz unterschiedlich anfühlen, doch in dem Moment ist es immer so, als würde das sexuelle Erlebnis sein eigenes Leben führen, denn deine Muskeln und Glückshormone drehen total am Rad. Für einige ist der Orgasmus ein gewaltiges Feuerwerk, das den ganzen Körper außer Kontrolle bringt, andere werden von einer still heranbrausenden Welle mitgerissen. Ein Orgasmus kann unabhängig vom Geschlecht eine Ejakulation auslösen, muss er aber nicht. Nach einem Orgasmus ist es üblich, dass der Körper in den Ruhemodus umschaltet und man dadurch müde wird.

Der Sinn von Sex ist es nicht, einen Orgasmus zu haben, und du solltest wissen, dass die meisten Menschen Jahre brauchen, um herauszufinden, wie sie zum Höhepunkt kommen. Sieh es eher als einen Bonus zum Sex, nicht als das Ziel, das du erreichen musst. Sex sollte etwas Tolles und Schönes sein, kein Wettbewerb oder etwas, in dem man gut sein muss. Ein Tipp, wenn du versuchen willst, einen Orgasmus zu bekommen: Entspann dich so gut wie möglich und fokussier auf etwas, das du für schön oder aufregend hältst (und damit meinen wir nicht solche Gedanken wie: „Wie sehe ich wohl in diesem Licht aus?“, oder: „Hilfe, ich müsste doch jetzt bald mal einen Orgasmus haben!“). Es ist auch eine gute Idee, selbst Hand anzulegen und zu experimentieren, damit du weißt, was für dich funktioniert.“

Sexuelle Fantasien

Eine sexuelle Fantasie ist ein Szenario in deinem Kopf, das dich anturnt, oder etwas, das du dir beim Masturbieren vorstellst. Es funktioniert ein bisschen wie beim Träumen: Die Grenzen der Realität verschwimmen und die Bilder in unseren Köpfen können alles Mögliche darstellen. Wir driften hinüber in eine andere Welt, wenn wir fantasieren. Viele Menschen schaffen es, sich in ihren Fantasien positiver zu sehen als in der Realität. Nicht jeder hat sexuelle Fantasien, und es ist nicht so, dass man fantasieren muss, um sich gut zu fühlen, wenn man sich selbst sexuell berührt.

Welche sexuellen Fantasien sind normal? Die Antwort lautet, dass alle sexuellen Fantasien normal sind. Es gibt kein allgemeingültiges Fazit für eine „normale" oder „angemessene" sexuelle Fantasie, das ist Quatsch. Unsere Fantasien handeln von Dingen, die wir erlebt haben oder die wir uns wünschen, und manchmal reicht es schon, wenn man nur an seine*n feste*n Freund*in denkt oder an den Kuss von neulich. Es ist jedoch auch üblich, dass das Gehirn unsere Fantasien mit Extras aufpeppt, die uns normalerweise nicht in den Sinn kämen, die wir für beängstigend halten oder sogar mit Dingen, die verboten sind.

Sexuelle Fantasien können uns ziemlich random und seltsam vorkommen, und viele von ihnen können weit von dem entfernt sein, was uns in Wirklichkeit anmacht. Unserem Gehirn sind keine Grenzen gesetzt, wenn wir in sexuelle Fantasien eintauchen. Wenn du zum Beispiel davon träumst, Sex mit Außerirdischen zu haben, bedeutet das nicht, dass du dir sofort alle Klamotten vom Leib reißt, falls bald mal ein UFO auf der Erde landet. Wenn du schon in einer Partnerschaft bist und darüber fantasierst, Sex mit anderen zu haben, bedeutet dies nicht, dass du deine*n Freund*in nicht mehr magst oder nicht mehr an eurer Beziehung interessiert bist. Sexuelle Fantasien mit anderen Personen sind keine Untreue.

Unsere Fantasien sind privat, wir sind nicht dazu verpflichtet, jemandem davon zu erzählen, wenn wir nicht wollen. Dass sexuelle Fantasien sich so anfühlen, als wären sie unser Geheimnis, bedeutet nur, das Sexualität für die meisten von uns Privatsache ist. Das bedeutet nicht, dass du dich für deine Fantasien schämen solltest!

Unser Körper macht die merkwürdigsten Dinge

Als Teenager kann es passieren, dass man überall und jederzeit sexuell erregt ist. Das kann sehr irritierend sein. Vielleicht gehst du an einem Apfel vorbei, bist plötzlich total horny und denkst erschrocken: „Oh Gott, bin ich etwa apfelophil? Ich werde einen Apfel heiraten müssen!“ So funktioniert Sexualität nicht – der Augenblick und die Umstände, in denen du erregt wirst, lassen keine Rückschlüsse darauf zu, worauf du wirklich stehst. Du kannst auch einfach denken: „Wow, so ein attraktiver Apfel“, ohne dass du dich generell von Obst angezogen fühlst. Unsere Sexualität probiert immerzu die unterschiedlichsten Dinge aus.

Sex und Grenzen

Nur du kannst deine eigenen Grenzen setzen und bestimmen, was sich für dich richtig anfühlt. Das gilt sowohl für den Fall, wenn du in einer Beziehung bist und ihr unterschiedliche Bedürfnisse habt, oder wenn du jemand Neues kennenlernst. Ebenso können auch die anderen nur allein bestimmen, wo ihre Grenzen verlaufen. Man kann den Grenzen der anderen nicht widersprechen, denn jeder Mensch entscheidet hundertprozentig über seinen eigenen Körper.

Nur weil du flirtest, gibst du NICHT dein Einverständnis für Sex. Flirten ist eine Form der verspielten Kommunikation, um die Aufmerksamkeit einer anderen Person auf sich zu ziehen. Es geht darum, miteinander einen aufregenden Kontakt einzugehen, es ist keine Einladung zum Sex.

Wie kann man die Grenzen der anderen richtig deuten?

Die meisten sexuellen Übergriffe, denen Jugendliche ausgesetzt sind, werden von jemandem begangen, den die Opfer schon kennen. Wie kann das passieren?

Flirten ist spannend, aber man muss auch auf die Signale des/der anderen achten. Oft ist der Sinn vom Flirten, mit den Grenzen des Gegenübers zu spielen, es kann passieren, dass du rufst: „Neeeeiiin, lass das", dir aber eigentlich gefällt, was der andere gerade tut.

Wenn beim Flirten eine Grenze überschritten wird, kann das schnell furchtbar unangenehm oder sogar ein Schock sein. Es kann schwer sein, diese Grenzen zu erkennen. Deshalb muss man dem/der anderen gegenüber sehr aufmerksam sein.

Wie erkennt man den Unterschied, dass jemand „Ahhh, hör auuuuf" ruft, aber trotzdem Spaß hat und eigentlich weitermachen will, und wann ein Nein auch Nein bedeutet? Auf diese Frage gibt es keine einfache Antwort, weder was Flirten noch Sex betrifft, aber es ist superwichtig, dass du sehr gut auf deine eigenen und die Grenzen deines Gegenüber aufpasst.

Eine Regel, die dir vielleicht helfen kann, wäre, dir vorzustellen, Flirten und Sex mit Kitzeln zu vergleichen. Die meisten von uns haben schon die Erfahrung gemacht, dass beim Kitzeln ganz schnell aus Spaß ein unerträgliches Gefühl werden kann, vor allem, wenn uns jemand einfach weiterkitzelt, obwohl man nicht mehr will. Wenn man jemanden kitzelt, fragt man nicht alle fünfzehn Sekunden „Darf ich weitermachen?", deshalb tun wir etwas anderes: Wir beobachten, wie es dem/der anderen dabei geht und hören sofort auf, wenn wir den Eindruck haben, dass es ihr oder ihm keinen Spaß mehr macht.

Wenn es um Flirten und Sex geht, kann sich das gleich noch mal schwieriger gestalten, da uns Erregung, Anspannung, Nervosität oder Verliebtheit ablenken. Trotzdem haben wir keine andere Wahl. Wir können nicht das Risiko eingehen, zu glauben, dass der andere Lust hat – es ist ein Risiko, das wir im Namen des/der anderen eingehen. Wenn du flirtest und aus dem Flirt eine Situation entsteht, in der du mit der anderen Person schlafen möchtest, dann musst du ganz genau auf Signale achten, ob dein Gegenüber versucht dir zu sagen „STOPP, ich mein's ernst!". Und solltest du dir jemals die Frage stellen, ob der/die andere noch will, halte für einen Moment inne und schau, ob sie/er die Initiative ergreift, oder sprecht über die Situation. Es ist wichtig, einander ohne Umschweife zu fragen, ob beide das Gleiche wollen, vor allem, wenn man zum ersten Mal miteinander Sex hat.

WICHTIG

Folgende Zeichen solltest du ernst nehmen. Wenn du diese Zeichen wahrnimmst, musst du SOFORT aufhören und nachfragen, ob dein Gegenüber Lust hat, weiter zu machen:

- Wenn er/sie eben noch gut drauf war und plötzlich ernst oder ängstlich wirkt.
- Wenn die Art, wie er/sie „Neeeiiinn!" sagt, eben noch neckend, lachend und flirty, plötzlich ernst klingt. Jedes „Nein" muss sehr, sehr ernst genommen werden.
- Wenn dein Gegenüber andere deutliche Botschaften sendet, wie „STOPP!", „NEIN!", „HÖR AUF!" oder „ICH WILL DAS NICHT!"
- Wenn er/sie versucht, dich wegzuschieben, ohne dabei zu lächeln oder zu lachen.
- Wenn er/sie ganz ruhig wird, den Blick abwendet, nicht mehr lächelt und irgendwie abwesend wirkt.

Es kann uns schwerfallen, Nein zu sagen. Einige von uns wissen nicht recht, wie sie ausdrücken sollen, wo ihre Grenzen verlaufen. Es kann zum Beispiel sein, dass sie Angst haben, als langweilig abgestempelt zu werden, oder sie haben das Gefühl, erklären zu müssen, warum das, was eben vielleicht noch Spaß gemacht hat, plötzlich nicht mehr in Ordnung ist. Einige haben vielleicht schlechte Erfahrungen damit gemacht, jemanden abzuweisen, woraufhin sie beschimpft oder schlecht behandelt wurden. Du darfst immer „Nein!" sagen und du darfst immer „Stopp!" sagen. Immer! Wenn dir das schwerfällt, weil du zum Beispiel nicht weißt, wie du dich ausdrücken sollst, dann kannst du üben, Grenzen zu setzen. Spricht auch mit deinen Freund*innen darüber und schau, ob sie eine gute Strategie haben. Vielleicht glaubt die Person, mit der du flirtest, dass ihr beide dasselbe wollt, und fühlt sich gedemütigt oder blamiert, wenn du dem Einhalt gebietest. Aber das spielt keine Rolle. Es reicht, mit einem ernsten Gesichtsausdruck „Stopp" zu sagen, oder einfach geradeheraus: „Darauf habe ich keine Lust."

Sex kann peinlich sein und in die Hose gehen

Es gibt einen guten Grund, warum Sex so beliebt ist – meistens macht Sex Spaß, vor allem, wenn man selbstbewusst ist und die Person mag, mit der man Sex hat. Aber man kann sich beim Sex auch echt blamieren, manchmal funktioniert es nicht so, wie man will, oder der Sex ist schlecht, oder man schläft mit jemandem, mit dem/der man eigentlich nicht schlafen sollte oder wollte, was man am nächsten Tag richtig bereut.

Es ist wichtig, das zu wissen, damit man diese eher negativen Erlebnisse so nimmt, wie sie sind: einfach nur schlechter Sex. Wenn man sich beim Sex blamiert oder es später bereut, mit einer Person im Bett gewesen zu sein, kann es passieren, dass man sich mega schämt oder das Gefühl hat, total versagt zu haben. Einige sind hinterher auch total verwirrt: „Warum hab ich das überhaupt gemacht?" oder „Sex soll sich nicht so peinlich oder unangenehm anfühlen, da ist irgendwas richtig falsch gelaufen." Aber die Welt geht nicht unter, wenn's beim Sex mal richtig schieflief. Solange beide Partner ihre Zustimmung zum Sex gegeben haben, ist alles in Ordnung. Die meisten von uns, die schon seit einer Weile sexuell aktiv sind, haben schon einmal schlechten Sex gehabt.

Warum reden alle über Nudes?

Es gibt Leute, die Nacktbilder (Nudes) von sich verschicken. Fotos zu verschicken, auf denen man komplett oder zum Teil nackt ist, kann eine ziemlich aufregende, aber auch riskante Art zu flirten sein. Du hast nichts Falsches oder Beschämendes gemacht, wenn du Nacktbilder an jemanden geschickt hast, solange die Person dich darum gebeten hat. Jemandem Nudes zu schicken, der/die dafür jedoch kein Okay gegeben hat, ist strafbar. Selbstverständlich ist es auch vollkommen normal, keine Nacktbilder zu verschicken oder erhalten zu wollen.

Vielleicht schickst du Nudes, weil dich der Gedanke erregt, dass jemand, den du magst, das Bild bekommt und davon angeturnt wird, oder es kann sich aufregend und schön anfühlen, zu hören, wie sexy du bist. Das Problem ist jedoch, dass es in Zeiten von Social Media so einfach ist, Fotos anderer Leute weiterzuleiten. Für einen kurzen Moment macht man sich vielleicht einen Spaß daraus, ignoriert den Fakt, dass man mit dem Weiterleiten von Nudes eine Straftat begeht, und – Klick! – ehe man sich's versieht, wurde das Bild hinaus in die Welt geschickt. Es ist super unangenehm, wenn ein Foto, das für eine einzige Person bestimmt war, plötzlich im Posteingang des Lehrers, der Eltern oder anderer Menschen, mit denen man keinen Kontakt haben will, zu finden ist. Außerdem ist es demütigend und ein ziemlicher Verrat, wenn diese Bilder zwischen Klassenkamerad*innen und anderen Gleichaltrigen verbreitet werden. In unserer Gesellschaft ist Nacktheit als etwas Schamhaftes verpönt, deshalb kann es sich ganz furchtbar anfühlen, wenn Bilder von dir im Netz kursieren. Darum reden alle über Nudes.

Bevor du Nacktbilder von dir verschickst, hör mal in dich rein und überlege, aus welchem Grund du das machen möchtest. Findest du es aufregend, ist es ein Teil eures Flirts oder Ähnliches, dann ist es ganz verständlich, dass dich so etwas reizt. Tust du es, weil du dich unsicher fühlst und hoffst, Bestätigung zu erfahren, oder weil du Angst hast, als Langweiler*in abgestempelt zu werden, oder weil du Angst hast, abgeschossen zu werden, solltest du diese Bilder auf keinen Fall verschicken. Wenn du Nudes verschickst, machst du dich verletzlich, egal, ob sie geleakt werden oder nicht, und es ist eine schlechte Idee, auf diese Weise dein Selbstbild aufpolieren zu wollen.

Wenn du findest, dass du mit dir im Reinen bist und gute Gründe hast, Nudes zu verschicken, ist es trotzdem schlau, dich ohne Gesicht zu fotografieren und auch andere Dinge aus dem Fokus zu nehmen, die ein Hinweis auf deine Identität sein könnten. Nur zur Sicherheit, denn du kannst nie wissen, ob deine Bilder nicht doch weitergeschickt werden. Auch, wenn du stolz auf deinen Körper bist (was natürlich eine super Einstellung ist!) und findest, dass es kein Drama wäre, wenn alle Welt sie zu Gesicht bekäme, wirst du spätestens in ein paar Jahren anders darüber denken, wenn dein Leben etwas anders aussieht. Bist du jetzt vorsichtig, wirst du dir später sicherlich selbst danken.

Wenn deine Bilder gegen deinen Willen weiterverbreitet werden, wende dich an Erwachsene, die dir helfen können, auch wenn es super unangenehm ist und auch wenn sie dir gesagt haben, dass du keine Nacktbilder verschicken sollst. Garantiert wollen sie dir in dieser Situation lieber zur Seite stehen, als dass du da alleine durchmusst. Lies mehr zu dem Thema und über Missbrauch im Internet auf Seite 300.

Porno

Pornografie sind Bilder, Texte oder Filme, die Sex, Nacktheit oder andere sexuelle Handlungen zeigen. Diese Bilder, Texte oder Filme können von normalen Leuten geschrieben, gefilmt oder fotografiert werden, aber es gibt auch eine riesige Industrie, die Pornografie produziert, um Geld zu verdienen. Pornografie, vor allem die Art, die professionell betrieben wird, ist alles andere als ein gutes Beispiel für authentischen Sex. Obwohl es viele Arten von Pornos gibt, ist meist viel Schummel im Spiel. Es geht, wie bei jedem anderen Film, um Geld: Die Produzenten verwenden Filmtricktechnik, sie erfinden Geschichten, die im wirklichen Leben nie passieren würden, die Darsteller legen zwischendurch viele Pausen ein, die später rausgeschnitten werden, sie sind geschminkt und gebleached (sowohl hier als auch da ...), teilweise haben sie sich an den Genitalien operieren lassen, und sie verwenden Pillen, die den Penis steif halten.

Lass dich nicht von solchen Bildern blenden. Vielleicht erwartest du, dass ein Junge Unmengen an Sperma abspritzt, wenn er kommt, weil du das im Porno so gesehen hast. Aber das sind Spezialeffekte – in Wirklichkeit ist es nur eine kleine Menge, die ein Junge ejakuliert, wenn er einen Orgasmus hat.

ACHTUNG FAKE

Sowohl Pornos als auch andere Filme und Fernsehserien verbreiten Mythen über Sex und Körper, die einfach nur fake sind. Hier haben wir ein paar Dinge aufgelistet, die einige immer noch falsch verstehen oder nicht wissen:

→ Sowohl Pornos als auch das Fernsehen vermitteln uns das Bild, dass es super leicht sei, zum Orgasmus zu kommen, egal für welches Geschlecht. Für Mädchen ist es jedoch oft so, dass während des Sex ihre Klitoris stimuliert werden muss, damit sie zum Höhepunkt kommen.

→ Symmetrische Schamlippen sind ein Mythos. Schamlippen sind nie gleich, es ist ganz normal, dass die inneren Schamlippen länger sind als die äußeren. Pornografie und Medien können den Eindruck vermitteln, dass es wichtig ist, wie man zwischen den Beinen aussieht, aber das ist ein konstruiertes Problem. Nur die wenigsten scheren sich darum, wie lang oder kurz oder symmetrisch die Genitalien ihre*r Sexpartner*innen sind, die meisten finden es eher aufregend. Je mehr Erfahrung man hat, umso eher weiß man, wie unterschiedlich alle aussehen.

→ Es ist normal, dass Brüste unterschiedlich groß sind oder unterschiedliche Formen haben – vor allem während der Pubertät.

→ Das Jungfernhäutchen existiert nicht. Das ist ein Mythos, den die ganze Welt viel zu lange geglaubt hat. Es ist unmöglich, mittels einer medizinischen Untersuchung herauszufinden, ob jemand schon Sex gehabt hat.

→ Einige Penisse sind ziemlich klein, wenn sie nicht erregt sind, vor allem, wenn es kalt ist. Andere sind ziemlich groß, sowohl im erregten, als auch im schlaffen Zustand. Es ist ein Mythos, dass man einem schlaffen Penis ansehen kann, wie groß er wird, wenn er steif ist.

→ Guter Sex hängt nicht von der Größe des Penis ab. Es ist ein hartnäckiger Mythos, dass ein großer Penis automatisch guter Sex bedeutet. Auch Vaginen sind unterschiedlich groß, und trotzdem funktioniert alles.

→ Es ist ganz gewöhnlich und normal, dass ein Penis beim Sex schlaff wird, oder dass er Probleme hat, steif zu werden, auch wenn man eigentlich Lust hat. Oft liegt es daran, dass man aufgeregt ist oder sich zu großen Druck macht. Dann kann es helfen, wenn man versucht, sich zu entspannen, sich miteinander Zeit zu nehmen und daran zu denken, dass es keine Katastrophe ist, wenn man es ein anderes Mal nochmal probiert. Auch unter Alkoholeinfluss kann es passieren, dass der Penis nicht steif wird.

→ Es ist ganz normal, dass man zu früh kommt, obwohl man eigentlich noch nicht bereit war. Das wird den meisten das eine oder andere Mal passieren. Diese Dinge werden in Filmen und Fernsehserien oft so dargestellt, als müsste man sich dafür schämen, aber das ist Quatsch.

Seid gut zueinander

Obwohl junge Leute überall Zugriff auf Werbung und Pornos haben, kommt ein Großteil des Drucks, den junge Leute empfinden, von Gleichaltrigen. Wenn ihr euch wohlfühlen wollt, versucht, eine Atmosphäre zu schaffen, in der ihr einander nicht als Schlampen bezeichnet oder Gerüchte in die Welt gesetzt werden, in der Jungs nicht denken, sie müssten die gleiche Penisgröße haben wie ein Pornostar (die sind immerhin wegen ihrer besonderen Größe speziell gecastet worden, sie entsprechen nicht dem Durchschnitt), und in der ihr niemals, niemals heimlich mitfilmt oder private Bilder weiterverbreitet. Passt aufeinander auf!

Warum gibt es ein sexuelles Schutzalter?

Das sexuelle Schutzalter soll vor allem verhindern, dass Kinder und jüngere Jugendliche zu sexuellen Handlungen gedrängt werden. Bei sexuellen Handlungen macht man sich verletzlich, sie sind etwas sehr Intimes, und es kann schwierig sein, seine Grenzen klar aufzuzeigen, wenn man jung ist. Viele Länder der Welt haben daher ein Gesetz eingeführt, in dem ein Alter festgeschrieben wird, ab dem junge Menschen alt genug sind, um selbst zu entscheiden, ob sie bereit sind, Sex zu haben. Ein weiterer Grund für das sexuelle Schutzalter ist, dass junge Menschen oft noch gar nicht genau wissen, was es bedeutet, nackt und mit jemandem intim zu sein. Sexuelle Handlungen, die sich hier und jetzt gut anfühlen, könnte man später vielleicht bereuen. Dies gilt auch für sexuelle Handlungen via Internet.
In Deutschland liegt das sexuelle Schutzalter bei vierzehn Jahren. Sobald du vierzehn bist, kannst du also mit anderen Jugendlichen über vierzehn und auch mit Erwachsenen intim werden. Eine weitere Schutzgrenze liegt bei sechzehn Jahren – wenn jemand, der/die älter ist als 21 Jahre mit eine*r unter Sechzehnjährigen Sex hat, und dabei ausnutzt, dass die unter sechzehnjährige Person noch nicht genau weiß, worauf sie sich einlässt, kann auch das strafbar sein. Das sind rechtliche Altersgrenzen – es gibt jedoch auch Dreizehnjährige, die sich reif genug fühlen, um Sex zu haben, genauso wie es Achtzehnjährige gibt, denen allein bei dem Gedanken ganz übel wird. Alle über vierzehn dürfen trotzdem nicht vergessen, dass es verboten ist, mit jemandem unter vierzehn Sex zu haben.

Was ist sexueller Missbrauch?

Sexueller Missbrauch erfolgt, sobald die Grenzen eines Menschen überschritten werden, entweder willentlich oder in einem Moment, in dem man es als Täter*in hätte besser wissen müssen. Missbrauch liegt nicht nur beim Geschlechtsverkehr vor, sondern auch bei anderen sexuellen Handlungen. Man sollte immer zu hundert Prozent sicher sein, dass der/die andere wirklich Sex haben will. Eine Person, die schläft, supermüde ist oder sogar betrunken oder unter Drogeneinfluss steht, kann auf die Frage, ob er oder sie Sex haben will, nicht antworten. Es ist also sexueller Missbrauch, wenn du in so einem Moment das Risiko eingehst, dass es „schon okay" sein wird. Außerdem gilt es in Deutschland als sexueller Missbrauch, wenn du mit jemandem unter vierzehn Sex hast, auch wenn der-/diejenige es selber möchte.

Es kursieren viele Mythen. Unter anderem glauben viele, dass allein der Fakt, dass jemand, der/die viel Sex hat oder oft erregt ist, ein Zeichen dafür ist, dass man sich an dieser Person einfach gegen ihren Willen vergreifen kann. Andere gehen davon aus, dass Menschen, die einen Penis haben, jederzeit bereit für Sex sind, oder dass man als Mann keinen sexuellen Missbrauch erfahren kann. All das stimmt nicht. Deine Lust beziehungsweise deine Erregung darf kein Grund dafür sein, sich sexuell an dir zu vergehen. Es ist total egal, wie viel Sex du hast.

Man darf nie automatisch annehmen, dass das Gegenüber auch Lust auf Sex hat. Du kannst ein lieber Mensch sein und niemals jemandem etwas antun, doch auch dir kann es passieren, dass du ein Risiko eingehst, bei dem du dich zuvor hättest rückversichern sollen. Vielleicht sendet dir die Person, an der du interessiert bist, Signale, die du falsch deutest, und du denkst: „Da muss ich wohl die Initiative ergreifen." **DIESES RISIKO KANNST DU NICHT EINGEHEN!** Du kannst nicht davon ausgehen, dass der/die andere denselben Wunsch hat wie du!

Triff deine Vorkehrungen gegen sexuellen Missbrauch: Wenn du von dir weißt, dass du deine sozialen Antennen verlierst, sobald du getrunken hast, dann lass in Situationen, in denen du eventuell Grenzen überschreiten könntest, die Finger vom Alkohol. Wenn du sexuell erregt bist, versichere dich bei der anderen Person, dass sie auch Sex mit dir haben will. Gewöhne dir an, regelmäßig zu prüfen, ob dein Gegenüber noch immer einen Schritt weiter gehen will. Lies die Körpersprache der/des anderen, suche nach einem Lächeln und nach einer Bestätigung mit Gesten und Worten.

WICHTIG

Ein gefährlicher Irrglaube ist, dass jemand, der keinen Sex mit dir will, sich wehrt und Widerstand leistet. Das kann dich in dem Glauben lassen, dass es in Ordnung ist, sich weiter vorzuwagen, wenn jemand nicht um sich schlägt. Oder dass du den/die andere*n überzeugen könntest, wenn du nicht nachgibst. Nur, weil er/sie aufhört, Nein zu sagen, heißt das nicht, dass er/sie seine/ihre Meinung geändert hat und jetzt denkt, dass es doch in Ordnung ist. Wenn etwas Schreckliches passiert, geht der Körper oft in eine Starre, in der Annahme, dass es am sichersten ist, ganz still zu liegen und zu warten, bis es vorbei ist. Deshalb musst du dich rückversichern und SOFORT akzeptieren, wenn dein Gegenüber keinen Sex mit dir haben möchte. Falls du doch einfach weitermachst, vergewaltigst du dein Gegenüber.

Es ist ungefähr so, als würdest du mit jemandem spazieren gehen, ihr versteht euch gut und habt eine schöne Zeit zusammen. Plötzlich bleibt die andere Person stehen und fragt dich freundlich, ob du ihr dein Telefon und deine Bankkarte geben willst. „Nein, das will ich nicht", antwortest du. Die andere Person öffnet trotzdem deine Jacke und nimmt dein Handy und deine Bankkarte. Du findest das überhaupt nicht in Ordnung, versuchst, einen Schritt zurückzugehen, doch die andere Person weicht dir nicht vom Leib und nimmt sich, was sie haben will. Weit und breit ist keine andere Menschenseele, es würde nichts bringen, wenn du um Hilfe riefest. Würdest du dich mit Händen und Füßen wehren, oder würdest du stillhalten und es über dich ergehen lassen? Immerhin stehst du einer anscheinend gefährlichen Person gegenüber.

Einige würden sich wehren, andere würden sagen: „TU DAS NICHT!", wieder andere würden trotzdem um Hilfe rufen oder „NEIN" sagen, aber sehr viele von uns würden einfach nur stillhalten. Nur die wenigsten würden sich trauen, etwas zu provozieren, was in einer noch größeren Gefahr enden könnte. Deshalb darfst du niemals, NIEMALS weitermachen, nachdem dein Gegenüber gesagt hat, dass er/sie nicht mehr will. Die Person, die gerade kurz davor ist, vergewaltigt zu werden, muss sich nicht mit Händen und Füßen wehren, nur damit du es ernst nimmst, dass es sich nicht um freiwilligen Sex handelt.

Mehr Info zu sexuellem Missbrauch findest du auf Seite 297.

Wenn lästige Gedanken sexuelle Gedanken sind

Die meisten von uns haben lästige (oder auch aufdringliche) Gedanken. Das ist überhaupt nicht ungewöhnlich, aber fast niemand spricht darüber. Aufdringliche Gedanken sind Bilder und Gedanken, die plötzlich im Kopf auftauchen und sich völlig falsch anfühlen, gegen die wir aber nichts tun können. Diese Gedanken fühlen sich oft verboten, unangemessen oder gefährlich an. Dazu kannst du mehr auf Seite 49 lesen. Manchmal sind solche lästigen Gedanken sexuell. Das heißt, in deinem Kopf tauchen sexuelle Gedanken oder Bilder auf, die du da nicht haben willst.

Lästige sexuelle Gedanken sind total normal. Dein Hirn produziert täglich Tausende von Gedanken und Fantasien, und es ist echt kein Big Deal, wenn einige von denen ein bisschen übers Ziel hinausschießen. Wenn man erst mal versteht, was los ist, ist es gar nicht so schlimm.

Lästige Gedanken tauchen immer dann auf, wenn du nicht mit ihnen rechnest. Wenn es in diesen Gedanken dann noch um Sex geht, sind wir besonders irritiert, weil sie uns gegen unseren Willen erregen. Da kommen sie einem noch echter vor, obwohl sie doch so absurd sind.

Vielleicht führst du gerade eine nette Unterhaltung mit deiner Großtante, und ohne Vorwarnung stellst du sie dir plötzlich nackt vor und fragst dich, wie es bei ihr und Großonkel August wohl im Bett zugeht. Das bedeutet nicht, dass du auf deine Großtante oder auf Großonkel August stehst oder es dich anmacht, ihnen beim Sex zuzusehen. Oder du spielst gerade mit deinem Hund, als plötzlich ein Film in deinem Kopf abspult, in dem du Sex mit deinem Hund hast. Das bedeutet nicht, dass du auf Tiere stehst. Viele Jugendliche glauben, dass diese Bilder und Gedanken ihre wahre Sexualität verraten. „Warum sollte ich sonst diese Bilder im Kopf haben?“ – ein ganz normaler Gedanke.

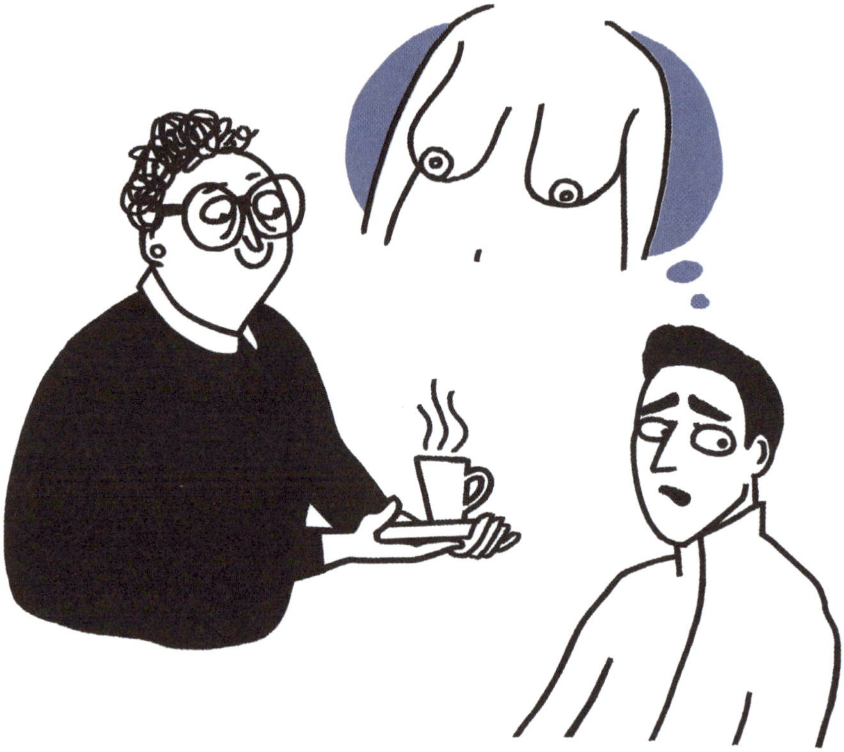

Plötzlich auftauchende, sexuelle Gedanken, die dich zusätzlich noch erregen, sagen nichts über deine Sexualität aus. Das sind keine „unterbewussten" Fantasien, die plötzlich ans Tageslicht kommen. Das ist nur dein Gehirn, das dir einen Streich spielt und für einen kurzen Moment die Kontrolle über die unzähligen Gedanken verliert. Wenn dir so etwas passiert, kannst du versuchen, darüber zu lachen und dir zu sagen: „Herrje, was ist dir jetzt wieder für ein Unsinn eingefallen, Hirn?"

WICHTIG

Wenn sich viele solcher Gedanken bei dir einschleichen und dich belästigen oder dir Angst und Panik machen, kann es sein, dass du eine Zwangsstörung hast. Dann solltest du dir Hilfe suchen (siehe Seite 330). Eine Zwangsstörung ist zwar nicht gefährlich, aber sie kann dir Schmerzen bereiten und dich erschöpfen.

Wenn deine Sexualität problematisch wird

Es kann vorkommen, dass einige Menschen irgendwann feststellen, dass sie sich sexuell von etwas angezogen fühlen, was ihnen selbst oder anderen schaden könnte, wenn diese Sexualität ausgelebt würde. Zum Beispiel gibt es Leute, die irgendwann entdecken, dass sie sich zu Kindern hingezogen fühlen, oder auf sexuelle Gewalt stehen. Festzustellen, dass man sexuelle Vorlieben hat, die nicht ausgelebt werden dürfen, ist für die meisten eine sehr furchtbare und schmerzliche Erkenntnis. Was kannst du tun, wenn das auf dich zutrifft?

Zunächst einmal: Du hast dich getraut, ehrlich mit dir selbst zu sein und zu erkennen, dass es Facetten an deiner Sexualität gibt, die problematisch sind. Das hat dir schon einmal sehr viel Mut abverlangt. Sei gut zu dir, tröste dich und habe Verständnis, das ist nicht deine Schuld.

Und dann: Konzentriere dich darauf, dass du immer noch du bist. Wahrscheinlich findet in dir ein Kampf statt, einerseits verabscheust du deine Sexualität, andererseits hast du auch Bedürfnisse. Es gibt jedoch sexuelle Wünsche, die man niemals ausleben darf. Beispielsweise ist es streng verboten, sexuelle Handlungen mit oder an Kindern auszuführen – auch wenn du der Meinung bist, das Kind hätte entweder nichts dagegen oder würde es nicht einmal merken. Ein Kind kann ernsthafte psychische und physische Schäden davontragen, wenn du dich sexuell an ihm vergehst.

Was du tun kannst:

- Hast du andere sexuelle Vorlieben und schaffst du es, diese auszuleben und zu stärken?
- Finde heraus, was dich im Alltag fasziniert, womit du keine Gesetze brichst oder andere in Gefahr bringst!
- Es ist schwer zu sagen, wie es sich auf dich auswirkt, wenn du Bilder und Filme konsumierst, die deine problematischen Vorlieben repräsentieren. Vermutlich nähren diese Bilder deine Vorlieben und es wird schwerer, von ihnen loszukommen. Wenn die Bilder, nach denen du dich sehnst, zusätzlich verboten sind, kann das deine Lust und die Spannung noch verstärken. Versuche, andere Filme und Bilder anzusehen, experimentiere mit anderen Bereichen, deine Sexualität hat ganz vielfältige Facetten.
- Wenn du es schaffst, beim Masturbieren nur an die Gefühle zu denken, die es in deinem Körper auslöst, kannst du dir selbst gute sexuelle Erlebnisse bescheren und deine Fantasien pausieren lassen.
- Denk dran, dass deine momentanen sexuellen Vorlieben sich mit der Zeit auch ändern können. Genieße alle Facetten deiner Sexualität, die du erforschen darfst.
- Wenn es nicht vorbeigeht und du nach mehreren Jahren immer noch Sehnsüchte hast, die verboten oder gefährlich sind, solltest du mit jemandem reden. Wenn du verständnisvolle Eltern hast, kannst du mit ihnen darüber sprechen. Oder vielleicht hast du eine*n Ärzt*in oder eine*n Schulkrankenpfleger*in, an den/die du dich wenden kannst? Dort bekommst du eine Überweisung zu eine*r Sexolog*in oder Psycholog*in, die dir helfen können. Auf Webseiten wie www.loveline.de oder www.liebesleben.de kannst du dich über diese Themen und Beratungsstellen informieren.

KAPITEL 5

Wofür sollen wir uns entscheiden
und wogegen?

Was zur ϟ☠✵†◙ tust du da?

Unsere Leben bestehen aus lauter Entscheidungen: kleine Entscheidungen, große Entscheidungen, gigantische Entscheidungen und Entscheidungen, die wir treffen, ohne es überhaupt richtig zu checken. Einige dieser Entscheidungen haben überhaupt keine Konsequenzen, andere wiederum können unser Leben, oder das Leben anderer, total auf den Kopf stellen.

Woher sollst du wissen, wie du dich entscheiden sollst? Wie soll man eine Entscheidung treffen, wenn von allen Seiten Druck aufgebaut wird? Und wie können wir Menschen auch zu unseren *schlimmsten* Entscheidungen stehen?

Das Gefühl, das eigene Leben in der Hand zu haben

Stell dir eine Skala vor, die anzeigt, wie sehr du dein eigenes Schicksal beeinflussen kannst. Jede*r würde sich auf dieser Skala an einer anderen Stelle platzieren – und außerdem kann sich dieser Einfluss von Situation zu Situation ändern. Vielleicht hast du das Gefühl, die totale Kontrolle zu haben, wenn du mit deinen Freund*innen zusammen bist, aber in der Beziehung zu deinen Eltern fühlst du dich mega hilflos. Oder du findest, die Schule ist ein absolutes Chaos, während du in der Theater-AG mit beiden Beinen fest auf der Bühne stehst.

ICH HAB DIE TOTALE KONTROLLE — **ICH KANN NICHTS TUN**

Wenn du dich auf dieser Seite der Skala wiederfindest, bedeutet es, dass du dein Leben unter Kontrolle hast. Dinge werden nicht als Glück oder Pech interpretiert, sondern als Ergebnis deiner Entscheidungen. Wenn etwas Dummes passiert, denkst du, okay, ich werde es wieder geradebiegen.

Zu wissen, dass du die Möglichkeit hast, dein eigenes Leben zu steuern, kann dich dazu bringen, Verantwortung zu übernehmen, durchzuhalten, Dinge einfach zu machen, die gemacht werden müssen, und Probleme zu lösen.

Doch es kann auch passieren, dass man sich selbst oft die Schuld gibt, obwohl man für Hindernisse oder Probleme nichts kann, oder dass man sich fragt, wie man gewisse Dinge lösen soll, obwohl es eigentlich die Aufgabe von jemand anderem ist.

Wenn du dich eher mit dieser Seite der Skala identifizierst, bedeutet es, dass du an Glück, Pech und an das Schicksal glaubst. Man kann schnell auf die Idee kommen, dass all die blöden Sachen, die passieren, die Schuld anderer sind, dass man einfach nur Pech hat oder das Leben ungerecht ist, und man selbst kaum etwas ausrichten kann.

Das Gute an dieser Seite der Skala ist, dass man sich nur selten unnötig schuldig fühlt und keine Verantwortung für die Probleme anderer übernimmt.

Doch man neigt auch dazu, leichter aufzugeben, wenn man auf Widerstand stößt. Dann fühlt man sich schneller hilflos. Wenn du dich ganz außen auf dieser Seite der Skala platzierst, hast du oft das Gefühl, dass die Dinge einfach immer so passieren, du ihnen ausgeliefert bist und kaum Kontrolle über dein eigenes Leben hast.

Die Realität liegt irgendwo in der Mitte. Im Leben gibt es einige Dinge, die wir selbst in der Hand haben oder zumindest beeinflussen können. Aber viele Dinge liegen außerhalb unserer Kontrolle. Den meisten Menschen wird der Alltag wahrscheinlich leichter fallen, wenn sie diesen Unterschied nicht aus den Augen verlieren: Was kann ich in der Situation, in der ich mich befinde, konkret tun? Bin ich völlig hilflos oder kann ich etwas ausrichten? War das meine Schuld oder bin ich jetzt zu mir selbst zu streng? Vielleicht liegt ein Großteil nicht in deiner Macht, aber gibt es vielleicht trotzdem etwas, das du unternehmen kannst, um die Situation zu ändern?

WORAUF HABEN WIR KEINEN EINFLUSS? Es gibt so viele Dinge auf dieser Welt, für die wir Menschen uns nicht entscheiden. Wir können uns nicht aussuchen, wo wir geboren werden, das ist total unmöglich. Niemand hat Einfluss auf seine/ihre biologischen Eltern.

Wir bestimmen nicht selbst, wie und wann unser Leben beginnt. In einer Hungersnot? Mitten im Krieg? Oder ob wir in einem wohlhabenden Land in einem Krankenhaus zur Welt kommen, umgeben von Teddys und Ballons.

In der Psychologie gibt es ein Wort für das individuelle Gefühl, in welchem Ausmaß man die Kontrolle über sein eigenes Schicksal hat – **locus of control** oder **Kontrollüberzeugung**.

Wir können uns nicht aussuchen, mit welchem Geschlecht wir geboren werden, mit welchem Körper, wie wir aussehen, welche Hautfarbe wir haben oder mit welcher Weltsicht wir aufwachsen. Wir können uns auch nicht aussuchen, in wen wir uns verlieben. Wir suchen uns keine angeborenen Krankheiten aus, keinen Hirnschaden, beeinträchtigte Sicht, oder ob wir während unserer Kindheit traumatisiert werden. Auch auf den eigenen IQ hat man keinen Einfluss. Und vor allem: Wir haben keinen Einfluss darauf, was andere tun.

Was KÖNNEN wir beeinflussen? Zwischen allem, was außerhalb unserer Kontrolle liegt, gibt es eine ganze Menge, worauf wir Einfluss nehmen können, manchmal mehr, manchmal weniger. Wir entscheiden zum Beispiel oft selbst darüber, was wir tun und wie wir handeln. Wir können selbst entscheiden, wie wir uns anderen gegenüber verhalten, ob wir sie gut behandeln oder ihr Leben im negativen Sinne beeinflussen. Wenn wir in eine schwierige Situation geraten, können wir oft vieles in den Griff bekommen, auch wenn wir nicht verhindern konnten, überhaupt erst in der Tinte zu sitzen. Wir entscheiden selbst, ob wir der Versuchung widerstehen wollen oder uns vorwagen. Und wenn uns das Gefühl übermannt, keine Wahl zu haben, zum Beispiel wenn wir in eine Abhängigkeit geraten, entscheiden wir in erster Linie selbst, ob wir uns Hilfe suchen und diese auch annehmen wollen.

Aber ist das wirklich so einfach?

Die offensichtliche Antwort scheint Ja zu lauten, aber oft steckt noch viel mehr dahinter. Also lautet die Antwort: Nein. So einfach ist das alles nicht. In jeder Situation, in der wir uns befinden, spielen so viele Faktoren eine entscheidende Rolle. Wenn du schlechte Erfahrungen gemacht hast, beispielsweise damit, eine*r Freund*in Geld zu leihen, wird das einen Einfluss darauf haben, ob du eine*r anderen Freund*in in akuter Not noch einmal helfen willst. Was andere in deinem Alter tun, hat sicherlich einen großen Einfluss auf die Dinge, für die du dich begeisterst. Erwachsene, denen du vertraust, haben sicherlich auch einen Rat für dich, der dich in die eine oder andere Richtung lenken kann. Auch unsere Persönlichkeit spielt eine grundlegende Rolle in unseren Entscheidungen – und unsere Persönlichkeit können wir nicht einfach so umkrempeln. Wenn du spontan bist und Spannung liebst, hat das definitiv einen Einfluss darauf, ob du mit dem Kajak einen Wildwasserstrom herunterpaddeln willst oder nicht. Wenn du eher vorsichtig und schüchtern bist, spielen diese Charaktereigenschaften sicherlich eine Rolle dabei, wie viele Partyeinladungen du annimmst.

Unsere Entscheidungen spiegeln wider, welches Leben wir leben

Die meisten von uns, die in Deutschland leben, haben ziemlich viele Möglichkeiten. Wir müssen uns immerzu entscheiden. Oder besser gesagt: Wir können uns immerzu entscheiden. Die meisten unserer Entscheidungen sind Privilegien, auch wenn sie sich ab und zu wie enormer Druck anfühlen. Du kannst dir aussuchen, was du studieren willst, mit wem du zusammen sein willst, in welchen Klamotten du dich cool findest und wohlfühlst, was du dafür opfern willst, um deinem Talent oder einem Wettkampfsport nachzugehen. In vielen anderen Teilen der Welt haben Jugendliche nicht diese unzähligen Möglichkeiten.

Gleichzeitig stehen viele von uns, hier in Deutschland und überall auf der Welt, vor Entscheidungen, um die uns niemand beneidet. Soll ich jemandem erzählen, wie viel Mama und Papa trinken? Sollte ich mich an jemanden wenden, weil mein*e Freund*in ein Drogenproblem hat, damit jemand helfen kann? Soll ich Papa erzählen, dass Mama ihn betrogen hat?

Und für die meisten ist es phasenweise ohnehin unerträglich, Teenager zu sein. Egal, wie satt man ist, oder ob man ein Dach über dem Kopf hat.

Gewohnheiten und voreilige Schlüsse

Fast alles, was wir tun, unterliegt unserer Kontrolle, aber manchmal kommt es uns auch so vor, als wären wir fremdbestimmt. In Wirklichkeit sitzen wir aber am Steuer und bestimmen die Richtung. Der Grund, warum wir oft denken „shit happens" statt „Ich entscheide", ist, dass die Kräfte, die bei all unseren Entscheidungen mitwirken, ziemlich stark sind. Wenn wir diesen Kräften Namen gäben, hießen sie Gewohnheiten, schlechte Angewohnheiten, Hirntäuschungen, Versuchungen und voreilige Schlüsse.

→ **Gewohnheiten:** Alle Menschen haben ihre Gewohnheiten. Wir sind Gewohnheitstiere und haben in unserem Alltag Routinen, einige von uns mehr als andere. Eine Gewohnheit ist etwas, das du automatisch tust, ein fester Bestandteil deines Alltags. Sogar wenn du ein*e totale*r Chaot*in bist und bei dir alles durcheinander geht, wird es eine Handvoll Dinge geben, die du jedes Mal auf dieselbe Weise angehst. Gewohnheiten kann man leicht ändern. Wenn du es zum Beispiel gewohnt bist, eine Monatskarte für den Bus in deiner Tasche zu haben, dauert es nicht lange, dass du dich daran gewöhnt hast, stattdessen die neue App zu benutzen. Solange deine Gewohnheiten nützlich und smart sind, gibt es keinen Grund, sie zu ändern, auch wenn sie einen gewissen Teil deines Alltags bestimmen. Man kann sich nicht jedes Mal über alles den Kopf zerbrechen, Gewohnheiten bringen dich also gut durchs Leben.

→ **schlechte Angewohnheiten**: Während Gewohnheiten den Alltag ölen, bis er möglichst reibungslos läuft, sind schlechte Angewohnheiten Sandkörner, die das ganze Getriebe stottern lassen. Schlechte Angewohnheiten sind so automatisch und tief verwurzelt wie Gewohnheiten, aber sie beeinträchtigen unser tägliches Leben eher, statt es zu vereinfachen. Wunden heilen langsamer, wenn du den Schorf immer wieder aufpulst, und es ist eine schlechte Angewohnheit, die Augen zu verdrehen, wenn jemand etwas Dummes sagt. Schlechte Angewohnheiten zu ändern ist gar nicht so einfach, du musst willentlich genau das Gegenteil von dem tun, was du sonst viele, viele Jahre gemacht hast. Wenn jemand etwas sagt, was du blöd findest, musst du dich zusammenreißen, um dem/der anderen respektvoll gegenüberzutreten und nicht mit den Augen zu rollen. Nächstes Mal, wenn du gerne an Schorf pulen willst, versuch, deinen Händen eine andere Aufgabe zu geben, damit der Drang nachlässt.

→ **wenn dein Gehirn dich täuscht:** Wir lieben es, wenn wir recht haben. Deshalb fallen uns zuerst die Dinge auf, die uns in unseren Meinungen unterstützen, und suchen gerne nach Ausreden, wenn wir mal etwas falsch gemacht haben.

→ **Versuchungen:** Hinter jeder Ecke hält das Leben Versuchungen für uns bereit, und wir Menschen lieben es, uns ihnen hinzugeben. Das Belohnungssystem in unserem Hirn behandelt uns gern wie ein verwöhntes Kind. Auch wenn wir auf dem besten Wege sind, etwas zu tun, was wir später bereuen werden, hat unser Gehirn einen Spruch auf Lager, der alle anderen Argumente im Keim erstickt. „Das wird schon“, flüstert es uns zu, und das hören wir ja nur zu gern.

Wir Menschen überreden uns selbst sehr gern dazu, Dinge zu tun, auf die wir am meisten Bock haben.

ICH
Meine beste Freundin hat keine Zeit mehr für mich, seitdem sie mit ihrem Freund zusammen ist. Am liebsten würde ich ihr erzählen, dass ich ihren Freund mit einer anderen gesehen habe. Wäre das okay?

MEIN HIRN
Na klar, Liebes, du musst auch mal an dich denken. Sie kann sich ja irgendwann wieder neu verlieben.

ICH
Ich hab Bock, von der höchsten Klippe zu springen und allen zu zeigen, wie tough ich bin, aber ich weiß nicht, ob es vielleicht doch gefährlich ist.

MEIN HIRN
Ah, kein Wunder, du liebst doch den Nervenkitzel! Weißt du was, andere verletzen sich vielleicht, aber nicht du! Das wird schon. Los, spring!

ICH
Die Freundin meines Kumpels macht sich an mich ran und ich find sie schon ziemlich geil. Ich hab Bock, mit ihr rumzumachen, aber ich weiß, dass ich meinen Bro damit echt verletzen würde. Andererseits glaub ich, dass es mit den beiden gerade nicht so gut läuft.

MEIN HIRN
Hey – du kannst doch gar nichts dafür, dass es bei den beiden nicht so läuft! Er muss ja wohl nix davon erfahren, oder? Was man nicht weiß, macht einen nicht heiß…"

ICH
Liv hat ihr Portemonnaie hier vergessen. Ich geb's ihr natürlich zurück, aber sie wird schon nicht merken, dass ich zwanzig Euro rausgenommen habe, oder?

MEIN HIRN
Ganz ehrlich? Die hast du dir verdient sieh's einfach als Finderlohn.

- → **voreilige Schlüsse:** Unser Hirn ist ein Klugscheißer, der das Leben gern gechillt angeht und nicht mehr Energie verbrauchen will, als zwingend notwendig. Deswegen schlägt es oft Wege ein, die es schon vorher genommen hat, und lenkt auch unsere Gedanken oft in die gleichen Bahnen zurück, auch, wenn das manchmal überhaupt nicht zur aktuellen Situation passt. Sätze wie: „Typisch, dass meine Schwester wieder ohne Grund Stress macht und uns allen die Ferien versaut!", fühlen sich für dich wahr an, auch wenn das bisher nur zwei Mal wirklich der Fall war. Es bedeutet nämlich ziemlich viel Arbeit fürs Gehirn, dieses System zu durchbrechen und zu denken: „Moment mal – ist es wirklich immer so?"

Unser Gehirn fällt auch in anderen Situationen in solche Muster zurück. Es schöpft aus diesem und jenem Bereich ein bisschen Wissen ab, mixt es zusammen mit Erfahrungen, an die es glaubt, sich richtig zu erinnern, und rührt einen willkürlichen Brei, der uns glaubwürdig erscheint. Wenn dir die Frage gestellt wird, von welchem Tier die meisten US-Amerikaner pro Jahr getötet werden, Hai oder Kuh, dann springt dein Hirn mit Sicherheit zu der Antwort, die im ersten Moment am logischsten und einfachsten klingt, nämlich dem Hai. Die richtige Antwort lautet zwar, dass mehr Menschen bei Kuhangriffen sterben als bei Haiangriffen, und zwar im Zusammenhang mit landwirtschaftlicher Arbeit. Eine komplizierte oder nuancierte Antwort erfordert mehr Nachdenken und eventuell sogar Nachforschungen, daher zieht unser Gehirn es vor, schnell und einfach zu entscheiden, dass die Antwort wahrscheinlich Hai ist.

Reue

Wir alle entscheiden uns gelegentlich mal falsch. Einigen passiert das vielleicht öfter als anderen, aber niemand trifft immer und jedes Mal die richtigen Entscheidungen. Und das muss nicht unbedingt schlimm sein. Wenn du erst einmal weißt, welche Konsequenzen auf deine Entscheidungen folgen, ist es leicht zu sagen, was du hättest anders machen sollen. Während du aber noch vor der Entscheidung standst, war das überhaupt nicht so klar, wohin die Reise gehen würde.

Dass das Gehirn vereinfachte Eselsbrücken für sich aufstellt und sich an diese hält, ohne dass du es merkst, nennt man **Heuristik**.

Es ist eigentlich ziemlich schlau, einige Dinge zu bereuen. Wenn wir das Gefühl haben, etwas Dummes oder Schlechtes getan zu haben, bereuen wir es oft. Das ist das Klügste und Liebenswerteste, was wir überhaupt tun können. Reue ist dazu da, dass wir aus unseren Fehlern lernen und die Probleme, die wir verursacht haben, lösen. Du wirst keine Luftsprünge machen, wenn du das Gefühl von Reue verspürst, aber es lohnt sich, sich mit diesem Gefühl anzufreunden.

Bereust du, dass du …

… über jemanden gelästert hast? Denk beim nächsten Mal dran, wie du dich jetzt gefühlt hast, dann wiederholt sich das nicht.

… den Typen, der auf Streit aus war, niedergeschlagen hast, statt einfach wegzugehen und dir den Ärger zu ersparen? Übe, dich in solchen Situationen nicht auf die Provokationen anderer einzulassen und überlege dir schon vorher eine Strategie, die dir hilft, einen kühlen Kopf zu bewahren.

… deinen Vater angeschrien hast? Entschuldige dich.

Reue kann eine Geheimwaffe sein

Schaffst du es, für einen Moment innezuhalten, bevor du etwas Impulsives tust und stattdessen darüber nachzudenken, ob du es hinterher bereuen wirst? Ganz oft wollen wir einfach an Ort und Stelle handeln, aber irgendwo tiiiiieeef in uns ahnen wir schon, dass das keine so gute Idee ist. Nehmen wir an, du hast einen Lehrer, von dem du dich ungerecht benotet fühlst. Du bist andauernd sauer auf ihn und verspürst regelrechten Hass, sobald er das Klassenzimmer betritt. Eines Tages vergisst er sein Handy auf dem Lehrerpult – und es ist entsperrt. Du könntest die Gelegenheit beim Schopfe packen und peinliche Fotos von ihm ins Internet stellen oder ihn in Schwierigkeiten bringen, indem du anzügliche Nachrichten von seiner Nummer versendest. Allein die Vorstellung ist unglaublich verführerisch, aber tief in dir drin meldet sich eine leise Stimme, die dir sagt, dass das ernsthafte Konsequenzen haben kann, sowohl für ihn als auch für dich. Wirst du es trotzdem tun?

Ein cleverer kleiner Trick, der dich davon abhalten kann, etwas zu tun, das sich zwar gut anfühlt, aber nicht so klug ist, wäre, sich vorzustellen, wie es dir wohl gehen wird, wenn die gefürchteten Konsequenzen eingetreten sind. Stell dir vor, du sitzt mit deinen Eltern im Büro des Direktors, der Lehrer ist auch da, er sieht erschöpft aus, du hast ihm ernsthafte Probleme bereitet. Würdest du es bereuen? Nutze die Energie der Reue, um dich selbst davon abzuhalten, etwas Dummes zu tun. Überlege lieber, was du gegen seine ungerechtfertigten Noten tun kannst. Oft existieren bessere Lösungen, als die naheliegende Rache, die sich für einen kurzen Moment so gut anfühlt,

Wichtig: Es gibt diesen albernen, aber eingängigen Satz, der da lautet: „Es ist besser, etwas zu bereuen, was man getan hat, als etwas zu bereuen, was man nicht getan hat." Lass dir das bloß nicht einreden. Unterschiedliche Entscheidungen haben unterschiedliche Konsequenzen, und es ist scheißegal, ob du dich über dein Handeln oder deine Untätigkeit ärgerst. Du wirst es bitter bereuen, dass du zu einem betrunkenen Fahrer ins Auto gestiegen bist, der anschließend in einen LKW kracht und du nun gelähmt bist. Oder du wünschtest, du hättest deinem Crush gesagt, wie du für ihn/sie empfindest. Du bereust es sicher, dass du deiner Freundin in einer schlimmen Krise nicht zur Seite standest, du bereust, dass du die Geheimnisse eines Freundes weitererzählt hast, um selbst im Mittelpunkt zu stehen. Das Ausmaß deiner Reue ist viel bedeutsamer als der Fakt, ob du etwas getan oder nicht getan hast.

Kleine und große Entscheidungen

Wenn selbst kleine Entscheidungen kompliziert werden

Einige Jugendliche empfinden die Aufgabe, Entscheidungen zu treffen, als große Belastung. Sie haben Angst, Fehler zu machen, jemanden zu beleidigen, ihre Wahl hinterher zu bereuen oder ungewollt im Mittelpunkt zu stehen. Oder es fühlt sich an, als ob sich in ihrem Kopf ein „is' mir egal" durchgesetzt hätte. Ein erster Schritt, den du wagen kannst, wenn das auf dich zutrifft, besteht darin, zu üben, kleine Entscheidungen zu treffen, und dann zu sehen, ob es so schlimm war, wie du befürchtet hattest. Beginn mit etwas Einfachem, z. B. eine Wahl zu treffen, wenn dich jemand fragt, ob du Wasser oder Tee möchtest, anstatt zu sagen: „Ist mir egal, ich trinke beides." Wenn dich das nächste Mal jemand fragt, was du essen möchtest, sag einfach, worauf du Lust hast. Dein Umfeld interessiert sich hauptsächlich dafür, was du wirklich meinst und willst, und schätzt darüber hinaus deine ehrlichen Antworten, damit sie nicht lange Rätsel raten müssen, worauf du wirklich Lust hast. Deshalb fragen sie dich ja auch.

Die wichtigen Entscheidungen

Das Besondere an der Zeit als Teenager ist der Fakt, dass du vor einer Menge großer Entscheidungen stehst, die dein weiteres Leben beeinflussen. Wann ziehst du von zu Hause aus? Welche Hauptfächer wählst du an der Schule? Welchen Beruf willst du lernen, was willst du studieren? Bist du bereit für Sex? Willst du auf der Party Alkohol trinken? Willst du dein Geld für etwas ausgeben, das nur ein paar Wochen hält, oder willst du sparen? Viele in deinem Umfeld haben eine Meinung dazu, was du tun solltest, nicht nur deine Eltern, sondern auch Gleichaltrige, Ratgeber*innen, Trainer*innen und andere Erwachsene. Kann sein, dass sie große Erwartungen an dich stellen und sogar finden, dass es ziemlich eindeutig ist, wofür du dich entscheiden solltest. Was wirst du tun?

Hier ist ein Vorschlag:

Hör dir ruhig an, welche Meinungen, Inspirationen und Vorschläge die anderen haben, aber komm nie auf die Idee, dass deine eigene Meinung keine Rolle spielt. Du bist in dein eigenes Leben hineingeboren, und nur du wirst es bis zum Ende leben. Wenn du den Eindruck hast, dass die Leute, die dir ihren Rat geben, nur dein Bestes wollen, dann hör ihnen ruhig zu. Aber wenn findest, dass ihre Empfehlungen mit deinem Bauchgefühl in Konflikt treten, dann überdenk noch mal alles, bevor du eine Entscheidung triffst. Frag noch mal nach, was genau sie mit ihren Ratschlägen meinen, vielleicht teilst du ihre Ansichten ja doch? Oder liegen sie total daneben? Hast du tief im Inneren das Gefühl, dass an ihrer Meinung schon was dran ist, obwohl es verlockend ist, nicht auf sie zu hören? Den meisten Menschen fällt es schwer zu wissen, wann sie sich selbst vertrauen sollen und wann andere recht haben. Solange du weißt, dass deine Stimme wichtig ist, kannst du die Vorschläge der klugen Menschen um dich herum bedenkenlos zurate ziehen. (Denk dran: Du hast jederzeit die Möglichkeit, dich umzuentscheiden, wenn sich herausstellt, dass du doch einen anderen Weg einschlagen willst.)

Druck/Stress

Ein zu bewältigender Alltag

Es wäre so schön, wenn man das Leben so vertrödeln und sich nur mit den Dingen beschäftigen könnte, die einem Spaß machen. Doch viel Alltägliches ist langweilig, anstrengend und stressig – aber so soll es irgendwie auch sein, das ist unvermeidlich. Aber in all dem Stress darfst du nicht vergessen, Jugendliche*r zu sein. Du sollst genug Zeit haben, andere in deinem Alter kennenzulernen, Freunde zu haben, in deiner Freizeit deinen Hobbys nachzugehen, verliebt zu sein, Bücher zu lesen und Filme zu sehen. Vielleicht willst du dich auch politisch oder ehrenamtlich engagieren. Für all das sollte es Platz in deinem Leben geben. Für das Langweilige und Anstrengende, aber auch für das Schöne und Lustige.

Stress ist eine mathematische Gleichung, die nicht aufgeht

Wenn man viel zu tun und zu bedenken hat oder einem die Zeit davonläuft, steht man unter Stress. Stress muss nicht negativ sein, und viele Menschen genießen es, viel zu tun zu haben. Ein bisschen Stress kann uns dazu bringen, uns größere Ziele zu setzen, etwas Neues zu lernen oder ein bisschen mehr zu wagen. Belohnt wird man mit einem guten Gefühl und einer Weiterentwicklung. Aber Stress ist in gewisser Weise eine mathematische Gleichung. Liste doch mal all die Energie auf, die dir gerade zur Verfügung steht. Dann zieh all die Energie ab, die du für all die Dinge brauchst, die du erledigen sollst und willst. Was bleibt unterm Strich übrig? Ist all deine Energie aufgebraucht? Oder bist du sogar im Minus?

DEINE KRÄFTE UND ENERGIE

– **WAS DU ERREICHEN WILLST**

= **HAST DU NOCH KRÄFTE ÜBRIG?**

Am optimalsten ist es, wenn du dir ein Leben einrichten kannst, in dem es genug Raum für Pausen, Entspannung und Spaß gibt. Leg die Latte nur so hoch, dass sich dieses Ziel auch umsetzen lässt. Nicht alle müssen die besten Noten schreiben oder Solisten werden. Finde heraus, welches Niveau für dich das richtige ist, von wo aus du zwar immer noch nach neuen Zielen streben kannst, jedoch ohne dich zu verausgaben.

In einem gestressten Körper lebt es sich nicht so gut. Die unterschiedlichsten Faktoren beeinflussen, ob du dich in deinem Körper wohlfühlst und ob du dich entspannen kannst. Auf Seite 79 kannst du nachlesen, wie du deinen Puls beruhigen und mehr Raum zur Entspannung schaffen kannst. Im gleichen Kapitel kannst du dich zum Thema Schlaf informieren, denn auch Schlafmangel kann dein Stresslevel beeinflussen.

Bloß nichts verpassen. Die Angst davor, irgendetwas zu verpassen, kann sich in dein Leben reinsneaken, ohne dass du es sofort bemerkst. Wenn du schon bei dem Gedanken, irgendetwas nicht mitzukriegen, Panik bekommst, versuch, es erst mal positiv zu sehen. Das bedeutet, dass du einen sozialen Antrieb und Selbstvertrauen hast, allein das ist doch schon super. Dass dich diese Situation stresst, ist jedoch unnötig und anstrengend. Du kannst nicht auf jeder Hochzeit tanzen, außer du hast den Code für Zeitreisen geknackt. Mit anderen Worten: Du musst aussortieren. Was willst du unbedingt erleben, was kannst du verschmerzen? Deine Freund*innen werden dich schon nicht vergessen, nur weil du einige Male nicht mitmachen kannst. Versuche, bei den wichtigen Dingen dabei zu sein, die dich mit den Menschen, die du liebst, verbinden, wie Traditionen, Geburtstage, oder für sie da zu sein, wenn es ihnen schlecht geht. Alles andere, kannst du machen, wenn du Zeit und Lust hast.

Wie kannst du dein Stresslevel kontrollieren? Wenn du merkst, dass dir die Sachen über den Kopf wachsen, und du Angst hast, du könntest wichtige Dinge vergessen, kannst du versuchen, Listen anzulegen, um ein bisschen Ordnung in deinem Alltag zu schaffen. Dann musst du deine Verpflichtungen und Vorhaben nicht immer wieder im Kopf abrufen, was nur zusätzlich stressen kann. So eine Liste hilft natürlich auch nicht, wenn du mehr zu tun hast, als du zeitlich schaffen kannst. Wenn du also richtig gestresst bist, solltest du zuerst überlegen, ob es irgendetwas auf deiner Liste gibt, was du streichen kannst. Denk auch dran, über den Tag verteilt genügend Pausen einzulegen, und zwar jeden Tag. Das Leben ist nicht dazu da, sich vollkommen auszupowern. Schiebe immer wieder Dinge in deinen Zeitplan, auf die du dich freust. Vergiss nicht: Egal wie ambitioniert du in der Schule oder in deinem Sport bist, du brauchst Ruhepausen, Essen und sozialen Input.

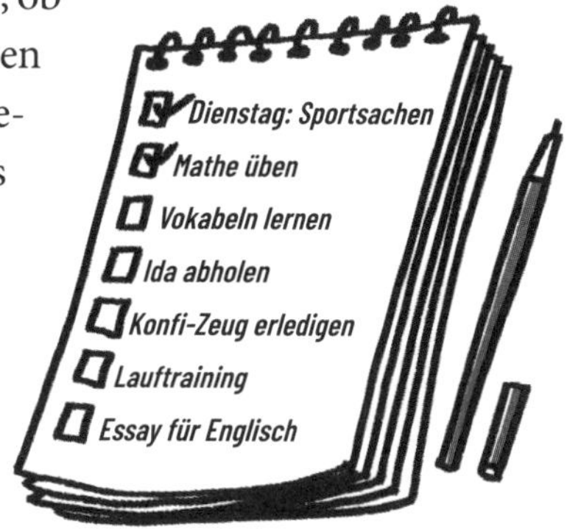

Streiche nie die Dinge aus deinem Zeitplan, die dir Energie geben. Dinge, die dir Freude bereiten und es dir leichter machen, du selbst zu sein, solltest du nie aus deinem Alltag verbannen. Vielleicht brauchst du viel Zeit für dich selbst – es ist keine Schande, Verabredungen auch mal abzusagen. Musik erleichtert dir den Alltag, es tut dir gut, Zeit mit deinen Freund*innen oder deinem Pferd zu verbringen. Vielleicht ist dein Wohlbefinden davon abhängig, dass du regelmäßig Sport treibst. Wenn die Erwachsenen in deinem Umfeld vorschlagen, bei diesen Dingen kürzerzutreten, darfst du ihnen höflich widersprechen: In einem Alltag voller Hektik und Stress lässt du dir nicht nehmen, was dir Kraft und Energie gibt.

Überall Leistungen erbringen

Die Jugend von heute wird immer wieder von einer Flut aus Ansprüchen überschwemmt, in allen möglichen Lebensbereichen perfekt zu sein – gleichzeitig! Da das einfach unmöglich ist, kommt es einem leicht so vor, als würde man komplett versagen. Aber: wer verlangt eigentlich von dir, dass du perfekt bist?

Du kannst wählen (oder … zumindest hast du viele Möglichkeiten). Stell dir immer wieder die Frage: „Warum tu ich das hier eigentlich?" Wenn du darauf keine ordentliche Antwort weißt, frag dich, ob du irgendwas von deinen Vorhaben sein lassen kannst. Wir Menschen beschäftigen uns mit so vielen Dingen, die gar nicht unbedingt notwendig sind. Du kannst nicht in allen Bereichen perfekt sein, das ist einfach unmöglich (und wer auf dich perfekt wirkt, ist es in Wahrheit nicht, das ist nur eine Illusion).

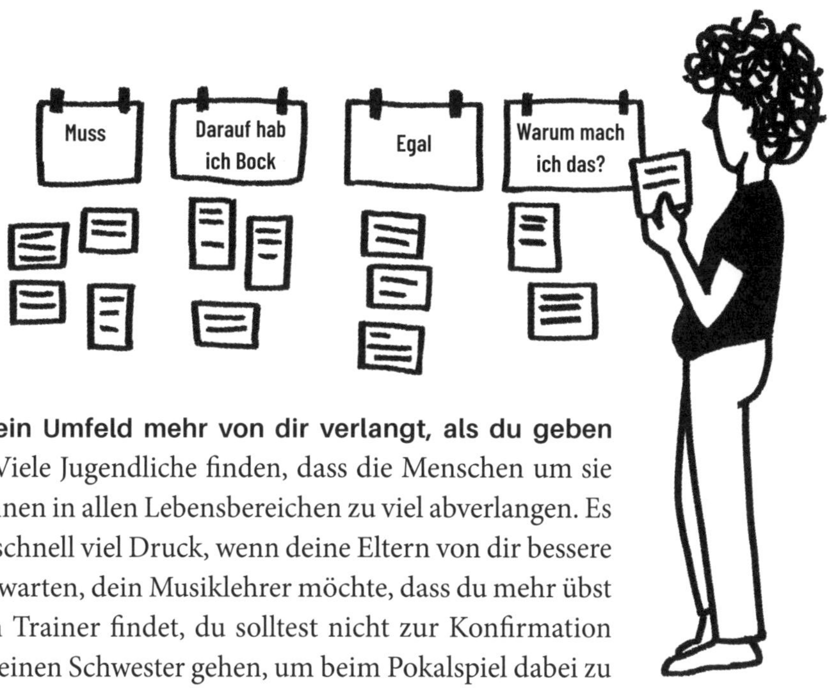

Wenn dein Umfeld mehr von dir verlangt, als du geben kannst. Viele Jugendliche finden, dass die Menschen um sie herum ihnen in allen Lebensbereichen zu viel abverlangen. Es entsteht schnell viel Druck, wenn deine Eltern von dir bessere Noten erwarten, dein Musiklehrer möchte, dass du mehr übst und dein Trainer findet, du solltest nicht zur Konfirmation deiner kleinen Schwester gehen, um beim Pokalspiel dabei zu sein. Diese Rechnung kann gar nicht aufgehen. Du hast das Recht, den anderen Einhalt zu gebieten – du hast das Recht auf einen Alltag, der dich nicht total erschöpft.

Auch Erwachsene können unter der Last des Alltags zusammenbrechen, wenn sie sich zu viel aufhalsen. Es ist ziemlich dämlich, dass sie nicht checken, dass auch Jugendliche mindestens genauso anfällig für Stress sind. Wenn du mit ihnen darüber reden willst, aber sie sich die Zeit nicht nehmen, Lösungen mit dir zu finden, musst du dich wohl oder übel selbst darum kümmern. Finde heraus, was du willst und versuche, deinen Alltag so zu gestalten, dass du ihn bewältigen kannst. Es ist dein Leben, nicht das der Erwachsenen.

WICHTIG
Es kann sein, dass die Erwachsenen eigentlich gar nicht so viel von dir erwarten, wie du befürchtest. Ein ganz normaler Fehlschluss unter Jugendlichen ist nämlich, dass Erwachsene von ihnen erwarten, in jedem Lebensbereich zu brillieren, während sie eigentlich nur wollen, dass es euch gut geht und ihr euren Alltag bewältigen könnt.

Es ist unmöglich, perfekt zu sein

Wie kannst du in einer Welt, die dir die ganze Zeit sagt, was du tun sollst, deine eigenen Entscheidungen treffen?

Die meisten Menschen sind ganz normale Leute, aber sie reden nur ungern über ihre Unzulänglichkeiten. Doch das Ziel des Lebens ist es nicht, andere zu beeindrucken, auch wenn die meisten von uns ihre Fehler und Schwächen nicht so gern zugeben.

Schule und Stress

Alle Kinder und Jugendlichen haben das Recht, zur Schule zu gehen und eine Ausbildung zu bekommen, und du gehst zur Schule um deiner selbst willen, nicht um die Erwachsenen glücklich zu machen. Dennoch empfinden viele junge Menschen die Schule als den stressigsten Teil ihres Lebens, mit vielen Prüfungen und hohen Erwartungen, die sie so gut wie möglich erfüllen müssen. So sollte es nicht sein. Als Schüler*in verbringst du einen Großteil deines Alltags in der Schule, deine Zeit dort sollte also vor allem schön und interessant sein und dich nicht nachts wach liegen lassen oder dir Albträume vom Unterricht bescheren. Ein bisschen Stress tut immer gut und ist außerdem ganz normal, aber jeden Morgen mit einem Kloß im Hals und einem Kopf voller Gedanken wie: „Was kommt jetzt noch?“ in die Schule zu gehen, ist viel zu anstrengend.

Wenn du das Gefühl hast, dass die Schule und deine Noten dich zu sehr stressen. Kannst du herausfinden, was die Ursache des Drucks ist, den du verspürst? Hast du selbst deine eigenen Anforderungen zu hoch geschraubt? Sind es deine Eltern? Oder deine Lehrer*innen? Möchtest du an eine bestimmte Schule oder eine besondere Ausbildung machen? Oft vermischen sich deine Ängste zu einer Suppe mit hohem Puls und Adrenalin, sodass du gar nicht mehr weißt, wer dir diese Suppe überhaupt eingebrockt hat. Außerdem können Erwachsene recht ungeschickt sein, wenn es um schulische Leistungen geht. Sie denken, es motiviert dich, wenn sich dich anfeuern, stets dein Bestes zu geben. Aber manchmal kann man eben nur durchschnittlich sein. Sie glauben auch, dass es dich tröstet, wenn sie sagen: „Ja, ja, nächstes Mal wird es wieder besser“, wenn du mal eine schlechte Note mit nach Hause bringst, aber sie haben ja keine Ahnung, dass sie dir damit das Gefühl geben, enttäuscht von dir zu sein.

Lass dir gesagt sein: Den meisten Erwachsenen, auch Lehrer*innen, ist es am wichtigsten, dass es dir gut geht. Nicht jeder kann Bestnoten bekommen. Und selbst wenn du tendenziell an der Spitze der Notenskala stehst, wird es auch bei dir, so wie bei allen anderen, mal besser, aber auch mal schlechter laufen. Dein Alltag ist so viel mehr als deine Leistungen und wenn life happens, zum Beispiel wenn du dich verliebst, Liebeskummer hast oder deine Eltern sich trennen, wird es dir schwer fallen, dich auf den Unterricht zu konzentrieren. Darum stellen deine schulischen Leistungen eine Kurve dar, das ist ganz normal.

Wenn es dir schwerfällt, zur Schule zu gehen. Es gibt viele Jugendliche, die sich nichts sehnlicher wünschen als einen geregelten Schulalltag. Stattdessen sind sie zu Hause. Nicht etwa, weil sie schwänzen, körperlich krank sind oder der Schule verwiesen wurden, sondern weil der bloße Gedanke daran, zur Schule zu gehen, zum Problem geworden ist. Manchmal gibt es nicht einmal eine Erklärung dafür, die man in Worte fassen kann. Für andere ist der Fall glasklar – sie haben Angststörungen oder sind Mobbingopfer. Was auch immer dahintersteckt: Normalerweise fällt es Schüler*innen umso schwerer, wieder zurückzukommen, je länger sie gefehlt haben.

Wenn man es nicht schafft, zur Schule zu gehen, kann es sich so anfühlen, als würden alle ständig wegen der Schule nerven, statt wirklich eine Lösung zu finden. Wenn man jeden Tag unter Druck gesetzt wird, sich aufzuraffen, ohne dass die Probleme gelöst werden, kann man sich ziemlich gefangen fühlen. Das ewige Generve hilft auch nicht. Aber auch wenn dein Umfeld es aufgibt, dich zu unterstützen oder zu motivieren, bringt dich das nicht weiter. Wenn das auf dich zutrifft: Such dir liebe Menschen, die dich unterstützen wollen, bitte deine Eltern, dir zu helfen, die Sachverhalte zu ändern, die geändert werden müssen, damit du zur Schule zurückkehren kannst. Du hast viele Rechte, und auch die Schulinstanzen können und sollten dir zur Seite stehen. Nimm all deinen Mut zusammen und kämpfe für den Alltag, der dir zusteht. Gib nicht auf!

Bei fachlichen Schwierigkeiten: Viele Schüler*innen haben Schwierigkeiten in der Schule, weil es ihnen schwerfällt zu lesen oder zu schreiben, sich zu konzentrieren, Sachverhalte zu verstehen oder Dinge zu erledigen. Da man dir Konzentrations- und Lernschwierigkeiten nicht ansehen kann, besteht die Gefahr, dass Erwachsene auf deinem Selbstbild herumtrampeln. „Du wärst besser in der Schule, wenn du dir einfach mal Mühe geben würdest", könnten sie dir vorwerfen, obwohl du bereits dein Bestes gibst. Wenn du wirklich alles gibst, aber trotzdem mit dem Lernstoff zu kämpfen hast, ist es echt unfair, wenn dir auch noch Faulheit vorgeworfen wird. Das sollte nicht der Fall sein. Wenn du das Gefühl hast, dass du Probleme im Unterricht hast, sollte dir sowohl dein*e Schulsozialarbeiter*in, dein*e Vertrauenslehrer*in als auch dein Lerncoach helfen können. Eltern und Lehrer*innen, die es zwar gut mit dir meinen, aber dennoch sagen, dass du in der Schule gut abschneiden könntest, wenn du dir ein wenig mehr Mühe geben würdest, tappen im Dunkeln. Nur du kannst wissen, ob sie vielleicht doch recht haben. Sprich mit ihnen darüber, sei ehrlich und erzähle ihnen, dass du wirklich schon dein Bestes gibst. Vielleicht könnt ihr herausfinden, ob du mehr Hilfe in bestimmten Fächern brauchst, mehr Zeit in Klassenarbeiten bekommen könntest oder andere Maßnahmen in die Wege geleitet werden müssen. Zusammen findet ihr es heraus.

Wenn du schneller lernst als die anderen: Erwachsene, die keine Ahnung haben, spielen gerne mal herunter, wie einsam es sich anfühlen kann, schlauer zu sein als andere in deinem Alter. Sie nennen es ein Luxusproblem oder ein Nicht-existierendes-Problem. Aber die Forschung widerspricht dem völlig; es ist das Gegenteil von unproblematisch, rascher zu denken, schneller zu lernen und sich Dinge besser merken zu können als die Klassenkamerad*innen. Du wiederholst Dinge, die du schon längst kennst, immer und immer wieder. Dich mit Gleichaltrigen zu unterhalten kommt dir vor, als würdest du extrem langsam sprechen. Viele Menschen müssen sich den ganzen Tag aktiv an das Niveau anderer anpassen, um nicht als schräg wahrgenommen zu werden. Das ist anstrengend und du fragst dich sicher, was der Sinn des Ganzen ist. Sehr intelligent zu sein bedeutet nicht automatisch, dass man in der Schule gut abschneidet. Es hat sich gezeigt, dass Kinder und Jugendliche, die schnell denken und große Lernkapazitäten haben, Gefahr laufen, rastlos zu werden und die Schule irgendwann satthaben, es sei denn, sie bekommen Aufgaben, die für sie sinnvoll erscheinen.

Wenn das auf dich zutrifft und du diesen Zustand problematisch findest, kannst du versuchen, Menschen kennenzulernen, die mit dir auf einer Wellenlänge sind. Du solltest dich mit Leuten umgeben, die wie du denken und die dich intellektuell herausfordern können. In der Schule kannst du um zusätzliche Materialien oder Unterrichtsinhalte bitten, damit du dich nicht langweilst. Unterfordert zu sein, kann ein echtes Problem darstellen, und zwar kein Luxusproblem. Sprich mit eine*r Schulsozialarbeiter*in und bitte sie/ihn um Hilfe. Vielleicht hast du selbst schon einen Vorschlag, wie dein Schulalltag sinnvoller gestaltet werden kann? Du brauchst Hilfestellungen dabei, deine schnelle Auffassungsgabe mit soliden Lernstrategien und Lerngewohnheiten in Einklang zu bringen.

Wenn du schnell denken und dir unkompliziert neues Wissen aneignen kannst, kann es für dich zum Problem werden, dass andere dich langweilen und du dich – gegen deinen Willen – überlegen fühlst. Das kann dazu führen, dass du einsam wirst oder soziale Schwierigkeiten bekommst. Wahrscheinlich wirst du auf weniger Reibung mit anderen stoßen, wenn du dich auch mit ihnen abgibst, obwohl sie ganz normale intellektuelle Fähigkeiten haben. Finde heraus, was sie interessiert, und vor allem, worin sie gut sind – vielleicht haben sie Stärken, bei denen du nicht recht mithalten kannst. Unter deinen Mitschüler*innen gibt es faszinierende Persönlichkeiten, musikalische oder sprachbegabte Leute, Fußballtalente und viele mehr. Wenn du dir selbst in Erinnerung rufst, dass andere über Fähigkeiten verfügen, die du nicht unbedingt teilst, bringst du ihnen gleich einen ganz anderen Respekt entgegen, wenn ihr miteinander sprecht.

Vielleicht redest du dir auch ein, dass du nicht schlauer bist als andere. Vielleicht hast du deine gesamte Kindheit und Jugend lang dein Licht immer unter den Scheffel gestellt. Falls dem so ist, ist jetzt der Zeitpunkt gekommen, das Licht erstrahlen zu lassen. Du profitierst nicht davon, dich selbst zu verleugnen, und deine Klugheit ist wie eine Superkraft, vor der du dich nicht schämen solltest.

An dich, wenn du die Schule abgebrochen hast oder deinen Job aufgegeben hast:

Die Gesellschaft ist so aufgestellt, dass jede*r einen Schul- oder Ausbildungsplatz haben soll, beziehungsweise zur Arbeit geht – ein Ziel oder eine relevante Aufgabe hat –, da hat man es besonders schwer, wenn wegen unterschiedlicher Ursachen aus dem Raster fällt. Egal, ob du älter oder jünger als achtzehn bist, es gibt Maßnahmen, die dir dabei helfen, dir einen angenehmen Alltag zu gestalten. Du gehörst dazu! Wenn die Menschen um dich herum Druck auf dich ausüben, dass du zur Schule oder zur Arbeit gehen oder wenigstens an einigen Aktivitäten teilnehmen sollst, dann deshalb, weil sie davon ausgehen, dass sich das Leben der meisten Menschen durch solche Beschäftigungen besser anfühlt. Nicht etwa, weil sie glauben, du seist eine Last, auch wenn es sich für dich vielleicht so anfühlt. Das Wichtigste ist, dass du dabei unterstützt wirst, dein Leben so zu gestalten, dass du dich wohlfühlst. Und der Rest regelt sich schon irgendwie von selbst, wenn du bereit dafür bist. Die meisten Menschen brauchen irgendwann in ihrem Leben die Hilfe anderer. Viele sind im Teenageralter am verwundbarsten, und es ist gesund und mutig, Hilfe anzunehmen, wenn man sie braucht. Denke nie, dass du weniger wert bist, weil deine Tage sich anders gestalten als das, was sich um dich herum abspielt. Kein*e Jugendliche*r ist ein*e Versager*in.

Sein wie alle anderen?

Viele Dinge können beeinflussen, dass du dich fühlst, als seist du anders als die anderen. Es ist oft die *Außenwelt*, die Andersartigkeit so abtut, als wäre sie irgendwie falsch. Dann hilft es dir vielleicht, wenn wir dir verraten, dass hinter den Fassaden alle anders sind. Auf die eine oder andere Art und Weise hebt sich jeder einzelne Mensch von der Masse ab.

Wenn du zwischen den Stühlen sitzt

Viele junge Menschen leben auf ganz individuelle Weise zwischen zwei Kulturen. Vielleicht leben sie ein Leben zu Hause und ein ganz anderes Leben außerhalb der eigenen vier Wände, zum Beispiel in der Schule, mit Freunden und in der

Gesellschaft im Allgemeinen. Je strenger die Regeln für einen oder beide Orten sind, desto anstrengender kann es sein, zu den jeweiligen Gruppen dazuzugehören. Vielen wird das Gefühl vermittelt, nicht „genug“ zu sein. In Schule und Gesellschaft ist man nicht „deutsch genug“, zu Hause nicht „pakistanisch genug“. Zu Hause nicht „christlich genug“, draußen nicht „cool genug“ oder „chill genug“. Zu strenge Regeln zu Hause, zu wenig Verständnis draußen in der Welt.

Es wäre so cool, wenn es für Probleme wie diese eine einfach Lösung gäbe. Auf der ganzen Welt sind Jugendliche mit einer individuellen Version dieses Problems konfrontiert. Aber niemand außer dir entscheidet, wer du bist oder wer du sein solltest. Was deine Eltern für richtig halten, mag für dich nicht das wahre Leben sein. Gleichzeitig darf der Gruppenzwang unter Freund*innen nicht deine Werte oder deinen Glauben unterdrücken. Wer bist du in deinen beiden Welten? Vielleicht hast du richtig viel Humor, sowohl zu Hause als auch unter deinen Freund*innen? Oder bist du eher schüchtern? Extrovertiert und gesprächig? Selbstbewusst? Empathisch und fürsorglich? Wenn du darunter leidest, dass deine Welten gegeneinandercrashen, kannst du vielleicht mit den Menschen darüber sprechen, die diese jeweiligen Welten für dich ausmachen? Hast du die Möglichkeit, deinen Eltern von deinem Dilemma zu erzählen? Hast du Freund*innen, die akzeptieren, wenn du gewisse Dinge auf deine Art und Weise tust?

WICHTIG
Wenn du zu Hause nicht als du selbst akzeptiert wirst, wenn du beispielsweise dazu gezwungen wirst, jemanden gegen deinen Willen zu heiraten oder dafür bestraft wirst, weil du einfach nur bist, wer du bist, gibt es Orte, an denen dir geholfen wird:

https://www.hilfetelefon.de/
https://www.care.de/care-hilfe/themen/frauen-und-maedchen/zwangsheirat
https://www.dksb.de/

Du kannst auch Kontakt zum Kindernotdienst in deiner Stadt oder Region aufnehmen.

Einsamkeit, wenn man mit anderen zusammen ist

Manchmal kommt es dir vielleicht so vor, als wärst du ein echter Weirdo, vor allem in Situationen, in denen du dich einsam fühlst, obwohl du von Menschen umgeben bist. Ist ja wohl klar, dass du gerade nicht alleine bist. Wenn du dich trotzdem einsam fühlst, wirst du von unangenehmen Gedanken gequält: „Stimmt mit mir etwas nicht?“ Es ist ganz normal, dass es dir ab und zu mal so geht, vielleicht sogar öfter. Einige Menschen fühlen sich öfter einsam als andere.

Wenn du öfter das Gefühl hast, zwischen dir und all den anderen stünde eine unsichtbare Mauer, trägst du vermutlich zu viel mit dir herum, statt es mit anderen zu teilen. Deine Einsamkeit verstärkt sich durch Gedanken wie: „Niemand weiß, wie ich wirklich bin.“ Denk dran: Du bist genauso interessant wie alle anderen, deine Gedanken und Erzählungen haben immer Platz in Gesprächen mit anderen. Vielleicht kannst du versuchen, jedes Mal einen kleinen Schritt mehr nach vorn – vielleicht ändert sich etwas an deinem Einsamkeitsgefühl?

Anders aussehen

Es ist keine große Kunst, anders auszusehen. Eine etwas größere Brandwunde, Klamotten oder Schmuck, die deinen Lebensstil repräsentieren, lilafarbene Haare und dunkles Make-up, Übergewicht, Untergewicht, eine Sonde, eine andere Hautfarbe als die Mehrzahl der anderen Kids an deiner Schule, ein Rollstuhl oder Krücken. Besonders groß oder besonders klein zu sein. Vielleicht fehlt dir auch ein Arm oder ein Bein.
Vielleicht siehst du anders aus, weil du es selbst so willst, zum Beispiel, weil du deine Haare quietschgrün färbst. Oder du stichst aus der Masse mit einer Besonderheit hervor, für die du absolut nichts kannst.

Die Leute merken oft nicht, dass sie glotzen. Wenn du angestarrt wirst, dann checken die Leute oft nicht, was sie tun, unsere Blicke heften sich oft an Dinge, die sich vom Gewöhnlichen, Langweiligen abheben, und da kann es mal passieren, dass sie auf dir landen. Vielleicht überlegen sie gerade, was sie demnächst im Kino sehen wollen, oder was es heute zum Abendessen gibt, während ihr Blick, ohne dass sie es mitbekommen, auf dir ruhen bleibt. Denk dran, dass viele Blicke auch dem geschuldet sind, dass wir Menschen gerne Schönes betrachten. Vielleicht strahlst du eine Ruhe und eine Freude aus, die die Blicke der anderen auf sich ziehen?

Nicht Mädchen genug – nicht Junge genug

Vieles in der Gesellschaft ist nach Geschlecht sortiert. Viele Kinder wachsen in dem Glauben auf, dass es Regeln gibt, wie sie zu sein haben und welches Verhalten zu ihrem zugewiesenen Geschlecht „passe". Viele Jungen denken, dass es nicht in Ordnung sei, Gefühle zu haben oder zu zeigen, wenn man Angst hat oder traurig ist. Als ob Jungen weniger Gefühle hätten als Mädchen, oder als ob sie ihre Emotionen irgendwie leichter wegstecken könnten. Mädchen wiederum haben oft das Gefühl, dass sie nicht im Mittelpunkt stehen oder ihren Platz in einem bestimmten Raum einnehmen dürfen, ohne als herrisch oder dominant bezeichnet zu werden. Oder sie erleben, dass ihre Beiträge zu Unterhaltungen schneller als emotionaler Unsinn abgetan werden. Es gibt auch einige Kinder und Jugendliche, die sich mit keinem der Geschlechter identifizieren und sich wünschten, wir könnten einfach alle als Menschen bezeichnen, anstatt darauf zu beharren, sie dem weiblichen oder männlichen Geschlecht zuordnen zu wollen.

Es steckt absolut keine Logik dahinter, dass Menschen mit männlich gelesenen Geschlechtsorganen die Farbe Blau, und alle mit weiblich gelesenen Geschlechtsorganen die Farbe Rosa lieben müssen. Und zum Glück ist das auch nicht so. Du darfst es cool finden, an Autos herumzuschrauben, egal wer du bist. Du darfst Blumen und Interieur lieben, egal wie du heißt. Alle Menschen sind zu denselben Emotionen fähig. Alle haben das Recht, ihre eigene Meinung und Vorlieben zu haben. Es gibt keine „falsche" Art, ein Mädchen* zu sein und keine „falsche" Art, ein Junge* zu sein. Das. Ist. Bullshit.

Vielleicht wächst du in einer Umgebung auf, in der du gemobbt wirst, oder in der dir gesagt wird, du seist nicht „Mädchen genug" oder „Junge genug", oder dass du dich für die falschen Sachen interessierst. Das Problem liegt bei den Leuten, bei den Traditionen, Einstellungen, Vorurteilen. Nicht bei dir. Was angeblich „typisch Mädchen" und „typisch Junge" ist, ist echter Quatsch – in Wirklichkeit mögen Jugendliche, was sie mögen, und sind so, wie sie sind. Egal, welches Geschlecht ihnen bei der Geburt zugewiesen wurde, egal welcher Stil ihnen gefällt und welche Interessen sie haben.

Stell dir vor, unsere Interessen und unser Aussehen würden sich auf einer Skala von „maskulin“ bis „feminin“ erstrecken.

Viele glauben, dass diese Skala radikal in der Mitte geteilt ist. Aber das ist überhaupt nicht der Fall. Man kann sich als Junge* identifizieren und trotzdem viele feminin gelesene Attribute und Vorlieben haben und umgekehrt. Wir sind nun einmal ein ganzer Haufen unterschiedlicher Personen.

Deshalb: Scheiß auf die Erwartungen, die andere an dich stellen. Mädchen* und Jungen* haben gleich viele Gefühle, Ängste, wichtige Meinungen, die gehört werden müssen, sie können gleichermaßen manipulativ, fake, ehrlich, verwundbar und

liebevoll sein. Alle können sich schminken, wenn sie darauf Lust haben, jede*r darf die Klamotten anziehen, in denen er/sie sich wohlfühlt. Und niemand hat das Recht zu bestimmen, was deine Interessen sein „sollten". Du bist du!

Wer du wirklich bist, kann in Konflikt mit dem Geschlecht stehen, das dir bei der Geburt zugewiesen wurde

Welchem Geschlecht man sich zugehörig fühlt, kann während der Jugend sehr variieren - und das ist ganz normal. Es ist überhaupt nicht schlimm, diese Erfahrung zu machen und dem Gefühl nachzugehen. Du kannst mit deinem Stil experimentieren und herausfinden, was genau in diesem Moment zu dir passt. Wenn dich dein Umfeld damit nervt, dich „zu entscheiden", dann lass dir gesagt sein, dass das wirklich keine Eile hat. Es geht niemanden etwas an, ob du dich mehr als Mädchen*, als Junge*, als keines von beidem oder beides gleichzeitig fühlst, und die anderen haben kein Recht darauf, dich zu einer Entscheidung zu drängen. Hey! Entspann dich, lern dich selbst kennen, und zwar in deinem eigenen Tempo. Du hast viel Zeit herauszufinden, was sich nach dir anfühlt.

Aber: Es kann vorkommen, dass deine Geschlechtsidentität, zu der du dich innerlich zugehörig fühlst, das komplette Gegenteil von dem Geschlecht ist, das dir bei der Geburt zugewiesen wurde. Das kann sich ganz furchtbar anfühlen, vor allem, wenn du zusätzlich noch die verächtlichen Blicke spürst oder schlecht behandelt wirst. Du kannst dir nicht aussuchen, mit welchem Geschlecht du dich identifizierst. Es gibt Menschen, die von ganzem Herzen wissen, dass sie ein anderes Geschlecht haben, als das, das ihnen bei der Geburt zugewiesen wurde. Wenn sie in den Spiegel sehen, erblicken sie einen falschen Körper. Von anderen als Mann behandelt zu werden, wenn die eigene Geschlechtsidentität weiblich ist (und umgekehrt), tut im schlimmsten Fall schrecklich weh. Um ein erfülltes Leben zu führen, ist für einige die beste Lösung, ihre Geschlechtsmerkmale, mit denen sie geboren worden sind, an ihre tatsächliche Identität anzugleichen. Das ist ein aufwendiger Prozess, für den man sich an fachkundiges medizinisches Personal wenden muss, und hoffentlich auch viel Unterstützung von seinen Nächsten bekommt.

Leider ist es in weiten Teilen der Welt immer noch so, dass Jungen, denen bei der Geburt das weibliche, und Mädchen, denen bei der Geburt das männliche Geschlecht zugewiesen wurde, vermehrt Gewalt und physischem wie psychischem Missbrauch ausgesetzt sind. Wenn du uns helfen willst, die Welt zu einem besseren Ort zu machen: Denk dran, alle um dich herum immer mit der gleichen Wärme und dem gleichen Respekt zu behandeln. Ganz egal, wer vor dir steht. Niemand hat es verdient, aufgrund seiner/ihrer Identität gehasst oder misshandelt zu werden.

An dich, wenn du glaubst, dass du im falschen Körper steckst

Sprich mit lieben Menschen und denk daran, dass deine Persönlichkeit so viel mehr ausmacht als dein dir zugewiesenes Geschlecht. Wenn du das Gefühl hast, dass dieses zugewiesene Geschlecht nicht deiner Identität entspricht, dann hast du es sicher schwer, du selbst zu sein. Das Allerbeste ist es, mit deinen Eltern oder anderen vertrauenswürdigen Erwachsenen darüber zu sprechen. In solchen Situationen kann es wirklich helfen, deine Gefühle mit Worten auszudrücken. Wenn du den Leuten, die dir am nächsten stehen, erzählst, wie es in dir drin aussieht, kann sich dein Gefühl, „falsch" zu sein, mitunter ganz schnell in Luft auflösen. Denn sich zu verstecken und jeden Tag eine Rolle zu spielen, fühlt sich nie gut an.

Es kann passieren, dass dein Umfeld falsche Worte benutzt, wenn es mit dir spricht. Dann sag unbedingt Bescheid. Ab und zu kannst du ihnen sicherlich auch auf die Sprünge helfen. Dass die lieben Menschen um dich herum noch nicht ganz wissen, wie sie sich so ausdrücken sollen, dass es sich für dich richtig anfühlt, hat meistens nichts damit zu tun, dass sie es nicht wollen, sie meinen es nicht böse. Nach und nach werden sie sich daran gewöhnen, und in der Zwischenzeit kannst du ihnen helfen und geduldig sein.

KAPITEL 6

Gefühle

So stark, dass sie töten können

Gefühle können wir nicht vermeiden

Sie sind allgegenwärtig, so wie unser Körper und unsere Gedanken. Gute Gefühle verschönern uns den Tag, während schlechte Gefühle uns runterziehen und uns die Laune verderben. Einige Gefühle schlummern im Untergrund und beeinflussen unsere Entscheidungen, ohne viel Wind um sich zu machen, andere überwältigen uns und sind nur schwer im Zaum zu halten. Es ist oft einfacher, mit einem inneren Chaos umzugehen, wenn du ein wenig von Gefühlen verstehst und es schaffst, sie voneinander zu unterscheiden.

Gefühle können dich dazu bringen, zwei komplett gleiche Situationen völlig anders zu bewerten. Nehmen wir an, du bist mit Freund*innen unterwegs. Ihr habt nichts Konkretes vor, und eine*r deiner Freund*innen sagt: „Wollen wir 'ne Runde Basketball spielen?" Je nachdem, in welcher Laune du gerade bist, kannst du diesen Satz ganz unterschiedlich auffassen und darauf reagieren.

Gefühle können Missverständnisse und Dramen verursachen. Wenn wir uns verlieben, kann es passieren, dass wir unseren Stil von einem Tag auf den anderen ändern und unsere Freunde für eine Weile im Stich lassen. Angst kann uns daran hindern, unser Leben in vollen Zügen so zu leben, wie wir es wollen. *Scham* kann uns dazu bringen, uns von Leuten zu entfernen, die uns wirklich gern mögen. *Eifersucht* hat im Laufe der Menschheitsgeschichte dazu geführt, dass sich Menschen gegenseitig umgebracht haben. *Liebeskummer* verschafft uns das Gefühl, dass wir nie wieder jemanden lieben werden. In den meisten Fällen beeinflussen Emotionen sowohl, wie wir mit verschiedenen Situationen umgehen, als wie wir zu ihnen stehen. Aber es ist keineswegs sicher, dass wir selbst bemerken, wozu unsere Gefühle uns verleiten.

Außerdem kann es passieren, dass Gefühle ganz ohne Grund entstehen. Du kannst richtig wütend sein, doch das bedeutet nicht, dass irgendjemand etwas falsch gemacht hat. Dir kann etwas peinlich sein, ohne dich blamiert zu haben. In der Pubertät ist es ganz normal, ohne triftigen Grund traurig, sauer oder von chaotischen und extremen Gefühlen übermannt zu werden.

Hast du deine Gefühle im Griff oder kommen dir schnell die Tränen? Wir Menschen sind extrem unterschiedlich, was Gefühle betrifft, und es gibt keine allgemeingültige Anleitung dafür, wie du mit deinen Gefühlen umgehen sollst. Du kannst schnell genervt sein und dich von den kleinsten Dingen aus der Ruhe bringen lassen, oder aber du bist eher eine gutmütige Person und lässt vieles an dir abprallen. Vielleicht bist du rührselig und vergießt ein paar Tränen, wenn du einen Film siehst, oder aber du hast ein dickes Fell. Normalerweise wird man auf Beerdigungen von Tränen übermannt, aber hast du gewusst, dass einige plötzlich lachen müssen? Wirklich jede*r hat eine andere Art, mit seinen Gefühlen umzugehen.

Im Laufe eines normalen Tages ist es ganz normal, auch mal down zu sein, ohne zu wissen, warum. Es ist nicht wichtig, die ganze Zeit zu wissen, was du fühlst. Lass deine Emotionen von selbst kommen und gehen, nicht alles muss analysiert werden. Einige der häufigsten Emotionen zuordnen zu können, ist jedoch ganz nützlich, weil es so einfacher wird, sich selbst – und andere – zu verstehen.

Die positiven Gefühle: Freude, Stolz, Liebe und Erfolgserlebnisse

Freude

Freude verspürt man, wenn es einem gut geht. Manche Menschen sind oft froh und haben das Gefühl, Freude ist ein Gefühlszustand, der leicht zu erreichen ist. Andere erleben Freude als etwas Exklusiveres, als eine Art feine Schokolade, die nur in ausgewählten Momenten zum Vorschein kommt. Freude kann wie ein gedämpfter, schöner Klang im Herzen wohnen oder viel Platz einnehmen und den Körper mit herumspringenden, bunten Bällchen füllen. Manche tragen Freude in sich, damit die Außenwelt ihnen nicht ansieht, was sie fühlen, während andere ein einziges breites Grinsen aufsetzen, wenn sie glücklich sind. Finde heraus, was dich froh macht, damit du darauf zurückgreifen kannst, wenn das Leben scheiße ist.

Stolz

Stolz ist ein tolles Gefühl, das uns an uns selbst glauben lässt. Wenn du stolz auf dich selbst bist, erkennst du, welche Stärken du hast und was an dir bewundernswert ist.

Du kannst ein bisschen stolz oder mächtig stolz sein, stolz auf eine kleine Sache oder stolz auf eine deiner grundlegenden Eigenschaften. Jede Art von Stolz hat einen Wert, du darfst dich nie schämen, wenn du Stolz verspürst. Der Stolz darf dich erfüllen, du darfst dich unbesiegbar fühlen, und es ist rein gar nichts falsch daran, Komplimente anzunehmen. Wenn es dir schwerfällt, auf dich selbst stolz zu sein, dann kannst du das üben. Alle haben etwas, worauf sie stolz sein können.

Wenn wir stolz sind, haben wir oft Lust, anzugeben, sodass alle von unserem Erfolg erfahren und dieses Gefühl in uns sich echter anfühlt. Und es macht gar nichts, anderen davon erzählen zu wollen, wenn wir auf etwas stolz sind. Trotzdem muss man einige soziale Spielregeln befolgen, bevor man zu viel prahlt, also taste dich vorsichtig vor. „Wow, ich laufe so viel schneller als ihr!“, ist beispielsweise keine besonders charmante Art, seinen Stolz kundzutun. „Hey, ich bin gerade voll zufrieden, dass ich meinen eigenen Rekord geknackt habe“, ist hingegen voll okay. Stolz ist super, auch wenn du mit anderen nicht darüber reden kannst. Es reicht auch, wenn du dir selbst auf die Schulter klopfst und vielleicht von diesem Gefühl zehren kannst, wenn du das nächste Mal eine Niederlage wegstecken musst. Meistens kannst du vor deinen Eltern deinem Stolz ungehemmt Luft machen.

Du kannst auf alles Mögliche stolz sein. Solange du nicht auf destruktive Sachen stolz bist, wie „Heute habe ich es geschafft, nicht aufzufallen", kannst du guten Gewissens auf alles Mögliche stolz sein. Stolz ist ein Gefühl, nichts was du dir erst verdienen musst. Hier sind einige Dinge, auf die Leute stolz sein können:

Meine Stimme ist so sanft, ich habe eine richtige Radiostimme.

Ich bin lieb

Ich bin ein*e gute*r Hockeyspieler*in

Ich kann richtig leckere Muffins backen

Ich habe ein gutes Verhältnis zu meiner Großmutter

Mein Haar glänzt so schön

Ich bin lustig

Ich habe meine Ängste bezwungen

Ich bin mutig, weil ich eine:r Erwachsenen von dem Missbrauch erzählt habe

Ich traue mich, für meine Meinungen einzustehen

Ich bin klug

Erfolg

Das krieg ich hin!

Ein Erfolgserlebnis gibt dir das Gefühl, etwas gemeistert zu haben. Stolz aufgrund eines Erfolges sorgt für Motivation. Alle Menschen sollten in ihrem Alltag eine Menge kleiner und großer Erfolge erleben und feiern. Seien es nun Erfolge beim Gaming, Zeichnen, Lesen; vielleicht hängen deine Erfolge auch mit deinen Freund*innen zusammen, oder du hast Erfolg im Fußball, Handball, Schwimmen oder bei Brettspielen. Etwas zu tun, worin du gut bist, ist positiv für dein Selbstbild. Auch wenn du dich immer mal wieder herausfordern solltest, neue Dinge auszuprobieren, darfst du nie vergessen, was du alles schon kannst.

Liebe

Du bedeutest mir viel.

Das Gefühl von Liebe zeigt dir, wieviel dir jemand bedeutet. Aber eigentlich ist Liebe gar kein Gefühl, sondern viel mehr ein Erlebnis.

An jemanden zu denken, den/die du gerne magst, fühlt sich manchmal an wie ein angenehmes Ziehen in der Magengegend, wie ein Schluck Wasser, wenn du Durst hast, oder nach einem langen Tag in einem warmen Bett zu liegen. Du kannst gegenüber Menschen, Tieren, Fernsehserien, Ideen und der Welt Liebe empfinden. Wenn eine der Personen, für die du Liebe verspürst, du selbst bist, ist das schon mal großartig. Es ist normal, das Bedürfnis zu verspüren, Menschen oder Tiere, die du liebst, zu berühren, zum Beispiel, indem du sie umarmst, vor allem, wenn sie Trost brauchen. Es ist aber auch ganz normal, wenn du kein*e Umarmer*in bist.

Man kann jemanden mögen, ohne dass die Person davon weiß. Oder man kann einander mögen, sodass die gegenseitige Zuneigung einen Raum und eine Sprache

bekommt, in der sie mit Worten, Aufmerksamkeit und vielleicht auch Zärtlichkeit ausgedrückt werden kann.

Liebe ist im Grunde oft ein stabiles Gefühl, aber an der Oberfläche ist sie oft ein wenig instabil. Du kannst zum Beispiel jemanden am Montag lieben, ihn/sie aber hassen, wenn er/sie am Dienstag etwas Dummes sagt, nur um plötzlich die Liebe wieder zu spüren, wenn der Streit am Mittwoch aus der Welt geräumt ist.

Liebe kann wehtun. Es ist seltsam, aber Liebe kann so intensiv sein, dass man manchmal nicht kapiert, ob sie sich gut oder schlecht anfühlt. Das kann passieren, weil Liebe immer mit einem kleinen Risiko verbunden ist – dem Risiko, den geliebten Menschen zu verlieren. Niemand auf der Welt ist vor diesem Risiko geschützt, und es ist nicht möglich, jemandem zu garantieren, dass die Liebe für immer bleibt.

Es kann auch schwierig sein, wenn es jemandem, den/die du sehr liebst, schlecht geht oder er/sie in Gefahr ist. Der Schmerz der anderen Person wird zu deinem eigenen Schmerz, und die Sorgen darüber, wie sich die andere Person fühlt, können deine eigenen Bedürfnisse überschatten. Du solltest dich selbst nicht vergessen, damit es anderen gut geht. Abgesehen davon sind Fürsorglichkeit und Empathie natürliche und schöne Aspekte der Liebe.

Liebe in schwierigen Zeiten. Sowohl Kinder als auch Jugendliche und Erwachsene können in schwierigen Situationen Liebe empfinden. Zum Beispiel kannst du jemanden lieben, der/die in einem anderen Land lebt und vielleicht auch für immer dort bleiben wird. Deine Liebe vermischt sich dann mit Sehnsucht, und diese beiden Gefühle stehen in Konkurrenz zueinander.

Jedes Jahr geraten Kinder und Jugendliche in Situationen, in denen das Leben der Liebe ein Bein stellt, Situationen mit ungewöhnlichen Rahmenbedingungen, obwohl Liebe eigentlich so alltäglich ist. Die Person, die du liebst, ist möglicherweise schwer erkrankt, befindet sich im Gefängnis oder in einer Entzugsklinik. Ein Elternteil hat das Vertrauen in sich selbst verloren und ist abgehauen. Plötzlich fühlt sich die Liebe so an, als wäre sie entzweigerissen: Du liebst deine Eltern, die einander hassen, oder du fängst an, eine so starke Zuneigung zu deinen Pflegeeltern zu entwickeln, dass du Angst hast, deine biologischen Eltern zu vergessen. Da mischen sich in deine Liebe plötzlich Fragen nach Loyalität ein, und die Angst, jemanden zu verletzen.

Jugendliche, deren Eltern oder Geschwister an ernsthaften psychischen Krankheiten leiden, spüren oftmals, dass Liebe manchmal solche Schmerzen verursacht, dass sie kaum zu ertragen ist, und dass sie Pausen und Ruhe braucht, um sich von den Strapazen zu erholen. Einige Jugendliche machen auch die Erfahrung, dass ihre Eltern Schwierigkeiten damit haben, Eltern zu sein – für sie ist Liebe oft mit Wut und Verletzungen verbunden, obwohl sie sich immer noch stark und real anfühlt.

Liebe kann so viel sein und sich mal stärker und mal schwächer bemerkbar machen. Du solltest kein schlechtes Gewissen deswegen haben, wenn deine Liebe sich mal anders äußert.

Komplizierte Liebe: Nicht jede*r, den/die du liebst, behandelt dich auch gut. Leider funktioniert es nicht, dass wir unsere Liebe einfach abschalten können, wenn uns jemand verletzt, was zu vielen verwirrenden Gefühlen bei Kindern und Jugendlichen sorgt, die psychischer, physischer und sexueller Gewalt ausgesetzt sind. Du wünschst dir vielleicht, deine Mama, die schreckliche Sachen zu dir sagt, lieb zu haben, oder deinen Papa, der gewalttätig wird, wenn er einen schlechten Tag bei der Arbeit hatte. Am liebsten würdest du mit deine*r Freund*in Schluss machen, weil sie/er dich schlägt, aber du liebst sie/ihn auch über alles. Vielleicht hast du Freund*innen, die dich ausnutzen oder Geld von dir wollen, aber ihr kennt euch, seitdem ihr klein wart, und sie sind wie eine Familie für dich geworden.

Wenn du dich in einer Situation wiederfindest, in der die Person, die du gern magst, dich so schlecht behandelt, dass es wehtut oder dir Angst macht, dann muss etwas unternommen werden. Du musst nicht unbedingt gleich fortgehen, aber die *Situation* muss sich ändern. Wenn deine Eltern dir Schmerzen verursachen, kannst du dich an den Kindernotdienst wenden. Sind deine Freund*innen oder dein*e Partner*in dafür verantwortlich, dass es dir nicht gut geht, wäre es ratsam, mit einer erwachsenen Vertrauensperson ganz ehrlich darüber zu sprechen. Es spielt eigentlich keine Rolle, wer das ist, solange du findest, dass diese Person klug ist und sich Zeit für dich nimmt.

Was auch immer vorgefallen ist, du solltest dich nie dafür schämen, wen du liebst. Egal, was sie auch tun, was sie dir oder anderen antun und wie auch immer eure Beziehung sich entwickelt. Du kannst nicht beeinflussen, wen du liebst. Liebe an sich ist nie falsch.

Es kann beängstigend sein, die Liebe einer anderen Person zuzulassen. Im ersten Moment ist es natürlich mega toll, wenn jemand dich mag, doch es kann sein, dass du da anders empfindest. Vielleicht hast du Angst davor oder es erscheint dir alles so kompliziert. Du hast in deiner Vergangenheit vielleicht etwas erlebt, was dich jetzt skeptisch macht, oder du findest die Art und Weise, wie die andere Person ihre Zuneigung zeigt, ein bisschen zu heftig. Versuche trotzdem, dich in dieser Liebe irgendwie zurechtzufinden. Das Risiko, dass eine Liebe vorbeigeht, besteht immer, und ja, einige Menschen können manchmal echt anstrengend sein. Aber zu wissen, dass jemand dich liebt, ist die Mühe wert. Und die Chance zu haben, die Liebe zu erleben, macht die Tatsache, dass es enden kann, auch irgendwie wieder wett. Die meisten Dinge in unserem Leben gehen irgendwann zu Ende, auch die schönen. Glücklicherweise macht dieser Fakt die Liebe nicht weniger wertvoll, solange sie sich gut anfühlt.

Verliebtheit kann alles ändern

Wenn wir eine Person mit anderen Augen betrachten, wodurch sie uns einzigartig und unglaublich interessant erscheint, sind wir höchstwahrscheinlich verknallt. Normalerweise kribbelt es im ganzen Körper, wenn wir verliebt sind, oder wir sind gar nich recht bei der Sache. Anfangs sorgt die Verliebtheit dafür, dass wir an der anderen Person alles fantastisch finden. Wenn wir mit dieser Person im selben Raum sind, wissen wir zu jedem Zeitpunkt, wo sie sich gerade befindet. Jeder Gedanke an diesen Menschen ist ein schöner Gedanke.

Man kann auf ganz unterschiedliche Art und Weise verliebt sein. Vielleicht äußert sich deine Verliebtheit eher ruhig, sie nimmt nicht deinen kompletten Körper ein, aber trotzdem richtet sich deine Aufmerksamkeit vermehrt auf die Person, die dir gefällt? Oder du bist so glücklich, dass du alles um dich herum wunderschön findest und all deine Sorgen vergisst?

Merkwürdige Dinge passieren, wenn du verliebt bist: Es ist ganz normal, dass die Verliebtheit dich ein bisschen einnehmen kann. Plötzlich hast du einen anderen Musikgeschmack, weil du dich für die Musiker*innen interessierst, auf die dein Schwarm steht. Oder du findest alles ziemlich schlau, was dein*e Angebetete*r sagt, obwohl du früher über solche Aussagen die Nase gerümpft hättest. Es kann dir auch schnell passieren, dass du für eine Weile deine Freund*innen vergisst und die Verliebtheit bei dir an erster Stelle steht. Dich total in dieser Verliebtheit zu verlieren ist an sich gar nicht schlimm, das ist ganz normal, wenn du verknallt bist. Trotzdem ist es ziemlich blöd, wenn du nach ein paar Wochen die rosarote Brille absetzt und kapierst, dass du andere im Stich gelassen hast, die eigentlich auch eine wichtige Rolle in deinem Leben spielen.

Diese zwei Dinge kannst du tun, damit deine Verknalltheit für dein Umfeld nicht zur Belastung wird: Erzähl ihnen, dass du weißt, dass du in letzter Zeit etwas abwesend bist, es aber nichts mit ihnen zu tun hat. Und versuche, mit deinen Freund*innen Zeit zu verbringen, auch wenn du verknallt bist. Eine weitere Regel könnte sein, nicht alles mitzumachen, worauf dein*e neue*r Freund*in Lust hat.

Wenn die Verliebtheit schon eine Weile anhält. Nach einer Weile beruhigen sich die stürmischen Gefühle. Nicht alles ist mehr neu und aufregend und du siehst den/die andere*n nicht mehr nur als das perfekte Wesen wie noch vor einigen Wochen. Ihr habt euch natürlich immer noch total lieb, aber ihr wisst um eure Macken und Unperfektheiten. In deinem Körper kribbelt es noch immer beim Gedanken an die andere Person, denn mit ihm/ihr Zeit zu verbringen ist immer noch das Beste der Welt, auch wenn langsam der Alltag bei euch Einzug hält.

In wen verliebst du dich? Der Prozess, sich in jemanden zu verlieben, läuft immer gleich ab, egal, ob du dich in Mädchen*, Jungen* oder Persönlichkeiten verliebst, und egal, mit welchem Geschlecht du dich identifizierst. In wen du dich verliebst, ist total individuell. Unsere Gesellschaft hat immer das seltsame Bedürfnis nach Definitionen und Labels, um uns Menschen voneinander zu trennen, statt einfach mal locker zu bleiben und die Dinge geschehen zu lassen. Warum muss man jemanden überhaupt homophil, heterophil, biphil oder irgendwie anders kategorisieren? Es spielt keine Rolle, welche Geschlechtsidentität die Person hat, in die du dich verliebst. Absolut keine Rolle. Und: Es geht niemanden was an, in wen du dich verliebst! Das ist deine Privatangelegenheit sowie auch, ob du deinem Umfeld von deinen Vorlieben erzählst oder nicht.

Es kann dir schwerfallen, den Menschen in deinem Umfeld zu erzählen, dass du dich zum gleichen Geschlecht, zu beiden Geschlechtern oder zu Persönlichkeiten hingezogen fühlst, oder zu etwas ganz anderem, was die Leute nicht erwarten. Vielleicht wissen die Leute gar nichts von deinen Präferenzen und gehen automatisch davon aus, du seist hetero, was leicht zu einem chronischen Missverständnis zwischen dir und anderen werden kann, die es gut mit dir meinen.

Erzähl den Menschen, die dir nahestehen, von diesem großen und wichtigen Aspekt in deinem Leben, sodass sie dich noch besser kennenlernen. Es gibt nicht den einen

perfekten Moment, in dem du dich der Welt öffnest und das Persönlichste von dir preisgibst, wie sexuelle Orientierung und in wen du dich verliebst. Wenn du lieber erst mit jemandem darüber sprechen willst, der/die selbst einmal an deiner Stelle stand, gibt es Hotlines und Foren, in denen du Gesprächspartner*innen findest, beispielsweise https://comingout.de/

Wenn du in einem Umfeld aufwächst, in dem du dazu gezwungen wirst, dich für deine Identität und deine Gefühle zu schämen und diese zu verbergen, dann solltest du wissen, dass mit diesem Umfeld etwas falsch läuft, nicht mit dir. In allen Generationen und Gesellschaften dieser Welt und auch im Tierreich ist es das Normalste, sich in Individuen vom gleichen Geschlecht zu verlieben. Egal, wie die verschiedenen Religionen und Traditionen darüber denken, es gibt keine stichhaltigen Argumente dafür, dass Menschen auf Leben und Tod nur Sex mit Menschen des anderen Geschlechts haben sollten.

Wenn du dich deswegen in einer schwierigen Situation befindest, so gibt es genug Menschen, die nur darauf warten, mit dir zu sprechen. An den meisten Anlaufstellen kannst du sogar anonym bleiben. Zum Beispiel kannst du hier anrufen oder chatten:

https://www.queere-jugend-hilfe.de/
https://queer-leben.de/
https://www.queerformat.de/
https://sonntags-club.de/
https://www.dji.de/themen/queere-jugend.html
https://queer-at-school.de/
http://www.gleich-und-gleich.de/
https://abqueer.de/

Wenn Liebe wehtut

Unglücklich verliebt: Es kann passieren, dass die Person, in die du verliebt bist, die Gefühle nicht erwidert. Das geht normalerweise schon klar, doch manchmal tut es auch einfach scheiße weh. Eigentlich ist es total dem Zufall überlassen, ob das Interesse auf Gegenseitigkeit beruht, du kannst nicht immer einen Volltreffer landen. Trotzdem kommt man schnell auf den Gedanken, dass man nicht gut genug für den/die andere*n ist. Auch wenn es dir gerade schwerfällt, das zu glauben, so lass dir gesagt sein: Es geht wieder vorbei. Wenn Liebe erwidert wird, ernährt sie sich von gegenseitiger Aufmerksamkeit und Bestätigung; unerwiderter Liebe geht oft die Luft aus, bevor sie dahinsiecht.

Liebeskummer: Wenn eine Beziehung endet, ist es ganz normal, Liebeskummer zu haben, man betrauert etwas, das nicht länger existiert. In diese Trauer mischen sich andere Gefühle wie Enttäuschung oder das Gefühl, abgewiesen worden zu sein. Wenn eine*r von beiden Schluss macht, ist es oft am schlimmsten für den/die andere*n. In der Zeit nach der Trennung kann es dir so vorkommen, als würde dich alles an deine*n Ex erinnern: Songs, Gerüche, etc. Manchmal vermisst du nur das Gefühl, mit jemandem zusammen gewesen zu sein, und manchmal vermisst du wirklich konkret diese eine Person. Wenn du Lust hast, diese Erinnerungen aus eurer Beziehung zu behalten, dann lass sie einfach kommen, auch wenn du deshalb in Tränen ausbrechen solltest. Du kannst aber auch eure gemeinsamen Erinnerungen „ausradieren", wenn dir das lieber ist. Dann zwingst du dich dazu, „eure" Songs anzuhören, während du dich ablenkst, zum Beispiel Zeit mit Freunden verbringst oder dein Zimmer aufräumst; du wäschst die Klamotten, die noch nach deine*r Ex riechen, statt immer wieder dran zu schnuppern, du sortierst all eure Fotos in eine Mappe oder einen Ordner auf deinem Handy, statt sie immer wieder anzusehen, bevor du schlafen gehst.

Wenn du nach der Trennung wütend bist und Lust hast, dich an deine*r Ex zu rächen, dann ist es am schlausten, wenn du alles daransetzt, dieser Versuchung zu widerstehen. Ansonsten riskierst du, Grenzen zu überschreiten, und dies zu bereuen, wenn die Dinge sich erst mal wieder beruhigt haben. Wenn du aggro bist, und super verletzt und Lust hast, deine*r Ex zu zeigen, wie sauer du bist, suche dir eine Beschäftigung, auf die du deine Aufmerksamkeit lenken kannst – irgendetwas, das dich ablenkt, bis du dich wieder beruhigt hast. Geh ins Kino, mach Sport, häng mit deinen Leuten ab, sieh fern, was auch immer. Nimm dir fest vor, dich nie rächen zu wollen – deine einzige Aufgabe ist es, darauf zu warten, dass du wieder einen kühlen Kopf bekommst und wieder bei Sinnen bist.

Gefühle, die für Ärger sorgen: Wut, Eifersucht, Verachtung, Groll, Genervtheit und Konfliktscheu

Es soll sich unangenehm anfühlen, wütend zu sein. Diese Gefühle sollen uns vor äußeren Bedrohungen bewahren, und sie machen sich mit aller Kraft bemerkbar, damit wir etwas gegen diese Bedrohung unternehmen können. Sobald du diesen Gefühlen Luft gemacht hat, wirst du oft eine Erleichterung verspüren, deine Grenzen gesetzt und Leuten gesagt zu haben, wenn dir etwas nicht passt. Während der Pubertät haben unsere Emotionen eine krassere Intensität. Deshalb kann es passieren, dass es einigen von uns dann so vorkommt, als würden sie von ihrer Eifersucht oder Wut verschlungen, was sie später wiederum bereuen. Das ist ganz normal. In den meisten Fällen kann man sich entschuldigen und die Sache wiedergutmachen.

Was ist so gut an diesen Gefühlen? Alle Menschen werden eifersüchtig, gereizt, frustriert und wütend. Diese Gefühle sind ein wichtiger Teil unserer Schutzmechanismen, sie beschützen uns davor, dass jemand auf uns herumtrampelt, uns herumkommandiert oder uns Dinge wegnimmt, die uns gehören.

Emotionen, die darauf hinweisen, dass etwas nicht stimmt, machen es uns einfacher, Grenzen zu setzen und den Menschen um uns herum deutlich zu machen, wann sie zu weit gegangen sind. Sie schützten uns davor, dass jemand diese Grenzen überschreitet, und können unsere Freundschaften tatsächlich stärken und unser Befinden innerhalb unserer Familie verbessern. Diese Gefühle signalisieren uns, wenn wir unfair behandelt werden und bringen uns dazu, etwas gegen die Ungerechtigkeit zu unternehmen, anstatt stillzusitzen und es einfach über uns ergehen zu lassen. Wut führt oft dazu, dass Hilflosigkeit sich in Kraft verwandelt. Obwohl dieses Kapitel dir Tipps gibt, wie du wütend sein kannst, ohne die Kontrolle vollständig zu verlieren, sollst du um Himmels willen nicht so tun, als hättest du diese Gefühle nicht. Das ist nicht der Sinn der Sache. Deine Wut sagt etwas Ausschlaggebendes darüber aus, was dir wichtig ist. Lerne deine Wut kennen und sei froh, dass es sie gibt. Sie beschützt dich.

Sauer sein

Könnt ihr mich alle einfach in Ruhe lassen?!

Wenn du sauer bist, kriegst du richtig schlechte Laune. So ist es nun manchmal, alles ist scheiße. Du bist nicht wütend, nicht froh, nicht traurig – einfach nur sauer. Mürrisch, genervt, ungeduldig – du bist einfach alles leid. Interessanterweise ist die Frage „Bist du jetzt sauer?“ das Provokanteste, was dich jemand fragen kann, wenn du wirklich sauer bist. Einige von uns sind morgens sauer, richtige Morgenmuffel, vor dem Frühstück ist es am schlimmsten.

Worauf hast du am meisten Bock, wenn du sauer bist? Mit schlechter Laune haben wir oft keine Lust, in der Nähe anderer Menschen zu sein, außer um ihnen zu zeigen, wie idiotisch die ganze Welt ist, indem wir einen Streit anzetteln. Es ist ganz normal, dass man als Teenager öfter sauer ist als als Erwachsene*r. Du wirst schnell frech, schnippisch und unangenehm gegenüber deinen Eltern, Geschwistern oder Freund*innen. Du schaffst es vielleicht einfach nicht, dich am Riemen zu reißen. Manchmal hilft es, in einem ruhigen Moment, in dem du kurz die Fassung behältst, den anderen einfach zu kommunizieren: „Ich hab heute einen schlechten Tag.“ Da wissen die Menschen in deinem Umfeld, dass sie nichts falsch gemacht haben, und du zeigst ihnen, dass du Verantwortung für dein Verhalten übernehmen kannst.

Wenn du sauer bist, fällt dir alles auf, was gerade falsch läuft. Es ist auch üblich, sich schneller zu ärgern und aufzuregen und die schönen Dinge gar nicht zu bemerken. Ein schlechter Tag wird deshalb immer schlimmer, da man anscheinend nur von verspäteten Bussen, Regen, nervigen Freund:innen und idiotischen Eltern umgeben ist. Es ist schwierig, nett zu sein, während man sauer ist, denn das Gehirn ist der Meinung, dass alle, denen man begegnet, die absoluten Feinde sind und so behandelt werden sollten, wie sie es verdienen – also nicht besonders gut.

Was hilft, wenn man sauer ist? Manchmal kannst du einfach nichts dagegen tun, wenn du sauer bist. Vielleicht hilft es, wenn du Musik hörst, Sport treibst oder das Gegenteil von dem tust, was deine Laune dir vorschreiben will – nämlich nett zu sein. Ein weiterer Trick ist, den Dingen Aufmerksamkeit zu schenken, die gerade mal nicht schief laufen. Wenn der Bus zu spät kommt, wird dein Hirn, angepisst wie es nun mal ist, denken: „WIEDER MAL TYPISCH; DIESER ***** TAG!" Aber: Du kannst versuchen, dem entgegenzuwirken und festzustellen, dass du einen freien Sitzplatz gefunden hast, oder dass der/die Busfahrer*in ziemlich nett zu dir war. Also, wenn du magst. Oder du bist einfach für eine Weile sauer, das ist ja auch kein Weltuntergang.

Gereizt sein

Du bist gereizt, wenn du eine mürrische, gedämpfte Wut empfindest. Diese Gereiztheit kann an spezifische Dinge gerichtet oder einfach auch ein Allgemeinzustand sein, sie kann lange anhalten oder plötzlich auftreten.

Bist du schnell gereizt? Wir Menschen haben eine unterschiedlich lange Lunte, deshalb sind wir alle unterschiedlich schnell gereizt. Es kann ziemlich – tja – nervig sein, schnell genervt zu sein, also leicht reizbar. Ein größeres Problem ist es, dass unsere Gereiztheit sich negativ auf unsere Beziehungen auswirkt. Unsere Liebsten gehen uns manchmal so auf den ****, dass wir sie manchmal abschütteln müssen; wir verletzen damit Menschen, die wir eigentlich nicht traurig machen wollen.

Gereiztheit bringt uns dazu, (allzu) deutlich zu sagen, was uns nicht passt. Wenn uns etwas reizt, fühlt es sich richtig an, den anderen zu sagen, was uns auf die Nerven geht. Eigentlich hätten wir große Lust, derjenigen/demjenigen, der uns nervt, ins Gesicht zu sagen, wie sehr er/sie uns auf die Nerven geht. Gerne brutal und schonungslos. Das Problem ist nur, dass niemand hören will, wie nervig er/sie ist, vor allem nicht, wenn es in diesem schnippischen Ton passiert.

Was kannst du tun, wenn du oft gereizt bist? Alle sind immer mal wieder von irgendetwas genervt, aber wenn dir das öfter passiert, sodass es deinen oder den Alltag anderer komplizierter macht, kannst du versuchen, etwas dagegen zu tun. Es kann helfen, erst einmal zu reflektieren. Was genau nervt dich jetzt gerade? Ist es das wert, ein großes Drama daraus zu machen, oder kannst du versuchen, es zu ignorieren? Es kann auch helfen, dich auf andere Dinge zu konzentrieren, zum Beispiel kannst du dich zwingen, jemandem zuzuhören und dich dabei auf den Inhalt des Gesagten zu konzentrieren, statt auf seine/ihre nervige Stimme.

Du kannst niemanden bitten, eine weniger nervige Stimme zu haben, aber oft nerven uns eher Kleinigkeiten, die andere schnell sein lassen können, wenn wir sie nett darum bitten. Zum Beispiel, wenn jemand immerzu auf seinem/ihren Kugelschreiber herumklickt, wenn du gerade versuchst, dich zu konzentrieren. Atme ruhig ein, denk dran, dass die andere Person dich nicht absichtlich ärgern will, und versuche, so höflich wie möglich zu kommunizieren, dass es hierbei um deine Gereiztheit geht, nicht um die andere Person: „Du, sorry, mich nervt dieses Geräusch total, könntest du das bitte sein lassen?"

Ein letzter Tipp: Stell dir mal vor, was die anderen alles an dir nervt. Also – nimm's dir nicht zu sehr zu Herzen, das Ziel ist es nicht, dass du das Gefühl hast, anderen eine Plage zu sein. Aber es fällt dir vielleicht leichter, freundlich Bescheid zu sagen, wenn dich etwas stört, wenn du im Hinterkopf behältst, dass du selbst auch nicht perfekt bist.

Auch Erwachsene haben den Dreh noch nicht raus. Es ist gar nicht so einfach, mit der eigenen Gereiztheit klarzukommen. Kriegst du's nicht hin, dann kriegst du's eben nicht hin. Aber das Leben wird sehr viel erträglicher, wenn man es hinkriegt, seine Bedürfnisse zu äußern, ohne sich mit allen zu zerstreiten.

Es gibt Menschen, die unter Misophonie leiden. Sie sind unnormal krass genervt von Geräuschen – oft Geräuschen, die andere Menschen machen, wie Schmatzen, Kauen oder Schniefen. Misophonie kann sehr lästig sein und ist eine echte Störung. Wenn du das Gefühl hast, dass das auf dich zutrifft, kannst du dich an eine*n Hals-Nasen-Ohren-Ärzt*in oder eine:n Audiopädagog*in wenden, der/die versuchen kann, dem Gehirn zu helfen, anders auf die Geräusche zu reagieren.

Eifersucht

Was passiert hinter meinem Rücken?

Ein schmerzhaftes Gefühl, das oft ein totales Drama verursacht. Eifersucht bezeichnet das Gefühl, das einen überkommt, wenn man glaubt, dass jemand anderes uns eine Sache oder eine Person, die wir für uns selbst haben wollen, wegnimmt oder versucht wegzunehmen.

Eifersucht will uns davor beschützen, abgewiesen oder verlassen zu werden. Das ist ein ganz normales Gefühl, das jedoch oft wehtut und wofür man sich ziemlich schämt. Eifersuchtsdramen sind die Grundlage vieler Lieder, Romane und Erzählungen aus Tausenden von Jahren – und das nicht ohne Grund.

Nur ein bisschen verunsichert oder krass eifersüchtig? Eifersucht kann in ihrer Intensität variieren – von einem kleinen, unsicheren, traurigen Knoten im Magen bis hin zu einem intensiven und überwältigenden Gefühl, bei dem das Alarmsystem des Gehirns verrücktspielt. Du kannst in allen Beziehungen eifersüchtig werden, z. B. in Freundschaften, Liebesbeziehungen und Geschwisterbeziehungen.

Wie geht man mit der Eifersucht um? Es ist nicht leicht, an dieser Stelle einen guten Rat zu geben, denn es gibt so viele unterschiedliche Situationen und Bedingungen, in denen Menschen eifersüchtig werden. Eifersucht kann von einer echten Bedrohung ausgelöst werden, wenn jemand wirklich versucht, dich und deine*n Freund*in auseinanderzubringen, aber auch von etwas ganz Harmlosem, wie zum Beispiel, wenn deine beste Freundin mit einer anderen Bekannten ins Kino gegangen ist und dir nicht Bescheid gesagt hat.

Als Erstes solltest du dieses Gefühl anerkennen und ihm gegenüber aber auch etwas skeptisch sein. Eifersucht löst Misstrauen aus und befeuert Gedanken, die manchmal echt übertrieben sein können. Wenn du nicht merkst, dass du gerade eifersüchtig bist, kann es sein, dass du deinen eigenen Gedanken glaubst, obwohl du auch falsch liegen könntest.

Wenn du dich auf deine Eifersucht verlässt, die jedoch ganz unbegründet ist, benimmst du dich in den Augen der anderen irgendwie merkwürdig und provozierst total unnötige Konflikte. Passiert. Du kannst es wiedergutmachen, indem du dich erklärst und ehrlich zu deinen Gefühlen stehst.

Aber du solltest es ernst nehmen, dass du eifersüchtig bist. Wenn du einsiehst, dass die Eifersucht dich gepackt hat, stell dir die Frage: „Warum bin ich eigentlich eifersüchtig?“ Hast du dich vielleicht ein bisschen außen vor gefühlt, obwohl niemand dich ausgrenzen wollte? Oder ist etwas Konkretes vorgefallen, worauf du reagiert hast? Glaubst du wirklich, dass jemand dich im Stich lassen will, oder gehen deine Gefühle mit dir durch?

Wenn die Eifersucht dir in deiner Beziehung im Weg steht, dann hast du es nicht so einfach. Wenn es gute Gründe für deine Eifersucht gibt, dann musst du mit deine*r Partner*in darüber reden. Doch oft ist Eifersucht nur in einer vagen Unsicherheit begründet. Führt ihr eine so gute Beziehung, dass du offen darüber sprechen kannst? Zum Beispiel: „Ich weiß nicht, was mit mir los ist, aber ich bin im Moment so unsicher und ein bisschen eifersüchtig. Du hast mir überhaupt keinen Anlass dafür gegeben, aber dann weißt du, warum ich vielleicht ein bisschen komisch und paranoid wirke. Das geht sicher wieder vorbei.“

Es ist ratsam, sich bewusst zu sein, dass Eifersucht uns auf eine Weise schützt, die für eine Beziehung nicht so gesund ist. Vielleicht möchtest du deine*n Freund*in in den sozialen Medien stalken, beobachtest genau, wie lange sie/er andere umarmt, oder willst heimlich das Telefon der anderen Person checken. Obwohl dir das ein beruhigendes Gefühl geben kann, nährt es die Eifersucht und macht sie noch schlimmer. Außerdem ist es nicht in Ordnung, andere so zu behandeln. Wenn du einem Muster verfallen bist, und deine*n Partner*in kontrollierst – lass es sofort wieder sein! Zwing dich einfach dazu, es nicht zu tun, auch wenn es echt hart sein kann. Du wirst merken, wie es allmählich leichter wird zu atmen. Wenn du ihr keinen Platz gibst, wird die irrationale Eifersucht schon bald wieder verschwinden.

Neid

ICH hätte gewinnen sollen, ich habe es viel mehr verdient!

All die Dinge, die du selbst gerne hättest. Wenn man neidisch ist, gönnt man den anderen etwas nicht, weil man es selbst gerne hätte. Neid ist der Zwilling der Eifersucht, man ist extrem auf der Hut, dass jemand anderes nicht bekommt, was du für dich haben willst. Wir sind alle mal neidisch, doch bei einigen spielt der Neid eine viel zu große Rolle im Leben. Im Grunde ist Neid natürlich und nicht weiter schlimm, trotzdem kann er dich von den schönen Dingen in deinem Leben ablenken, weil du dich zu sehr darauf fokussierst, was andere besitzen oder erreicht haben, statt dass du auf dich selbst schaust.

Neid kann viel zerstören. Freundschaften können durch Neid in die Brüche gehen, und die guten Dinge des Lebens können in einem schrecklichen Gefühl des Versagens völlig untergehen. Sich etwas zu wünschen, was jemand anderes bereits hat, ist an sich kein Neid. Neid ist, wenn das Verlangen einen Tropfen (oder zehn) Wut enthält. „Das ist unfair!“, schreit der Neid. Oder er lässt uns zusammensinken und gibt uns das Gefühl, dass wir nie die Besten sind oder nie diejenige, die am meisten gelobt wird. „Ich bin so ein Loser“, flüstert der Neid. Eigentlich geht es bei Neid nur um uns selbst, nicht um die Person, auf die wir neidisch sind.

Das Gefühl, an einem Wettbewerb teilzunehmen, ist eine gängige Erklärung, wird aber missverstanden. Wir Menschen haben oft eine seltsame Art, miteinander umzugehen. Wir glauben, dass das Leben ein Wettbewerb ist, auch wenn das überhaupt nicht stimmt. Um herauszufinden, ob wir den Wettkampf verlieren, vergleichen wir uns miteinander. Alles, was darauf hindeutet, dass die anderen „gewinnen", lässt uns vor Neid kochen, zum Beispiel, wenn sie mehr als wir bekommen, besser sind als wir, schöner, erfolgreicher, oder mit der/dem Partner*in zusammenkommen, in den/die wir verliebt sind. Wir werden ziemlich kleinlich und missgünstig, und feixen uns einen, wenn es bei der Person, auf die wir neidisch sind, gerade nicht so läuft. Wir finden nämlich, sie hat ihren Erfolg nicht verdient, obwohl wir, wenn wir an ihrer Stelle wären, echt glücklich wären und uns sagen würden: „Das habe ich mir verdient." Komisch, oder?

Eine Nebenwirkung unseres Neids ist es, dass wir die Person, die wir beneiden, runtermachen und ihr vielleicht sogar etwas verderben. Wenn du neidisch bist, kann es dir passieren, dass du dich dabei erwischst zu lästern, Gerüchte zu verbreiten, ein kleines Arschloch zu sein und das Leben eines Menschen zu sabotieren, auf den du neidisch bist.

Wie kannst du den Neid dämpfen? Beim Neid geht es in erster Linie darum, dass wir glauben, der Erfolg einer anderen Person würde uns schlechter dastehen lassen. Um den anderen ihren Erfolg zu gönnen und dich für sie zu freuen, müssen wir verstehen, dass das Leben kein Wettbewerb ist.

Drei-Sterne-Regeln für dich, wenn dein Neid alle Grenzen sprengt:

- → Beobachte dich mal von außen und überlege, wofür die Person, auf die du neidisch bist, dich beneiden könnte.
- → Pass auf, dass du nicht auf „Shoppingtour" bist. Du „darfst" dir nicht die Nase des einen, die Haare der anderen und die Augen der dritten Person wünschen.
- → Vergleich dich nicht mit Illusionen, beispielsweise mit gephotoshoppten Bildern oder den Masken, die die Menschen aus Social Media tragen.

Wenn du an deinem Neid arbeiten willst, kann es nützlich sein zu denken: „Wenn ich zaubern könnte und mein Leben endlich perfekt wäre, was würde ich auf keinen Fall an mir und meinem Leben ändern?“ Vielleicht findest du heraus, dass du froh bist, deine Eltern zu haben, dass deine Nase doch ganz niedlich ist, dass du deine kleine Schwester über alles liebst und dass du ziemlich witzig sein kannst? Sei dankbar für die schönen Dinge in deinem Leben, das ist viel angenehmer, als neidisch zu sein.

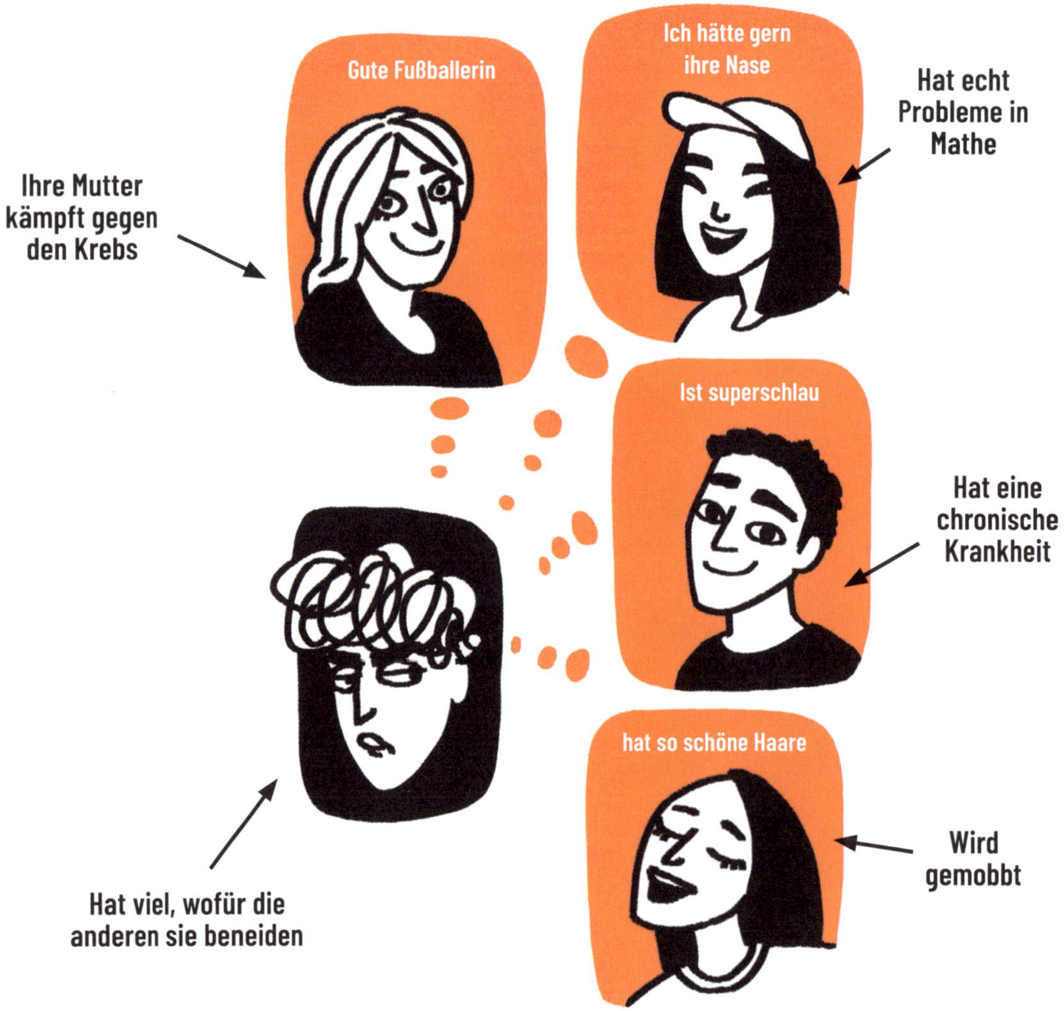

Manchmal ist Neid eigentlich kein Neid. Es ist unbestreitbar, dass es für dich schwieriger wird, mit der Person zusammenzukommen, mit der jetzt schon jemand anderes zusammen ist. Es ist unfair, dass einige Teenager herumlaufen und tun und lassen können, was sie wollen, während andere im Krankenhaus liegen. „Du weißt nicht, was für ein Glück du hast“ ist kein neiderfüllter Gedanke. Es ist ein Gedanke, der voller Perspektive und Lebensweisheit steckt. Und das wird man ja wohl noch mal sagen dürfen.

PS:
Wenn andere Leute dich schön finden, beliebt, reich überdurchschnittlich intelligent oder du andere Wesenszüge an dir hast, gegen die andere, ihrer Meinung nach, erblassen, bist du vielleicht selbst dem Neid anderer ausgesetzt. Das passiert auch, wenn du einen etwas höheren Bekanntheitsgrad hast. Wenn du es schaffst, dann denk doch, dass die „Hater“ (die dich ohne Sinn und Verstand mit Mist zuballern) eigentlich nur neidisch auf dich sind, statt ihnen zu glauben – das wird eine echte Erleichterung für dich sein und dir helfen, mit dem „Hate“ umzugehen.

Ekel und Verachtung

Igitt ...

Ekel und Verachtung sind Gefühle, die wir Menschen manchmal gar nicht richtig auf dem Schirm haben. Wir verspüren Ekel oder Verachtung, wenn wir etwas so Abscheuliches oder Widerliches sehen oder erleben, dass die einzige natürliche Reaktion ist, Abstand zu nehmen. Man kann Dinge, Phänomene oder auch Menschen verabscheuen.

Ekel und Verachtung sind grundlegende menschliche Emotionen, die wahrscheinlich dazu dienen, verdorbenes Essen, Bakterien und Infektionen zu vermeiden, aber auch dafür sorgen, jemanden aus unserer Herde auszustoßen. Ekel führt weltweit zu Diskriminierung und Menschenrechtsverletzungen. Ekel kann sich in einer Umgebung oder Gruppe ausbreiten und dazu führen, dass eine Gemeinschaft andere Menschen als wertlos abschreibt. Im Laufe der Geschichte waren verschiedene Menschen und Gruppen Mobbing, Gewalt und Diskriminierung durch die Gesellschaft ausgesetzt und wurden behandelt, als seien sie weniger wert als andere.

Verachtung kann sich mit Wut mischen und zu Gewalt führen. Vielerorts werden Menschen angegriffen, nur weil sie so sind, wie sie sind. Abneigungen gegenüber bestimmten Hautfarben, Religionen, Lebenseinstellungen oder sexuellen Orientierungen löst in einigen Menschen den absurden Wunsch aus, anderen Gewalt zuzufügen. In einigen Ländern hat sich diese gefährliche Kombination aus Verachtung und Wut bei den Behörden durchgesetzt, und es besteht die Gefahr, wegen „falscher" Religion, politischer Meinung oder einer Liebesbeziehung inhaftiert, verletzt oder getötet zu werden.

Wut (und Mangel an Wut)

Wut ist oft ein sehr intensives Gefühl. Oft wissen wir, warum wir wütend werden, doch manchmal passiert es einfach so. Wut mobilisiert den Körper für einen Kampf. Die erste Reaktion eines Menschen ist deshalb zu schreien, um sich zu schlagen oder zornige, schuldzuweisende Worte zu äußern.

Was passiert in unserem Körper, wenn wir richtig wütend sind? Hast du schon mal von einem „Adrenalinkick" gehört? Wenn hohe Geschwindigkeit und Spannung Herzklopfen, schnellen Puls und krasse Feelings verursacht? Das Hormon Adrenalin pumpt auch vermehrt durch unsere Venen, wenn wir superwütend sind. Es ist dazu da, um uns bereit für den Kampf zu machen, deshalb haben wir als Art die Urzeit überleben können. Das Herz schlägt hart in unserer Brust, sobald die Wut in uns kocht, unsere Muskeln spannen sich an. Wenn du mal kurz innehältst, wirst du merken, wie schnell und oberflächlich du atmest. Wenn wir wütend sind, schaltet das Hirn alle klugen und empathischen Gedanken aus, stattdessen fallen uns fiese und wütende Dinge ein, die wir sagen oder tun. Wut verbaut uns oft den Blick auf andere Perspektiven.

Als Teenager ist es ganz normal, wütend zu werden. Viele Teenager haben das Gefühl, dass aggressive Emotionen ihren Körper übernehmen, sodass sie sich selbst kaum wiedererkennen. Vielleicht warst du als Kind superglücklich und eins mit der Welt, aber plötzlich fährst du immerzu und bei jeder Kleinigkeit aus der Haut (vor allem zu Hause), oft auch ohne Grund. Im Laufe der Pubertät streiten sich die meisten von uns mit Menschen, die uns eigentlich ziemlich wichtig sind, Eltern, Freund*innen, Geschwister und Partner*innen. Auch wenn das ganz normal und ein Teil des Lebens ist, kann das ziemlich überhandnehmen und wehtun, und wir wünschten uns, dass wir die Streitereien besser unter Kontrolle hätten.

Jede*r reagiert anders auf das Gefühl von aufsteigender Wut. Einige gehen von null auf hundertachtzig:

In anderen schwelt die Wut, braut sich über einen Zeitraum in ihnen zusammen. Vielleicht sind sie nachtragend und tragen diese schwelende Wut lange mit sich herum, auch wenn der/die andere sich längst entschuldigt und versucht hat, alles wiedergutzumachen. Oder sie haben ihre Wut für eine Weile unter Kontrolle, bis sie ihnen eines Tages um die Ohren fliegt.

Nicht jede*r hat das Bedürfnis zu schlagen oder zu schreien, wenn er/sie wütend wird. Für viele fühlt sich Wut wie ein ruhiges Gift an, das rauswill. Statt Schlägen nutzen sie Worte und unauffällige Handlungen, um den/die andere*n zu verletzen. Spöttische Bemerkungen, Ironie, Mobbing, „Ghosting", Ausgrenzung, Gerüchteverbreitung und das Ignorieren anderer sind Beispiele für diese Art von Wut. Es kann furchtbar wehtun, diesem Verhalten ausgesetzt zu sein.

Menschen werden oft auf die falsche Person wütend. Ohne darüber nachzudenken, lenken sie ihre Gedanken von der Person ab, auf die sie wirklich wütend sind, und projizieren die Wut auf jemand anderes. Warst du vielleicht schon mal enttäuscht, dass dein*e Freund*in eine Verabredung mit dir abgesagt hat, aber hast dich nicht getraut, mit ihm/ihr über deine Enttäuschung zu sprechen, weil ihr erst seit Kurzem zusammen seid? Und dann kommst du nach Hause und lässt all deinen Frust an deinem kleinen Bruder aus, obwohl er gar nichts falsch gemacht hat?

Wenn dir das passiert, dann ist es schön, wenn du dich hinterher entschuldigst. Du musst nicht einmal erklären, was los war. Es ist niemals zu spät, du kannst einfach sagen: „Du, tut mir leid, das war nicht fair, dass ich dich so angeschnauzt habe, ich war eigentlich wegen etwas ganz anderem wütend."

Manchmal hat man eine Situation missverstanden. Wenn wir wütend werden, denkt das Gehirn, dass wir uns in einem uralten Kampf um Leben und Tod befinden, und bereitet sich darauf vor, alles zu geben. Die Person, die uns so wütend macht, wird daher plötzlich zu unserem größten Feind, und wir sehen nur noch ihre schlimmsten Seiten, ohne kurz innezuhalten, um zu reflektieren, ob es möglicherweise ein Missverständnis gegeben hat. Das ist ein Nachteil unseres eifrigen Gehirns, es zieht nicht in Betracht, dass wir uns geirrt haben könnten. Je aggressiver wir unser Gegenüber konfrontieren, desto schwieriger wird es, das Missverständnis aufzuklären.

Sagen wir, Casper und Ida sind enge Freund*innen. Casper weiß, dass Ida große Partys hasst. Er will empathisch sein und ihr sagen, dass es völlig okay ist, wenn sie nicht kommt. Isa interpretiert das jedoch als Hint, dass sie eigentlich nicht so erwünscht ist, sie ist mega verletzt und wütend.

Wenn du das Gefühl hast, dass ein Missverständnis vorliegt, ist es besser, wenn du das sofort klärst, bevor es eskaliert.

Wenn du nicht zu Hause wohnst, kann es schwer sein, deine Wut zu zeigen. Kinder und Jugendliche, die im Krankenhaus oder in einer Klinik leben, müssen sich an andere Bedingungen anpassen, die der Teenagerlaune manchmal einen Strich durch die Rechnung machen. Sie müssen ganz anders Rücksicht nehmen, sich an andere Regeln halten, als wenn sie zu Hause bei ihrer Familie wären. Das kann manchmal echt schwierig sein, und manchmal scheint die einzige Lösung zu sein, einfach alles herunterzuschlucken und sich anzupassen. Wenn es dir gerade so geht, und du von Erwachsenen betreut wirst, Eltern, Krankenpfleger*innen oder Sozialarbeiter*innen: Versuch, in Worte zu fassen, dass du nicht weißt, wohin mit deiner Wut. Deine Wut ist natürlich und wertvoll und du solltest sie unbedingt kennenlernen.

Was kannst du tun, wenn deine Wut Probleme macht?

Manchmal ist es echt wichtig, aus der Haut zu fahren, das können wir auch einfach nicht vermeiden. Normalerweise geht die Welt nicht unter, wenn wir herumbrüllen und mit fiesen Anschuldigungen und Schimpfwörtern um uns werfen, oder eine Tür knallen – die Tür überlebt das. Doch manchmal sitzen wir hinterher da, nachdem wir uns beruhigt haben, und wünschten uns, wir hätten uns ein bisschen am Riemen gerissen. Wenn das öfter passiert, kann es zum Problem werden.

Finde heraus, was dich triggert. Wenn du häufig mit deinen Mitmenschen in Konflikte gerätst, möchtest du vielleicht wissen, was die Ursache sein kann. Gibt es besondere Dinge, über die du dich schnell aufregst? Oder ist dein Leben im Allgemeinen schwierig und du hast im Moment einfach eine dünne Haut? Kannst du etwas an diesen Situationen besser machen, oder gibt es Themen, die du nicht so nah an dich heranlassen solltest?

Die schlimmsten Wutanfälle stoppen. Forschungen zeigen, dass es schlau ist, ein klein wenig zu warten, bevor du reagierst. Es kann sich dabei um wenige Sekunden handeln, manchmal ist es jedoch schlau, einige Minuten abzuwarten, wenn nicht sogar Stunden oder Tage, bevor du die Sache auf eine klügere Art angehst.

Weißt du, was dich richtig wütend macht?

Atme ganz ruhig, tief ein, dann wieder aus, gaaaanz langsam, sodass dein Körper versteht, dass du dich nicht in einem Kampf auf Leben und Tod befindest. Dann wird nämlich der Kopf wieder eingeschaltet, und die Wahrscheinlichkeit steigt, dass du einige Sachen, die du später bereuen würdest, nicht tust oder sagst.

Doch dann solltest du überlegen, was dich so wütend gemacht hat. Vielleicht hattest du ja einen guten Grund? Wurdest du zum Beispiel angelogen? Hat dich jemand blöd angemacht oder dich ungerecht behandelt? Schaffst du es, klar und deutlich zu sagen: „So nicht?“ Ist es angebracht, die Wut rauszulassen, oder reicht es, wenn du ruhig bleibst und sagst, was dir gerade nicht passt? Denk dran: Deine Wut hat versucht, dir etwas zu erzählen. Das heißt nur nicht unbedingt, dass du in den Kriegsmodus schalten musst, um den Konflikt zu lösen.

Wenn du eine Grenze übertreten hast. Alle Menschen können wirklich wütend werden, und Wut und Verzweiflung lassen uns Dinge sagen, die wir besser nicht sagen sollten. Das allein führt selten zum Weltuntergang, denn gerade Erwachsene sind gewappnet, einem Wutanfall standzuhalten. Denk daran, dich zu entschuldigen. Auch bei deinen Eltern, egal wie gelassen sie sind. Du musst nicht näher erklären, was los ist, wenn du nicht willst, eine Entschuldigung genügt.

Wenn du dich mit Erwachsenen, beispielsweise mit deinen Eltern, gestritten hast, ist es gut, hinterher zu besprechen, was zwischen euch schiefgelaufen ist. Kannst du es ihnen vielleicht erklären? Es ist die Aufgabe der Erwachsenen, deine Wut zu ertragen und herauszufinden, wie ihr besser miteinander reden könnt. Aber es hilft sehr, wenn du in Worte fassen kannst, was du von ihnen brauchst.

An dich, wenn du in eine Schlägerei gerätst

Unsere Körper ertragen nicht unendlich viel. Sie können durch Schläge und Gewalt verletzt und für den Rest unseres Lebens beeinträchtigt werden. In Filmen und Videospielen wird uns immer wieder vorgeführt, wie Menschen auf steinharten Asphalt fallen, mit Baseballschlägern verprügelt oder wiederholt in den Bauch und an den Kopf getreten werden, bevor sie wieder auf die Beine kommen, in ganzen

Stücken. In der Realität ist das nicht der Fall. Bring dich nicht selbst in eine Situation, in der du dich selbst oder jemand anderen so verletzen kannst, dass es Auswirkungen auf euer Leben hat, egal wie wütend du bist. Das ist es nicht wert.

Konfliktscheu

Einige Menschen bringen es nicht fertig, Bescheid zu sagen, wenn jemand ihre Grenzen missachtet. Um Streit zu vermeiden, antworten sie „Schon okay“ oder „Ist mir egal“, obwohl sie eigentlich ganz konkrete Vorstellungen, Meinungen und Wünsche haben. Kann sein, dass sie nicht so große Wut verspüren, dass sie es gewohnt sind, Verantwortung zu übernehmen und Dinge zu regeln, statt auf sich selbst aufzupassen. Mit der Zeit ist das kein gesundes Muster. Die anderen können ja ihre Gedanken nicht lesen, und wenn jemand immer nur lächelt und sagt: „Alles gut!“, auch zu Dingen, die einem gar nicht passen, dann glauben die Menschen in ihrem Umfeld ja wirklich, dass alles gut ist. Damit ist niemandem geholfen. Falls das auf dich zutrifft: Übe dich darin, Grenzen zu setzen und deine Meinung zu sagen, Stück für Stück. Auch, wenn dir das zunächst Angst macht oder du befürchtest, dass andere sich von dir distanzieren werden.

Du tust deinem Umfeld einen Gefallen, wenn du Grenzen setzt. Den Menschen um dich herum fällt es somit leichter, ein Verhältnis zu dir aufzubauen, wenn du klar und deutlich sagen kannst, was du dir wünschst und was deine Bedürfnisse sind. Du machst natürlich nichts falsch, wenn du so tust, als sei alles in Ordnung, aber es ist für dich auch gut zu wissen, dass es anderen noch leichter fällt, mit dir Zeit zu verbringen, wenn du klar und deutlich mit ihnen kommunizierst.

Wenn du wütend sein solltest, aber sich nichts in dir regt – was dann?

Viele Menschen sind erschrocken, wenn man auf ihnen herumtrampelt oder sie beleidigt. Anstatt sich zu wehren, sagen sie Dinge wie „o. k.“ oder „sorry“. Es fühlt sich nicht richtig an, aber das Gefühl, angegriffen zu werden, führt bei ihnen eher zu Angst als zu Wut.

Erst später fällt dir ein, was du hättest sagen können. Es ist ganz normal, nach einem Vorfall, in dem es dir nicht gelungen ist, Grenzen zu setzen, von dir selbst frustriert zu sein. Das Gefühl, dass jemand auf dir rumgetrampelt hat, verwandelt sich in das Gefühl, dass du dein Gegenüber hast auf dir rumtrampeln lassen, und du fühlst dich schwach. Fast alle Menschen auf der Welt erleben manchmal Situationen, in denen sie nicht in der Lage sind, sich zu äußern, und ihnen erst später einfällt, was sie hätten kontern sollen. Das ist völlig normal. Wenn du so konfliktscheu bist, dass dir das öfter passiert, ist das kein Zeichen von Schwäche, das heißt nur, dass du Streit und Drama aus dem Weg gehen willst. Das ist an sich ja schon eine echt tolle Eigenschaft. Mit etwas Übung kannst du diese Einstellung damit kombinieren, Grenzen zu setzen, die für dich und deine Umwelt deutlich sind.

Bist du unnötig wütend auf dich selbst?

Wenn du oft auf dich selber wütend bist, egal ob du selbst oder andere etwas falsch gemacht haben, dann ist das ein deutliches Zeichen dafür, dass es dir nicht gut geht. Deine Wut ist wahrscheinlich so fehl am Platze, dass du *Selbstverachtung* verspürst – du denkst, du bist ein Loser und nur eine Last für andere. In diesem Fall solltest du mit jemandem sprechen. Hast du eine liebe Person in deinem Leben, der du dich öffnen kannst? Du hast etwas Besseres verdient, als diese Gefühle herumzutragen, die eigentlich für jemand anderes bestimmt sind.

Wut – was ist normal?

Als Teenager ist es ganz normal, sich über kleine Dinge zu ärgern und von Zeit zu Zeit die Beherrschung zu verlieren. Vielleicht streitest du dich mit deine*r Partner*in, deinen Freund*innen oder deiner Familie, obwohl du vorher nie streitsüchtig warst. Grundsätzlich musst du deine Jugend als eine Phase betrachten, in der du herausfindest, wo deine Grenzen liegen – darum musst du gerade jetzt auch einfach mal mit den Türen schmeißen oder herumbrüllen und fiese Sachen rufen. Es ist ganz normal, dass du frustriert und sauer auf dich selbst bist, wenn mal etwas schiefläuft, solange das auch schnell wieder vorbeigeht.

Wann wäre Grund zur Sorge?

- Wenn du andere verletzt und nicht aufhören kannst. Du bist es, der/die du dich in diesen Momenten steuerst. Auch wenn es sich so anfühlt, dass es „einfach so passiert“.
- Wenn Wut und Eifersucht Konflikte ins Rollen bringen oder anderen schaden. Das kann bedeuten, dass du nicht weißt, wie du mit deinen Gefühlen umgehen sollst, und dir schlechte Angewohnheiten zugelegt hast. Es kann ganz schön an deinen Kräften zehren, ein Leben voller Konflikte und Drama zu führen.
- Wenn du merkst, dass du Dinge nicht bereust, die du bereuen solltest.

- Wenn du Gewalt anwendest, um dich vor anderen Jugendlichen und Erwachsenen zu schützen. In so einer Situation kann es beängstigend sein, um Hilfe zu bitten. Bitte, versuch es trotzdem.

- Wenn du findest, dass es sich gut anfühlt, zu schlagen und zu treten, dass etwas Fauchendes und Riesiges in dir drin sich beruhigt, wenn du Gewalt ausübst, oder wenn du sogar eine Art Zufriedenheit verspürst, das Gefühl hast, stark zu sein oder endlich die Kontrolle zu haben. Für einige kann es dadurch noch schwieriger werden, aus alten Mustern auszubrechen. Such dir jetzt Hilfe. Du musst nicht all deine Handlungen zugeben, um Hilfe zu bekommen, es reicht, wenn du eine*r Vertrauenslehrer*in erzählst, dass du dir Sorgen machst.

- Wenn du dich selbst bestrafst oder verletzt, weil du wütend bist.

Gefühle, die wehtun: Enttäuschung, Verbitterung, Einsamkeit und Traurigkeit

Gefühle, die wehtun, sind ein ganz normaler Teil unseres Daseins – es ist unmöglich, ein langes Leben zu leben, ohne so zu empfinden. Trauer, Enttäuschung, Verbitterung und Einsamkeit sind Reaktionen darauf, wie es ist, ein Mensch zu sein. In erster Linie verspüren wir emotionalen Schmerz, weil wir nun einmal keine Roboter sind. Dieser Schmerz ist jedoch auch eine Form des Selbstschutzes. Ebenso wie wir humpeln, wenn unser Bein verletzt ist, verlangsamen wir unser Tempo bei seelischen Beschwerden. Wenn sich alles hoffnungslos anfühlt, dann musst du wissen, dass auch seelische Schmerzen wieder vergehen.

Können seelische Schmerzen positiv sein? Wären wir überhaupt dazu in der Lage, Freude zu verspüren, wenn wir nicht wüssten, was Trauer ist? Können wir die Menschen um uns herum wertschätzen, wenn wir noch nie jemanden verloren oder einen Schatten der Einsamkeit gespürt haben? Ohne Leiden wäre im Laufe der Weltgeschichte kaum so viel Kunst entstanden – Musik, Filme, Bücher und Serien. Künstler wie van Gogh, Eminem und Munch haben ihre Verzweiflung für etwas Schönes, Interessantes oder Sinnvolles genutzt. Das bedeutet natürlich nicht, dass es sich gut anfühlt, zu leiden.

Enttäuschung

So hab ich mir das nicht vorgestellt.

Wenn es so kommt, wie man es sich nicht gewünscht hat. Enttäuschung entsteht, wenn etwas, worauf wir gehofft oder uns gefreut haben, nicht passiert. Oder wenn jemand die Erwartungen, die wir an ihn/sie hatten, nicht erfüllt. Enttäuschung kommt und geht, ohne dass das an sich sonderlich dramatisch wäre. Vielleicht hast du dich auf den speziellen Eiskaffee gefreut, der jedoch in deinem Lieblingscafé ausverkauft war. Oder du dachtest, dein Ferienjob wäre in trockenen Tüchern, aber dann ist doch nichts draus geworden. Alle Menschen erleben Enttäuschungen.

Eine Enttäuschung kann winzig klein sein oder aber erschütternd groß. Eine Bagatelle sorgt vielleicht für eine kleine, aber zu verkraftende Enttäuschung. Schwere Enttäuschungen jedoch fühlen sich so an, als würde die ganze Welt alles, was uns lieb war, mit Füßen treten.

Die verschiedenen Grade der Enttäuschung

Nicht bei der ersten Auswahl dabei. | Hatte geglaubt, dass Mama diese Ferien nicht trinkt | Verpasst eine Party

Was ist eine alberne Enttäuschung? Du hast sicher schon mal erlebt, dass du enttäuscht warst und dich selbst bemitleidet hast, aber gleichzeitig wusstest, dass deine Enttäuschung irrational ist. Wenn du bei einem Talentwettbewerb zum Casting gehst und zwar ganz gut bist, aber eigentlich schon weißt, dass andere besser waren, bist du ja eigentlich schon darauf vorbereitet, den Wettbewerb nicht zu gewinnen. Natürlich darfst du trotzdem enttäuscht sein. Wenn du viel zu spät von zu Hause losgehst, und trotzdem enttäuscht bist, wenn du den Bus verpasst – das passiert uns immer wieder. Am besten wäre es, wenn das Leben die Dinge für uns regelt, aber so läuft das leider nicht. Und das ist okay.

Stille Erwartungen

Eine Art von Enttäuschung entsteht durch etwas, das wir stille Erwartungen nennen könnten – die Hoffnung, dass jemand etwas tut, ohne dass wir ihn/sie darum bitten oder den Wunsch laut äußern. Die Erwartung schleicht still und heimlich um uns herum, ohne dass andere davon erfahren, vielleicht sogar ohne dass wir es selbst so richtig mitbekommen. Zum Beispiel hoffst du, dass deine Freund*innen zu deinem Geburtstag eine Überraschungsparty planen, aber natürlich sagst du ihnen das nicht (das wäre ja nicht der Sinn einer Überraschungsparty). Deine Freund*innen haben keine Ahnung, dass du dir das wünschst, sie denken überhaupt nicht darüber nach. Trotzdem bist du mega enttäuscht, wenn dein Geburtstag ansteht, ohne dass jemand die Party schmeißt, auf die du gehofft hast. Das Dumme an diesen stillen

Erwartungen ist, wenn man nicht nur enttäuscht, sondern zusätzlich auch verletzt ist. Dies kann zum Beispiel passieren, wenn du plötzlich denkst, dass deine Freund*innen dich nicht gernhaben oder dich im Stich lassen, nur weil sie einfach nicht auf die Idee gekommen sind, eine Überraschungsparty für dich zu planen. Vielleicht bist du schon oft von Leuten enttäuscht worden, die nicht einmal wussten, was du dir von ihnen erhofft hast. Dann ist es an der Zeit, deine stillen Erwartungen auszusprechen. Erst einmal für dich selbst, damit sie dir bewusst werden und du dich darauf vorbereiten kannst, dass sie nicht unbedingt erfüllt werden können. Und dann solltest du auch anderen gegenüber sagen, was du denkst. Du machst es dir und anderen leichter, wenn du formulierst, was du dir wünschst.

Sag lieber, was du wirklich denkst:

Tipps, um besser mit Enttäuschungen umzugehen

→ **Betrachte deine Enttäuschung mit kritischem Blick.** Hast du einen guten Grund, enttäuscht zu sein, oder waren deine Erwartungen einfach zu hoch? Wenn du es schaffst, deine Enttäuschung über Kleinigkeiten kommen und wieder ziehen zu lassen, ohne dich zu sehr an ihnen aufzureiben, dann bekommst du gar nicht erst das Gefühl, mehr Pech zu haben als andere. Dieses Gefühl gefällt nämlich nur den wenigsten von uns.

→ **Lass dir nicht von deiner Enttäuschung die guten Sachen verderben.** Auch wenn ihr den Pokal nicht gewonnen habt, so hattet ihr doch sicherlich eine schöne Zeit als Team, habt neue Freund*innen gefunden – das Turnier war also kein Komplettreinfall. Wenn du gute Noten in allen Fächern erwartet hast, aber in einem Fach doch abgerutscht bist, solltest du dich trotzdem über die Noten freuen können, auf die du stolz bist. Du hast nicht zu Weihnachten bekommen, was du dir gewünscht hast – waren trotzdem ein paar schöne Geschenke dabei? Und hattest du ein schönes Fest mit deinen Lieben?

→ **Das Gefühl,** andere zu enttäuschen: Manchmal ist das Gefühl, andere zu enttäuschen, so überwältigend, dass es tatsächlich ein Teil deines Lebens in seinen Klauen hält, ohne dass du es bemerkst. Im Laufe eines einzelnen Tages tun Jugendliche eine ganze Menge, um die Erwartungen anderer zu erfüllen, und das Gefühl, „eine Enttäuschung zu sein", kann direkt gefährlich sein und schwerwiegende Konsequenzen haben. Die Außenwelt glücklich machen zu wollen, kann eine treibende Kraft dafür sein, sich gut zu benehmen, konstruktiv zusammenzuarbeiten und etwas aus deinem Leben zu machen. Jedoch in dem Glauben durchs Leben zu gehen, eine Enttäuschung zu sein, hat Auswirkungen auf dein Selbstbewusstsein. Sei der Mensch, zu dem du stehen kannst, und gib immer dein Bestes. Dann müssen die anderen mit ihrer Enttäuschung leben, wenn sie mehr von dir verlangen. Es ist ihr Problem, nicht deins.

→ **Manchmal ist man von sich selbst enttäuscht,** das kann man nicht vermeiden. Im Grunde ist das total in Ordnung, denn diese Enttäuschung bedeutet, dass du an dich selbst geglaubt hast. Aber wenn es dir oft so geht, hast du vermutlich zu hohe Erwartungen an dich selbst und bist zu streng mit dir, wenn du deine Leistungen bewerten sollst. Lies mehr über dein Selbstbild auf Seite 17.

Verbitterung

So hätte es nicht kommen sollen.

Die Trauer über die Dinge, die hätten passieren können. Du bist verbittert, wenn du Dingen hinterhertrauerst, die nie passiert sind und nie passieren werden. Diese sehr intensive Trauer vermischt sich oft mit Wut und Enttäuschung. Verbitterung ist tatsächlich ein Gefühl, das man oft erst im Erwachsenenalter verspürt, wenn man schon mehr vom Leben gesehen hat als ein Teenager. Die Chance ist größer, eine*n verbitterte*n Erwachsene*n zu treffen, als selbst Verbitterung zu spüren.

Verbitterung ist oft verbunden mit dem Wunsch, die Zeit zurückdrehen zu können. Verbitterte Menschen bereuen oft, dass grundlegende Dinge ihres Lebens nicht anders verlaufen sind, oder sehnen sich nach einer anderen Realität. Zum Beispiel kann man verbittert sein, weil man etwas zu spät gelernt oder erfahren hat, und es jetzt zu spät ist. Man kann verbittern, weil man mit den Konsequenzen eines Fehlers leben muss, den andere gemacht haben, oder für den man selbst verantwortlich ist, beispielsweise, wenn man ein Risiko eingegangen ist, und man an den eingetretenen Folgen nichts mehr ändern kann. Verbitterung kann den oder die Betroffene total erdrücken, sie legt sich wie eine schwere, kratzende Decke über das Leben und erschwert es uns, vollends glücklich zu sein. Es liegt in der Natur der Verbitterung, dass wir aufgeben, nach Lösungen zu finden. Doch oft vergeht die Bitterkeit nach kurzer oder längerer Zeit von selbst, und man schafft es zu akzeptieren, dass die Dinge nicht so gelaufen sind, wie wir sie uns vorgestellt haben.

Einsamkeit

Niemand weiß, wer ich eigentlich bin.

Eine unsichtbare Wand zwischen dir und der Welt. Wer einsam ist, sehnt sich nach Kontakt mit anderen Menschen. Die Einsamkeit erinnert uns daran, dass wir nach Gemeinschaft streben. Jede*r von uns hat ein anderes Empfinden von Einsamkeit. Für einige ist dieses Gefühl kaum existent. Für andere ist es beinahe allgegenwärtig, sogar, wenn sie mit anderen zusammen sind. Einsamkeit muss nicht unbedingt bedeuten, dass man allein ist. Eine Person kann es genießen und sich freiwillig dazu entscheiden, allein zu sein, ohne sich einsam zu fühlen.

Einsamkeit ist ein ganz normales Gefühl. Trotzdem kann es dir so vorkommen, als wäre es ein Tabu oder als müsstest du dich dafür schämen, zuzugeben, dass du dich einsam fühlst. Die Fassade, die andere uns auf Social Media präsentieren, Partyfotos, Gruppenselfies usw. kann uns das Gefühl geben, dass alle anderen gemeinsam eine tolle Zeit haben und vom einen wundervollen Augenblick in den nächsten stolpern. Niemand postet Bilder, wenn er oder sie sich einsam fühlt, deshalb sehen wir die Einsamkeit anderer nicht. Nur unsere eigene.

Es kann passieren, dass du dich einsam fühlst, obwohl du mit anderen zusammen bist. Einsamkeit ist das schmerzhafte Gefühl, keinen sozialen Kontakt zu anderen aufbauen zu können. Das Merkwürdige daran ist, dass Menschen sich sogar einsam fühlen können, wenn sie etwas mit anderen unternehmen, wenn sie auf einer Party oder sogar an ihrem eigenen Geburtstag von Menschen umgeben sind. Für andere reichen kurze Treffen mit verschiedenen Menschen, um ein Zugehörigkeitsgefühl zu entwickeln, einige müssen nur an Familie und Freund*innen denken und fühlen sich geborgen. Und dann gibt es Menschen, die, obwohl sie anderen wirklich wichtig sind, das Gefühl haben, dass niemand sie wirklich kennt oder weiß, wie es ihnen geht. Auch wenn die Lösung so naheliegend scheint – nämlich den anderen zu erzählen, wie es einem wirklich geht –, kann Einsamkeit lähmen und bringt die Betroffenen dazu, sich zu isolieren, statt mit der Außenwelt in Verbindung zu treten.

Betrachte Einsamkeit als ein Signal an dich selbst, dass du ein Bedürfnis nach mehr Kontakt mit der Außenwelt hast. Es ist normalerweise einfacher für dich, etwas dagegen zu tun, als für die Menschen um dich herum. Finde heraus, was du brauchst. Willst du zum Beispiel mehr Zeit mit Leuten verbringen, die dir ähneln, die dieselben Interessen haben und so denken und sich geben wie du? Oder hast du Geheimnisse, die du mit jemandem teilen willst, dem/der du vertraust, sodass du zwischen dir und den anderen keine undurchdringliche Mauer errichtest?

WICHTIG

Wenn du nicht nur einsam, sondern allein und einsam bist, weil du aktiv ausgeschlossen wirst, dann ist das nicht mehr bloß ein Gefühl. Such dir Menschen, die dir dabei helfen, einen Ausweg zu finden. Zum Beispiel kannst du mit deinen Eltern, eine*r Lehrer*in oder anderen Jugendlichen sprechen, vielleicht haben sie eine gute Idee.

Wenn du dich einsam fühlst und das Gefühl nicht vorbeigeht:

- → Hör in dich hinein und traue dich, dir einzugestehen, dass du dich einsam fühlst.
- → Sei stolz auf dich, dass du den Mut hast, etwas zu ändern – du brauchst dich nicht für deine Einsamkeit zu schämen.
- → Denk dran, dass die Menschen um dich herum keine Gedanken lesen können. Zeig ihnen, wie's dir geht.
- → Finde heraus, was du dir wünschst! Einige sind gerne mit vielen Menschen zusammen, als Teil einer Gruppe, für andere bedeutet es mehr, mit wenigen Menschen eine enge Verbindung zu haben. Du musst nicht der Mittelpunkt der Party sein und auf dem Tisch tanzen, um nicht einsam zu sein.
- → Vielen geht es wie dir. Willst du nicht mal das Risiko eingehen und die Initiative ergreifen? Nimm Kontakt zu jemandem auf, der/die so aussieht, als könne er/sie auch eine*n neue*n Freund*in brauchen.
- → Versuche, Einladungen anzunehmen und deine Komfortzone zu verlassen.
- → Wenn es dir schwerfällt, einen Schritt nach vorn zu machen, spricht mit jemandem (Schulsanitäter*innen, Eltern, Geschwister, eine*r Freund*in, mit wem auch immer du gern darüber sprechen möchtest.)
- → Hast du Lust, für jemanden da zu sein? Dann kannst du dich beim Deutschen Roten Kreuz als Besuchsfreund*in anmelden oder dich in einer anderen Organisation engagieren. So lernst du bestimmt leichter neue Menschen kennen.

Traurigkeit

Alle sind ab und zu mal traurig. Traurigkeit ist ein Gefühl von Schwermut oder Leere, man hat das Gefühl, als hätte man etwas verloren oder als würde man nie mehr glücklich sein. Traurigkeit ist genauso normal wie Hunger oder Müdigkeit. Traurig sein bedeutet, Verlust und Sehnsucht zu empfinden, unabhängig davon, ob man konkret etwas verloren hat oder nicht. Ob man wohl behaupten könnte, Traurigkeit sei eines der häufigsten Gefühle, die Menschen haben? Vielleicht wird man das nie herausfinden.

Es gibt viele Arten von Traurigkeit. Traurigkeit kann sehr unterschiedlich sein. Sie kann ein kleiner dunkler Fleck auf unserem Glück sein, dessen Ursprung wir nicht kennen. Das ist nicht weiter schlimm, du musst nicht frenetisch nach einem Fehler in deinem Leben suchen, um die Antwort zu erfahren. Größere Veränderungen wie ein Umzug, eine neue Schule oder Verluste im Freundeskreis können überwältigend erscheinen und haben zur Folge, dass man sich niedergeschlagen fühlt. Auch wenn das Leben absolut perfekt erscheint, ist es manchmal so, dass du traurig bist und Schwierigkeiten hast, das Gute im Leben zu erkennen und wertzuschätzen. Wir können ohne Grund traurig sein, oder ganz genau wissen, was uns so traurig stimmt. Manche Menschen weinen viel, aber es ist genauso normal, nicht zu weinen. Einige sind so furchtbar verzweifelt, dass der Körper vor Schmerzen fast zerbirst und man kaum Luft bekommt. Du kannst tief verletzt sein, manchmal bist du bloß bedrückt, ohne zu wissen, warum. Als ob das Leben um dich herumschleicht und sich in den Schlaf weint.

Traurige Gefühle führen zu traurigen Gedanken. Wenn du traurig bist, lassen sich deine Gedanken sinken, sie seufzen laut und erinnern uns an all die schweren Dinge, die uns schon widerfahren sind. Sie lassen uns glauben, dass das Leben nie wieder gut wird. Das fühlt sich für uns an, als wären wir mit Zahnschmerzen in einem Freizeitpark: Wir sind umgeben von Dingen, die unglaublich Spaß machen, aber die Schmerzen sind zu heftig, als dass wir es genießen könnten.

Traurige Phasen helfen uns, uns zu beruhigen und Trost zu finden. Traurigkeit sorgt dafür, dass wir uns um uns selbst kümmern, uns trösten und eine Pause von unserem Umfeld einlegen. In diesen Phasen sind wir etwas selbstbezogener – wir stellen unsere eigenen Bedürfnisse ganz vorn an. Wir bewegen uns langsamer und halten die Zeit an, um Luft zu holen. Gleichzeitig sendet unsere Traurigkeit ein Signal an unser System, dass wir etwas unternehmen müssen, um den Schmerz zu heilen. Wir dürfen uns nicht nur ins Bett legen und aufgeben. Unsere Traurigkeit signalisiert auch unserem Umfeld, dass wir gerade jetzt mehr Fürsorge oder Verständnis brauchen. Die normalste Reaktion ist also, dass wir die Dinge tun, von denen wir wissen, dass sie uns helfen.

Traurige Gedanken allein mit uns herumzutragen, ist unnötig und macht uns einsam. Wir alle sollten versuchen, mit jemandem zu sprechen, wenn wir traurig sind. Zu viele Menschen tragen ihr halbes Leben ihre Sorgen mit sich herum, bevor sie bemerken, wie effektiv es sein kann, Probleme mit anderen zu teilen. Auch, wenn das nicht für alle zutrifft, so ist es einen Versuch wert, um die Traurigkeit abzulegen. Sprich mit eine*r Freund*in, zieh deine Familie ins Vertrauen, chatte anonym, tu irgendwas, aber finde heraus, wie gut es tut, die traurigen Gedanken laut auszusprechen oder aufzuschreiben.

Was kann man tun, wenn man schon länger traurig ist?

Eigentlich ist das Wichtigste, dass du weißt, wie normal es ist, manchmal traurig zu sein. Die traurigen Gedanken werden vergehen, sie entsprechen nur selten der Wahrheit. Sie sind pessimistisch, sie sind negativ, sie entziehen dir dein Licht und deine Energie. Gib dich der Traurigkeit hin, das ist nicht schlimm. Vielleicht findest du heraus, warum du traurig bist, gibt es einen konkreten Grund? Du verdienst Akzeptanz und Fürsorge von der Person, die dir am nächsten steht – nämlich dir selbst. Versuche, dich nicht selbst fertigzumachen. Hör traurige Musik, wenn sich das gerade richtig anfühlt, tu die Dinge, auf die du Lust hast, aber gib der Traurigkeit auch Raum zu existieren – und auch wieder zu verschwinden. Traurigkeit ist ganz normal, wir müssen sie nicht mit künstlichem Optimismus oder kreischendem Jubel bekämpfen. Wenn du bereit bist, zur Normalität zurückzukehren, dann los! Sich zurück ins Glück zu stürzen ist für viele wie eine Rückkehr in die Sonne nach einem Unwetter.

Wenn die Traurigkeit sich einnistet und sich weigert zu verschwinden, musst du mehr unternehmen, als nur darauf zu warten, dass sie von selbst vergeht. Manchmal ist man so lange traurig, dass unser System vergisst, uns aus dem Tief herauszulocken. Hier folgt eine Liste mit Vorschlägen, die dir helfen können, wenn du niedergeschlagen bist.

- → Sprich mit jemandem. Vertraue dich jemandem an und sag, dass es dir nicht gut geht. Im Grunde ist es egal, an wen du dich wendest, solange es nicht dein Wellensittich ist, oder dein Lieblingsbaum im Garten. Es muss eine Person sein.
- → Tu das Gegenteil von dem, was deine Traurigkeit will: Sei sozial! Bis jetzt hast du dich vielleicht zurückgezogen, weil es zu anstrengend wäre, Kontakt mit anderen zu haben. Wahrscheinlich denkst du, dass sie eh nichts davon haben, mit einem Trauerkloß wie dir rumzuhängen. Versuch, Ja zu sagen, wenn jemand die Initiative ergreift und dich einlädt, und verbringe lieber Zeit mit deiner Familie, statt allein in deinem Zimmer zu sitzen.
- → Geh hinaus ans Tageslicht. Zieh die Gardinen auf, das Rollo hoch und schnapp frische Luft.
- → Iss, als wäre alles normal, versuche, nachts zu schlafen und tagsüber wach zu sein.
- → Zwinge deinen Körper dazu, dich zu bewegen, körperliche Aktivität wirkt super gegen Traurigkeit.
- → Wenn dich etwas Konkretes plagt, dann kann es sich lohnen, das Problem direkt anzugehen oder zumindest darüber zu sprechen.
- → Über Trauer, also die Traurigkeit, die dich übermannt, wenn du jemanden verloren hast, kannst du mehr auf Seite 272 lesen.

Traurigkeit – was ist normal?

Es ist ganz normal, während der Pubertät nah am Wasser gebaut zu sein, Stimmungsschwankungen zu haben und manchmal zu glauben, dass einfach alles ätzend ist. Egal, wie froh man normalerweise ist, durchleben viele Jugendliche Phasen, in denen sie traurig sind, oft ohne zu wissen, warum. Viele verlieren das Interesse an Dingen, die sie früher gern gemacht haben, und auch Freundschaften ändern sich im Laufe der Zeit, aus dem einfachen Grund, dass wir und auch unsere Freund*innen sich weiterentwickeln.

Ab wann besteht Grund zur Sorge?

Es ist wichtig, mit eine*r Erwachsenen zu sprechen, wenn du:

- die meiste Zeit hoffnungslos und pessimistisch bist
- öfter negative Gedanken statt schöne Gedanken hast
- grundlos Schuldgefühle hast
- merkst, dass du Dinge, die dir eigentlich Freude bereiten, nicht mehr genießen kannst
- spürst, dass „keine Lust“ oder „kann nicht mehr“ deine Gedanken dominieren
- mehr oder weniger als üblich isst, nicht, weil dein Körper es will, sondern weil es dir nicht gut geht
- schlecht schläfst oder mehr schläfst als sonst
- an den Tod oder sogar an Selbstmord denkst
- dich selbst verletzt

Auf Seite 384 kannst du nachlesen, wie du dir Hilfe suchst.

An dich, wenn du sehr verletzlich bist

Viele Menschen sind in einem Muster gefangen. Sie fühlen sich schnell gekränkt von Dingen, die andere Leute sagen oder tun. Vielleicht wissen sie sogar selbst, dass sie überempfindlich sind und zu viel in Sachen hineininterpretieren. Das zu erkennen, bedeutet, Verantwortung für die eigenen Gefühle und Reaktionen zu übernehmen. Das ist gut, aber das macht es nicht weniger anstrengend, diese Gedanken zu haben. Denn verletzt zu werden, kann dir die Kräfte rauben und dich Menschen gegenüber verunsichern, die eigentlich nur dein Bestes wollen.

Es gibt viele Gründe, warum du so empfindlich bist und andere manchmal falsch verstehst. Vielleicht hast du ein wackelndes Selbstbild, oder du wartest nur darauf, dass andere dich zurückweisen, sodass du nach Hinweisen und versteckten Botschaften suchst, die belegen, dass dein Umfeld dich eigentlich gar nicht leiden kann. Oder du glaubst, dass andere Menschen im Grunde böse sind, und interpretierst ihr Handeln als verletzend, aus reinem Selbstschutz.

Egal, was die Ursachen sind – solche Situationen bringen dich dazu, dass du dich entweder zurückziehst oder Konflikte schürst. Wenn du dazu neigst, das Handeln anderer überzuinterpretieren, machst du dir das Leben nur unnötig schwer.

Wie würde die Situation aussehen, wenn du nicht gleich das Schlimmste vermutest? Wenn wir davon ausgehen können, dass niemand dich verletzen wollte? Wie würdest du die Situation dann einschätzen?

Hinzu kommt, dass Menschen manchmal nicht nachdenken oder sich ungeschickt anstellen. Im Laufe eines Tages finden sich die meisten von uns in Situationen wieder, die man als verletzend und beleidigend auffassen könnte, einfach nur, weil die umstehenden Menschen sich auf eine Art und Weise ausdrücken, bei der sie nicht bedacht haben, wie es aufgefasst werden könnte. Das wird dein ganzes Leben so sein, also gewöhn dich besser dran, die Dinge nicht so ernst zu nehmen, so legst du dir auch ein dickeres Fell zu. Wenn jemand wirklich die Grenze überschreitet und etwas sagt, was wirklich verletzend ist, kannst du dir einfach deinen Teil denken: „Ach herrje, bist du so sozial verkorkst, dass du nicht checkst, wie unangebracht das ist?"

Sei trotzdem auf der Hut, wenn du den Verdacht hast, dass jemand dich absichtlich kränkt. Es kann sein, dass du Menschen in deinem Leben hast, die sich besser fühlen, wenn sie Risse in deinem Selbstbild hinterlassen. Dann musst du handeln, denn das ist nichts, das du einfach ertragen sollst – niemand darf sich einfach von jemandem regelmäßig fertigmachen lassen. Ein erster Schritt wäre, ein Gespräch mit der Person zu suchen, denn es kann sein, dass der-/diejenige sich nicht im Klaren darüber ist. Wenn das nichts hilft, musst du dich von dieser Person lossagen. Du musst mit niemandem befreundet sein, der/die auf deinen Gefühlen herumtrampelt. Wenn das regelmäßig von dergleichen Person ausgeht, kann es sogar sein, dass sie dich mobbt. Lies mehr über Mobbing auf Seite 285 und such dir Hilfe bei Erwachsenen, die dir zuhören, wenn du ihnen erzählst, was dir widerfahren ist.

Gefühle, die uns beschützen: Sorgen, Nervosität, Angst, Panik

Als das Leben noch gefährlicher war, als es für die meisten Menschen heutzutage ist, war es ein Sicherheitsmechanismus, auf der Hut und schreckhaft zu sein. Wenn hinter jedem Busch ein Tiger lauert, kann man nur überleben (und somit die eigenen Gene weitergeben), wenn man sich in jeder Situation fragt: „Was ist das Schlimmste, das jetzt passieren kann?"

Sorgen

> **Was wäre, wenn ich mich mit einem gefährlichen Virus anstecke?**

Wenn du dir Sorgen machst, wirst du unruhig. Diese Unruhe kann sich auf Zustände beziehen, die eintreten werden oder bereits eingetreten sind. Am Anfang dieser Sorgen steht oft der Gedanke „Was wäre, wenn ...?“. Was wäre, wenn jemand sauer auf mich ist, ohne dass ich davon weiß? Was wäre, wenn ich mich blamiere? Was wäre, wenn ein Krieg ausbricht? Sorgen an sich sind erst einmal ungefährlich, doch sie können in dir eine Reihe von Gefühlen von einer milden Unruhe bis hin zu einer Vollpanik auslösen, die sich so anfühlt, als wären wir alle in Lebensgefahr. Im Laufe eines Tages ploppen bei den meisten von uns „Was wäre, wenn ...?“-Szenarien vor unserem inneren Auge auf. Manchmal sind diese Szenarien beängstigend, wie: „Was wäre, wenn alle, die ich liebe, sterben?“ Ein andermal machen wir uns Sorgen wegen einer Kleinigkeit wie: „Was, wenn ich meine Regenjacke mitnehme, aber dann die Sonne scheint, und ich dann den ganzen Tag diese Regenjacke mit mir rumschleppen muss?“ Manchmal fühlen sich auch diese kleinen Sorgen an wie große Sorgen.

Sorgen sind dazu da, dass wir Menschen aufeinander aufpassen. Wenn dein Kumpel sich angetrunken hinters Steuer setzt und losfahren will, ist es sehr gut, dass du dir Sorgen machst, denn diese Sorgen bringen dich dazu, ihn aufzuhalten. Wenn du dich viel um andere sorgst, dann kümmerst du dich vielleicht auch um die Neue in der Klasse, die sich vielleicht noch nicht so bei euch zurechtfindet. So steigt die Wahrscheinlichkeit, dass du freundlich zu ihr bist, ihr euch anfreundet und du sie einlädst, wenn du das nächste Mal mit deinem Freundeskreis etwas unternimmst.

Wir Menschen sollen uns Sorgen umeinander machen, denn diese Sorgen sind dazu da, dass wir einander trösten, helfen, beschützen und retten.

Katastrophendenken ist meistens nur Zeitverschwendung. Wenn man sich den Kopf darüber zerbricht, was alles passieren könnte (was aber nicht unbedingt eintreffen wird), fühlt man sich vielleicht für das worst case scenario besser vorbereitet. In Wirklichkeit sind solche Sorgen allerdings reine Zeitverschwendung. Es ist selten, dass diese Schreckensszenarien wirklich eintreffen. Du machst dir zum Beispiel Sorgen, dass deine Eltern an Krebs erkranken könnten, doch sie bleiben gesund. Oder du hast Angst, in einen Verkehrsunfall zu geraten, doch das Schlimmste, was dir passiert, ist, dass du dir den Finger in der Autotür einklemmst.

Wir alle erleben schreckliche Dinge. Das gehört zum Leben dazu, aber du musst schon wirklich hellseherische Fähigkeiten haben, wenn deine Sorgen jedes Mal berechtigt wären und du errätst, was dir in deinem Leben alles widerfahren wird. Wir alle werden irgendwann jemanden verlieren, der uns nahesteht, und alle, die wir kennen, können krank werden. Wie sehr wir uns auch sorgen, es ist unmöglich, sich vor all den schrecklichen Dingen zu beschützen, die eintreten können. Das Beste, was wir tun können, ist, uns an den Gedanken zu gewöhnen, die Herausforderungen anzunehmen, sobald sie uns heimsuchen.

Eine klassische Technik ist es, sich die Sorgen wie am Himmel vorbeiziehende Wolken vorzustellen. Versuche, nur den vernünftigen Gedanken zu folgen, und ignoriere unnötige „Was wäre, wenn ...?“-Gedanken. Unnütze Sorgen lässt du einfach davonziehen, ohne sie weiter zu beachten.

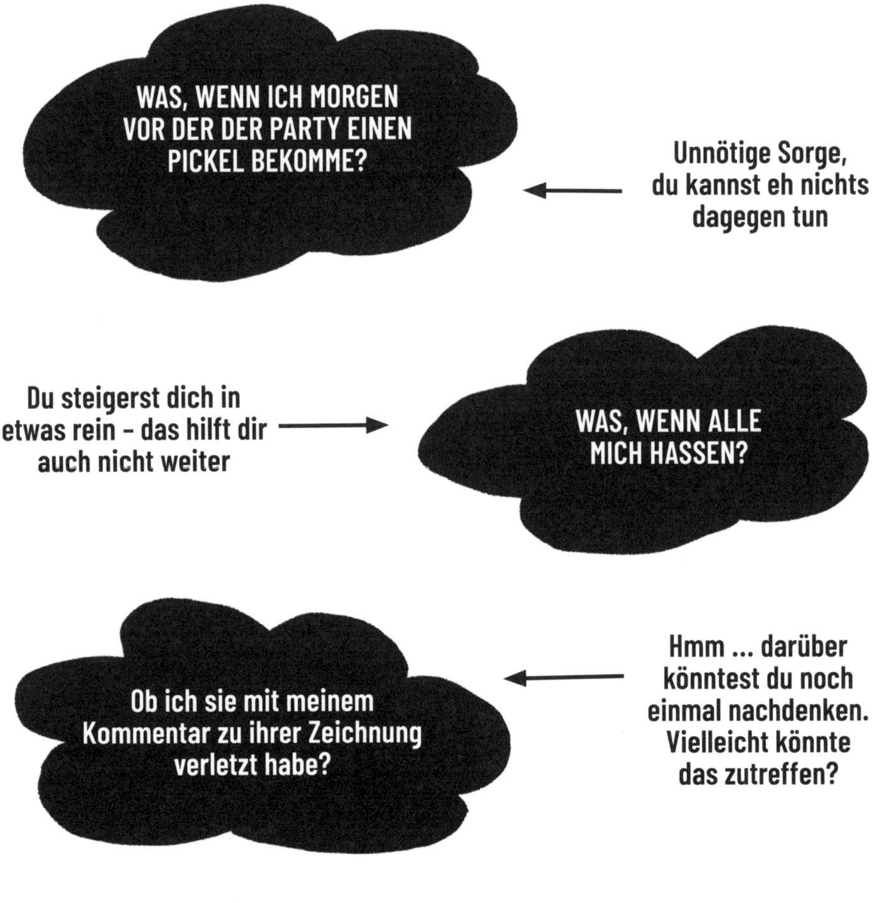

Angst haben, sich fürchten, nervös sein, sich vor etwas grauen

Hilfe!

Wir Menshen sollen uns vor gefährlichen Dingen fürchten. Wenn wir Menschen nie Angst hätten, wären wir schon vor langer, langer Zeit ausgestorben. *Gewisse Dinge beängstigend zu finden, ist also ganz normal und ein natürlicher Teil des Lebens.* Vor einigen Dingen haben die meisten Menschen Angst, unabhängig von kulturellem Hintergrund und Persönlichkeit, beispielsweise wenn ein Löwe mit gefletschten Zähnen hinter einem Busch hervorgestürmt kommt. Andere Ängste wiederum sind von Mensch zu Mensch unterschiedlich. Muhammed hat vielleicht Angst vor Mäusen, aber geht in seiner Freizeit Fallschirm springen, während Alfred Höhenangst hat, aber sich Mäuse als Haustiere hält.

Angst an sich ist nicht schlimm, nur ein unangenehmes Gefühl. Angst schärft unsere Sinne. Die Mechanismen des Körpers sind eigentlich ziemlich genial: Wenn wir Angst haben, laufen wir schneller und kämpfen besser. Das ist ziemlich praktisch, wenn wir angegriffen werden oder von einem Auto wegspringen müssen, das mit voller Geschwindigkeit auf uns zurast. Aber es ist etwas weniger praktisch, wenn wir vor etwas Angst haben, das nicht wirklich gefährlich ist.

Jedes Mal, wenn wir die Dinge vermeiden, vor denen wir uns fürchten, wächst unsere Angst. Wenn du Angst vor der Dunkelheit hast, schläfst du wahrscheinlich bei eingeschaltetem Licht. Jede Nacht, in der du mit Licht schläfst, denkt dein Gehirn: „Diese Nacht hab ich gut geschlafen, weil das Licht an war, puh, wer weiß, wie's mir im Dunkeln gegangen wäre ....“ Und somit steigert sich deine Angst vor der Dunkelheit. Der beste Weg, die Angst zu überwinden, ist es, ihr zu trotzen und sich selbst zu beweisen, dass das Beängstigende gar nicht so gefährlich ist. (Das gilt nur für Dinge und Situationen, die wirklich nicht gefährlich sind, ist ja klar. Komm bloß nicht auf die Idee, einen Bären zu kitzeln!)

WICHTIG

Wenn du Angst hast, weil du Gewalt, Mobbing oder sexuellem Missbrauch ausgesetzt bist, sollst du auf keinen Fall versuchen, diese Ängste zu überwinden oder „auszuhalten“. Du musst dir umgehend Hilfe suchen (siehe Seite 384).

Was passiert in unserem Körper, wenn wir nervös und ängstlich sind?

Unser Körper tut alles, um uns am Leben zu halten. Wenn wir nervös sind, uns vor etwas graut oder wir Angst bekommen, mobilisiert unser Hirn unser Gefahrensystem. Dies geschieht unabhängig davon, ob wir rationale Gründe für unsere Gefühle haben. Wenn unser Gehirn sein Gefahrensystem mobilisiert, konzentrieren wir uns auf Notausgänge und Fluchtrouten, wir machen uns bereit für das eventuell eintretende Worst-Case-Szenario, unser Körper wird angewiesen, sich zum Kampf oder zur Flucht bereit zu machen. Dem Gehirn und dem Körper ist es egal, ob wir in wirklicher Gefahr sind, es reicht aus, dass die Situation beängstigend erscheint. „Ich werde dich beschützen!", denkt das Gehirn heldenhaft und gibt grünes Licht für eine Reihe von Mechanismen in unserem Körper, die uns vor allem Bedrohlichen bewahren. Diese Mobilisierung, bei der das Herz stärker und schneller zu schlagen beginnt und unsere Atmung sich beschleunigt, nennen wir *fight* or *flight* – Kampf-oder-Flucht-Reaktion. Sie wird aktiviert, wenn du dich beispielsweise richtig erschreckst oder plötzlich zur Seite springen musst, um nicht von einem Auto überfahren zu werden. Wenn sich unsere Atmung langsam wieder beruhigt, erkennt der Körper, dass die Gefahr vorüber ist. Fühlen wir uns in einer Situation gefangen und finden keinen Fluchtweg, kann der Körper erstarren (sich tot stellen). Wir versteifen vor Angst, auch unser Geist kann gewissermaßen gelähmt sein. Auch hier gilt: sobald wir wieder ruhig atmen, erkennt der Körper, dass die Gefahr vorüber ist, und unser Körper entspannt sich.

Es kann beängstigend und unangenehm sein, wenn der Körper in den Angstmodus geht. Es ist nicht schlimm, Angst zu haben. Aber wenn du nicht weißt, was in deinem Körper vor sich geht, kann sich die Angst noch verstärken. Viele Menschen haben das Gefühl, plötzlich krank zu sein, die Kontrolle über ihre Gedanken zu verlieren oder ohnmächtig zu werden. Das Herz hämmert in der Brust und es kann sich anfühlen, als ob einem die Luft abgeschnürt wird.

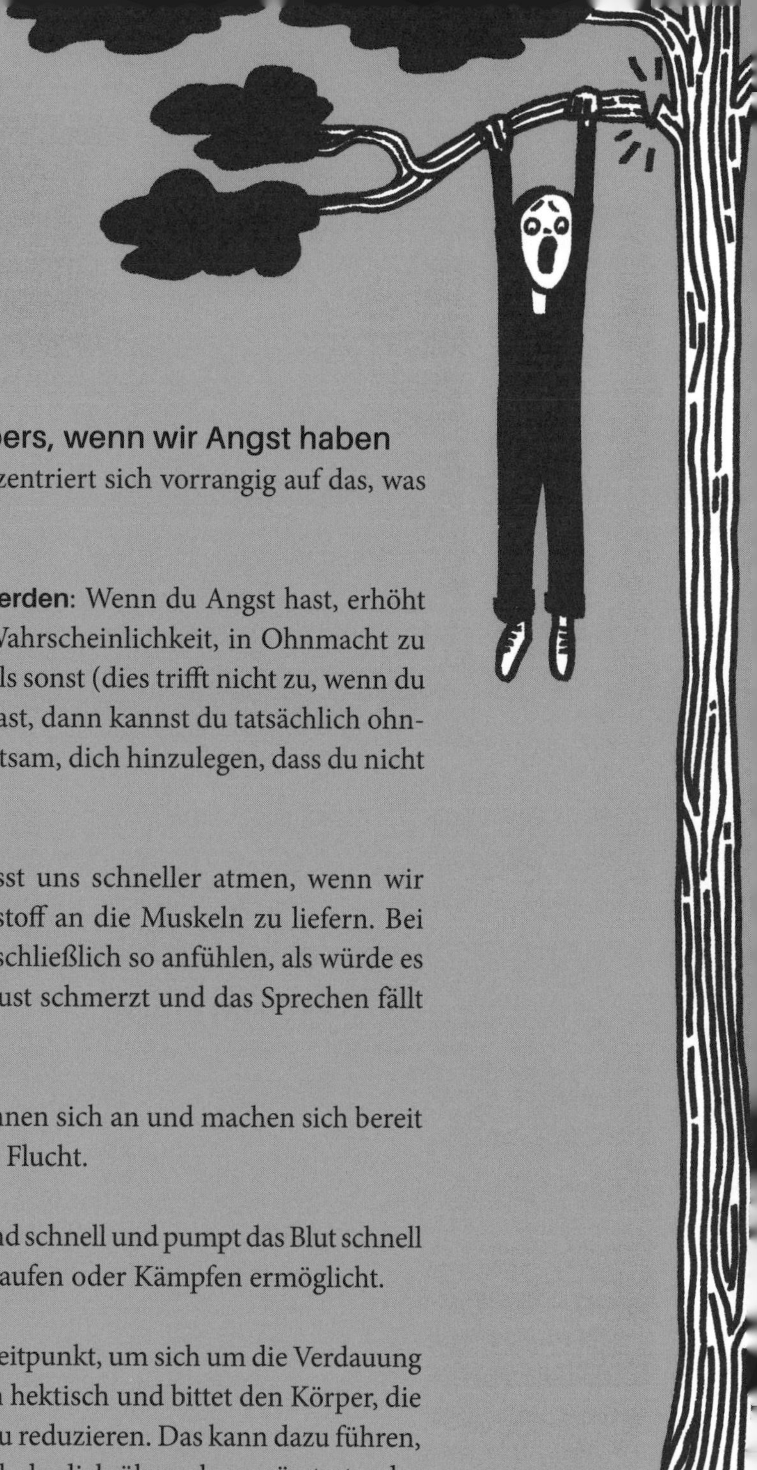

Reaktionen unseres Körpers, wenn wir Angst haben

Gedanken: Unser Gehirn konzentriert sich vorrangig auf das, was beängstigend wirkt.

Das Gefühl, ohnmächtig zu werden: Wenn du Angst hast, erhöht sich dein Blutdruck und die Wahrscheinlichkeit, in Ohnmacht zu fallen, ist tatsächlich geringer als sonst (dies trifft nicht zu, wenn du vor Spritzen oder Blut Angst hast, dann kannst du tatsächlich ohnmächtig werden, daher ist es ratsam, dich hinzulegen, dass du nicht fällst und dir wehtust).

Atem: Unser Alarmsystem lässt uns schneller atmen, wenn wir Angst haben, um mehr Sauerstoff an die Muskeln zu liefern. Bei Hyperventilation kann es sich schließlich so anfühlen, als würde es im Körper kribbeln, unsere Brust schmerzt und das Sprechen fällt uns schwer.

Muskeln: Unsere Muskeln spannen sich an und machen sich bereit zum Kampf oder zur schnellen Flucht.

Herz: Unser Herz schlägt hart und schnell und pumpt das Blut schnell zu den Muskeln, was uns das Laufen oder Kämpfen ermöglicht.

Magen: Das ist jetzt nicht der Zeitpunkt, um sich um die Verdauung zu kümmern, denkt unser Hirn hektisch und bittet den Körper, die Aktivität in Magen und Darm zu reduzieren. Das kann dazu führen, dass du dich krank fühlst, als ob du dich übergeben müsstest, oder dass dein Mund sehr trocken wird. Es kann natürlich sein, dass du plötzlich echt schnell aufs Klo rennen musst.

Die Vernunft wird ausgeschaltet, wenn wir Angst haben

Wir bekommen es mit der Angst zu tun, wenn wir an bedrohliche Situationen oder Dinge denken, doch unser Hirn spielt uns auch manchmal einen Streich. Wenn wir in Gefahr sind, haben wir keine Zeit, innezuhalten und kluge, gründlich durchdachte Entscheidungen zu treffen, wir wollen einfach nur aus der Gefahrenzone – und zwar so schnell wie möglich. Wir würden nicht überleben, wenn wir in Gefahrensituationen eine kleine Denkpause einlegen. Deshalb haben wir bedrohliche Gedanken, wenn wir Angst haben.

Wenn dein Gehirn in einer reellen Gefahrensituation ganz entspannt wäre, würdest du kaum überleben:

Wenn wir uns in Gefahr wähnen – so irrational das auch sein mag, spult unser Gehirn gleich Horror-szenarien ab, ohne überhaupt zu überprüfen, ob wir wirklich in Gefahr sind. Unser Hirn hat keine Zeit, innezuhalten und zu philosophieren. Angst vor etwas zu haben, das nicht gefährlich ist, bringt uns dazu, die absurdesten Sachen zu denken.

Bei uns Menschen schrillen oft die Alarmglocken in Situationen, in denen wir eigentlich nichts zu befürchten haben. Deshalb denkst du „Ich werde mich so blamieren“ oder „Alle lachen mich aus“, wenn du vor der Klasse stehst und super nervös bist, deinen Vortrag zu halten. Das ist auch der Grund, warum du davon überzeugt bist, dass Einbrecher

ihr Unwesen treiben, wenn du eigentlich „nur“ Angst vor der Dunkelheit hast und ein Quietschen hörst. Wenn du das nächste Mal nervös bist oder dir über etwas Sorgen machst, das ungefährlich ist, kannst du versuchen, ruhig ein- und wieder auszuatmen, damit deine Vernunft wieder das Ruder übernimmt. Ruhiges Atmen hilft dir, deine Gedanken zu besänftigen. Aus: „Alle werden über mich lachen, das ist die totale Katastrophe!“ wird: „Das läuft doch ganz gut“, oder: „Es läuft halt wie es läuft.“

Sorgen – was ist normal?

- Es ist ganz normal, sich über große und kleine Dinge Sorgen zu machen, die eventuell schiefgehen können. Viele Leute legen sich gerne einen Plan A und einen Plan B für verschiedene Szenarien zurecht, zum Beispiel: „Was soll ich tun, wenn es am Tag meiner Konfirmation regnet?“

- In den Köpfen der meisten Menschen geistern von Zeit zu Zeit Horrorszenarien umher. Manchmal stellen sie sich vor, einen geliebten Menschen zu verlieren, oder dass sie selbst in eine Gefahr geraten, beispielsweise in einen Brand. Ein andermal gehen sie schon so weit, nach Lösungen zu suchen, zum Beispiel: „Was würde ich tun, wenn jetzt jemand zu schießen beginnt?“ Diese Gedanken können kommen und gehen und sind meist darauf zurückzuführen, dass unser Hirn schon einmal übt, falls wir wirklich mal in Gefahr geraten sollten. Unser Hirn liebt es, vorbereitet zu sein.

- Es ist ganz normal, auch mal unruhig zu sein. Dieser Zustand ist oft auf physische Ursachen zurückzuführen, vielleicht kratzt es dich irgendwo, brütest einen Virus aus, bist hungrig, hast schlecht geschlafen oder deine Hormone spielen gerade mal verrückt. Vielleicht ist die Ursache deiner Unruhe auch Nervosität oder Sorgen, die irgendwo in dir schlummern. Ruhelosigkeit ist an sich normal, es sei denn, sie ist lästig oder lässt nach einiger Zeit nicht nach.

- Irrationale Ängste sind ganz normal. Solange sie keinen erheblichen Einfluss auf dein Leben haben, musst du dir wegen dieser Ängste keine Hilfe suchen. Wenn du in Deutschland wohnst und Angst vor Nashörnern hast, so hat diese Angst keinen besonders großen Einfluss auf deinen Alltag. Das sähe schon ganz anders aus, wenn du vor Ameisen Angst hättest. Aber vielleicht hast du eine

Heidenangst vor Mäusen? Das ist auch in Ordnung, solange es nur dazu führt, dass du beim Anblick einer Maus auf einen Stuhl springst und schreist. Wenn du hingegen einen Ausflug mit deiner Klasse absagst, weil du Gerüchte gehört hast, in der Unterkunft sei letztes Jahr eine Maus gesehen worden, dann hast du eine Mäusephobie, gegen die du mit professioneller Hilfe etwas unternehmen kannst.

- Es ist normal, Dinge zu vermeiden, die eine Angst bei dir auslösen, dass du also beispielsweise die Treppe nimmst, wenn du Angst vor Fahrstühlen hast. Leider ist es so, dass deine Angst sich mit jedem Mal steigert. Das Allerbeste wäre es deshalb, wenn du Übung darin bekommst, deinen Ängsten gegenüberzutreten. Erinnere dich selbst daran, dass keine reelle Gefahr besteht, und stelle dich dem, wovor du Angst hast, auch wenn dir dein Herz bis in den Hals schlägt.

Ab wann besteht Grund zur Sorge?

- Wenn die Unruhe über einen längeren Zeitraum deinen Alltag beeinflusst, ist das ein Zeichen, dass es dir nicht gutgeht.
- Wenn deine irrationalen Ängste und Sorgen so groß sind, dass du deinem Alltag nicht normal nachgehen kannst, wäre es ratsam, dir Hilfe zu suchen, damit es dir bald besser geht. Spricht mit deine*r Schulsanitäter*in, Hausärzt*in oder deinen Eltern und erzähle ihnen, was dich plagt.
- Lästige Gedanken, die immer und immer wiederkehren, wie ein Schluckauf, können Hinweis auf eine Zwangsstörung sein, so wie auch das Gefühl, bestimmte Dinge machen zu müssen, die kein*e andere*r tut, wie häufiges Händewaschen. Dagegen gibt es sehr gute und wirksame Hilfen. Siehe Seite 330.

Gefühle, die dich zu einem sozialen Wesen machen: Scham und schlechtes Gewissen

Intensive Gefühle, die an unsere sozialen Antennen gekoppelt sind. Scham und Schuldgefühle helfen uns dabei, uns in eine soziale Gruppe einzufügen. Wenn wir uns schämen – uns also etwas peinlich ist oder wir uns blamiert haben –, wollen wir uns ein tiefes Loch in der Erde buddeln und uns vor den Blicken der anderen verstecken. Wenn wir uns schuldig fühlen – weil wir denken, wir hätten etwas falsch gemacht –, kann im schlimmsten Fall das Vertrauen in uns selbst erschüttert werden.

Sowohl Scham als auch Schuldgefühle können heftige körperliche Reaktionen auslösen. Es kann sein, dass dir schlecht wird, du dich krank fühlst oder Bauchschmerzen bekommst, ein Brennen in deinen Wangen verspürst, dir schwindelig wird oder es dir so vorkommt, als würdest du ganz tief fallen. Manchmal hast du auch das Gefühl, du seist wertlos. Wie kann es sein, dass wir so schlimm empfinden – welche Aufgaben sollen diese Gefühle haben?

Scham

Scham ist das schmerzhafte Gefühl, nicht gut genug zu sein oder zu denken, dass man ausgelacht wird. Es fühlt sich oft so an, als ob man am liebsten im Boden versinken und für eine Weile verschwinden möchte. Man kann sich auch für Dinge schämen, von denen man glaubt, dass andere verächtlich auf sie hinabschauen würden, wenn sie davon wüssten. Sich richtig heftig zu blamieren kann sich zwar wie eine Art Nahtod-Erfahrung anfühlen, aber es ist unmöglich, wirklich „vor Scham zu sterben".

> **Oh nein, jetzt lachen sicher alle über mich.**

Es gibt tatsächlich gute Gründe, warum wir uns schämen. Wir Menschen lernen soziale Codes, indem wir uns vorwagen und scheitern. Wenn wir uns wegen etwas schämen oder uns richtig blamiert haben, lernen wir daraus, wie wir sozial gesehen bessere Menschen werden.

Es gibt verschiedene Stufen von Scham. Wir können peinlich berührt sein, weil wir ein Glas Limo umgekippt haben, aber auch glauben, dass wir so nutzlose Versager sind, die auf dieser Welt nichts verloren haben. Die Skala ist breit.

Es macht absolut gar nichts, dass wir uns ab und zu mal blamieren. Das macht wirklich nichts, denn wir sind alle nur Menschen. Wusstest du, dass Leute, die ausrutschen und hinfallen, sich mehr Sorgen darum machen, ob sie jemand gesehen hat, als dass sie verletzt sein könnten? So automatisch sind Menschen peinlich berührt. Versuch mal, über deine Missgeschicke zu lachen – die anderen werden sicherlich auch erleichtert sein, dass du dich ausnahmsweise auch mal blamiert hast. Die Welt wäre ein langweiligerer Ort, wenn niemand mal in ein Fettnäpfchen treten würde.

Die meisten Jugendlichen gehen davon aus, dass sich alle anderen für immer und ewig an ihre peinlichen Missgeschicke erinnern werden. Das ist eher selten. Die Wahrheit ist, dass die meisten viel zu sehr mit sich selbst beschäftigt sind und gar nicht so sehr darüber nachdenken, was dir mal passiert ist, oder welche Klamotten du trägst, oder was du mal gefaselt hast. Und falls sie das doch tun, ist es auch nicht so wild.

Steh dazu, wenn du dich blamierst.

Wahrscheinlich denkst du, der einzige Weg, sich aus einer peinlichen Situation herauszumanövrieren, ist, rot anzulaufen und sich so schnell wie möglich vom Acker zu machen. Hast du Lust, mal was anderes zu probieren? Eine andere Möglichkeit wäre, zu der Blamage zu stehen, und sie vielleicht sogar zu feiern.

Wenn du das nächste Mal das Gefühl hast, dich blamiert zu haben, such nach Lösungen, wie du erhobenen Hauptes zu der Blamage stehst. Immerhin passiert allen mal etwas Peinliches, es gibt also keinen Grund, beschämt davonzukriechen. Probier mal ein paar Gedankenexperimente aus, in denen du am Ende eine gute Lösung für deine Situation findest. Stell dir vor, du bekommst deine Tage, während du eine weiße Hose trägst. Und dann versuche, folgendes Szenario in deinem Kopf abzuspielen: Während du aufstehst, um dich umzuziehen, lachst du einfach und sagst: „Dann wissen wir jetzt auch, warum ich heute so Bock auf Schokolade habe!" Stell dir vor, dass alle lachen und mit dem Finger auf dich zeigen, weil sie durch deine Badehose sehen können, dass du einen Ständer hast. Spinn ein bisschen weiter, und reagiere so: „Tja, im Gegensatz zu euch kann das kalte Wasser mir nichts anhaben!"

Vielleicht kriegst du es in reellen Situationen auch nicht hin, so lässig und selbstbewusst zu reagieren, das würde den meisten schwerfallen. Trotzdem kann es dir helfen, mit solchen Gedankenexperimenten zu üben, die Blamage in einen selbstsicheren Konter zu verwandeln.

Du darfst dich nie dafür schämen, wer du bist

Einige Menschen haben das Gefühl, dass die Menschen um sie herum ihnen immer wieder zu verstehen geben, weniger wert zu sein. Vielleicht hast auch du schon Dinge erlebt, die dein Selbstbild ins Wanken gebracht haben, was dazu führt, dass du ein grundlegend missverständliches Schamgefühl entwickelst. An diesem Punkt geht es nicht mehr darum, peinlich berührt zu sein oder sich sozial anzupassen. Lies mehr über seelische Schmerzen in Kapitel 8 und über Mobbing auf Seite 285. Wenn du dich in einer schwierigen Situation befindest und von anderen schlecht behandelt wirst, kannst du auf Seite 384 erfahren, wo du Hilfe findest.

Heimliche Scham

Manchmal ist es nicht die Kritik der anderen oder ihre verächtlichen Blicke, die Schamgefühle in uns auslösen, sondern wir selbst. Nasepopeln, eine andere Person hintergehen, ständig übertreiben, um interessanter zu wirken. Die „Was-würden-die-anderen-denken-wenn-sie-wüssten"-Scham existiert, um sicherzustellen, dass wir nicht allen möglichen Bullshit machen, wenn niemand hinsieht. Eine Art interne Polizei, die einen wichtigen Job erledigt, aber manchmal auch zu streng sein kann. Du kannst es dir so vorstellen, dass deine Scham einfach nur auf dich aufpassen und dafür sorgen will, dass du dich ordentlich benimmst und zu deinem Handeln stehen kannst. Denk dran, dass wir alle etwas haben, von dem wir nicht möchten, dass die Welt davon erfährt. Einige Dinge, für die du dich schämst, kannst du vielleicht ändern, aber das Ziel ist es nicht, dass du ein Mensch ohne Schwächen und schlechte Angewohnheiten wirst.

Das Gefühl, ein brennendes Geheimnis in sich zu tragen, nachdem man etwas falsch gemacht hat, ist ein Zeichen dafür, dass du ein Gewissen hast. Das ist eine gute Form von Scham.

Schlechtes Gewissen

Was du alles hättest anders machen sollen. Wenn du ein schlechtes Gewissen hast, glaubst du, du hast etwas falsch gemacht. Dieses Gefühl ist oft verbunden mit Reue und dem Wunsch, etwas wiedergutzumachen. Schlechtes Gewissen ist eine gute Sache, es bringt uns dazu, uns zu bessern und in einer Gesellschaft zu funktionieren. Gewissenlos durchs Leben zu gehen ist deshalb keine so gute Idee. Unsere Schuldgefühle bringen uns weiter. Wenn du nie ein schlechtes Gewissen verspürst, weißt du auch nicht, wann du dich mit anderen aussprechen oder vertragen müsstest. Zu Urzeiten war es mitunter gefährlich, kein schlechtes Gewissen zu haben, da man auf diese Weise seinen Platz im Rudel aufs Spiel setzen konnte.

Schuldgefühle sind gut und nützlich. Bestenfalls dient ein schlechtes Gewissen als Leitfaden für das, was richtig ist, und stellt sicher, dass wir uns entschuldigen und wiedergutmachen, was wir falsch gemacht haben. Im schlimmsten Fall hingegen kann ein übertrieben schlechtes Gewissen das Selbstbild zerstören und dich zu einem Leben zwingen, in dem es nur darum geht, es anderen recht zu machen.

Ein richtig schlechtes Gewissen fühlt sich furchtbar an. Schuldgefühle können dein Selbstwertgefühl ersticken und dazu führen, dass du dich selbst nicht erkennst. Deine Gedanken kriechen beschämt in deinem Kopf herum und suchen nach einer Antwort darauf, wie du die Situation verbessern kannst. Am besten so schnell wie möglich.

Es ist eigentlich ein bisschen schwach, dass das Gehirn uns hilft, uns für Dinge herauszureden, für die wir Verantwortung übernehmen sollen, aber das ist ein gängiger, menschlicher Mechanismus. Da dein Gehirn dieses unangenehme Gefühl lieber vermeiden möchte, sucht es sich einen Ausweg:

- **„Ich bin eine schreckliche Person!"** Wenn du dich zu sehr darauf fokussierst, wie sauer du eigentlich auf dich selbst bist, wie fies du warst, wie feige, was für ein Loser oder dass du eigentlich nicht verdient hast, Glück im Leben zu haben, checkst du schon längst nicht mehr, worum es in der Situation ursprünglich ging – dass du einen Fehler gemacht hast. Statt aus diesem Fehler zu lernen und an deinen Erfahrungen zu wachsen, ist dein Selbstbild zerrüttet und du glaubst nicht daran, es beim nächsten Mal besser zu machen. Mit anderen Worten: Es ist keine gute Idee, deine Schuldgefühle so anzugehen.

- **Verdrängung ist ein gutes Gefühl.** Viele Menschen finden gute Erklärungen und reden sich raus, obwohl sie ihr Handeln eigentlich bereuen sollten. Dadurch ertragen sie ihre Fehler besser, aber diese Einstellung hilft ihnen nicht, aus der Situation zu lernen und es beim nächsten Mal besser zu machen.

Man kann sich leicht herausreden, statt die eigenen Fehler einzugestehen.

Das Beste für alle, die einen Fehler gemacht haben, und ihr Umfeld ist es …

Verantwortung für das eigene Handeln zu übernehmen. Auch wenn das schwierig ist – die beste Lösung ist, wenn du es hinbekommst, dich zu entschuldigen und dir einzugestehen, dass du dein Handeln bereust. Alle machen Fehler. Wir verletzen einander, lassen einander im Stich und brechen Regeln. Es gibt niemanden auf dieser Welt, der/die sich noch nicht bei anderen entschuldigen musste. Deshalb sollte es auch kein Problem sein, sich einzugestehen, dass man Mist gebaut hat – und sich dafür zu entschuldigen. Du kannst nicht davon ausgehen, dass du diesen Schritt sofort super meisterst, aber mit jedem Mal wird es dir leichter fallen. Einige tun sich sehr schwer damit, um Verzeihung zu bitten, andere wiederum entschuldigen sich viel zu schnell und zu häufig. Es wäre super, wenn du eine Balance findest und es schaffst, dich zu entschuldigen, wenn es angebracht bist, aber nicht wegen jeder Kleinigkeit zu Kreuze kriechst.

Akzeptieren, was passiert ist, und versuchen zu retten, was zu retten ist: eine Anleitung.

Wenn du weißt, dass du etwas falsch gemacht hast, besteht deine erste Herausforderung darin, deinen Fehler zu akzeptieren. Der Klumpen im Magen ist unangenehm, aber das wirst du schon aushalten, er wird dich nicht ewig plagen. Konzentrier dich auf den Mist, den du verzapft hast, und darauf, wer bei deiner Aktion zu Schaden gekommen ist. Versuch, dein Handeln von deiner Persönlichkeit zu trennen, so schonst du dein Selbstbild und bleibst bei der Sache.

Weißt du, welche Konsequenzen dein Handeln nach sich gezogen hat? Geht es um Geld, das du irgendwie zurückzahlen kannst? Kannst du dich für etwas entschuldigen? Hast du eine Lüge verbreitet, die du nicht mehr aus der Welt schaffen kannst?

Früher oder später musst du dir selbst für deine Fehler verzeihen. Du kannst die Zeit nicht zurückdrehen, und es hilft wirklich niemandem, wenn du dich den Rest deines Lebens dafür bestrafst, dass du als Jugendliche*r irgendwann mal Mist gebaut hast. Natürlich ist es immer noch falsch, und es soll ruhig ein bisschen in dir zwicken, wenn du daran zurückdenkst. Aber dich für immer und ewig selbst zu verachten hilft dir nicht dabei, ein besserer Mensch zu werden.

Zusatzaufgabe

Du kannst versuchen herauszufinden, was du aus dieser Erfahrung mitnimmst. Vielleicht erkennst du, dass du schnell mitmachst, wenn andere gemobbt werden – auf dieses Verhalten solltest du ein Auge haben. Oder du siehst langsam ein, dass du ziemlich fies wirst, wenn du auf irgendetwas wütend bist und wünschst dir, zu lernen, die Ruhe zu bewahren, wenn jemand dich provoziert.

Wenn deine Schuldgefühle die Oberhand gewinnen

Manche Jugendliche geraten in Situationen, in denen sie etwas Dummes oder Falsches getan haben, woraufhin ihre Schuldgefühle durch die Decke gehen und zu groß werden. Sie werden von Erwachsenen gemaßregelt. „Sieh nur, was du angerichtet hast!", schimpfen sie, oder: „Das hast du dir selbst zuzuschreiben!" Vielleicht hast du etwas getan, wohl wissentlich, dass es gefährlich sein kann, oder du hast so oft die Schule geschwänzt, dass du dein Schuljahr wiederholen musst. Oder hast du vielleicht sogar etwas Kriminelles getan und wurdest zum Verhör vorgeladen? Wenn das auf dich zutrifft, darfst du nicht vergessen, dass viele Faktoren diese Situation beeinflusst haben und sie komplexer ist, als dein Fehler allein. Und außerdem bist du ein Teenager. Du steckst da nicht allein drin. Du musst dich jetzt darauf konzentrieren, Hilfe zu bekommen, um zu ändern, was dir jetzt noch hoffnungslos erscheint. Du musst herausfinden, was du aus deinen Fehlern lernen kannst, sodass du dir keine Muster angewöhnst, die dich in Schwierigkeiten bringen. Halte dir die Ohren zu, wenn die Menschen in deinem Umfeld dich anbrüllen und dir vorwerfen, falsche Entscheidungen getroffen zu haben, hör ihnen zu, wenn sie sich mit dir hinsetzen und dir Hilfe anbieten.

Wenn du schnell ein schlechtes Gewissen bekommst

Manche Menschen neigen dazu, sich bei der kleinsten Sache schuldig zu fühlen. Es ist anstrengend, sich die ganze Zeit entschuldigen zu müssen oder das Gefühl zu haben, dass man sich entschuldigen sollte, ohne dass es dafür einen plausiblen Grund gibt. Wenn es dir so geht wie hier beschrieben, solltest du mit eine*r Erwachsenen oder eine*r Freund*in darüber sprechen. Diskutiere mit ihnen, ob du zu schnell ein schlechtes Gewissen bekommst, und erzähle ihnen, dass du Hilfe brauchst, um dich und die verschiedenen Situationen zu diskutieren. Bitte deine*n Gesprächspartner*in, die Situation gemeinsam mit dir von außen zu betrachten. Wenn jemand anderes betroffen wäre – findest du, er/sie sollte ein schlechtes Gewissen haben? Hast du dir selbst besondere Regeln auferlegt, die besagen, dass du besser zu sein hast als andere in deinem Alter?

Das nagende Gewissen

Wenn du das Gefühl hast, anders sein zu müssen. Eine besondere Form des schlechten Gewissens ist das unterschwellige, nagende Gefühl, man hätte im Leben etwas anderes machen müssen – freundlicher sein, besser oder fleißiger. Wenn dein Gewissen so an dir nagt, kannst du nicht einschätzen, ob du etwas falsch gemacht hast, denn die Frage, die dauernd durch deinen Kopf kreist, lautet nicht: „Was habe ich getan?“, sondern: „Bin ich lieb / gut / fleißig / umweltfreundlich / toll genug?“.

„Wenn ich doch nur ...“ Wir können uns immer wieder den Kopf darüber zerbrechen, was wir hätten anders machen können – oder besser. Aber durchs Leben zu gehen und sich darauf zu konzentrieren, was alles hätte besser sein können, ist destruktiv und super anstrengend. Du wirst immer etwas finden, was du theoretisch hättest besser machen können, aber niemand ist in allen Bereichen perfekt. Um dieses Gefühl ein bisschen zu relativieren, solltest du dich darauf konzentrieren, was du alles meisterst. Und das kannst du wirklich üben, ohne zu streng mit dir selbst zu sein.

Ab und zu ist das nagende Gewissen berechtigt. Obwohl dieses nagende schlechte Gewissen oft übertreibt, kann es doch vorkommen, dass es ab und zu berechtigt ist. Wir Menschen sind nicht perfekt und es kommt vor, dass wir im Laufe der Zeit Muster entwickeln, die den Alltag anderer beeinträchtigen. Vielleicht hat deine beste Freundin Krebs, und du hattest so viel mit der Schule und deinen anderen Freund*innen zu tun, dass du es nicht geschafft hast, sie zu besuchen. Und ohnehin fühlt es sich für dich nur so an, als wäre sie nur im Urlaub. Außerdem ist es unangenehm und seltsam, sie so krank zu sehen, und du weißt nicht, wie du mit ihr reden sollst. In solchen Momenten wäre es angebracht, dass du auf dein Gewissen hörst. In anderen Situationen brauchen wir absolut kein schlechtes Gewissen zu haben, können uns aber dennoch von einem nagenden Gewissen beeinflussen lassen, um die Dinge vielleicht anders anzugehen. Niemand kann dir vorwerfen, deine alte Großmutter nicht zu besuchen, wenn du so viel für die Schule und mit deinen Freizeitaktivitäten zu tun hast. Und trotzdem kann dir dein Gewissen flüstern, dass es doch schön wäre, sie zu sehen – sie wird sich sicherlich sehr freuen!

Vergiss nicht: Die wichtigste Person in deinem Leben bist du selbst. Im Laufe deines Lebens wird es Phasen geben, in denen du Schwierigkeiten haben wirst, die Balance zwischen deinen eigenen Bedürfnissen und den Bedürfnissen anderer zu finden. Jede*r, der/die ein Gewissen hat und dem/der andere Menschen wichtig sind, ist regelmäßig mit diesem Problem konfrontiert. Wenn man tatsächlich etwas falsch gemacht hat, schützen dich Schuldgefühle und Reue davor, dich zu jemandem zu entwickeln, der/die eine destruktive Wirkung auf andere hat. Das nagende Gewissen erinnert dich daran, wie gut es sein kann, auch an andere Menschen zu denken. Wenn du dich manchmal schuldig fühlst und ein schlechtes Gewissen hast, weißt du immerhin, dass du empathiefähig und fürsorglich bist. Aber vergiss dich selbst dabei nicht, okay?

Wie der Körper deine Gefühle beeinflussen kann – ohne dass du es bemerkst

Körperliche Beschwerden können eine Auswirkung auf deine Psyche haben, als wären zwei Kabel falsch miteinander verlötet. Du hast das Gefühl, dass alles in deinem Leben falsch läuft, oder du bist dir sicher, dass dein*e Freund*in sauer auf dich ist. Vielleicht bist du wütend und gleichzeitig der Ansicht, wie ultra anstrengend einfach alle anderen sind. Deine Gefühle sind ziemlich krass, und du denkst, dass es dafür ja auch einen Grund geben muss. Aber das muss nicht unbedingt heißen, dass dein ganzes Leben für ’n Arsch ist. Vielleicht hast du einfach nur Hunger?

Lerne deinen Körper kennen und finde heraus, wie er auf Belastungen reagiert – dann checkst du auch, wenn deine Emotionen eine körperliche Ursache haben:

Vergessen zu essen? Niedrige Blutzuckerwerte führen zu Herzrasen, Nervosität, Zittern und Aggressionen.

Hormone, PMS? Wusstest du, dass normale hormonelle Veränderungen im Körper einen großen Einfluss darauf haben können, wie wir uns fühlen? Beispielsweise kann das prämenstruelle Syndrom so stark sein, dass es Angstzustände, Depressionen, Wutanfälle oder sogar Selbstmordgedanken verursacht und eine medikamentöse Behandlung erfordert.

Schlecht geschlafen? Schlaf steht in direkter Verbindung zu unserem Gemütszustand und wie wir unsere Probleme wahrnehmen (mehr über Schlaf auf Seite 74).

Krank? Schon die herkömmlichen Krankheiten wie Grippe und Halsschmerzen können unser Gehirn ein bisschen aus der Spur bringen. Du kannst dich unwohl, nervös und ängstlich fühlen, lange bevor die eigentlichen Symptome eintreten, und auch Wochen später noch erschöpft und down sein.

Koffein, Energydrinks, Tabak? Wenn du an diese Stoffe nicht gewöhnt bist, nicht viel verträgst oder zu viel konsumierst, kann es passieren, dass du zitterst, unruhig oder nervös wirst oder dir sogar schlecht wird.

Horrorfilme, Gaming? Wenn du gerade ein krasses Spiel gespielt oder einen nervenaufreibenden Film gesehen hast, ist dein Körper in Alarmbereitschaft. Du kannst wegen der kleinsten Geräusche oder Bewegungen zusammenzucken, aber auch wütend, irrational oder nervös auf eine ganz normale Nachricht reagieren.

Stress? Wenn du gestresst bist und tausend Gedanken auf einmal hast, werden in deinem Körper Stresshormone freigesetzt, die zu physischen Reaktionen wie Herzklopfen, Brustschmerzen, Atemnot oder Gliederschmerzen führen können. Stress und Unruhe verschlimmern seelische Schmerzen.

Juckreiz? Starker Juckreiz kann dazu führen, dass du gereizt und wütend wirst, selbst wenn deine Mitmenschen dir kein Haar gekrümmt haben.

Schmerzen? Schmerzen können dich leicht von den Dingen ablenken, mit denen du gerade beschäftigt bist, manchmal sogar sehr. Mit Schmerzen zu leben kann dich traurig machen und dich dazu bringen, die Welt schneller mit negativem Blick zu betrachten, auch wenn dein Leben ansonsten eigentlich gut läuft.

KAPITEL 7

Alle Menschen um dich herum

und du

Freund*innen, Erwachsene, Streit und soziales Gefüge

In welche Richtung du dich auch drehst – überall sind Menschen. Im Geschäft, in der Schule, bei der Arbeit oder vor deinem Fenster. Sie sind da. Überall. Und einige von ihnen stehen in direkter Verbindung zu dir. Ihr könnt Spaß zusammen haben, einander trösten, lieben, helfen. Es gibt so viele Menschen, die man kennenlernen kann. Ab und zu streitet ihr euch mal, es werden Intrigen eingefädelt, das lässt sich nicht vermeiden. Wir sind keine Puzzleteile, die immer perfekt zusammenpassen. Zum Beispiel können zwei Menschen zur gleichen Zeit einen schlechten Tag haben, und sich am nächsten Tag das letzte Kuchenstück teilen wollen.

Aber unterm Strich ist es sehr gut, dass wir Menschen einander haben, denn als Gruppe sind wir so viel stärker, als wenn jeder auf sich allein gestellt wäre.

Du entscheidest, wer dir etwas bedeutet

In deinem Leben gibt es viele Menschen – während einige von ihnen deinen Tag besser machen und dich unterstützen, wenn du schwere Zeiten durchmachst, gibt es sicherlich auch Menschen, an die du dich nicht unbedingt wendest, wenn du Hilfe brauchst. Du kannst es dir so vorstellen: Du stehst in der Mitte eines Kreises, der aus mehreren Ringen besteht. Der innerste Ring des Kreises ist den Menschen vorbehalten, die wirklich nur dein Bestes wollen und ein Auge darauf haben, dass es dir gut geht. Im zweiten Ring stehen die Menschen, mit denen du gern Zeit verbringst, aber denen du vielleicht nicht zu viel von dir anvertraust. Im nächsten Ring sind die Menschen anzutreffen, die du toll findest, zu denen du manchmal aber auch ein schwieriges Verhältnis hast. Und so geht es immer weiter, bis du an den Punkt gelangst, an dem du einen Zaun um deinen Kreis ziehst. Die Menschen, die sich außerhalb dieses Zauns befinden, haben dich vielleicht schon mal mit ihren Worten oder Taten verletzt, oder es gibt andere Gründe, warum du keine Lust hast, mehr mit ihnen zu tun zu haben.

Es kann sein, dass du einige Personen, die dir mal sehr wichtig waren, vor den Zaun schicken musst, entweder nur für kurze Zeit, für länger, oder für immer. Solange du willst. Vielleicht wirft dein Vater immer nur mit fiesen Bemerkungen um sich und gibt dir das Gefühl, ein Loser zu sein, vielleicht muss deine Oma bei jedem Besuch dein Gewicht kommentieren oder dein Team macht sich nach einem Wettkampf immer über dich lustig. Menschen, die dir fiese Dinge an den Kopf werfen, verdienen es nicht, dass du ihnen zuhörst, egal ob sie erwachsen sind oder in Ihrem Alter. Egal, ob sie dich absichtlich verletzen wollen oder einfach nur unbedacht sind. Du brauchst kein schlechtes Gewissen zu haben, wenn du aufhörst, dir ihre Meinungen zu Herzen zu nehmen. Such lieber die Nähe von Leuten, die empathisch sind und einen Platz in deinem inner circle verdient haben.

Wer verdient einen Platz in deinem *inner circle*?

Freundschaft

Einige Leute denken, Freundschaft sei etwas Heiliges und Unantastbares, und glauben deshalb, dass ein*e Freund*in, mit dem/der man nicht den ganzen Tag lang spricht und absolut alles teilt, kein*e echte*r Freund*in ist. Aber ein*e Freund*in kann so viel sein:

Habt ihr euch erst dreimal unterhalten, doch dann habt ihr lange zusammengesessen und es ist euch so leichtgefallen, euch zu öffnen und auch über schwierige Themen zu sprechen?

Habt ihr Spaß beim Sport, unternehmt aber sonst nicht viel zusammen?

Seht ihr euch nur zwei Mal im Jahr, hört euch selten, aber habt immer eine schöne Zeit?

Eine Person, die du immer anrufen kannst?

Ihr geht jeden Tag zusammen zur Arbeit oder zur Schule, ihr versteht euch gut, habt aber noch nie über ernste Themen gesprochen?

Ihr habt immer Spaß zusammen, aber ihr würdet euch keine Geheimnisse anvertrauen?

Ihr kennt euch seit eurer Kindheit und kennt eure Storys?

Freundschaft hat so viele verschiedene Facetten, und sie alle sind wertvoll. Es gibt Phasen in einem Leben, da bist du eine*r Freund*in näher, in anderen Phasen jemand anderem. Vergiss nie, dass du den anderen immer die Hand reichen und deine Freundschaften mitgestalten kannst.

Ehrliche Facts über Freundschaft

→ **Es ist nicht wichtig, eine*n beste*n Freund*in zu haben!** Viele glaube, das Ziel ist es, einen besten Freund oder eine beste Freundin zu haben, eine Person, die einem fast so nah wie ein*e Partner*in ist. Doch nicht alle haben eine*n einzige*n beste*n Freund*in, und je älter du wirst, umso normaler ist es, mehrere verschiedene Freundschaften zu pflegen, statt sich nur an eine Person zu binden.

→ **Freundschaft ist nichts ohne Loyalität.** Loyalität bedeutet, dass du dich auf eine andere Person verlassen kannst, dass du deine Freund*innen nicht hinter ihrem Rücken sabotierst. Wenn du in einer Freundschaft keine Loyalität zeigst, kann es sein, dass es schwer wird, diese Beziehung wieder zu kitten und sie vielleicht auch nicht mehr zu retten ist.

→ **Manchmal langweilt man sich in einer Freundschaft.** Wir Menschen können gar nicht alles, was eine andere Person sagt oder tut, spannend finden. Du musst nicht überall dabei sein, wenn du innerlich mit den Augen rollst und nach Ausreden suchst, um nach Hause gehen zu können. Aber du musst damit umgehen können, dass deine Freund*innen dich auch ab und zu mal langweilen. Wahrscheinlich sind sie von dir manchmal auch gelangweilt.

→ **Freund*innen können Fehler machen.** Wir können dir nur ans Herz legen, deinen Freund*innen einen gewissen Fehlerquotienten einzuräumen. Wenn sie dich mal verletzen, enttäuschen oder dich im Stich lassen – denk dran, dass so etwas nun mal passieren kann, und dass dir das bestimmt auch schon mal passiert ist, wahrscheinlich unabsichtlich. Sprich deine*n Freund*in drauf an, warum er/sie so gehandelt hat. Manchmal tun auch Freunde Unverzeihliches. Aber oft sind sie einfach nur in ein Fettnäpfchen getreten, sie werden sich entschuldigen, ihr werdet euch vertragen und vermutlich wird so etwas nie wieder vorkommen.

→ **Es ist ganz normal, auch in Freundschaften gemischte Gefühle zu haben.** Auch wenn ihr euch wirklich gernhabt, können trotzdem Gefühle wie Wut und Genervtheit in einer Freundschaft vorkommen. Genau wie andere Beziehungen können auch Freundschaften kompliziert sein. Zum Beispiel kannst du dich einerseits sehr für deine*n Freund*in freuen, wenn er/sie etwas Tolles erlebt, andererseits kannst du auch vor Neid erblassen.

→ **Unterschiedliche Freunde haben verschiedene Stärken und Schwächen.** Es macht überhaupt nichts, wenn eine deiner Freundinnen super witzig ist, du dich manchmal aber nicht auf sie verlassen kannst, während du auf einen anderen Kumpel immer zählen kannst, obwohl er manchmal vielleicht ein bisschen langweilig ist. Denk dran, dass gute Zuhörer*innen auch gerne auf Partys eingeladen werden. Es tut weh, wenn du dich immer nur meldest, wenn du Rat und Unterstützung brauchst, aber deine*n Freund*in nicht einlädst, wenn etwas Lustiges geplant ist.

→ **Lästereien.** Mag sein, dass dein*e Freund*in nie erfährt, wenn du mitmachst, wenn andere hinterm Rücken über ihn/sie lästern. Aber trotzdem kann deine Einstellung zu diesen Lästereien alles ändern. Beispielsweise, wenn ihr euch gemeinsam darüber lustig macht, wie schlecht dein Kumpel in Englisch ist, werden in der nächsten Englischstunde bestimmt alle Augen auf ihn gerichtet sein. Oder wenn du über das Gerücht, deine beste Freundin habe mit der festen Freundin einer anderen geknutscht, nur lächelst und es nicht aus der Welt räumst, trägst du dazu bei, dass alle anderen diesem Gerücht Glauben schenken. Wenn du über jemanden lästerst, trägst du dazu bei, das Bild, das andere auf diese Person haben, negativ zu beeinflussen. Egal, ob der/die Betroffene davon Wind bekommt oder nicht.

→ **Festgefahrene Kiste.** Es kann sein, dass du und ein*e Freund*in von dir euch in einem Muster festgefahren habt, in dem beispielsweise der/die eine von euch immerzu redet und der/die andere nur zuhört. Vielleicht bestimmt nur eine*r von beiden, was ihr unternehmt. Oder nur eine*r von beiden ergreift die Initiative, dass ihr euch überhaupt verabredet. Wenn das Verhältnis ein bisschen in Schieflage ist, kann es sich lohnen, darüber zu sprechen und an der Freundschaft zu arbeiten, um sie wieder ins Gleichgewicht zu bringen.

Wie kann man ein*e gute*r Freund*in sein??

Manchmal, vor allem als Teenager, bist du so sehr mit dir selbst beschäftigt, dass du deine Freund*innen schon mal vergisst. Es kann passieren, dass du deine Freundschaften als etwas Selbstverständliches ansiehst, das bedeutet, dass du davon ausgehst, deine Freund*innen werden immer da sein, egal ob du ihnen zeigst, was sie dir bedeuten, oder nicht. Es kann passieren, dass du eines Tages eine*n gute*n Freund*in verlierst. Um eine Freundschaft zu pflegen, solltest du folgende Dinge beachten:

Halte regelmäßig Kontakt, nicht nur, wenn es dir gerade passt. Denk dran, dein*e Freund*in einzuladen, die Initiative zu ergreifen, nicht einfach nur drauf zu warten, dass der/die andere anruft oder eine Nachricht schreibt. Nimm dir Zeit für deine Freund*innen, auch wenn sie dich brauchen, nicht nur, wenn du sie brauchst.

Zeig, dass sie dir wichtig sind. Wenn deinem Kumpel sein Geburtstag besonders wichtig ist, dann überleg dir etwas richtig Geiles für seine Party. Wenn du weißt, dass eine andere Freundin sich einsam fühlt, wenn sie krank ist und alleine zu Hause im Bett liegt, dann ruf an oder schreib ihr. Finde heraus, was deinen Freund*innen wichtig ist und zeige ihnen mit kleinen Gesten und Aufmerksamkeiten, dass sie dir etwas bedeuten.

Sei interessiert und neugierig. Vielleicht findest du das Leben der anderen nicht besonders aufregend, aber du kannst trotzdem Fragen stellen, auch zu Dingen, die dich vielleicht nicht so sehr interessieren. Denk dran, dass Freundschaft auch bedeutet, den anderen Raum zu geben, von sich zu erzählen. Wenn dein Kumpel gerade Urlaub in den USA gemacht hat, ist die Wahrscheinlichkeit relativ groß, dass er dir davon erzählen will. Manchmal reicht es schon, wenn du fragst: „Warst du an den Niagarafällen?“, und dein Kumpel antwortet: „Ja, das war krass.“

Wenn es deine*r Freund*in schlecht geht. Sei für sie/ihn da. Jemandem zuzuhören bedeutet nicht, den/die andere einfach nur reden zu lassen, sondern auch Anteilnahme zu zeigen. Sieh währenddessen nicht auf dein Handy, versuche, dein Gegenüber zu verstehen. Lass ihn/sie ausreden, bevor du antwortest. Vielleicht will sich dein*e Freund*in nur die Seele vom Leib reden und braucht gar nicht unbedingt einen Rat – frag unbedingt nach, was sie/er braucht. Dir fallen sicher sofort Dinge ein, die du selbst erlebt hast, während dein Gegenüber spricht, und in anderen sozialen Settings gehört es zur Gesprächsdynamik, dass du davon erzählst. Aber wenn ein*e Freund*in sich dir gegenüber öffnet und über schwierige Dinge spricht, kann es besser sein, wenn du dich etwas zurückhältst. Natürlich kannst du deine Erfahrungen teilen, aber der Fokus sollte auf deinem Gegenüber liegen.

Nicht so:

Besser so:

Es kann auch viel bedeuten, wenn du deine*r Freund*in hinterher zeigst, dass du nicht vergessen hast, wie es ihm/ihr geht. Schick doch am nächsten Tag eine „Ich denk an dich"-Nachricht oder frag, wie es ihm/ihr geht. Du musst gar nicht so viele Fragen stellen oder schlaue Sachen sagen, zeig einfach nur, dass du da bist.

Mach die Situation nicht schlimmer, als sie schon ist. Du denkst jetzt vielleicht, dass das ziemlich logisch ist, aber es gibt viele Leute, die in diese Falle tappen. Viele antworten mit: „Hä, ist doch easy?!", wenn ihnen jemand erzählt, dass ihm/ihr etwas schwerfällt. Oder sie sagen: „Davor muss man doch keine Angst haben!", wenn jemand über seine/ihre Ängste spricht. Wenn dir eine Freundin also anvertraut, dass ihr Vater Krebs hat, kann dir schon mal rausrutschen: „Och, der Arme. Mein Vater ist zum Glück kerngesund." Oder eine andere Freundin weint und erzählt dir von den fiesen Kommentaren ihres Onkels, die sie verletzen, worauf du antwortest, dass du den coolsten Onkel ever hast. Wir assoziieren die Erlebnisse anderer oft mit unseren Erlebnissen, aber es sei dir geraten, erst einmal nachzudenken, bevor du losplapperst, vor allem, wenn es eine*r Freund*in gerade schlecht geht.

Mach deinem Freund/deiner Freundin ernst gemeinte Komplimente. Die meisten von uns freuen sich sehr darüber, wenn jemand ein paar nette Worte über sie verliert. Vielleicht ist das nicht der Vibe in eurer Freundschaft, aber du kannst dich ja langsam rantasten.

Passt aufeinander auf. Vielleicht bekommst du so am Rande mit, dass deine Freund*innen etwas planen, was für sie oder andere gefährlich enden könnte. Zum Beispiel auf einer Party eine sehr betrunkene Person mit in ein anderes Zimmer zu nehmen, um Sex mit ihr zu haben (= Vergewaltigung). Oder eine Schlägerei zu filmen und das Video dann im Netz verbreiten. Vielleicht wollen sie auf einer Party harte Drogen nehmen, oder eine*r deiner Freund*innen denkt an Selbstmord. Ein*e gute*r Freund*in hält andere davon ab, schwerwiegende Fehler zu begehen. Vor allem, wenn man diese Fehler nie wieder ungeschehen machen kann.

Der Trick mit der Emphathie

In einer Freundschaft ist Empathie sehr wichtig. Also die Fähigkeit, sich in die Gefühlswelt der anderen Person einzuleben, sodass man sie bestmöglich unterstützen kann. Doch das ist oft gar nicht so einfach, denn was ist, wenn dein*e Freund*in ziemlich blöd auf eine Sache reagiert hat, und du selbst dich nie so verhalten hättest? Es gibt zwei Formen von Empathie. Bei der einen geht es darum, wirklich zu verstehen, wie es der anderen Person geht. Bei der anderen, sich in die Gefühlswelt des/der anderen einzuleben. Beide Formen sind sehr wichtig, wenn man ein*e gute*r Freund*in sein will.

Trotzdem kann es vorkommen, dass du mal die Augen verdrehst, weil dein*e Freund*in echt alberne Probleme hat. Oder du bist genervt, weil dein Gegenüber wegen einer Kleinigkeit in Tränen ausbricht. Dann kann es sein, dass die anderen dich nicht als eine*n besonders gute*n Freund*in empfinden. Du sollst natürlich nicht lügen oder fake sein. Aber es ist möglich, Empathie zu zeigen, auch wenn man findet, das der/die andere ein bisschen irrational ist.

Das Erste, was du tun kannst, um für eine*n Freund*in da zu sein, ist, gut zuzuhören, was dein Gegenüber dir erzählt. Was denkt und fühlt er/sie? Wie erlebt sie/er die Situation in der er/sie sich befindet? Und dann kannst du den Empathietrick anwenden:

Mit dem Empathietrick versuchst du, dich in deine*n Freund*in hineinzuversetzen, indem du an etwas denkst, was dieselben Gefühle in dir auslösen würde, die dein Gegenüber gerade hat. Zum Beispiel: Du kannst überhaupt nicht nachvollziehen, wie es deinem Kumpel geht, wenn er sich in einen anderen Jungen verliebt, aber du weißt vielleicht noch, wie es war, als du mal so richtig verknallt warst? Deine Freundin weint, weil es ihr echt davor graut, zum Schulball zu gehen und du findest, sie ist eine Heulsuse? Aber wann hat dir das letzte Mal vor etwas gegraut? Dein kleiner Bruder kreischt das ganze Haus zusammen, weil er eine Maus gesehen hat und du hast große Lust, ihn auszulachen? Wann hast du das letzte Mal so richtig Angst gehabt? Versuch, dich in ihn hineinzuversetzen, auch wenn du selbst Mäuse ziemlich niedlich findest. Lass dich darauf ein. Dann könnt ihr miteinander sprechen, denn du hast automatisch mehr Verständnis für deine*n Freund*in.

Manchmal ist es unmöglich, sich in eine*n Freund*in hineinzuversetzen

Manchmal haben Menschen Dinge erlebt, die du nicht einmal im Ansatz nachvollziehen kannst. Oder eure Gefühlswelten sind so verschieden, dass es dir so vorkommt, als wärt ihr von zwei unterschiedlichen Planeten. Vielleicht kommen dir die Gefühle anderer so irrational vor, dass du keinen blassen Schimmer hast, wovon sie reden. Das ist okay. Passiert. Das Einzige, was du tun kannst, ist zuzugeben, dass du deine*n Freund*in im Moment noch nicht verstehst. Und dann guckt ihr, was passiert.

Wenn ihr euch streitet

Sowohl Missverständnisse als auch Streit sind völlig normal, aber das kann euch auch echt fertigmachen und wehtun. Manche Freund*innen streiten sich über alle möglichen Kleinigkeiten und sind es gewohnt, sich in die Haare zu kriegen und wieder zu vertragen. Andere waren noch nie sauer aufeinander und denken vielleicht, dass es schwierig wäre, einen Konflikt zu lösen. Aber die meisten Streitigkeiten lassen sich beseitigen, und oft wächst man sogar noch enger zusammen, wenn man sich gestritten und wieder vertragen hat.

Missverständnisse treten oft ein, weil du und dein*e Freund*in ein und dieselbe Situation aus völlig anderen Blickwinkeln betrachtet.

Missverständnisse können oft aus dem Weg geräumt werden, wenn beide ihre Sicht der Dinge verständlich erklären. Dann müsst ihr euch aufrichtig dafür interessieren, was der/die andere gemeint hat. Es ist wichtig, dass ihr euch nicht unterbrecht oder euch gegenseitig beschuldigt, zu lügen.

Wenn du kapierst, dass nur du etwas missverstanden hast, ist es selten cool, sich einzugestehen: „Ah, ich bin der Grund für diesen Konflikt." Am liebsten würdest du sagen: „Okay, wir haben uns missverstanden, lass uns da einen Strich drunter machen." Aber dein Gegenüber wird auch gecheckt haben, dass du etwas falsch verstanden hast, oder noch ganz genau wissen, dass ihr euch auf etwas anderes geeinigt habt. Darum ist es eigentlich besser zuzugeben: „Weißt du was, ich hab das total missverstanden. Tut mir leid. Gut, dass wir das geklärt haben."

Streit kann aus verschiedenen Grünen entstehen, aus Missverständnissen, aus nicht eingehaltenen Verabredungen, weil jemand etwas Fieses gesagt oder den/die andere*n verletzt hat, oder weil man etwas getan hat, was der/die andere nicht in Ordnung fand. Wenn ihr euch streitet, kann es passieren, dass ihr richtig wütend aufeinander werdet und Lust habt, euch fiese Worte an den Kopf zu werfen. Dann kann es jedoch schwierig werden, sich nach dem Streit wieder zu versöhnen.

Einige neigen auch dazu, ziemlich dramatisch und unsachlich zu werden, wenn sie streiten, oder Komplimente zurückzunehmen, die sie dem/der anderen zuvor gemacht haben.

Es ist ganz typisch, dass man solche Dinge am nächsten Tag bereut. Es gibt Paare, die sich jedes Mal trennen, wenn sie sich streiten, statt zu sagen: „Ich bin jetzt echt sauer auf dich!" Andere geben ihrem Gegenüber die Schuld für etwas, wofür niemand etwas kann, oder sie sagen furchtbare Sachen, nur um dem/der anderen wehzutun.

Wenn du dazu neigst, wollen wir dir ans Herz legen, dir einen Merksatz einzuprägen: „Sag jetzt nichts, was du später bereuen wirst!"

Du wirst es nicht immer schaffen, diesen Merksatz zu befolgen, aber einen Versuch ist es immer wert.

Um einen Streit so bald wie möglich zu beenden: Achte darauf, dass du im Fokus behältst, worum es in dem Streit wirklich geht. Versuche herauszufinden, was dein Gegenüber eigentlich meint, und sei deutlich, wenn du deine Sicht der Dinge erklärst. Wenn du Lösungsvorschläge hast, her damit! Nimm aufrichtige Entschuldigungen an und bitte ebenfalls um Entschuldigung.

Wenn du einen Fehler gemacht hast und dich entschuldigen solltest: Die wenigsten von uns mögen es, sich zu entschuldigen, denn in so einer Situation kommt man sich gerne mal schwach vor. Aber das Gute ist, dass man selten von den anderen als schwach wahrgenommen wird, wenn man um Verzeihung bittet. Ganz im Gegenteil: Die anderen werden dir mit Respekt begegnen, weil du Verantwortung für deine eigenen Handlungen übernimmst. Entschuldige dich, wenn du weißt, dass du etwas getan hast, wofür du dich entschuldigen solltest. Mehr musst du oft nicht sagen, es reicht schon, um Verzeihung zu bitten. Aber wenn du einfach nur „Ja, sorry" sagst, und in deiner Stimme Ironie mitschwingt, oder du total übertreibst und rufst:

„TUT MIR LEID, DASS ICH EXISTIERE!“, ist deine Entschuldigung nicht so viel wert. Eine Entschuldigung sollte von Herzen kommen, und so viel bedeuten wie: „Ich weiß, dass ich einen Fehler gemacht habe, und ich wünschte, ich hätte das nicht getan.“

Wenn man etwas Fieses sagt und es wieder zurücknehmen will: Ein ziemlich normales, wenn auch unangenehmes Problem ist, dass du während eines Streits etwas Gemeines gesagt hast, das du am Tag darauf bereust. Du entschuldigst dich, aber viel wichtiger ist dir eigentlich, dass die andere Person nicht glauben soll, dass du das Gesagte wirklich so gemeint hast. Das ist gar nicht so einfach. Oft ist es nämlich so, dass deine Worte an deinem Gegenüber nagen, auch wenn ihr euch längst wieder vertragen habt. Um den Schaden irgendwie zu beheben, könntest du dich ganz konkret für deine Worte entschuldigen und noch hinzufügen, was du eigentlich denkst, sodass die andere Person deine hässlichen Worte austauschen kann.

Versuch nicht, der anderen Person Worte in den Mund zu legen. Die meisten von uns tun das – anderen Worte in den Mund zu legen, und ihnen dabei Gedanken oder Gefühle zuzuschreiben, die gar nicht ihre eigenen sind. Und das macht Konflikte nur noch schlimmer und erschwert eine Versöhnung. Zum Beispiel sagt ein*e Freund*in von dir: „Ich will auch etwas mit anderen Freund*innen unternehmen!“ und du antwortest: „Okay, dann sind wir also keine besten Freunde mehr, willst du das sagen?!?! IST MIR EGAL!“ Anderen Worte in den Mund zu legen, kann aus dem Nichts einen Streit provozieren. Die Stimmung kann noch so gut sein, und plötzlich kann ein Kichern zum falschen Zeitpunkt dazu führen, dass du dich ausgelacht fühlst.

Positive, konstruktive und gut gemeinte Dinge für andere Menschen, Tiere und die Umwelt zu tun, nennt man **prosozial**. Beispiele für prosoziales Handeln wären: jemanden im Vorbeigehen anzulächeln, jemandem zu helfen, oder eine Person, die sich ausgeschlossen fühlt, zu einem Treffen einzuladen.

So kannst du Missverständnisse und Stress vermeiden:

→ Denk dran, dass Blicke, und Körpersprache genauso viel sagen können wie Worte. Wenn du sagst „OKAY, wie du willst!“ und dabei stöhnst, dann kannst du nicht erwarten, dass dein Gegenüber deine Antwort richtig deuten kann.

→ Du solltest keine sinnlosen, negativen Kommentare über andere abgeben. Viele glauben, sie seien fake, wenn sie ihre Meinung nicht offen kundtun, aber niemand hat etwas davon, negative Meinungen über andere Menschen zu hören. Wenn deine Gedanken wirklich konstruktiv sind und du glaubst, dass dein*e Freund*in deine Meinung über jemand anderen zu schätzen wüsste, kannst du sie mit Bedacht äußern. Aber wenn das, was du sagen willst, andere nur verletzt, dann lass es lieber bleiben.

→ Du kannst üben, laut zu formulieren, was dein Gegenüber wirklich wissen sollte. Nehmen wir an, du hast irgendwann keine Lust mehr, deinem Freund beim Schwimmtraining zuzuschauen. Wenn du dir jetzt Ausreden und Notlügen ausdenkst, um dir das zu ersparen, wird er früher oder später unsicher werden. Es ist unfair zu erwarten, dass er das „schon selber checkt". Sag's ihm lieber direkt – und mit lieben Worten.

→ Denk dran, dass es nicht schlimm ist, wenn ihr mal nicht einer Meinung seid. Die Welt braucht Jugendliche, die sich engagieren und starke Meinungen vertreten. Trotzdem könnt ihr unterschiedliche Ansichten haben, und wenn du deine Meinung vertrittst, kann es in deinem Freundeskreis zu Diskussionen und Protest kommen. Es kann ein unangenehmes Gefühl auslösen, wenn andere dir widersprechen. Aber alle, die ihre Meinung vertreten, müssen mit Widerspruch rechnen. Das macht gar nichts – nur weil ihr nicht ein und dieselbe Meinung teilt, bedeutet das nicht, dass ihr euch nicht mehr gerne mögt. Themen unter verschiedenen Gesichtspunkten zu diskutieren, kann super spannend sein und die Freundschaft bereichern, aber denkt dran, dass es nicht in einen Streit ausartet.

Wenn es dir schwerfällt, Freund*innen zu finden

Wenn du Probleme hast, Leute in deinem Alter kennenzulernen, kann es schnell so aussehen, als ob alle anderen jemanden gefunden haben, mit der/dem sie Zeit verbringen. Sieh dich mal um – oft gibt es andere in deiner Nähe, denen es ganz genauso geht, auch wenn sie nicht so leicht zu erkennen sind.

Um überhaupt jemanden in deinem Alter kennenzulernen, musst du dich schon trauen, mit anderen zu sprechen, oder einfach mitzumachen, wenn sie etwas unternehmen. Fang klein an, zum Beispiel, indem du Leuten Hallo sagst, ihnen in die Augen siehst und sie anlächelst, oder dich zu Grüppchen dazugesellst. Nehmen wir an, du machst bei den Cheerleadern mit oder im Basketballteam, und die anderen aus der Mannschaft bleiben immer länger in der Kabine und unterhalten sich, während sie sich umziehen. Sie reden sicherlich über alles Mögliche, aber du hast Angst, nicht dazuzugehören, also ziehst du dich in Windeseile um, verabschiedest dich und haust ab. Versuch, dir Zeit zu lassen, bleib ein paar Minuten länger, du musst auch erst mal gar nichts sagen. Es reicht schon, wenn du lachst oder grinst, wenn eine:r der anderen etwas Lustiges sagt. Sieh zu den Personen, die gerade sprechen, statt nur auf den Boden zu starren. Wenn du dich traust, kannst du kleine Kommentare einbauen, wie: „Dein Ernst?“ oder „Haha, ich weiß!“ – mehr ist erst mal gar nicht nötig. Wenn du allein bist, kannst du überlegen, was du in der Situation hättest sagen können, ohne dich zu blamieren. Auch diejenigen unter deinen Teamkamerad*innen, die besonders selbstbewusst sind, üben manchmal, zum Beispiel überlegen sie sich, welche Story sie beim nächsten Mal wie erzählen können. Es gibt immer irgendwas, das du mit anderen Jugendlichen gemein hast. Ihr seid im selben Alter, es gibt immer irgendwas, das euch vereint.

Um jemanden kennenzulernen, der/die zu dir passt, musst du dich zeigen und deinen Platz in einem Raum einnehmen, damit die/der andere auf dich aufmerksam wird. Kannst du vielleicht eine einfache, harmlose Frage stellen, zu einem Thema, dass euch verbindet? Zum Beispiel: „Hast du auch viel für Bio gelernt?“ oder: „Was glaubst du, sind wir bereit für den Auftritt?“ Du kannst dir vorher schon Sätze zurechtlegen, auf die du ein Gespräch aufbauen kannst. Die meisten Menschen denken vor allem an ... sich selbst! Und viele finden es schön, wenn sie Aufmerksamkeit bekommen und Dinge gefragt werden, auf die sie gerne antworten. Du kannst die anderen fragen, was sie in den Ferien gemacht haben, und kannst daraufhin auf die Erzählungen deiner Gesprächspartner eingehen und weitere Fragen stellen. Du musst natürlich darauf vorbereitet sein, dass auch du etwas gefragt wirst, es ist also vielleicht ganz schlau, wenn du dir schon ein paar Antworten überlegst. Denk dran: Du musst nicht unbedingt besonders witzig oder tiefgründig oder speziell sein. Solange du einen zusammenhängenden Satz sagen kannst. Smalltalk ist gar nicht so schwierig, auch wenn es dir vielleicht so vorkommt. Es geht dabei nur darum, zu reden um zu reden.

Abgewiesen zu werden tut allen weh. Egal, ob du neue Freundschaften schließen willst, ob es in einer Freundschaft oder einer Liebesbeziehung passiert – es tut weh, abgewiesen zu werden. Wir alle werden mal abgewiesen, und trotzdem kommt es uns so vor, als seien wir nicht gut genug oder als wäre irgendetwas an uns falsch. Einige werden wütend, wenn sie abgewiesen werden, andere schämen sich oder sind furchtbar verletzt. Alle Reaktionen sind normal und menschlich. Und alle Schmerzen vergehen nach einer Weile.

Von Bekannten zu Freund*innen. Denk dran, dass die Person, mit der du dich anfreunden willst, vielleicht gar kein Interesse an einer Freundschaft hat. Das bedeutet nicht, dass mit dir etwas nicht stimmt. Nicht alle sind immer ein perfect match, und manchmal stimmt auch einfach das Timing nicht. Aber gib nicht auf, es gibt so viele Menschen da draußen, die mit dir befreundet sein wollen. Vielleicht fällt es dir leichter, per Nachricht zu kommunizieren, verteil hier und da mal ein Like, kommentier einen Post oder verschick eine einfache Nachricht, in der du erzählst, was dir heute in der Schule passiert ist. Um sich besser kennenzulernen, könnt ihr zum Beispiel etwas gemeinsam unternehmen. Hat der/die andere ein Hobby, das du auch mal ausprobieren willst? Oder willst du vorschlagen, dass ihr euch einen Film anseht? Du kannst sie/ihn auch zu einer Aktivität einladen, der du regelmäßig nachgehst, oder ihr lernt zusammen für eine Klassenarbeit.

Vielleicht bist du ein kleiner Sonderling. Wenn es dir schwerfällt, Freunde zu finden, kann es dir oft so vorkommen, als hätten alle anderen Menschen, mit denen sie ohne Probleme zusammenpassen. Und das trifft gewissermaßen auf viele Leute zu. Aber das bedeutet nicht, dass mit dir irgendetwas falsch ist, nur weil du etwas länger brauchst, um die Menschen zu finden, mit denen du auf einer Wellenlänge bist. Alle sind nun mal verschieden. Es kann sein, dass du in der Szene oder Community, in der du unterwegs bist, keine engen Freund*innen findest, auch wenn die Chancen dort normalerweise höher sind. Vielleicht solltest du andere Orte aufsuchen, an denen du Menschen findest, mit denen du mehr gemeinsam hast. Oft findest du nach einer langen Suche jemanden, mit dem/der sich eine enge und feste Freundschaft entwickelt. Wenn du also gerade noch struggelst: Gibt nicht auf! Da draußen sind so viele Menschen, die nach eine*r Freund*in wie dir suchen!

Wenn Freundschaft sich verändert oder sogar endet

Das muss nicht passieren, aber es ist auch ganz normal, dass Freundschaften im Laufe der Zeit ihren Charakter ändern. Man lebt sich auseinander, jemand zieht um, das Leben nimmt ungeahnte Wendungen. Einige sind ziemlich schlecht darin, mit ihre*r Partner*in Schluss zu machen oder eine Freundschaft zu beenden. Daher besteht immer das Risiko, dass du unnötig verletzt wirst, wenn jemand mit dir Schluss macht oder ein*e Freund*in sich plötzlich von dir distanziert, ohne dass du die Gründe für dieses Verhalten kennst. Das kann unglaublich wehtun, und ihr Verhalten kann sich beinahe wie Mobbing anfühlen. Wenn du durch die Unreife anderer Menschen verletzt wirst, bleibt dir oft nichts anderes übrig, als es auszusitzen, bis das Unwetter vorübergezogen ist. Die Welt ist voller toller Menschen, und auch wenn es sich gerade nicht so anfühlt, wirst du neue Freundinnen und Freunde finden. Du denkst jetzt vielleicht, dass mit dir etwas nicht stimmt und dass nur du so im Stich gelassen worden bist. Die Wahrheit ist, dass die meisten Menschen auf eine ziemlich ungeschickte Art auseinandergehen. Denk dran, dass ihr auch schöne Zeiten hattet, an die du gerne zurückdenken wirst. Diese Erinnerungen basieren nicht auf einer Lüge. Die Umstände haben sich einfach nur geändert.

Achtung: Es ist etwas ganz anderes, wenn du geghostet wirst. Einige haben es schon erlebt, dass ihre Freund*innen plötzlich und ohne erkennbaren Grund aufgehört haben, mit ihnen zu sprechen. Sie werden nicht mehr zu gemeinsamen Unternehmungen eingeladen, auf Social Media blockiert und wie Luft behandelt. Das ist Mobbing – das ist nicht damit zu vergleichen, dass Freund*innen sich auseinanderleben und die Freundschaft versiegt. Lies mehr über Mobbing auf Seite 285.

Drama

Die meisten Gruppen, sei es eine Handballmannschaft, eine Schulklasse oder ein Freundeskreis, funktionieren am besten, wenn ihre Mitglieder miteinander harmonieren. Wenn die Ruhe durch Zank, Lästereien, Gerüchte, fiese Blicke, Spott oder Anschuldigungen gestört wird, entsteht Drama. Darüber kann man ganze Fernsehserien drehen. Und Romane schreiben. Einerseits sind diese Dynamiken ziemlich spannend. Aber normalerweise ist es besser, diese Dramen als Außenstehende*r mitzuverfolgen, statt direkt involviert zu sein. Drama schafft Unsicherheiten und führt oft zu Wut und verletzten Gefühlen. Intrigen, kleinliche Streitereien und Verleumdungen sind jedoch völlig normal. Trotzdem ist so was super anstrengend.

An dich, wenn du das ganze Drama satthast

Es ist nicht leicht, andere zu ändern. Zum Glück gibt es ein paar Tricks::

Mach nicht mit, wenn andere Intrigen planen. Vielleicht hat jemand einen schlechten Tag und will aus Frust Unruhe stiften. „Weißt du, was Katja über dich sagt, wenn du nicht dabei bist?" Die Antwort darauf ist sicher zu neunzig Prozent gelogen, du kannst also einfach sagen: „Ach, will ich gar nicht wissen." Oder, wenn dir jemand vorwirft, seine Freundin angegraben zu haben und du spürst, wie sehr dich das provoziert, versuch einfach, ruuuuuhig ein- und auszuatmen und dir zu sagen, dass das keinen Ärger wert ist. Lächle einfach und sag: „Keine Ahnung, wo du das aufgeschnappt hast, aber es stimmt nicht."

Finde heraus, warum es in deiner Gruppe immer wieder Drama gibt. Seid ihr gelangweilt? Oder herrscht zwischen euch zu viel Konkurrenz? Es gibt viele Gründe, warum es in einer Gruppe so viel Anspannung gibt. Sucht nach Alternativen, gerne gemeinsam. Was könnt ihr unternehmen, wenn die Nachmittage lang werden? Könnt ihr aufhören, euch ständig aneinander zu messen?

Finde heraus, was genau eure Konflikte anheizt. Dann fällt es dir leichter, nicht mehr an ihnen beteiligt zu sein. Lästert ihr übereinander, sodass sich niemand wirklich sicher fühlt, wenn er/sie den Raum verlässt? Lügt ihr euch an? Veröffentlicht ihr Bilder auf Social Media, aus denen ziemlich deutlich hervorgeht, wer zur letzten Party nicht eingeladen war? Herrschen zwischen euch immer wieder Missverständnisse?

Wenn du zwischen die Fronten gerätst. Es ist echt nicht cool, in einen Streit hineingezogen zu werden, mit dem man eigentlich nichts zu tun hat. Plötzlich findest du dich mitten in einem Streit zwischen zwei Freund*innen wieder. Du vertraust beiden, aber musst feststellen, dass sie zwei total unterschiedliche Versionen von dem erzählen, was passiert ist. Musst du dich jetzt für eine Seite entscheiden? Es kann natürlich sein, dass eine der beiden Versionen der Wahrheit entspricht und dass die andere Seite sich falsch erinnert oder einfach lügt wie gedruckt. Doch oft steckt in beiden Schilderungen die Wahrheit, und der Konflikt ist aufgrund von Missverständnissen, verwirrten Erinnerungen und unterschiedlicher Auffassung derselben Situation entstanden. Solange es nicht um ein wirklich ernstes Thema geht, zu dem du Stellung beziehen musst, reicht es, wenn du mit den Schultern zuckst und sagst: „Ich weiß nicht, was zwischen euch vorgefallen ist." Im besten Fall kannst du die Freundschaft zu beiden Parteien fortsetzen.

Gerüchte und Lästereien

Ob du nun selbst lästerst und Gerüchte verbreitest, Zeug*in oder Opfer bist – Lästereien können je nach Situation spannend oder sehr verletzend sein. Lästereien sind zwar normal, können aber auch viel kaputt machen.

Wenn du hörst, wie über eine Person gelästert wird, die du gerne magst – was kannst du tun? Wenn du mitmachst, fällst du eine*r Freund*in in den Rücken. Aber wenn du versuchst, die anderen zurechtzuweisen, bist du vielleicht das nächste Lästeropfer. In Gruppen, in denen oft gelästert wird, scheint es oft unmöglich, diese Dynamik zu stoppen.

Wenn du kein Wort über die Lippen bringst, ist das auch okay. Es verlangt oft viel Mut, für Freund*innen einzustehen. Ein einfacher Ausweg ist es, einfach das Thema zu wechseln. Dann begibst du dich nicht in Gefahr, das nächste Opfer zu werden, musst aber auch die Lästereien nicht mehr über dich ergehen lassen.

Das Beste wäre natürlich, wenn du dich traust, zu protestieren, nicht unbedingt, indem du sagst, wie fies die Lästereien sind, sondern in dem du den Lästermäulern widersprichst.

Du bekommst Lästereien oder Gerüchte mit und fragst dich, ob du der/dem Betroffenen davon erzählen sollst. Das ist echt eine schwierige Frage. Einige Freund*innen haben vielleicht einen Deal untereinander: „Sobald du hörst, das jemand über mich lästert, will ich alles wissen." Aber die meisten haben keine derartige Abmachung. In diesem Punkt bist du dir selbst überlassen. Was sollst du nun tun? Du könntest überlegen, ob der/die Betroffene irgendetwas von diesem Wissen hat. Über jede*n wird irgendwann mal gelästert. Vielleicht hat nur jemand einen dummen Spruch gemacht und alle haben morgen wieder vergessen, was eigentlich vorgefallen ist. Dann macht es vielleicht nicht so viel Sinn, die Info weiterzutragen, oder? Du kannst dich immer fragen: „Was bringt es meine*r Freund*in, wenn er/sie davon weiß?" Falls du dich dazu entscheidest, ihm/ihr von den Lästereien zu erzählen, ist es wichtig, dass du nicht übertreibst. Zu hören, wie andere über dich herziehen, ist schon schlimm genug.

Wenn du erfährst, dass jemand über dich gelästert hat. Manchmal kommst du nicht umhin, Gerüchte zu hören, die über dich verbreitet werden. Das ist ein echt beschissenes Gefühl, egal, ob die Gerüchte nun stimmen oder nicht. Vielleicht wurden sie von jemandem in die Welt gesetzt beziehungsweise weitererzählt, der/die nur dein Bestes will, doch dadurch wird die Sache nur schlimmer, weil sie plötzlich realer wird. Wenn du in diese Situation gerätst, solltest du zwei Dinge wissen:

1. Über alle wird mal gelästert, das gehört dazu, wenn man Teil einer Gemeinschaft ist. Lästereien an sich sind nicht schlimm. Vielleicht sind Leute von dir genervt, mit denen du nicht so einen guten Vibe hast, oder jemand ist neidisch auf dich, oder was auch immer. An sich bedeutet das nur, dass du existierst und eine Rolle in deiner Gruppe spielst.
2. Du kannst dich nicht darauf verlassen, dass die Nacherzählung der Lästereien der Wahrheit entspricht. Auch wenn du es von jemandem erfährst, den/die du wirklich gerne magst. Im Nacherzählen sind die Leute nämlich nicht besonders gut.

Manchmal haben sich die Dinge genauso abgespielt, wie dir erzählt wird, aber genauso oft wurden Worte vielleicht aus dem Zusammenhang gerissen, und es würde dich nur unnötig verunsichern und traurig machen, wenn du davon erführest. Nehmen wir an, du bist eine Weile nicht in der Schule gewesen und dass dein*e Freund*in mit Mitschüler*innen spricht, die sich Sorgen um dich machen und sich fragen, was passiert ist:

Wenn dein*e Freund*in übertreibt oder die Absichten der anderen missversteht, kann es passieren, dass dir eine falsche Version zu Ohren kommt und du ohne Grund traurig wirst:

Wenn dein*e Freund*in dir schonender davon berichtete, würdest du dich schon ganz anders fühlen:

Der allerbeste Rat gegen Lästereien:

Lass es einfach sein. Lästern ist ansteckend und sorgt nur dafür, dass die Leute um dich herum sich verunsichert fühlen. Mit jedem Mal, das du es schaffst, nicht zu lästern, gehst du einen Schritt in die richtige Richtung.

Schadenfreude – eine schädliche Freude?

Du bist schadenfroh, wenn du Freude am Leid anderer hast. Es ist eine ganz normale menschliche Eigenschaft, auch mal schadenfroh zu sein, kann aber auch dazu führen, dass man eine Freundschaft sabotiert, wenn man der Schadenfreude freie Bahn lässt. Wenn wir Schadenfreude verspüren, haben wir nämlich auch ziemlich fiese Gedanken. „Haha, derbe witzig!“, denken wir, oder „Das hat sie nicht anders verdient“, wenn jemandem etwas Peinliches oder Schreckliches passiert. Uns gefällt besonders, wenn Menschen etwas misslingt, die wir nicht leiden können oder zu denen wir keine Beziehung haben. Vielleicht sind wir einfach nur froh, dass uns das selbst nicht passiert ist. Oder weil uns das Missgeschick anderer in gewisser Weise denken lässt, dass es bei uns selbst ein bisschen besser läuft. Es ist nicht gerade besonders nett, so auf die schlechten Erfahrungen anderer zu reagieren, aber meistens können wir nichts dagegen tun. Wenn du keinen großen Hehl aus deiner Schadenfreude machst, dann verschwindet sie auch relativ schnell wieder.

Deine Schadenfreude solltest du niemals direkt äußern. Keine*r, dem/der gerade etwas Peinliches oder Furchtbares passiert ist, hat Bock darauf, dass jemand zu ihm/ihr kommt und sich auch noch drüber lustig macht. Wenn du die Schadenfreude in dir aufkommen spürst, sei dir bewusst, dass man sie dir ansehen oder aus deinen Worten heraushören kann, wenn du nicht vorsichtig bist. Zum Beispiel gibst du gegenüber einer Freundin, auf die du schon immer ein bisschen neidisch warst, einen total belanglosen Kommentar ab, als sie durch die Prüfung fällt. Doch deine Worte wirken in der Situation, in der sie niedergeschlagen und von sich enttäuscht ist, irgendwie unangebracht, weil du dich über ihren Misserfolg freust, statt Empathie zu zeigen.

Kritik

Nur die wenigsten von uns sind gut darin, Kritik *anzunehmen*, und nur wenige haben den Dreh raus, wie man auf eine einfühlsame beziehungsweise konstruktive Art und Weise Kritik *übt*. Das ist keine besonders gute Kombi:

Das sind ganz typische Beispiele dafür, wie Menschen Kritik üben und auf Kritik reagieren. Sie übertreiben, streiten und verletzen einander, statt Probleme lösungsorientiert anzugehen. Kritik kann deshalb zu Dramen und Konflikten führen.

Warum tut es so weh, kritisiert zu werden? Den meisten von uns gefällt es überhaupt nicht, kritisiert zu werden und einsehen zu müssen, dass sie etwas falsch gemacht oder sich blamiert haben. Eigentlich ziemlich komisch, denn absolut alle Menschen machen mal Fehler. Kritik ist kein soziales Todesurteil, es ist einfach nur eine Rückmeldung aus deinem Umfeld. Deshalb ist es eine geheime Superkraft, wenn man mit Kritik umgehen kann, ohne in die Defensive zu gehen oder zu denken, dass die Welt gleich untergeht.

Wie kannst du bestmöglich mit Kritik umgehen?

Wenn du es auf die Reihe kriegst, dir berechtigte Kritik zu Herzen zu nehmen, werden die anderen den Hut vor dir ziehen. Du zeigst damit keine Schwäche. Aber leicht ist das trotzdem nicht! Kritik verstehen wir oft als Angriff auf uns selbst, auch wenn es nur freundliche Hinweise von jemandem sind, der/die es gut mit uns meint. Hier kommen einige Tipps, wie du mit Kritik umgehst, ohne zu verzweifeln:

→ Kritik ist gar nicht so schlimm. Alle machen mal etwas falsch – es bringt sie nur weiter, wenn sie jemand darauf hinweist. Du darfst Fehler machen. Wenn die Kritik an etwas gerichtet ist, was du nicht kannst, dann ist sie nicht besonders nützlich. Dann kannst du dir einfach deinen Teil denken: „Jaja, aber so bin ich nun mal, da lässt sich nichts machen."

→ Denk dran: niemand wird gern kritisiert. Es ist ganz verständlich, dass du zunächst überreagierst und verletzt bist. Am liebsten würdest du rufen: „DU BIST AUCH NICHT BESSER!!!" Das ist nicht besonders konstruktiv, aber eine ziemlich normale Reaktion. Gib dir selbst genug Zeit, um die Kritik zu verarbeiten und zu sehen, ob du etwas Nützliches aus ihr ziehen kannst.

→ Sei vorsichtig bei Ratschlägen, die dich in Verlegenheit bringen oder verärgern. Beispiele dafür können sein: „Du solltest diesen Pullover nicht tragen, du siehst damit irgendwie albern aus". Auf diese Art von Hinweisen oder Rückmeldungen brauchst du nur zu hören, wenn sie von jemandem kommen, der/die nur dein Bestes will. Bist du dir sicher, dass die Person, die dir so etwas sagt, wirklich nur nett sein will? Dann kannst du überlegen, ob du dir diesen Rat zu Herzen nimmst. Immerhin erwartest du ja von eine*r Freund*in oder deinen Eltern, dass sie dir Bescheid sagen, wenn du Klopapier am Schuh oder Kaugummi im Haar kleben hast.

→ Du darfst nicht denken, dass andere eine Meinung über dich haben, die in Stein gemeißelt ist. Wenn jemand sagt: „Boah, siehst du dumm aus, wenn du tanzt!", dann kann das die Meinung der Person sein, aber auch ein Scherz oder eine spöttischer Kommentar, bei dem es vielleicht um etwas ganz anderes geht. Wie auch immer, es ist sowieso nur irgendeine beliebige Person, die so über dich denkt.

→ Nimm dir niemals Kritik zu Herzen, die dir auf eine herablassende oder fiese Art und Weise vermittelt wird. Nicht alle kritischen Kommentare entsprechen der Wahrheit. Viele glauben das, und denken zusätzlich, dass sie besonders wahr sind, wenn sie dir so heftig und brutal wie möglich entgegengeschleudert werden. „Du bist so unglaublich hässlich!“ oder „Ich mochte dich noch nie, ich hab nur so getan“ sind richtig fiese, böse Aussagen, keine ehrliche Kritik.

Wie kann man andere auf eine nette konstruktive Weise kritisieren?

Kritik zu üben ist eine Kunst an sich. Natürlich musst du den Leuten direkt und ehrlich sagen, wann sie deine Grenzen überschritten haben oder dich schlecht behandeln. Kritik ist oft ein nützlicher Hinweis aus deinem Umfeld, was du in Zukunft besser machen kannst. Doch es gibt verschiedene Arten, sich auszudrücken. Wenn jemand kritisiert wird, wird die Person es wahrscheinlich sowieso erst einmal schlecht auffassen. Aber du kannst trotzdem deinen Teil dazu beitragen, dass sie es dir nicht übel nimmt und sehr gekränkt ist. Wenn du es schaffst, deinen Standpunkt nett und verständlich zu vermitteln, hast du der Person vielleicht einen Gefallen getan.

Es ist kompliziert, aber sieh dir mal den Unterschied zwischen diesen beiden Aussagen an. Erkennst du, an welcher Stelle unnötiges Konfliktpotenzial entsteht?

Es gibt eine Art Rezept, das du anwenden kannst, wenn du unnötiges Drama vermeiden willst. Es gilt sowohl dafür, wenn du deine eigenen Grenzen wahrst, als auch wenn du Kritik zu einem Thema oder Sachverhalt übst:

→ **Hast du etwas Wichtiges und Notwendiges zu sagen?** Etwas, das der anderen Person hilft, sich zu (ver)bessern, oder sie davon abhält, ihren Fehler zu wiederholen? Dann äußere diese Vorschläge gern. Wenn du einfach nur genervt bist oder Lust hast, die andere Person zu verletzen, dann lass es einfach sein.

→ **Denk dran, dass die Person, die kritisiert wird, gerade sehr verletzlich ist.** Versuche, zunächst etwas Positives zu sagen, wie: „Ich muss mal mit dir über eine Sache reden, weil ich dich gernhabe", oder „Es gibt da etwas, was mich stört, und ich will mit dir darüber sprechen, weil mir unsere Freundschaft wichtig ist". Und bitte übertreib nicht!

→ **Schaffst du es, das Thema von der Person zu trennen?** Soll heißen: Sprich darüber, was vorgefallen ist, nicht, was für ein Idiot dein Gegenüber ist. Zum Beispiel: „Ich glaube, Selma findet es nicht so gut, wenn du ihr jeden Tag sagst, wie hässlich ihr Rucksack ist", statt: „Du bist so scheiße zu Selma, nur dass du's weißt!"

→ **Vergiss nicht die positiven Dinge!** Vielleicht willst du deine*n Freund*in auf einen kleinen Fehler in seiner/ihrer Konfirmationsrede aufmerksam machen, die ansonsten echt super geschrieben war. Positive Rückmeldungen sind mindestens genauso wichtig – wenn nicht sogar wichtiger – als Kritik, und das betrifft eigentlich alle Aspekte des Lebens. Wir Menschen lernen auch viel aus den Dingen, die wir richtig machen.

Wenn das Soziale nicht so glatt läuft

Entspann dich, wenn du das Gefühl hast, dass du sozial eher ungeschickt bist. Das sind wir alle mal, und auch aus sozialer Unbeholfenheit kann man eine Menge lernen. Versuch, dich über Dinge zu informieren, die die Leute interessieren, mit denen du Zeit verbringen willst. Schau dir Fernsehserien an, über die sie sich immerzu unterhalten, lies die Bücher, auf die sie sich beziehen, und hör dir die Musik an, die sie lieben. Dabei sollst du weder dich noch deinen Geschmack verändern, aber so weißt du zumindest, worüber die anderen reden.

Es ist gut, sich Fehler einzugestehen - die Leute lieben es! Vielen graut es davor, sich ihre Fehler einzugestehen, Wenn du auch Schwierigkeiten damit hast, kannst du dir ein paar Sätze überlegen, die du in dein Repertoire aufnimmst. So kannst du Äußerungen, die du im Eifer getätigt hast, zurücknehmen. Deine Sympathie wird bei den Leuten eher steigen als sinken. Menschen, die großzügig genug sind, um ihre Fehler zuzugeben, wirken selbstbewusster und vertrauenswürdiger als diejenigen, die immer darauf bestehen, dass sie recht haben.

Humor

Kann eine Menge Spaß machen, aaaaaber auch kompliziert sein. Es ist toll, wenn man zusammen Spaß hat, und ein echtes Lachen löst Glücksgefühle im Körper aus. Humor kann Menschen auch verbinden und die Freundschaft stärken. Oft erzählt man Witze, ohne es selbst zu merken, weil die lustige Stimmung ein Eigenleben führt. Manchmal ist es auch gar nicht so leicht, lustig zu sein, und wenn der Humor nicht ins Schwarze trifft, kann es ganz schön cringe werden. Folgendes sollte man über Humor wissen:

⟶ **Insider** sind humorvolle interne Referenzen, die nur in einer kleinen Gruppe von Menschen verstanden werden. Viele Freundschaften entwickeln eigene Räume für Scherze, doch auch zwischen Fremden können Insider entstehen, solange sie ein gemeinsames Erlebnis teilen. Auch wenn Insider besonders lustig sind, sollte man daran denken, dass sie viele Menschen ausschließen. Zeit mit anderen zu verbringen, die interne Witze reißen, die man nicht versteht, fühlt sich echt widerlich kann und kann sogar als Mobbing aufgefasst werden.

⟶ **Was man lustig findet, variiert von Mensch zu Mensch.** Es gibt keine allgemeingültige Definition von gutem Humor. Das kann zu schwierigen Situationen führen, in denen zum Beispiel jemand etwas erzählt, was er oder sie lustig findet, doch du empfindest es als megapeinlich. Keine Panik – dass du dich in solchen Situationen wiederfindest, ist ganz normal. Lauthals über etwas zu lachen, was du gar nicht witzig findest, ist allerdings ziemlich weird. Es ist auch sozial gesehen kein guter Schachzug, wenn du zu den peinlichen Späßen eine Grabesmiene aufsetzt und demonstrierst, wie unlustig du das gerade fandst.

WICHTIG
Eine Ausnahme ist natürlich, wenn die Späße auf Kosten anderer gehen. Dann wäre es schon ziemlich cool, wenn du nicht mitlachst und deine ernste Miene beibehältst.

→ **Selbstironie.** Wenn du über dich selbst lachen kannst. Das ist eine großartige Eigenschaft. Aber Vorsicht: Manche können deine Selbstironie als Freifahrtschein verstehen, um auf deine Kosten Witze zu machen. Die Wahrheit ist, dass die meisten Jugendlichen sehr empfindlich sind, wenn man sich über sie lustig macht, und es ist schwer herauszufinden, wann andere selbstironisch sind. Mach dich gern über dich selbst lustig, wenn es um Themen geht, die auch wirklich witzig sind, und sei darauf vorbereitet, dass andere auf den Zug aufspringen und davon ausgehen, dass du kein Problem damit hast, wenn sie auch darüber scherzen. Aber wenn du dich über die Schwächen anderer lustig machst – egal ob sie vorher selbstironisch waren oder nicht –, dann musst du zunächst sicher sein, dass es für sie okay ist. Andernfalls kann aus Humor plötzlich ein unangebrachter, spöttischer Kommentar werden.

Gegen den Mainstream

Das Wichtigste für Jugendliche sind andere Jugendliche. Nicht die Eltern, nicht die Lehrer*innen, keine Schriftsteller*innen oder Stars. Der Mensch ist dazu programmiert, ein Teil des Rudels sein zu wollen, und Teenagern fällt es besonders schwer, sich gegen die Masse aufzulehnen, egal wie groß die Meinungsverschiedenheiten sind. Es gibt einige Jugendliche, die sich vom Gruppenzwang losgesagt haben und ihre Zeit dazu nutzen, sich selbst besser kennenzulernen und verschiedene Dinge auszuprobieren, aber es ist normal, sein zu wollen wie alle anderen.

In einigen sozialen Gruppen, Gesellschaftsschichten oder Communitys herrschen strenge Regeln, wenn es zum Beispiel darum geht, welche Klamotten man trägt, auch wenn es überhaupt nicht logisch erscheint, dass alle sich gleich anziehen sollen. Du bist ganz schön mutig, wenn du morgens aufstehst und deinen eigenen Stil trägst. Wenn du fünfzehn Jahre alt bist und aus einer streng religiösen Familie kommst, verlangt es ebenfalls eine Menge Mut, deinen Angehörigen zu erzählen, dass du nicht mehr an Gott bzw. Allah glaubst. Hast du Lust, auf einer Party nüchtern zu bleiben, während alle anderen dich dazu überreden wollen, Alkohol zu trinken, brauchst du ein solides Selbstbewusstsein, um bei deiner Einstellung zu bleiben. Es ist wirklich schwer, sich gegen den Mainstream aufzulehnen. Sogar, wenn es der Trend ist, bei gefährlichen „Challenges“ mitzumachen, zu denen man auf Social Media herausgefordert wird.

Gibt es Leute, mit denen du dich zusammentun kannst? Leute, die auf Partys auch gerne nüchtern bleiben? Deine Oma, die dir den Rücken stärkt, wenn du mit deinen Eltern das ernste Gespräch über Glauben und Zukunft führst? Ein Kumpel der sich gemeinsam mit dir gegen irgendwelche Challenges entscheidet, die sogar gefährlich werden könnten? Es kann hilfreich sein, wenn du dir schon Antworten zurechtlegst, falls jemand dich herausfordern oder zu etwas drängen will. „Ich hab immer so einen 😠💣💥〰☠ - Kater am Morgen danach“, oder „Ich bin immer noch dieselbe, ich habe euch unglaublich lieb und respektiere euren Glauben. Ich teile ihn nur nicht mehr. Ich hoffe, ihr könnt mein Weltbild so akzeptieren, wie ich eures akzeptiere.“

Lügst du?

Wenn du lügst, erzählst du absichtlich die Unwahrheit. (Wenn du einen Fehler machst, lügst du aber noch lange nicht). Die meisten Menschen lügen. Und in einigen Situationen ist eine Lüge auch manchmal ganz angebracht, zum Beispiel wenn dir jemand eine viel zu persönliche Frage stellt, oder wenn man eine*n Freund*in davon abhalten will, sich mit jemand anderem anzulegen. Manchmal fordern dich andere auch geradewegs dazu auf, dir eine Notlüge auszudenken, beispielsweise wenn ein*e Freund*in mit Tränen in den Augen vor dir steht und dich fragt: „Findest du wirklich, ich kann gut singen? Sei bitte ehrlich!“ In diesem Fall ist es offensichtlich, dass du deine*n Freund*in verletzt, wenn du wirklich ehrlich bist.

Mit der Zeit finden die meisten von uns eine Balance zwischen Ehrlichkeit und der Beschönigung der Wahrheit in gewissen Situationen. Doch dann gibt es noch die anderen Lügen, die eine große Rolle im Leben vieler Jugendlicher und auch Erwachsener spielen. Lügen, die dich cooler und tougher dastehen lassen, die den Ruf anderer schädigen oder dafür sorgen, dass andere für Dinge geradestehen müssen, die du getan hast. Das Dumme an Lügen ist: Sollten dir die anderen jemals auf die Schliche kommen, wird das ihr Vertrauen zu dir schwer beeinträchtigen.

Außerdem kann es ziemlich peinlich werden, wenn du bei einer Lüge ertappt wirst. Im schlimmsten Fall bringst du dich und andere in echt blöde Situationen und verhedderst dich in einem Strudel aus Lügen, denn wenn du dir erst ein Lügengerüst gebaut hast, bleibt dir oft nichts anderes übrig, als daran festzuhalten.

Befreiung aus dem Lügennetz

Was kannst du tun, wenn Lügen zu deinen schlechten Angewohnheiten gehören und langsam alles aus dem Ruder läuft? Nur du hast eine Lösung für dieses Problem parat. Niemand kann dir dabei helfen. Das Gute ist, dass du auch gar keine Hilfe brauchst. Du kannst das Problem in aller Heimlichkeit ganz allein lösen, ohne vor anderen Menschen zugeben zu müssen, dass du vorher gelogen hast. Es sei denn, du hast Lügen erzählt, bei denen reiner Tisch gemacht werden muss. Ansonsten kannst du dir ab jetzt vornehmen, andere Methoden zu wählen, statt zu lügen. Du musst aktiv nach einer Veränderung streben – es reicht nicht, wenn du dir sagst: „Ab jetzt reiße ich mich zusammen", denn es kann sein, dass dein Hirn der Versuchung nicht widerstehen kann. Am besten ist es, dass du schon mal vorbereitest, was du tun kannst, statt zu lügen. Stell dir Situationen vor, in denen du normalerweise unnötige Lügen erzählst, und schmiede einen Plan, wie du stattdessen die Wahrheit sagst, oder in solchen Momenten auch einfach die Klappe hältst.

Wie du mit Erwachsenen umgehst

Erst einmal: Ein gutes Wort über Erwachsene

Lasst uns mal ehrlich sein, Erwachsene sind einfach nur Menschen, die schon ein paar Jahre länger auf der Welt sind als du. Im Laufe dieser Jahre machen diese Erwachsenen ein paar Erfahrungen, sodass es sich manchmal doch echt lohnt, einen Rat von ihnen anzunehmen, von den meisten jedenfalls. Denk an all die Dinge, die du allein im Laufe des letzten Jahres gelernt hast. Wie viel mehr Ahnung hast du heute als noch vor einem Jahr? Erwachsene haben über mehrere Jahre hinweg Erfahrungen gesammelt, nicht zuletzt, weil sie ordentlich auf die Schnauze gefallen, und wieder aufgestanden sind. Darüber hinaus ist der Teil des Gehirns, der weit vorausdenken und Risiken berechnen kann, bei Erwachsenen voll entwickelt und ihre Persönlichkeit und ihr Hormonhaushalt haben sich gefestigt. Erwachsene sind nicht perfekt (bei Weitem nicht), und manche von ihnen werden wie die letzten Idioten reagieren, wenn du mit deinen Problemen zu ihnen kommst. Aber viele Erwachsene sind ziemlich anständige Leute und es lohnt sich vielleicht, ihnen eine Chance zu geben. Viele Jugendliche finden, dass es gar nicht so schlecht ist, Eltern um sich herum zu haben und mit ihnen zu quatschen. Neben ihren Eltern haben die meisten Jugendlichen eine Handvoll Erwachsene in unmittelbarer Nähe, von denen sie in schwierigen Situationen Unterstützung bekommen. Falls du irgendwann mal einen weisen Rat von eine*r Erwachsenen brauchst, kannst du ein kleines Experiment machen: Das nächste Mal, wenn du ein eher kleines Problem hast: Frag eine*n Erwachsene*n um Rat und schau, wie das Gespräch sich entwickelt und wie sich die Situation für dich anfühlt. Dann hast du dir selbst schon einmal die Anspannung genommen, für den Moment, in dem du wirklich Hilfe brauchst.

Was tust du, wenn der/die Erwachsene dir nicht helfen kann

Erwachsene sollten viel aushalten können und ein dickes Fell haben. Das ist der Sinn der Sache – Erwachsene sollen deinen Schmerz und dein Chaos ertragen und damit umgehen können, deine Eltern sollen dich lieben, auch wenn du dich echt mies aufführst. Es liegt nicht in deiner Verantwortung, ob Erwachsene damit klarkommen. Aber alle Erwachsenen sind unterschiedlich. Einige können sich gut mit deinen Sorgen auseinandersetzen, andere werden dir Antworten geben, die dir überhaupt nicht weiterhelfen. Gib nicht auf, bis du eine*n Erwachsene*n gefunden hast, an den/die du dich anlehnen kannst, wenn alles einfach zu viel wird.

Wenn du willst, dass deine Eltern etwas ändern

Zwischen Eltern und Teenagern wird es immer wieder zu Streitereien und Grummeleien kommen, aber tiefe und ernsthafte Konflikte sind schon eine andere Liga. Ob es darum geht, wann du zu Hause sein sollst, oder du jedes Wochenende allein zu Hause bist, weil deine Eltern ins Wochenendhäuschen fahren – du kannst sicher mit ihnen darüber sprechen. Was wünschst du dir, was soll sich ändern? Am einfachsten ist es, wenn du geradeheraus sagst: „Ich würde mir wünschen, dass ihr zum Abschlussfest kommt", oder: „Das würde mir echt viel bedeuten, wenn ihr mir zuhört, ich habe das Gefühl, ihr schimpft immerzu mit mir, statt mit mir zu reden."

Smalltalk mit Erwachsenen

Smalltalk mit Fremden kann echt schwer sein – und manchmal auch peinlich. Das finden eigentlich die meisten. Wie sollst du also mit Erwachsenen reden, die du vielleicht nur ein paar Mal im Jahr siehst? Leg die Latte nicht so hoch. Nicht jedes Gespräch muss ein Feuerwerk aus Ideen und Witzen sein. Solange das Gespräch einfach weiterläuft, kannst du doch schon ganz zufrieden sein. Das Ziel ist es, dir mit deine*r Gesprächspartner*in den Ball immer wieder zuzuspielen. Manchmal musst du ein bisschen doller werfen, damit er bei deinem Gegenüber ankommt, manchmal läuft es wie von selbst.

Erwachsene finden es gut, wenn Jugendliche von sich selbst erzählen. Vor Familienfeiern kannst du dir also überlegen, was du auf die klassischen Fragen antworten kannst. Zum Beispiel wie's beim Fußball, in der Schule, bei der Arbeit, in der Band läuft und was deine Pläne für die Zukunft sind. Du musst keine endgültigen Antworten parat haben. Erzähl einfach ein bisschen und spiel den Ball zurück. Gesprächsthemen wie Wetter, Schule und Urlaub funktionieren immer mit Erwachsenen.

Klassische Fehler, die Eltern machen – und wie du kontern kannst

→ **Sie vergessen dir zu zeigen, was sie an dir haben.** Das ist vermutlich der gängigste – und traurigste – Fehler, den Eltern machen können, dass sie dich schon länger nicht haben spüren lassen, wie lieb sie dich eigentlich haben. Sie fangen schon am frühen Morgen an zu stressen und sagen nicht mal ordentlich Hallo, wenn du von Schule oder Arbeit nach Hause kommst. Oder sie lassen ihre schlechte Laune an dir aus, selbst dann, wenn du überhaupt nichts ausgefressen hast.

Deine Eltern könnten dir auch echt häufiger sagen, was sie an dir alles toll und lobenswert finden. Sprich ruhig an, was du ändern würdest, vielleicht hast du schon ganz konkrete Vorschläge. Bleib ruhig und freundlich, wenn du sie formulierst. Zum Beispiel: „Könntest du nicht erst einmal Hallo sagen und dich einen Moment lang nett mit mir unterhalten, bevor du mir vorwirfst, meinen Sportbeutel im Flur vergessen oder meine Schuhe nicht ordentlich weggestellt zu haben? Ich bin immer so fertig, wenn ich nach Hause komme, und ich komme ja zu euch nach Hause. Dann würde ich mich auch gern bei euch willkommen fühlen und das Gefühl haben, dass ihr mich lieb habt und mich hier haben wollt.“ Je ruhiger und sachlicher du deine Wünsche vorbringst, desto größer ist die Chance, dass deine Eltern sie sich zu Herzen nehmen.

→ **Sie erwarten, dass du ihren Rat befolgst.** Die meisten Eltern lieben es, wenn Jugendliche sie um Rat fragen. Abernicht alle kommen damit klar, wenn du diesen Rat dann befolgst. Um sie zu besänftigen, kannst du sagen, dass du ihre Hilfe sehr schätzt, auch wenn du dich für etwas anderes entscheidest.

→ **Es fällt ihnen schwer, sachlich zu bleiben**. Kritik anzunehmen fällt den meisten Menschen schwer und Erwachsene reagieren gerne mal mit unsachlichen persönlichen Angriffen oder Übertreibungen. Vielleicht hast du ihnen gesagt, dass du deine Ausgehzeiten zu streng reguliert findest, und sie reagieren, als würdest du dich nachts mit wilden Gangs auf den Straßen herumtreiben. Oder du hast sie gebeten, sich etwas mehr im Hintergrund zu halten, wenn du Freund*innen mit nach Hause bringst, woraufhin deine Mutter ganz dramatisch fragt, warum du dich so für sie schämst. Wenn du glaubst, dass deine Eltern einen Spaß verstehen, dann kannst du versuchen, die Situation mit Humor zu lösen. Alternativ solltest du versuchen, den Fokus auf das Thema zurückzulenken und nicht auf ihr Drama einzugehen. Solche Dynamiken entstehen manchmal, und zwar nicht nur mit Eltern.

→ **Sie wollen dir erzählen, was du eigentlich meinst**. Unzählige Jugendliche haben ihren Eltern schon ihre Probleme anvertraut und wurden daraufhin mit Schlussfolgerungen überfahren. Zum Beispiel sagen sie dann Sachen wie: „Aber *eigentlich* willst du ja gar nicht mit Fußball aufhören“, nachdem du ihnen erzählt hast, dass du dich dazu entschieden hast, nicht mehr zum Training zu gehen.

→ Oder du entschließt dich, ihnen zu erzählen, dass du in letzter Zeit ziemlich traurig bist, und ihre Reaktion ist: „Aber du bist doch auch echt oft gut drauf!" In erster Linie zeigen diese Reaktionen, dass Erwachsene glauben, sie hätten die Kontrolle über die Realität, indem sie sie definieren. Viele Jugendliche haben Erfahrungen damit gemacht, sich wiederholt outen zu müssen, bis die Info bei den Eltern durchgedrungen ist. Erwachsene sind manchmal so in ihrer Realität festgefahren, dass es einen Augenblick dauert, bis sie sich umstellen können. Vielleicht ist dein Vater enttäuscht, dass du die Fußballkarriere an den Nagel hängst, weil er so gern mit dir trainiert hat. Oder deine Mutter hat Angst davor, dass du depressiv bist und glaubt, die beste Methode wäre, dir einreden zu wollen, wie glücklich du seist. Du musst deinen Eltern ein bisschen Zeit geben. Und einige Sachen vielleicht mehrmals wiederholen.

→ **Sie machen blöde und verletzende Bemerkungen, wenn sie sauer sind.** Viele Jugendliche glauben, Eltern sagen, was sie wirklich meinen, wenn sie wütend sind. Aber das stimmt nicht. Wütende Eltern sagen verletzende Worte, keine ehrlichen. Vielleicht schaffen sie es später, sich zu entschuldigen, vielleicht auch nicht. Viele gehen davon aus, dass Kinder und Jugendliche selber checken, dass sie es natürlich nicht so gemeint haben, weil es so unangenehm ist, die Sache noch mal anzusprechen, wenn der Haussegen eben erst wieder gerade hängt. Trotzdem ist es viel besser, wenn man sich entschuldigt und sich wieder verträgt.

→ Eltern sollten möglichst keine verletzenden Dinge sagen, egal wie wütend sie sind, und wenn du damit konfrontiert bist, dann solltest du ihnen sagen, dass das nicht in Ordnung ist. Warte erst mal, bis sich die Lage zwischen euch wieder beruhigt hat. Und dann erzähl ihnen, dass du diese Worte, die sie in einem unüberlegten Moment äußern, immer mit dir herumtragen wirst. Wenn sie dann antworten: „Nein, nein, das darfst du dir nicht so zu Herzen nehmen, vergiss einfach alles, was ich in solchen Momenten von mir gebe", kannst du antworten: „Viel besser wäre es, wenn du solche Sachen einfach gar nicht mehr sagst." Das wird ihnen sicherlich nicht leichtfallen, aber zumindest wissen sie, was du darüber denkst.

→ **Sie geben dir Ratschläge, bevor sie dir richtig zugehört haben.** Es gibt Erwachsene, die sich selbst wesentlich souveräner einschätzen, als sie es wirklich sind. Wenn du ein Problem hast und sie dir vorgefertigte Lösungen hinklatschen, ohne dich überhaupt ausreden zu lassen, kannst du ihnen deutlich sagen, was du davon hältst: „Danke, dass du versuchst, mir zu helfen, aber im Moment will ich eigentlich nur, dass du verstehst, wie es mir geht." Wenn sie dir erst einmal richtig zugehört haben, kann es ja gut sein, dass sie doch noch einen guten Rat haben.

Wenn Erwachsene deine Grenzen überschreiten

Es gibt psychische Gewalt, es gibt körperliche Gewalt, es gibt sexuellen Missbrauch und es gibt Eltern, die so neben der Spur sind, dass es kaum möglich ist, als Teenager in ihrem ganzen Chaos Teenager zu sein. Wenn das keine üblichen Fehler oder Versehen mehr sind, dann stimmt etwas nicht. Sollte die Situation bei dir zu Hause schwer zu ertragen sein oder sich eines deiner Elternteile so benehmen, dass es dir Angst macht oder dich verwirrt, dann wende dich an jemanden außerhalb deiner Familie. Am besten an jemanden, der/die über genügend Wissen verfügt, um dir weiterzuhelfen, damit sich etwas ändert. Sprich zum Beispiel mit eine*r Schulsanitäter*in, Schulpsycholog*in, deine*r Hausärzt*in, dem Jugendnotdienst oder dem Jugendamt. Lies mehr über psychische und körperliche Gewalt auf Seite 303 und lies auf Seite 384 nach, wo du Hilfe finden kannst.

KAPITEL 8

Schwere Zeiten

Wie wir ihnen begegnen

Dinge passieren

Von Zeit zu Zeit kann das Leben schwer, kompliziert oder sogar furchtbar sein. Im Laufe des Lebens widerfahren uns unangenehme und schmerzhafte Dinge. Auch denjenigen, die das Privileg haben, an einem sicheren Ort mit ausreichender Nahrung, einem Platz zum Schlafen und liebevollen Eltern aufzuwachsen. Es gibt keine allgemeingültige Lösung, wie wir mit schwierigen Situationen und Krisen umgehen sollten. Jede*r ist anders und jede Situation ist einzigartig. Trotzdem hilft es dir vielleicht, mehr über den Umgang mit schlimmen Schicksalen zu erfahren – und daran erinnert zu werden, dass du mit deinen Schmerzen und Sorgen nicht allein bist. Was wir durchmachen, kann man uns oft von außen gar nicht ansehen, da ist es kein Wunder, dass du dich allein fühlst, wenn das Leben besonders schwer ist.

Wenn der Alltag zusammenstürzt wie ein Kartenhaus

Ohne Vorwarnung kann dein Leben auf den Kopf gestellt werden. Es ist ein Teil des menschlichen Daseins. Einige erleben es schon als Kinder, andere als Jugendliche, manche erst, wenn sie erwachsen sind. Die Säulen deines Lebens, an die du dich anlehnen kannst, sind entweder schon vor einer Weile ins Wanken geraten, oder geben ganz plötzlich nach. Jemand stirbt oder wird krank, Eltern trennen sich oder andere Dinge erschweren deinen Alltag. Die meisten stolpern aus einer Krise zurück in eine neue Normalität. Trotzdem kann dieser Prozess unglaublich schmerzhaft sein.

Was hilft, wenn das Leben hart wird?

Da wir Menschen wissen, dass das Leben manchmal schwierig sein kann, ist es gut, sich selbst zu kennen. Welche Erwachsenen bieten dir die beste Unterstützung und die klügsten Ratschläge? Was beruhigt dich? Was regt dich auf? Macht Musik dich froh, oder kannst du dich stundenlang in Filme und Serien vertiefen? Wird alles ein bisschen erträglicher, wenn du zeichnest oder malst? Oder tanzt? Kannst du Trost bei Freund*innen suchen, wenn du besonders verletzlich bist? Gibt es Orte, an denen du dich sicher fühlst und Ruhe findest, an denen du klar denken kannst? Du weißt am besten, was dir guttut – wichtig ist nur, dass du keine Methoden wählst, die dir schaden können, wie Drogen, Alkohol, selbstverletzendes Verhalten oder dass du dich vollständig isolierst. Lies mehr dazu auf Seite 356.

„Was dich nicht umbringt, macht dich stärker" – ist das wahr? Nein, das ist ein Mythos. Was dich nicht umbringt, verursacht in erster Linie Schmerzen, hinterlässt schmerzhafte Erinnerungen und wunde Punkte, in denen die Welt immer wieder herumstochert. Man kann nicht erwarten, dass Menschen, die Krebs, Trauer oder psychische Krankheiten überwunden haben, stärker sind als noch vor den traumatischen Ereignissen. Was dich nicht umbringt – dagegen musst du kämpfen, und es ist nur normal, dass du erschöpft bist.

Manchmal wird einem durch Krisen stärker bewusst, wie sehr man die Menschen um sich herum liebt und dass Dinge, die einem früher wichtig waren, zu Kleinigkeiten werden, die kaum noch eine Rolle spielen.

Wenn du eine*r der vielen Jugendlichen bist, die sich in einer schwierigen Situation befinden oder denen es nicht gut geht: Vielleicht wirst du eines Tages auf diese Ereignisse zurückblicken und denken, dass du stärker geworden bist und viel aus der Situation, die du jetzt aushalten musst, gelernt hast. Aber: Du musst wissen, dass es

nicht so sein muss. Es ist mindestens genauso üblich, schwere Zeiten zu überstehen und sich danach nicht sonderlich verändert zu haben, sondern einfach alles hinter sich lassen zu wollen und dort weiterzumachen, wo das Leben eine Zäsur erlitten hat. Du darfst dich nie selbst dem Druck aussetzen, stärker aus deinen Krisen hervorzukommen. Was zählt ist, dass du die überwindest und danach nimmst du die Dinge einfach, wie sie kommen.

Trennung der Eltern

Es ist ganz üblich, dass Eltern sich trennen. Das bedeutet jedoch nicht, dass sich das „okay" anfühlen soll. Manchmal ist es eine Erleichterung – vielleicht ging es deinen Eltern schon lange nicht mehr gut miteinander und sie haben sich immer gestritten. Doch manchmal kommt die Nachricht auch wie ein Schock – alles schien die ganze Zeit in bester Ordnung zu sein und du hast dir vorgestellt, dass deine Eltern für immer zusammenbleiben. Was auch passiert – die Konsequenz ist, dass sich in deinem Leben etwas ändert, wenn deine Eltern getrennte Wege gehen.

Es ist normal, dem alten Leben nachzutrauern. Vielleicht musst du aus dem Haus ausziehen, in dem du aufgewachsen bist, vielleicht siehst du ein Elternteil seltener als zuvor, vielleicht musst du sogar die Schule wechseln und verlierst deinen Freundeskreis. Es kann sein, dass die Trennung kompliziert ist und zumindest eines deiner Elternteile weint und sich anders verhält als zuvor.

Ihr werdet es schaffen, euch einen neuen Alltag einzurichten. Nach einiger Zeit wird, was sich eben noch fremd und ungewohnt angefühlt hat, zu deinem neuen Normal. Es kann sein, dass du Zeit brauchst, um dich daran zu gewöhnen, aber das erdrückende Gefühl, dass du gerade verspürst, wird nicht ewig anhalten. Dasselbe gilt für deine Eltern. Die Trauer, der Schock und die Wut, die sie mit sich herumtragen und die all die schönen Dinge in ein düsteres Licht tauchen, werden vorrübergehen. Das Leben ändert sich bei einer Scheidung, aber es wird nicht in Schutt und Asche gelegt, auch wenn es so scheint, wenn es noch ganz frisch ist.

Es ist auch ganz normal, froh oder erleichtert zu sein, wenn deine Eltern sich trennen. Für einige entspannt sich das Verhältnis zu ihren Eltern, wenn sie mit jedem Elternteil einzeln zu tun haben, statt zusammen, beispielsweise nach vielen Jahren Streit und schlechter Stimmung.

Es ist nie deine Schuld. Kinder und Jugendliche nehmen oft die Schuld auf sich, wenn etwas in ihrem Leben schiefläuft. Sie fragen sich, was sie hätten anders machen können, um das Unvermeidliche zu verhindern. Die Antwort darauf lautet: Nichts. Wenn Erwachsene sich dazu entschließen, eine Liebesbeziehung zu beenden, geht es einzig und allein um sie. Um die Erwachsenen. Die Kinder sind ein Teil ihres Lebens, aber die Kinder dürfen nie die Verantwortung auf ihren Schultern tragen, dass die Erwachsenen kein Paar mehr sein wollten oder konnten. Niemals.

Wenn die Trennung zum Rosenkrieg wird. Oft gehen Scheidungen und Trennungen mit heftigen Streits und Differenzen einher. Eine Trennung zieht folgenreiche Konsequenzen mit sich, auch für die Erwachsenen, und nicht alle reagieren besonnen auf diese Veränderungen. Zum Beispiel sollten die Erwachsenen sich davor hüten, die Kinder ins Spiel zu bringen, aber viele Kinder werden trotzdem zum Teil des Konflikts. Die Eltern reden den jeweils anderen vor den Kindern schlecht, streiten sich über Wochenenden und Abholzeiten, sabotieren Verabredungen und lassen ihre Kinder Botschaften an den/die jeweils andere*n übermitteln, statt direkt miteinander zu kommunizieren.

Wenn eines oder beide Elternteile das jeweils andere in deiner Anwesenheit schlechtreden: Sag, dass du nichts davon hören willst! Und zwar deutlich. In den meisten Fällen sind Erwachsene so mit ihren eigenen Gefühlen beschäftigt, dass sie nicht kapieren, was sie ihren Kindern gerade antun. Da hilft nur, brutal ehrlich zu sein. Du kannst zum Beispiel sagen: „Ich glaube, es ist besser, wenn du dich an deine Freund*innen oder Kolleg*innen wendest, wenn du über Mama/Papa herziehen willst." Oder: „Ich hab's kapiert, dass eure Trennung nicht so geil war und ihr euch nicht mehr versteht, aber halte mich da bitte raus. Jedes Mal, wenn ihr schlecht über einander redet, zieht ihr mich in eure Probleme rein. Hört auf!" Einige finden, es ist leichter einen Brief zu schreiben, statt das Thema direkt anzusprechen.

Es ist nicht deine Verantwortung, dich darum zu kümmern, dass es deinen Eltern gutgeht. Scheidungen können hässlich sein, oft spielen auch Untreue, Schock und aggressive Auseinandersetzungen eine Rolle. Es tut weh, dabei zuzusehen, wenn jemand, den/die du gern hast, leidet, und es ist ganz normal, dass du das Bedürfnis hast, zu helfen. Natürlich kannst du im Haushalt mehr mit anpacken, auf deine jüngeren Geschwister aufpassen und auch sonst sehen, wie du in eurem neuen Alltag helfen kannst. Aber deine Eltern sind erwachsene Menschen, es ist nicht deine Aufgabe, zu trösten und Dinge zu klären. Dein Job ist es, Teenager zu sein.

WICHTIG

Wenn der Konflikt deiner Eltern so ernst ist, dass du in eine schwierige Lage gerätst, oder wenn psychische oder körperliche Gewalt im Spiel ist, dann solltest du in dieser Situation unbedingt Hilfe und Unterstützung in Anspruch nehmen. In Deutschland gibt es staatliche und kirchliche Beratungsstellen, die Eltern helfen, wenn die Zusammenarbeit zwischen ihnen nicht klappt. Bitte deine Eltern darum, sich an eine solche Beratungsstelle in eurer Region zu wenden, auch wenn sie es schon mal ausprobiert haben. Wenn tatsächlich Drohungen, Gewalt und Misshandlung im Spiel ist, kannst du dich jederzeit an das Jugendamt wenden.

https://www.dajeb.de/beratungsfuehrer-online/beratung-in-ihrer-naehe/
https://familienportal.de/familienportal/lebenslagen/krise-und-konflikt/hilfe-beratung-familien

Die komplizierte Sache mit der Bonusfamilie (neue*r Partner*in deines Vaters oder deiner Mutter und Stiefgeschwister). Für die meisten, die sich trennen, ist es ganz normal, sich nach einer gewissen Zeit neu zu verlieben. Eine Weile nachdem du die Trennung deiner Eltern durchlebt hast und eines deiner Elternteile ausgezogen ist, kann es also passieren, dass du einen Stiefvater, eine Stiefmutter, Stiefgeschwister oder Halbgeschwister bekommst. Wahrscheinlich wird dich niemand fragen, ob du einverstanden bist. Kann sein, dass es voll okay ist, und du und deine neuen Familienmitglieder gut miteinander auskommen. Aber es kann auch kompliziert werden. Wie sehr du dir auch wünschst, dass deine Eltern glücklich werden – es ist ganz normal, dass dir das „neue Glück" nicht passt. Vielleicht hilft es dir, wenn du mit eine*r Freund*in oder eine*r neutralen Erwachsenen darüber sprichst. Und vielleicht kannst du auch mit dem Elternteil, das eine*n neue*n Partner*in hat, sprechen und ihm/ihr erzählen, wie du das alles findest?

Wenn eine Trennung bedeutet, dass du deine Bonusfamilie verlierst. Tatsächlich wird gar nicht so oft darüber gesprochen, dass man auch eine enge Bindung mit einem Stiefvater, einer Stiefmutter, Stiefgeschwistern und Stiefgroßeltern eingehen kann. Eine Trennung zwischen deinem Elternteil und der Stieffamilie kann deshalb auch sehr schmerzhaft sein. Wenn dich das betrifft: Sprich mit den Erwachsenen darüber, dann können sie sich Gedanken über mögliche Lösungen machen, wie du den Kontakt zu den Menschen hältst, die trotz allem einen Platz in deinem Herzen haben. Vielleicht scheint das unmöglich, beispielsweise wenn die Trennung der Erwachsenen kompliziert ist. Aber vielleicht gibt es trotzdem einen Weg?

Krankheit und Unfälle

Alle Familien können von Krankheit und Tod betroffen sein. Jedes Jahr müssen Jugendliche tatenlos zusehen, wie ihr Alltag aus den Fugen gerät, wenn sie erfahren, dass sie selbst, ihre Eltern, Geschwister oder andere Herzensmenschen schwer krank oder bei einem Unfall verunglückt sind. Andere werden mit Leiden oder Einschränkungen geboren, die einen anderen Alltag erfordern als bei anderen Jugendlichen. Krankheiten und Unfälle nehmen die ganze Familie in Anspruch. Selbst wenn das Leben von außen ganz normal aussieht, ist nichts mehr, wie es einmal war.

Wenn du selbst schwer krank wirst

Zum Glück passiert es nicht so oft, dass Jugendliche schwer krank oder in einen Unfall verwickelt werden. Das heißt nicht, dass es nicht trotzdem passieren kann, und vielleicht hast du das schwere Los gezogen, dass deine Teenagerzeit anders verläuft, als du es dir vorgestellt hast.

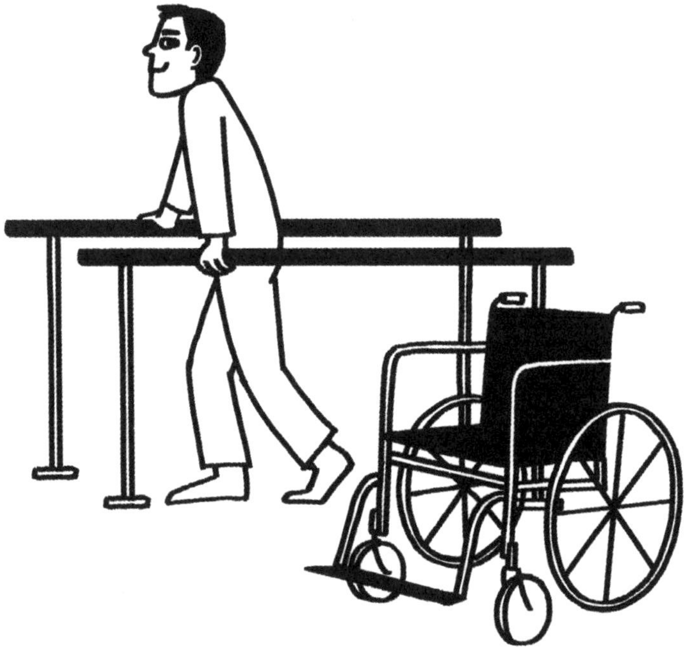

Du darfst wütend und verbittert sein. Auch wenn das nicht das konstruktivste Gefühl ist – es ist ganz normal, dass es dir jetzt so geht. Wie ungerecht es auch ist, dass das Schicksal ausgerechnet dich so hart trifft. Vielleicht raunt eine dunkle Stimme in deinem Verstand dir zu, dass du dir wünschst, es hätte deinen Bruder oder deine beste Freundin getroffen, oder wen auch immer – Hauptsache nicht dich. Das sind ganz normale Gedanken, das bedeutet nicht, dass du ein schlechter Mensch bist. Deine Gefühle und deine Gedanken machen gerade gemeinsame Sache, um dir dabei zu helfen, mit der Situation irgendwie besser klarzukommen. Wut ist auch ganz normal, sie kann sogar nützlich sein. Wahrscheinlich musst du Medizin nehmen, Spritzen und Untersuchungen über dich ergehen lassen – um das zu ertragen, brauchst du alle Energie, die Wut dir geben kann.

Verbitterung und Wut können auf Dauer schmerzhaft sein. Wenn der erste Schock abgeklungen ist, wirst du dich besser fühlen, wenn du es schaffst, dich mit dem Geschehenen anzufreunden. Wenn du eine Krankheit oder Verletzung hast, mit der du lange leben musst, kannst du dir Hilfe holen, um deine Gefühle zu sortieren, nach vorne zu blicken und deinen neuen Alltag zu optimieren.

Du musst es leider über dich ergehen lassen, dass Leute die idiotischsten Sachen von sich geben. Einige Menschen stellen sich ziemlich ungeschickt an, wenn eine Situation sie überfordert, beispielsweise, wenn es jemand anderem schlecht geht. Du wirst Kommentare hören, die gut gemeint sind, aber alles nur noch schlimmer machen. Die meisten kommen nicht so gut mit dem Schmerz und dem Leiden anderer klar, und eine normale Copingstrategie ist es, so zu tun, als wäre alles gar nicht so schlimm. Sie meinen es nicht böse, ganz im Gegenteil, sie wollen für dich da sein und helfen, dass es dir besser geht.

Es geht um dich – du bist krank oder verletzt, und du kennst dich selbst am besten. Vielleicht hilft es dir auch, den Fokus auf all die positiven Dinge zu richten, vielleicht motivierst du dich, indem du knallhart daran arbeitest, wieder fit zu werden, oder aber du brauchst die Zeit, um traurig zu sein und die Worte zu finden, die beschreiben, wie es dir gerade geht. Du bestimmst, was du dir von anderen in deiner

Situation wünschst. Diese Wünsche kannst du mit den Menschen, die dir nahestehen, teilen. Gleichzeitig hat dein Umfeld eine Perspektive auf deine Situation, die du nicht hast: Sie betrachten das alles von außen. Auch wenn du nicht willst, dass deine Freund*innen dich in einem verletzten oder kranken Zustand sehen, wissen deine Eltern ganz genau, dass Besuch dir gut tut. Und ja, es ist unglaublich schmerzhaft, sich dazu zu zwingen, nach einer Operation wieder gehen zu lernen, oder zu essen, wenn dir eigentlich kotzübel ist, aber deine Ärzt*innen und Pfleger*innen wissen, dass du das brauchst.

Das hast du alles nicht verdient. Egal, ob du dich zu eine*r betrunkenen Fahrer*in ins Auto gesetzt hast, ob du abseits der markierten Pisten und Loipen gefahren bist oder eine Pille geschluckt hast, von der du wusstest, dass sie gefährlich sein könnte – du bist nicht mit Absicht in diese Lage gekommen. Nimm Hilfe und Fürsorge an, und lass es zu, dass Menschen mit dir fühlen. Wenn du ein Risiko eingegangen bist und jetzt den Preis dafür bezahlst, dann kannst du die Rechnung als beglichen betrachten. Niemandem ist geholfen, wenn du dich selbst dafür fertig machst. Setzt deinen Fokus lieber darauf, all deine Kräfte, die du noch hast, zu sammeln und den Kampf aufzunehmen.

Wenn du chronisch erkrankt bist, bedeutet das, dass deine Krankheit nicht einfach so vorbei geht, und du lernen musst, mit ihr zu leben. Vielleicht sind regelmäßige Krankenhausaufenthalte ein Teil deines Alltags, oder du musst dich spritzen und Medizin zu dir nehmen, vielleicht hast du chronische Schmerzen, die dein Leben erschweren, oder du musst oft aufs Klo. Vielleicht bist du oft müde und erschöpft. Vielleicht lebst du mit einer Ungewissheit und fragst dich, wie deine Zukunft aussehen wird. Chronische Krankheiten müssen nicht immer Schmerzen verursachen, doch für die meisten bedeuten sie, dass sie ihr Leben nicht so gestalten können, wie sie es sich wünschen.

Wenn du psychisch krank bist

Wenn deine Gedanken und Gefühle so dunkel und chaotisch sind, dass du eine psychologische oder psychiatrische Diagnose bekommen hast, wird dir hoffentlich geholfen, dass du schnell wieder gesund wirst. Wir widmen psychischen Leiden ein ganzes Kapitel ab Seite 311.

Wenn man dir deine Krankheit nicht ansieht. Es kann sein, dass deine Krankheit „unsichtbar“ ist, also dass andere dir nicht gleich ansehen, dass es dir nicht gutgeht. Es ist ein gängiges Problem, dass Menschen, denen man ihre Leiden nicht von außen ansehen kann, von der Außenwelt regelmäßig gesagt wird, sie seien ja gar nicht richtig krank. Zum Beispiel fragen dich Mitschüler*innen: „He, wie kommt's, dass du auf der Party bist, obwohl du heute gar nicht in der Schule warst?“, wenn deine chronischen Schmerzen endlich mal nachlassen und du die Gelegenheit hast, Zeit mit deinen Freund*innen zu verbringen. Oder: „Hä, ich dachte, du sitzt im Rollstuhl“, wenn du zwischen Rollstuhl, Krücken und Schienen wechselst.

Wenn dich das betrifft: Nur du und die Leute, die dir am nächsten stehen, wissen, wie es dir geht, nicht die anderen, die dich überhaupt nicht gut kennen. Scheiß auf die Kommentare. Vielleicht hast du ja einen guten Konter parat. Ansonsten kannst du deiner Frustration bei Freund*innen und Eltern Luft machen, wenn dich jemand blöd angemacht hat.

Wenn jemand, der/die dir nahesteht, schwer krank oder verletzt ist

Angehörige*r zu sein, bedeutet, dass jemand, den/die du sehr gerne magst und der/die eine wichtige Rolle in deinem Leben spielt, krank oder verletzt ist. Du bist zum Beispiel Angehörige*r deiner Eltern, Geschwister oder Freund*innen.

Eine schwere Krankheit erschöpft die gesamte Familie. Auch wenn nur ein Familienmitglied erkrankt ist, kann das Leben mit einer Krankheit die ganze Familie verändern. Früher wart ihr vielleicht laut und ausgelassen, als ihr euch alle am Esstisch versammelt habt. Jetzt huschen die geflüsterten Worte zwischen euch hin und her, als könnte jedes laute Geräusch eure Welt zum Einsturz bringen.
Deine Sorgen sind jetzt sicherlich ganz anderer Natur. Es ist nicht so leicht, Trost zu finden. Die Situationen lässt sich nicht mit wenigen, freundlichen Worten beschönigen. Aber es ist wichtig, dass du kein schlechtes Gewissen wegen der Dinge hast, die in deinem Leben normal weiterlaufen. Es tut dir gut, wenn du weiterhin Freund*innen triffst, deine Hausaufgaben machst, in der Band spielst oder abends unterwegs bist. Und es ist wichtig, zwischendurch solche schönen Momente zuzulassen, die an dein Leben vor der Krankheit erinnern. Du brauchst eine Pause, um Luft zu holen.

Es ist ganz normal, eifersüchtig zu sein, wenn eines deiner Geschwister krank ist. Sicher hast du deinen Bruder oder deine Schwester furchtbar gern, und die Sorgen, die du dir gerade machst, tun unglaublich weh, aber nagt da vielleicht noch ein anderes Gefühl in dir? Auch wenn die Situation für deinen kranken Bruder oder deine kranke Schwester am schlimmsten ist, ist es eine ganz normale Reaktion, eifersüchtig zu werden. Du hast wahrscheinlich den Eindruck, dass deine Schwester oder dein Bruder mehr Aufmerksamkeit bekommt als du. Die Kapazität deiner Eltern ist damit ausgelastet, dir ein gewisses Gefühl von Normalität zu geben und ein krankes Kind zu umsorgen, das sie braucht. Wenn du es schaffst, kannst du versuchen, deinen Eltern zu sagen, wie du dich fühlst. Vielleicht können sie die Situation für dich gerade nicht ändern, aber du fühlst dich zumindest schon mal weniger einsam, wenn du die Worte aussprichst. Vergiss nicht, dass sie dich noch genauso lieb haben wie zuvor, ihre Gedanken sind nur einfach sehr erschöpft.

Du darfst dich auch schämen, wenn eines deiner Elternteile krank ist. Objektiv gesehen muss es dir natürlich überhaupt nicht peinlich sein – alle können krank werden, und niemand macht etwas falsch, wenn er oder sie krank wird. Trotzdem ist es normal, dass du dich schämst, wenn Mama ohne Haare auf dein Schulfest kommt oder keine Fußballtrainerin mehr ist, sondern zu Hause liegt und nicht mehr spielen kann. Die meisten Jugendlichen wollen sich anpassen und sein wie alle anderen, und ein Elternteil, dem man seine Krankheit ansieht, zieht Aufmerksamkeit auf sich. Außerdem wird deine Verletzlichkeit für alle sichtbar. Lass die fiesen Gefühle zu, du machst nichts falsch und du hast auch deine Eltern nicht weniger lieb. Du kannst nichts dafür, was du fühlst. Aber denk dran, dass deine Gefühle auch manchmal im Unrecht sind: Es ist nicht peinlich, krank zu sein, und wegen eines kranken Elternteils musst du dich absolut nicht schämen.

Wenn eines deiner Elternteil ernsthafte psychische Probleme hat, dann brauchst du Hilfe. Die Hilfe kann von dem anderen Elternteil kommen, von Freund*innen, eine*r Lehrer*in, eine*r Nachbar*in oder Oma und Opa. Es ist möglich, ein wunderbares und enges Verhältnis zu einem Menschen zu haben, der psychisch leidet. Trotzdem kann es eine Herausforderung sein, deinen Platz in der Familie zu finden, wenn ein Elternteil oder beide psychische Leiden oder eine Persönlichkeitsstörung haben. Als Teenager musst du all deinen Emotionen freien Lauf lassen, deinen Eltern vertrauen können und das Gefühl haben, dass jemand auf dich aufpasst. Dazu brauchst du eine*n Erwachsene*n, der/die das aushält.

Das Leben mit einem Elternteil, das psychisch leidet, kann unberechenbar sein, und es kann sich so anfühlen, als stündest du ganz allein da. Aber das bist du nicht. Sprich mit deine*r Schulsanitäter*in über Angebote für Jugendliche mit psychisch leidenden Eltern. Es ist wichtig, dass du Hilfe bekommst, denn immerhin musst du herausfinden, die du in dieser schwierigen Lebenssituation ein*e ganz normale*r Jugendliche*r sein kannst. Vielleicht lebst du mit beiden Eltern zusammen und das Elternteil, dass keine Probleme hat, kann dich stützen? Oder vielleicht hat dein psychisch leidendes Elternteil zwischendurch auch Phasen, in denen man mit ihm/ihr über gute Lösungen sprechen kann? Hast du andere Familienmitglieder, die dir dabei helfen, deinen Alltag zu erleichtern?

Eltern, die zu viel trinken. Alkohol macht alles komplizierter, selbst wenn deine Eltern nicht sturzbetrunken auf dem Boden liegen. Wenn Eltern trinken, werden sie weniger zugänglich und verhalten sich nachlässiger. Je betrunkener sie sind, desto schlechter machen sie ihren Job als Eltern. Deine Eltern können leistungsfähig und beliebt sein, einen gewissen Wohlstand haben, Handballtrainer*in sein oder im Elternrat sitzen und trotzdem mehr Wein zum Abendessen trinken als dir lieb ist.

In einigen Fällen reicht es schon, wenn du deinen Eltern sagst, was dich stört. Vielleicht haben sie selbst gar nicht bemerkt, wie ihr Alkoholkonsum deinen Alltag beeinflusst. Aber es kann auch sein, dass man das Problem nicht mit einem einzelnen Gespräch lösen kann. Bei der Bundeszentrale für gesundheitliche Aufklärung kannst du dich anonym beraten lassen, auf der Seite von Nacoa kannst du anonym chatten, wenn du dir Sorgen machst, dass deine Eltern zu viel trinken oder andere Stoffe zu sich nehmen. Auf Seite 384 findest du eine Übersicht über andere Anlaufstellen, die du kontaktieren kannst, wenn die Dinge kompliziert werden.

https://www.kenn-dein-limit.info/beratungsstellenfinder.html
https://beratung-nacoa.beranet.info/
BZgA-Info-Telefon: 0221 892031

Trauer

Was ist Trauer?

Trauer ist das Gefühl, was du in dir verspürst, wenn du jemanden verloren hast, der eine wichtige Rolle in deinem Leben gespielt hat. Man könnte behaupten, jede Liebe trägt ein gewisses Risiko für große Trauer in sich. Wenn du über jemanden trauerst, der/die nicht mehr da ist, bedeutet das, dass dir diese Person enorm wichtig war. Trauer kann sich heranschleichen oder ganz plötzlich kommen, dich zu Boden werfen oder dir leicht ans Ohr hauchen. Alle Menschen trauern auf unterschiedliche Weise – es gibt keine allgemeingültige Regel fürs Trauern.

Wenn du denkst, dass das Leben nie wieder gut wird. Wenn du jemanden verloren hast, der/die dir viel bedeutet hat, kann die Trauer ganz extrem sein. Vielleicht ein Bruder oder eine Schwester, eine Mutter oder einen Vater, einen deiner Großeltern oder vielleicht sogar dein*e beste*r Freund*in. Trauer kann physische Schmerzen auslösen, als hätte dich ein Hai gebissen oder als müsstest du dich andauernd übergeben. Oder dein ganzer Körper ist wie betäubt, als wäre das alles nicht wahr, als wolle dein Hirn dir einreden, dass es alles nur ein Albtraum war, und du schon bald aufwachen wirst. Egal wie scharf oder stumpf das Messer der Trauer dir gerade ins Fleisch schneidet: Es wird vergehen. Der Mensch, den du verloren hast, wird nicht wiederkommen, aber der Schmerz wird irgendwann milder.

Versuch, in all dem Fürchterlichen, was geschieht, auf dich selbst aufzupassen. Es wird dir guttun, dich zwischendurch etwas auszuruhen, regelmäßig zu essen und zu trinken und dass du dich nicht von anderen isolierst, auch wenn das vielleicht gerade dein Bedürfnis ist. Hast du jemanden, bei dem/der du dich anlehnen kannst? Was kann dir jetzt helfen?

Egal, was du fühlst, alles ist normal, alles ist in Ordnung. Früher ist man davon ausgegangen, dass Trauer in verschiedene Phasen unterteilt ist und dass alle Menschen diese Phasen durchlaufen müssen, um richtig zu trauern. Inzwischen wissen wir, dass das nicht stimmt. Vielleicht hast du Gedanken und Gefühle, die dir verboten vorkommen, oder vielleicht sind deine Reaktionen schwächer, als du geglaubt hast. Das bedeutet nicht, dass du die Person, die von dir gegangen ist, nicht lieb hattest. Du kannst auch das Gegenteil empfinden, dass deine Trauer so tief ist, ohne dass du verstehst, warum, weil du die Person, die gestorben ist, gar nicht so gut kanntest. Manchmal hat man ein schwieriges oder kompliziertes Verhältnis zu der Person, die stirbt, und verspürt Erleichterung, in Kombination mit Trauer, oder auch ohne. Das ist ganz normal.

Worauf du jedoch achten solltest ist, ob du auf den Tod einer dir sehr nahestehenden, geliebten Person sehr gefühllos reagierst. Dann kann es sein, dass du deine Trauer verdrängst, als wärst du noch nicht bereit für den Abschied. Daran ist nichts verkehrt, aber es kann passieren, dass du besonders viel Hilfe und Fürsorge brauchst, wenn du die Trauer schließlich zulässt.

Gedanken können sich im Kreis drehen, wenn du trauerst. Es ist üblich, dass in deinem Kopf Chaos herrscht, wenn jemand stirbt, der dir wichtig ist. Einige der Gedanken sind traurige Gedanken, die man erwartet hat, wie zum Beispiel: „Wie soll das Leben jetzt weitergehen?“ oder „Ich vermisse ihn so sehr.“ Andere Gedanken können finsterer sein, wie zum Beispiel jemanden für den Tod verantwortlich zu machen – „Wenn meine Mutter besser aufgepasst hätte, wäre das nicht passiert.“ Man bekommt leicht ein schlechtes Gewissen, wenn der Verstand dazu übergeht, wütend auf den Verstorbenen zu sein – „Alles wäre besser geworden, hätte er uns nur eine Chance gegeben“ oder: „Wie konnte sie nur so dumm sein, sie muss doch gewusst haben, dass die Wellen zu groß waren?“. Das Alles sind normale und verständliche Gedanken.

Die vielleicht schmerzhaftesten Gedanken sind die, in denen du dich fragst, was du selbst hättest anders machen können. Du willst am liebsten die Zeit im Kopf zurückdrehen und herausfinden, was du an diesem Tag hättest anders machen können, um zu verhindern, was passiert ist. Meist sind das völlig unvernünftige Gedanken wie: „Wenn ich an diesem Tag etwas länger getrödelt hätte, wäre er nicht gerade an diesem Ort gewesen, als das Auto kam."

Manchmal trägt tatsächlich jemand Schuld, aber in den meisten Fällen sind „Wen-kann-ich-dafür-verantwortlich-machen"-Gedanken nur dazu da, um Ordnung ins Chaos in unseren Köpfen zu bringen. Aber vernünftig sind sie nicht. Lass die Gedanken ruhig in deinem Kopf herumschwirren, bis sie ihre Energie verloren haben und verschwinden. Sie sind ein Teil des Prozesses. Versuche, ihnen so wenig Aufmerksamkeit wie möglich zu geben. Wenn diese Gedanken nach einer Weile immer noch da sind, solltest du mit jemandem sprechen, denn so sollte es dir nicht gehen.

Es ist in Ordnung, wenn du glücklich bist. Einige glauben, dass Trauer alles schwarzmalt – sie bekommen ein schlechtes Gewissen, wenn sie plötzlich Freude verspüren, etwas witzig finden oder phasenweise vergessen, dass sie traurig sind. Doch all das gehört zum Trauerprozess dazu. Besonders Kinder und Jugendliche tauchen abwechselnd aus der Trauer aus und wieder hinein, weil ihre Gehirne es noch nicht schaffen, die Trauer konstant zu verarbeiten. Am schonendsten ist es, in kleineren Portionen zu trauern. Du lässt den Toten nicht im Stich, wenn du dich über irgendetwas freust. Und lustige Dinge im Leben hören nicht einfach auf, lustig zu sein, auch wenn jemand stirbt. Durch Freude kannst du das Traurige leichter handhaben. Wenn du trauerst ist es ratsam ein Gleichgewicht zwischen der Trauerbewältigung und regelmäßigen Pausen zu finden.

Niemand ist nach dem Tod ein*e Heilige*r. Vielleicht hast du jemanden verloren, den/die du gut kanntest. Da kann es sich so anfühlen, als wäre es deine Pflicht, diesen Menschen als fehlerfrei in Erinnerung zu behalten, als wäre das eine Regel, der Toten nur so gedenken zu dürfen. In Wirklichkeit ist es nicht so, dass der Tod alle Makel und nervige Eigenschaften einfach ausradiert. Niemand ist fehlerfrei. Besonders, wenn nach dem Verlust eine gewisse Zeit vergangen ist, kann dein Gedächtnis dir wieder ehrlich in Erinnerung rufen, was du an diesem Menschen vielleicht nicht so gerne mochtest. Das ist ganz normal und gesund.

Trauer und Vermissen tun im ersten Jahr nach dem Verlust besonders weh, eben weil es das erste Jahr ist. Es ist ganz normal, dass ein Todesfall deine eigene Zeitrechnung in „davor" und „danach" einteilt. Außerdem ist das erste Jahr von vielen „das erste Mal ohne" geprägt. Zum Beispiel das erste Weihnachtsfest ohne deine Zwillingsschwester. Die ersten Osterfeiertage ohne Papa. Die ersten Sommerferien, in denen du nicht zu Oma fährst. In diesen „ersten Malen" steckt immer eine gewisse Schwere, als wäre unser Herz in diesen Momenten dem Schmerz schutzlos ausgeliefert. Denn bei jedem „ersten Mal" kommt es uns so vor, als würde die Wunde erneut aufgerissen, und du befürchtest vielleicht, dass das ewig so weitergeht. Aber der Mensch ist dazu geschaffen, auch mit Trauer und Verlust klarzukommen. Das neue „Normal" wird irgendwann eintreten.

Du brauchst keine Angst davor zu haben, den Menschen, den du verloren hast, zu vergessen. Zu einem gewissen Grad wird unsere Erinnerung verblassen, auch die Erinnerung an Menschen, an die du dich unbedingt ganz deutlich erinnern willst.

Du wirst ihren Duft vergessen, oder wie sich ihre Wange an deiner Wange angefühlt hat. Wie es im Magen gekribbelt hat, wenn du gesehen hast, dass der/die andere online war. Das bedeutet aber nur, dass du von einer intensiven Trauer, die all deine

Aufmerksamkeit verschlingt, langsam in ein ruhendes Vermissen hinübergleitest, dass sich in deinem Alltag auch leichter ertragen lässt. Auch wenn du dich nicht länger an die Details erinnerst, bedeutet das nicht, dass du diese Person verrätst. Vor allem, wenn du noch ganz klein warst, als dieser wichtige Mensch gestorben ist, zum Beispiel ein Elternteil, dann kann es sein, dass die Erinnerung an diesen Menschen sich noch gar nicht so fest einprägen konnten. Aber bestimmt hast du noch Bilder oder Videos? Oder Anekdoten von jemandem, der/die diese Person gut kannte?

Vielleicht hast du das Gefühl, dass du viel Zeit und Mühe aufbringst, um die Erinnerungen am Leben zu halten. Dann können wir dir raten, ein Album zu erstellen, es mit Bildern und Geschichten zu füllen, es wie eine Art Tagebuch zu führen, in das du alles einträgst, was du in Erinnerung behalten willst. Oder du suchst ein paar Bilder heraus, die du besonders gern magst, und bewahrst sie an einem Ort auf, an dem du sie regelmäßig anschauen kannst. So kannst du sichergehen, dass die wichtigsten Erinnerungen an diese Person nicht verloren gehen. Daraufhin wird es dir leichter fallen, mit anderen Menschen neue Erinnerungen zu schaffen.

Viele Jugendliche machen sich Sorgen, dass jemand anderes den Platz des/der Toten einnimmt. Ein neuer bester Freund. Eine Stiefmutter, die du in dein Herz schließt. Eine Lehrerin, die man mindestens ebenso sehr mag, wie die, die verstorben ist. Darum musst du dir absolut keine Sorgen machen, es gibt nämlich einen Unterschied darin, jemandes Rolle zu übernehmen oder jemandes Platz einzunehmen. Es ist eine gute Sache, wenn jemand die Rolle deiner Mama übernimmt, denn du brauchst eine*n Erwachsene*n, der/die für dich da ist. Niemand wird jedoch ihren Platz einnehmen. Und natürlich wirst du einen neuen besten Freund haben, vielleicht jemanden, mit dem du bis ans Ende deiner Tage befreundet sein wirst, und trotzdem wirst du niemals den Freund vergessen, den du verloren hast. Dein Leben entwickelt sich rund um deinen Verlust weiter, und genau so soll es sein – dass du mit einer etwas milderen Trauer weiterwächst.

Wenn die Trauer vor dem Tod kommt

Manchmal werden Menschen schwer krank oder befinden sich in anderen Situationen, in denen sich die Außenwelt damit abfinden muss, sie vielleicht zu verlieren. Es kann eine Herausforderung und ziemlich erschöpfend sein, darauf zu warten, dass ein geliebter Menschen stirbt, während man gleichzeitig mit einer schweren Krankheit oder schweren Verletzungen konfrontiert ist. Wenn dir klar wird, dass die Person, die du liebst, in naher Zukunft sterben könnte, beginnt dein Gehirn bereits, sich darauf vorzubereiten. Vielleicht machst du dir bereits Gedanken über die Beerdigung oder du stellst dir vor, wie dein Leben weitergehen wird, wenn das deiner geliebten Person vorbei ist. Möglicherweise kommen dir auch Gedanken, die dich erschrecken und verwirren, wie zum Beispiel, dass du dich auf den Tod der Person freust. Das bedeutet nicht, dass du diesen Menschen nicht gern hast, sondern dass das Gehirn versucht, die schrecklich erschöpfende Situation zu verarbeiten, in der du dich befindest. Wenn jemand, der/die lange krank gewesen ist, stirbt, kannst du neben Trauer auch Erleichterung empfinden. Es kann tatsächlich sein, dass die Trauer in der letzten Phase, während ihr auf den Tod gewartet habt, am schmerzhaftesten für dich war, und dann von Erleichterung abgelöst wird, die dir dabei hilft, einen Strich unter die Sache zu machen und dich tief durchatmen lässt. Auch das bedeutet nicht, dass dir die verstorbene Person nichts bedeutet hat, sondern nur, dass du dich allmählich auf den Tod vorbereiten konntest, und er nicht wie ein Schock kam.

Was du sagen kannst, wenn jemand trauert

Kann man etwas Falsches sagen? Ist es wahr, dass das Wichtigste ist, dass du überhaupt etwas sagst? Tja, die Antwort auf beide Fragen lautet wohl: Ja. Das Wichtigste ist tatsächlich, dass du etwas sagst, dass du zeigst, du bist da, dass du dich nicht zurückziehst. Den meisten tut es gut, wenn du den Namen der/des Verstorbenen benutzt, damit es nicht so aussieht, als wäre die Person aus der Geschichte ausradiert worden. Egal, was du sagst – deine Worte werden nichts an der Situation ändern, aber sie können helfen, das Geschehene anzuerkennen. Ein Satz wie: „Ich weiß, wie nah du deinem Bruder gestanden hast, ich kann mir vorstellen, wie furchtbar das für dich sein muss", kann schon reichen. Doch viele wissen es auch zu schätzen, wenn ihr viel über den/die Verstorbene*n sprecht und du vielleicht selbst ein paar schöne Erinnerungen oder Anekdoten beisteuern kannst.

Es gibt einige wenige Dinge, die die Sache nur schlimmer machen, und die du besser nicht sagen solltest: Versuche nicht, die Trauernden dazu zu drängen, schneller mit ihrem Verlust klarzukommen. Auch wenn viel Zeit vergangen ist und du es komisch findest, dass die Person immer noch in tiefer Trauer steckt, kannst du vielleicht vorsichtig vorschlagen, professionelle Hilfe in Anspruch zu nehmen, aber nicht indem

du Dinge sagst wie: „Hey – das ist doch jetzt drei Jahre her, bist du immer noch nicht drüber hinweg?"
Rede nicht so, als ob der/die Trauernde keinen Grund hätte, traurig zu sein. Du denkst vielleicht, das ist eine Art, Trost zu spenden, und vielleicht meinst du es auch nur gut. Aber die Person, die noch trauert, kann das als Provokation oder Verletzung empfinden, wenn jemand sagt: „Ich kapier nicht, dass du soooo traurig bist, ihr seid ja gar nicht lange zusammen gewesen?!" Wenn du dich selbst dabei ertappst, etwas Unangebrachtes zu sagen, kannst du deine Äußerung zurückziehen und dich dafür entschuldigen.

Trauer kann überwältigend sein

Manchmal kommt der Tod wie aus dem Hinterhalt. Menschen, die dir nahe stehen, sterben plötzlich oder auf eine Art und Weise, die besonders schockierend ist, beispielsweise durch Suizid oder dramatische Unfälle. Dann wirst du nicht nur von deiner Trauer überwältigt, sondern von einem Schock, der dich panisch nach Luft schnappen lässt. Diese Gefühle können so überwältigend sein, dass du keine Ahnung hast, wie es weitergehen soll. Vielleicht sind mehrere in deinem Umfeld von dem tragischen Verlust betroffen, sodass ihr euch gegenseitig unterstützen könnt. Das könnte den größten Schmerz etwas dämpfen. Aber die Menschen um dich herum stehen wahrscheinlich ebenfalls unter Schock, und es kann sein, dass sie selbst keine Kraft haben, um dir zu helfen. In allen Regionen des Landes gibt es für Krisenteams und Seelsorge, die die Hinterbliebenen in solchen Situationen betreut. Außerdem kann es dir guttun, mit jemandem zu sprechen, der/die nicht unmittelbar in die Situation verwickelt ist. Es ist fast egal, wer das ist, vielleicht ein*e Lehrer*in oder die Mutter deiner besten Freundin.

WICHTIG

Wenn du jemanden, der dir nahesteht, durch Suizid verlierst, kann es eine enorme Hilfe und Unterstützung sein, mit anderen Betroffenen zu sprechen. Unter folgenden Links findest du Ansprechpartner*innen:
https://www.hilfe-nach-suizid.de/
https://www.klartext-trauer.de/
https://trauernde-geschwister.org/

Wenn die Trauer nicht vergeht

Obwohl die Trauer nicht in geradlinig aufeinanderfolgenden Phasen verläuft, wie zuvor angenommen, wird sie nach einer gewissen Zeit allmählich weniger überwältigend. Am Anfang wird es dir so vorkommen, als ob die Erinnerungen an den/die Verstorbene*n dich mit ihren scharfen Raubtierfängen zerreißen. Doch die Zeit stumpft die spitzen Zähne nach und nach, und rückt sich in deinem Leben ein neuer Alltag zurecht. Auch wenn du den/die Tote*n niemals vergisst, werden die Abstände zwischen den Phasen, in denen du an ihn/sie denkst, immer länger. Irgendwann wirst du auch wieder Freude verspüren. Und sogar ein bisschen Glück.

Komplizierte Trauer bedeutet, dass diese Abschwächung nicht passiert. Wenn deine Trauer einfach nicht nachlässt und du immer noch mit dem intensiven Schmerz vom Anfang lebst. Es gibt viele Möglichkeiten, komplizierte Trauer zu überwinden, aber möglicherweise brauchst du dafür Hilfe. Sprich mit eine*r Erwachsenen, der/die sich ein wenig mit psychischer Gesundheit auskennt und mit Angeboten für Jugendliche, die einen Menschen verloren haben und Trauer verarbeiten müssen.

Trauer um jemanden, der/die noch lebt. Es gibt eine Trauer, die wie ein heimlicher Nebel um uns herumwabert. Das Gefühl von Verlust, über das kaum jemand spricht, und das nicht dieselbe Sprache spricht, wie die „normale" Trauer. Ein Elternteil, das über einen längeren Zeitraum im Gefängnis sitzt. Eine Mutter oder ein Vater, die/der die Familie verlassen hat und Versprechungen machte, aber an Wochenenden und in den Ferien nicht erscheint. Biologische Eltern, die nicht dazu in der Lage waren, sich um ihre Kinder zu kümmern. Eine Pflegefamilie, aus der man herausgerissen wird. Die große Schwester, die in die Drogenszene abgedriftet ist. Viele Jugendliche stecken in einer Art ungelöster Trauer fest, um jemanden, der/die zwar nicht tot aber trotzdem abwesend ist. Wenn dich das betrifft, dann lass dir gesagt sein, dass deine Trauer genauso schwer wiegt wie die Trauer anderer. Auch wenn du keine*n Tote*n beweinst, so gelten deine Tränen Beziehungen, die nicht so verlaufen sind, wie du es dir vorgestellt hast. Deine Gefühle gleichen der Trauer, die man verspürt, wenn jemand gestorben ist. Wenn in deiner Situation noch Hoffnung besteht, dann halte dich an dieser Hoffnung fest. Aber du sollst kein schlechtes Gewissen haben, wenn du trauerst, denn deine Trauer kann dir helfen, die Situation zu akzeptieren und dein Leben so weiterzuleben, dass der Verlust in deinem Alltag nach und nach weniger Platz einnimmt.

Traumata – wenn etwas so schlimm ist, dass wir es kaum ertragen können

Der menschliche Verstand ist dazu in der Lage, viele Leiden zu überstehen, ohne zusammenzubrechen. Wir sind beängstigenden Dingen ausgesetzt, verlieren Menschen, die wir lieben, werden gedemütigt und erleben, dass Freunde uns im Stich lassen. In den meisten Fällen kommen wir über diese Krisen hinweg und leben unser Leben, auch wenn wir im Moment der Krise enormen Schmerzen ausgesetzt sind. Es gibt aber auch Situationen, die uns so überfordern, dass es uns schwer fällt, damit umzugehen. Das nennt man Trauma. Beispiele für Traumata können sexuelle Übergriffe, Unfälle, Krieg, Terroranschläge und schweres Mobbing sein. Die Wunden einiger Menschen, die derartige schwere Zeiten durchleben, heilen von selbst, und füchterliche oder schmerzhafte Erinnerungen werden mit der Zeit schwächer. Viele Menschen haben jedoch das Gefühl, dass das Erlebte ihre Energie auffrisst und sich in ihren Gedanken einnistet. Es fällt ihnen schwer, neu anzufangen und sie brauchen Hilfe von außen, um zu heilen.

Wie reagieren wir Menschen auf schreckliche Dinge? Wenn etwas passiert, mit dem wir nicht umgehen können, wehren wir uns automatisch auf verschiedene Weise. Unser Gehirn versucht, uns vor der schlimmsten Angst zu schützen und dafür zu sorgen, dass wir nie wieder in die gleiche Situation geraten. Das bedeutet, dass Menschen, die ganz unterschiedliche schreckliche Dinge erleben, ähnliche Reaktionen haben können.

Trauma-Trigger

Völlig willkürliche Dinge oder Äußerungen können dich an das Furchtbare erinnern, das dir widerfahren ist. Wenn wir uns in Gefahr begeben, schaltet unser Hirn sein Superradar an, mit dem wir alles um uns herum schärfer wahrnehmen. Die einzige Anweisung, die unser Gehirn in einer Gefahrensituation übermittelt, ist, ans Überleben zu denken. Koste es, was es wolle. Und dein Hirn will, dass du die Gefahrensignale erkennst, falls du wieder in eine ähnliche Situation gerätst, damit du rechtzeitig entkommen kannst. Daher versucht es, so viel wie möglich aufzunehmen und die Signale abzuspeichern, vor denen du von nun an auf der Hut sein solltest.

Nehmen wir mal an, du bist in einen Autounfall verwickelt. Dein Hirn registriert die Gefahr und nimmt alles andere um dich herum in rasanter Geschwindigkeit wahr, sodass es dich beim nächsten Mal schneller warnen kann. Du hörst Motorengeräusche und ein Lied im Radio, die Luft riecht nach Herbst. Dein Hirn weiß nicht, dass diese Dinge null Komma nix mit dem Unfall an sich zu tun haben. Aber dein Hirn übertrifft sich selbst, es speichert alles ab, was es in dieser kurzen Zeit aufnehmen kann. Die Konsequenz ist, dass du auch noch eine lange Zeit nach deinem Unfall Angst hast, dich in ein Auto zu setzen, aber auch das Lied im Radio oder der Herbstgeruch, der in der Luft liegt, Angst in dir auslösen kann.

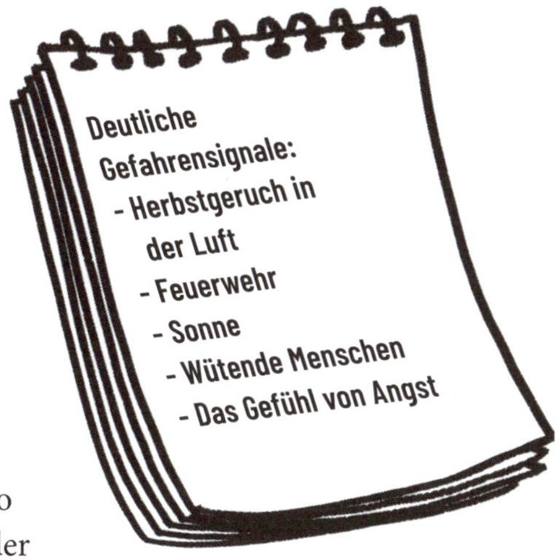

Trauma-Trigger sind die Signale, die das Hirn als Zeichen dafür abspeichert, dass etwas Gefährliches passieren wird. Trauma-Trigger funktionieren wie Zeitmaschinen. Der Geruch des Herbstes kann das Gefühl vermitteln, plötzlich wieder in einen Autounfall verwickelt zu werden. Du bekommst Angst und es fällt dir schwer, zwischen Vergangenheit und Gegenwart zu unterscheiden.

Sowohl Emotionen, Gedanken, Gerüche, Geschmäcker, Situationen als auch Geräusche können zu Trauma-Triggern werden. Menschen, die Schießereien oder Kriegsszenarien miterlebt haben, haben möglicherweise große Probleme mit ähnlichen Geräuschen wie Feuerwerk oder lautes Knallen. Wenn du sexuellem Missbrauch ausgesetzt gewesen bist, kann es sein, dass du in Momenten, in denen du dich selbst sexuell berührst oder dich vor deine*r Partner*in nackt ausziehst, von den Erinnerungen an diesen Missbrauch eingeholt wirst.

Auch Trigger können nach einer Weile verblassen. Das kann dauern, aber nach und nach wird es dir besser gehen. Dein Hirn versucht schließlich nur, auf dich aufzupassen (und übertreibt es ein wenig), aber mit der Zeit wird es merken, dass diese willkürlichen Dinge, die auf der roten Liste gelandet sind, eigentlich gar keine Anzeichen für Gefahr sind. Wenn das Ereignis, das dich traumatisiert hat, schon eine Weile zurückliegt, brauchst du womöglich Hilfe, um wieder auf die Beine zu kommen. Lies auf Seite 329 mehr über PTBS (Posttraumatische Belastungsstörung). Für diese Diagnose gibt es effektive und gute Behandlungsmethoden.

Die Reaktionen unseres Körpers, wenn wir in Gefahr sind

Wenn wir in Gefahr sind, sei es körperliche oder psychische Gefahr, schrillen die Alarmglocken in unserem Körper. Unser Herz schlägt wie verrückt, wir atmen schnell und hektisch – das Gefühl kann uns auch so sehr auf den Magen schlagen, dass er sich entleeren möchte. Für unseren Körper ist es nicht immer leicht zu verstehen, wann die Gefahr vorüber ist. Unser Gehirn hält den Körper auf Hochtouren, nur für den Fall der Fälle, und sorgt dafür, dass wir immer wachsam bleiben. Entspannung ist kaum noch drin. Nachts verwandelt der Stress unsere Träume in Albträume, und unser Hirn spult immer und immer wieder ab, was uns widerfahren ist. Wie ein Film, den man nicht ausschalten kann.

Nach einer Weile ist unser Körper wieder ganz er selbst. Es ist völlig normal, nach einem fürchterlichen Erlebnis für eine gewisse Zeit angespannt zu sein. Stell dir einen Höhlenmenschen vor, der gerade vor einem Tiger fliehen musste. Auch wenn dieser eine Tiger weitergetrottet ist, ist es ratsam, nach weiteren Tigern Ausschau zu halten. Wenn er jedoch immerzu auf der Hut ist, ist eine gute Strategie zu einem Problem geworden. Um den Körper in einen „jetzt-sind-wir-sicher"-Modus zu bringen, kannst du Atemübungen ausprobieren, während du dich darauf konzentrierst, was du um dich herum wahrnimmst. Indem du jedes einzelne Blütenblatt einer Blume betrachtest, den Geräuschen in deiner Umgebung aufmerksam lauschst oder fühlst, wie die Sonnenstrahlen dein Gesicht wärmen, kannst du deinem Körper einreden, dass all das Schreckliche in der Vergangenheit liegt, und deinem Verstand helfen, einen Anker in der Gegenwart zu finden.

Wenn mehrere Wochen oder gar Monate vergangen sind, ohne dass dein Körper zur Ruhe gekommen ist, solltest du dir Hilfe holen.

In einigen Situationen stellt dein Körper sich tot. Wenn wir in einer Situation gefangen sind, in der wir nichts ausrichten können, reagiert unser Körper, indem er sich totstellt – wahrscheinlich war das mal eine erfolgreiche Strategie, als ein Tiger uns in die Ecke gedrängt hat. Herzfrequenz und Blutdruck sinken, alles geht langsamer. Statt nach Fluchtwegen zu suchen, hüllt sich unser Geist in lähmende Watte. Du hast möglicherweise das Gefühl, deine Arme und Beine nicht bewegen zu können, als ob du betäubt wärst, und Emotionen und Gedanken sind nicht mehr miteinander verknüpft. Viele berichten, dass sie das Gefühl hatten, ihre Gedanken würden von dem Ort des Geschehens flüchten, als würde das alles nicht der Realität entsprechen, oder als würde man die Ereignisse von außen betrachten wie einen Film. Es kann auch passieren, dass du „verschwindest" und dir im gleichen Moment völlig bewusst ist, was passiert. Das passiert häufig bei sexuellem Missbrauch. Egal wie alt man ist, egal ob man groß und stark ist – wenn man sexuellen Übergriffen ausgesetzt ist, kann es passieren, dass der Verstand komplett erstarrt und man nicht in der Lage ist, etwas auszurichten. Das bedeutet, dass unser Gehirn eine Risikoberechnung durchgeführt und festgestellt hat, dass es am sichersten ist, ruhig zu bleiben und einfach abzuwarten, bis die Situation vorüber ist.

Es ist ganz normal, sich selbst die Schuld zu geben, wenn einem etwas Schreckliches widerfährt. Unser Hirn glaubt, dass wir mehr Kontrolle zurückerlangen, wenn wir uns einreden: „Das war meine eigene Schuld." Wenn es deine Schuld ist, denkt dein Hirn, kannst du auch aktiv etwas unternehmen, um dich aus dieser Lage zu befreien. Das hat zur Folge, dass vor allem Kinder und Jugendliche, die schmerzhafte Zeiten durchmachen, besonders leiden und Schwierigkeiten haben, um Hilfe zu bitten. Sie denken, sie haben es nicht anders verdient, und wollen niemandem zur Last fallen. Das stimmt natürlich alles nicht, es ist nicht deine eigene Schuld, dass du Missbrauch, Mobbing oder Gewalt ausgesetzt warst.

Wenn du schreckliche Zeiten durchmachst

Du bist nicht, was dir passiert ist. Was auch immer es ist. Du verdienst jede Hilfe dieser Welt, und du darfst dir niemals sagen lassen, dass du weniger wert bist als andere. Vielleicht laufen die Erinnerungen in deinem Kopf auf Repeat, oder du verurteilst dich selbst für das, was passiert ist. Sammle all deinen Kräfte. Mach dich auf die Suche nach tollen Menschen in deiner Familie, deinem Freundeskreis, unter deinen Lehrer*innen, Nachbar*innen, Klassenkamerad*innen, in deiner Glaubensgemeinschaft und anderswo. Versammele sie um dich, während du dir einen neuen Alltag zurechtbastelst, in dem es um mehr geht als um deinen Schicksalsschlag. Hole dir professionelle Hilfe, wenn es nicht anders geht. Du kannst nicht – und sollst nicht – einfach deine Geschichte ausradieren. Aber bald wird es dir besser gehen. Eines Tages werden diese Gefühle, die du gerade noch in dir trägst, zu schmerzhaften Erinnerungen aus einem Leben, das sich zu etwas Gutem entwickelt hat.

Sprich mit Menschen, die dir nahestehen. Die meisten Menschen empfinden Erinnerungen weniger intensiv, wenn sie mit jemandem geteilt werden. Schau mal, ob es dir auch besser geht, wenn du jemandem deine Geschichte erzählst. Wenn du erst einmal mit einer Person sprechen möchtest, die du nicht kennst, die nicht weiß, wer du bist, dann kannst du eine Hotline anrufen oder anonym chatten. Informiere dich über Anlaufstellen auf Seite 384.

Schlimme Erlebnisse haben einen Einfluss darauf, wie es Kindern und Jugendlichen geht. Menschen, die plötzlich eintretende, tragische Ereignisse wie Naturkatastrophen oder Terrorangriffe miterlebt haben, tragen oft eine ständige Angst mit sich herum, als könne jeden Moment etwas passieren. Dass der Zug, in dem sie sitzen, entgleist, oder dass der Boden unter ihren Füßen sich öffnet. Das ist ein beängstigender und anstrengender Zustand.
Wer über einen längeren Zeitraum geschlagen oder sexuell missbraucht wird, dem kann es extrem schwerfallen, anderen zu vertrauen. Viele glauben, es sei ihre Schuld, oder aber sie fühlen sich minderwertig und schmutzig. Wer in seiner/ihrer Kindheit Gewalt ausgesetzt ist, kann später mitunter leicht getriggert werden, selbst Gewalt auszuüben, oft aus dem Impuls heraus, sich gegen jemanden zu verteidigen, der/die vermeintlich größer oder stärker sei.

Wenn du Schlimmes erlebt und manchmal das Gefühl hast, keine Kontrolle über deine Gefühle oder Erinnerungen zu haben: Es gibt gute und effektive

Möglichkeiten, dir zu helfen, und zwar in deinem eigenen Tempo. Such dir eine*n nette*n Erwachsene*n, mit dem/der du reden kannst, und sag ihm/ihr, dass es dir im Moment nicht so gut geht. Dein*e Schulsanitäter*in oder Hausärzt*in kann dich an eine*n Psycholog*in weitervermitteln, oder an jemanden anderen, der/die sich mit der Verarbeitung schwieriger Erinnerungen und Emotionen auskennt. Sprich über deine Probleme und Traumata, auch wenn es beängstigend sein kann, jemandem zu erzählen, was du durchgemacht hast. Es ist so viel besser, dir Hilfe zu holen, als wenn du das alleine durchziehen musst.

Wenn dir etwas Schlimmes passiert oder passiert ist: Sprich darüber

Du musst auf keinen Fall all die schmerzhaften Dinge allein mit dir herumtragen. Sprich drüber. Rede mit jemandem. Du bist unglaublich stark, wenn du das schaffst, denn das kann wirklich ein schwerer Schritt sein. Tu es trotzdem!

Viele Erwachsene arbeiten jeden Tag daran, das Leben von Kindern und Jugendlichen sicherer und besser zu machen. Die Aufgabe des Jugendamtes besteht darin, Eltern, die Hilfe brauchen, unter die Arme zu greifen. Außerdem sorgen sie dafür, Kindern, die eine Zeit lang nicht zu Hause leben können, anderswo Schutz zu bieten. Bei der Kinder- und Jugendhilfe arbeiten Erwachsene, die darin geschult sind, zuzuhören und zu helfen, wenn Kinder und Jugendliche sehr schmerzhafte Dinge erlebt haben. Dort draußen gibt es so viele Menschen, die dich mit offenen Armen empfangen und bei denen deine Geschichte gut aufgehoben ist. Und sie wissen, wie viel es dir abverlangt, ihnen alles zu erzählen.

Mobbing, Hass im Netz und Ausgrenzung

Mobbing Wenn jemand immer und immer wieder belästigt, gedemütigt, von einer Gruppe geschnitten oder schikaniert wird, wird er oder sie gemobbt. Man kann psychisch oder körperlich gemobbt werden, sowohl im „richtigen" Leben als auch im Internet. Mobbing ist so grausam, demütigend und verletzend, dass Mobbingopfer den Glauben an sich selbst verlieren können.

Was ist der Unterschied zwischen Alleinsein und Ausgrenzung? Nehmen wir mal an, Emma ist neu in der Klasse, sie kommt mitten im Schuljahr zu euch. Alle anderen haben bereits ihre Freundeskreise etabliert und das neue Mädchen wird einfach nicht eingeladen oder in eine der Gruppen aufgenommen. Ist das Ausgrenzung? Tatsächlich wird es sehr schwierig für Emma, an der neuen Schule Freund*innen zu finden. Wahrscheinlich freut sie sich nicht besonders, morgens aufzustehen und zur Schule zu gehen. Aber: Diese Situation an sich ist nur ein Beispiel, dass es den meisten Menschen schwerfällt, in einer neuen Umgebung Anschluss zu finden, ohne dass jemand etwas falsch gemacht haben muss. Vielleicht ist das von euch total unbeabsichtigt? Dass alle denken, irgendjemand anderes wird Emma schon einladen? Oder ihr glaubt, Emma passe zu besser zu einer anderen Gruppe? Vielleicht ist Emma auch ziemlich schüchtern, und ihr wisst nicht so recht, ob sie sich überhaupt mit euch unterhalten und euch kennenlernen will? Wenn das Einzige, was euch im Wege steht, um dieses Problem zu lösen, der Fakt ist, dass entweder ihr oder Emma mehr Initiative ergreifen müsst, um miteinander Zeit zu verbringen, dann wurde Emma weder gemobbt noch ausgegrenzt. Dann müsst Emma und ihr nur einen Schritt aufeinander zugehen, und schon ist das Problem aus der Welt!

Wann reden wir von Ausgrenzung? Was nun, wenn es nichts bringt, dass Emma die Initiative ergreift? Wenn die anderen sich wegdrehen oder plötzlich verstummen, wenn Emma den Raum betritt? Was ist, wenn Emma als einzige nicht eingeladen wird, wenn alle etwas gemeinsam unternehmen? Was ist, wenn die anderen aufstöhnen, wenn sie mit Emma ein Schulprojekt durchführen müssen? Wenn sie sich als Gruppe stärker fühlen, wenn sie auf jemanden herabblicken können? Ohne sich ihres Handelns wirklich bewusst zu sein, wird Emma für sie unsichtbar. Ist das Ausgrenzung? Ja. Leider machen viele Jugendliche die Erfahrung, aktiv von einer Gemeinschaft ausgeschlossen zu werden, als wären sie nicht gut genug. Das ist eine sehr ernstzunehmende Form des Mobbings, die das Selbstwertgefühl des Opfers zunichte machen kann. Wenn du mitbekommst, dass jemand in deinem Umfeld wie Luft behandelt wird, und du dieser Person die Hand reichst, kannst du ein Leben retten. Du kannst ein*e Superheld*in sein. Der Mensch, der alles ändert!

Wieso ist Mobbing so gefährlich, dass Menschen daran sterben können? Der Mensch ist ein Rudeltier, wir sind voneinander abhängig, um zu überleben. Mobbing und Ausgrenzung greift also unser Fundament an. Kinder und Jugendliche, die von Gleichaltrigen ausgegrenzt werden, fragen sich oft: „Was habe ich falsch gemacht?“

Denn so sind wir nun mal, so funktioniert der soziale Apparat in uns. Wenn wir kein Teil des Rudels sind, denkt unser Hirn: „Wir machen eindeutig irgendetwas falsch, lass uns herausfinden, was, damit wir Freund*innen finden!"

Das Problem ist: Die Person, die gemobbt wird, hat nichts falsch gemacht. *Sie sollte nichts an sich ändern müssen.* Der Gedanke, das Mobbing oder die Ausgrenzung verdient zu haben, ist reine Illusion.

„Ah!", denkt unser Hirn, „endlich eine Erklärung für die Ausgrenzung." Und dann glaubt man diesen Menschen. Nimmt sich ihre Aussagen als konstruktive Kritik zu

Herzen. Doch in Wirklichkeit ist man nur der Sündenbock in der Herde. Und diejenigen, die andere mobben, sind eigentlich nur mit sich selbst und ihren Freund*innen beschäftigt. Beim Mobbing geht es nämlich nie um die Person, die gemobbt wird. Die wahren Probleme liegen bei den Täter*innen.

Verstehen Täter*innen, dass sie dem Selbstbild einer anderen Person Schaden zufügen? Wahrscheinlich muss man diese Frage oft mit einem nein beantworten. Vielleicht denken diejenigen, die immerzu mit fiesen Kommentaren um sich werfen oder Nachrichten schreiben, dass die andere Person nur wütend wird, oder beleidigt. Oder nur genervt aufstöhnt und einfach weitermacht, mit Schule oder Hobby, als wäre nichts passiert. Nur die wenigsten verstehen, wie schrecklich jeder Kommentar, jede Nachricht für die Person sein kann, die gemobbt wird. Wie Mobbing das Selbstvertrauen irgendwann in die Knie zwingt und man wirklich beginnt, zu glauben, was die anderen einem an den Kopf werfen. Wer in einem sicheren, stabilen Freundeskreis aufgehoben ist, kann unmöglich verstehen, welche dunkle Mauern sich um die Menschen errichten, die ausgeschlossen werden.

Was kannst du tun, wenn jemand gemobbt oder ausgeschlossen wird?

→ Sieh dich vor, keine bösen Kommentare auf Social Media zu liken oder dich ihnen anzuschließen. Lach nicht, wenn jemand belästigt oder ausgelacht wird. Vielleicht verlierst du in deiner Gruppe an Beliebtheit, wenn du nicht mitmachst, aber dein Gewissen wird es dir danken, wenn du nach denjenigen Ausschau hältst, die alleine sind, weinen oder Angst davor haben, zur Schule zu gehen. Andere anzufeuern, wenn sie gegen jemanden hetzen, ist genauso schlimm wie böse Kommentare an sich.

→ Lade die Personen ein, für die es nicht selbstverständlich ist, zu Partys oder Veranstaltungen zu kommen. Mach es dir zum Ziel, dass alle in deiner Mannschaft oder in deiner Klasse, in deinem Dorf oder deinem Freundeskreis sich willkommen und gemocht fühlen. Es ist auch möglich, andere online miteinzubeziehen. Verteile großzügig Likes und nette Kommentare. Das kann wirklich viel bedeuten.

→ Toleriere keine Scherze, die zum Mobbing beitragen können. Entweder du sagst gerade heraus: „Hey, das ist nicht witzig!“ oder du wechselst einfach das Thema. Einige Jugendliche tun so, als würden sie über den Scherz lachen, auch wenn sie innerlich verkrampfen. Sie haben Angst, wahre Gefühle zu zeigen, und eventuell selbst das nächste Mobbingopfer zu werden.

→ Wenn du mitbekommst, wie andere gemobbt werden: Zeig den Beteiligten, dass dir dieses Verhalten nicht gefällt. Du kannst z. B. auf das Mobbingopfer zugehen und sagen: „Ich habe das Gefühl, dass sie nicht fair zu dir sind. Kann ich etwas für dich tun? Ich könnte dich begleiten, wenn du mit jemandem darüber sprechen willst, der/die dir dabei helfen kann, dass das aufhört?“

→ Versuche, die Person, die ausgeschlossen wird, kennenzulernen. Sie freut sich ganz bestimmt über eine*n neue*n Freund*in.

→ Wenn die Ausgrenzung im Klassenraum passiert, dann findet bestimmt auch verstecktes Mobbing direkt vor der Nase der/des Lehrer*in statt. Die anderen kichern, während das Opfer einen Vortrag hält, oder niemand will mit dem Opfer Gruppenarbeit machen. Hier sind zwei ziemlich einfache Schritte, wie du vorgehen kannst: 1. Du lächelst und sagst „Okay“, wenn du mit dem Mobbingopfer einer Gruppe zugeteilt wirst. Sprich mit ihm/ihr in den Pausen und nimm das Projekt als Anlass, nach der Schule Zeit mit ihm/ihr zu verbringen. 2. Sprich mit eine*r Lehrer*in, eine*r Sozialpädagog*in oder der/dem Schulsanitäter*in darüber, dass in der Klasse einige Maßnahmen ergriffen werden müssen, um die Gruppendynamik zu verbessern.

Es darf nicht passieren, dass einige Schüler*innen die Macht haben, auf anderen Menschen herumzuhacken und sie als wertlos zu definieren. Nimm deinen Mut zusammen und wende dich an Erwachsene, der/die etwas dagegen unternehmen können. Mit diesem Schritt reichst du dem Mobbingopfer die Hand. Das kannst du, wenn du willst, auch anonym machen. Schreib zum Beispiel einen Zettel. Die Erwachsenen wissen dann zwar nicht, von wem der Hinweis kommt, aber zumindest wissen sie, dass etwas unternommen werden muss, und die Opfer wissen, dass es jemanden gibt, der/die sich für sie interessiert und dass sie nicht alleine sind.

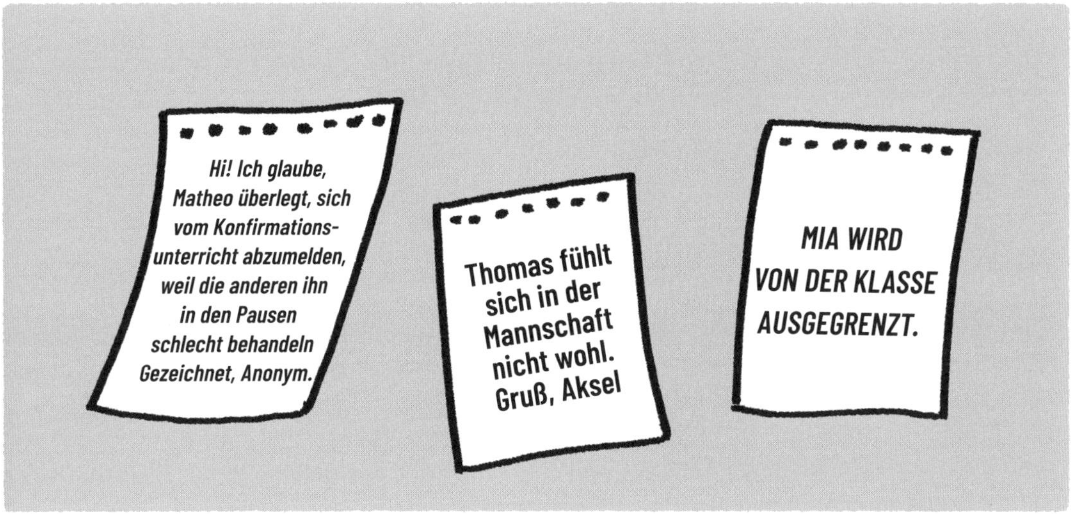

An dich, wenn du andere mobbst

Du weißt vielleicht, dass du andere belästigst – vielleicht jemanden, der/die jünger ist als du, oder auch eine*n Gleichaltrige*n. Du spürst vielleicht ein Kribbeln im Bauch, eine Art Hochgefühl, wenn andere dich dazu anfeuern. Und vielleicht hast du ein schlechtes Gewissen, aber du brauchst dieses Gefühl – dass du am stärksten bist, am coolsten, dass du mobbst, um nicht selbst gemobbt zu werden. Die Wahrscheinlichkeit, dass es dir nicht gut geht, und dass du Hilfe brauchst, ist ziemlich hoch. Vielleicht bist du unsicher oder hast Probleme damit, zu einer gewissen Ruhe in dir zu finden, und dein Verhalten ist für dich zu einer Art „Lösung" geworden. Vielleicht hast du andere geopfert, um selbst in einer besseren Position zu sein. Gibt es vielleicht andere Möglichkeiten, Spaß zu haben, dieses Kribbeln im Bauch zu spüren oder eine soziale Sicherheit zu etablieren? Möglichkeiten, bei denen du nicht das Leben anderer zerstörst?

Niemand hat es verdient, gemobbt zu werden. Du hast kein Recht, andere zu behandeln, wie es dir gerade passt. Doch es gibt noch einen anderen Grund, warum du dein Verhalten ändern musst: Wenn du jemanden mobbst, legst du die Fähigkeit ab, Empathie für andere Menschen zu empfinden. Damit kannst du deiner Entwicklung schaden. Du trainierst deiner Persönlichkeit schlechte Angewohnheiten an. Du weißt vielleicht nicht, wie und wo du dir Hilfe suchen kannst. Aber denk dran: Dein*e Hausärzt*in und ein*e Schulsanitäter*in haben eine Schweigepflicht. Sie werden anderen nicht erzählen, mit welchem Problem du dich an sie gewandt hast.

Es kann passieren, dass du jemanden mobbst, ohne dass es dir bewusst ist. Soll heißen: Du weißt vielleicht, dass du in einer gewissen Gruppendynamik drinsteckst, aber du trickst dich selbst aus, indem du dir einredest, dass es schon nicht so schlimm sein wird. Hier sind einige Beispiele:

→ **„Körperliches Mobbing ist wie ein Spiel."** Die Rede ist hier von Spiel und Neckereien, die sich an der Grenze zum Unangenehmen und Schmerzhaften befinden. Schneeballschlachten, andere im Schnee einseifen und spielerische Raufereien – wann wird aus Spiel Mobbing oder Gewalt? Die einfache Antwort: Sobald eine*r der Beteiligten nicht mehr zustimmt. Es ist keine Schneeballschlacht mehr, wenn man jemanden mit Schneebällen bewirft, der/die nicht mitspielen will. Es ist keine spielerische Rauferei, wenn die andere Person vergeblich bittet, nicht mehr geschlagen zu werden.

→ **Jemanden aus dem eigenen Rudel zu ignorieren, als würde diese Person gar nicht existieren,** kann sich für die anderen in der Gruppe harmlos anfühlen. Als würde man eigentlich gar nichts machen. Aber jemanden willentlich zu ignorieren ist eine aktive Handlung: man macht den/die andere*n unsichtbar. Das Gefühl, für andere unsichtbar zu sein, ist eines der schlimmsten.

→ **Was du witzig findest, kann jemand anderes als Mobbing empfinden.** Du lachst, wenn dein Kumpel dir deinen Schuh klaut und ruft: „Alter, der stinkt!", wenn er ihn auf deinen Spind wirft, sodass ihr den Hausmeister bitten müsst, eine Leiter zu holen. Deine anderen Freund*innen stehen daneben und feixen. Du lachst, weil du dich mit deinen Freund*innen sicher fühlst und genau weißt, dass sie dich nur necken, weil sie dich cool finden. Wenn ihr dasselbe mit einer anderen Person macht, die nicht zu eurer Gruppe gehört, ist das gleich eine ganz andere Nummer.

→ **Du kannst eine Person, der du nahestehst, mobben, ohne es zu merken.** Zum Beispiel eine*n enge*n Freund*in, deinen Bruder oder deine Schwester. Das klingt vielleicht komisch, kann aber schnell passieren. Deine kleine Schwester sollte nicht vor deinen Freund*innen bloßgestellt werden, aus einer kleinen Rauferei mit deinem jüngeren Bruder sollte keine Situation entstehen, in der er Gewalt ausgesetzt ist.

An dich, wenn du dich fragst, ob du Teil einer Gruppe bist, die andere mobbt

Wenn dir, während du dieses Kapitel liest, plötzlich bewusst wird, dass du eventuell mitmachst, wenn jemand gemobbt wird: Super, dass du dein Verhalten reflektierst. Das ist ein guter und mutiger erster Schritt, darüber nachzudenken, ob du etwas Fieses gesagt oder getan hast. Viele andere würden sich das nicht trauen. Die Antwort auf deine Überlegungen lautet vermutlich Ja. Die meisten von uns denken nicht gern darüber nach, ob sie sich selbst falsch verhalten haben – wenn dir dein Bauchgefühl also zuflüstert, dass du in Mobbing involviert bist, dann solltest du darauf hören.

Wissenschaftliche Untersuchungen zeigen, dass Menschen sich selbst nicht gerne als die „Bösen" sehen. Wir halten uns gerne für ehrliche und vernünftige Menschen, die sich gut benehmen, ganz egal, wie wir uns tatsächlich verhalten. Es ist daher möglich, dass Jugendliche, die andere schikanieren, sich einreden, dass es nicht so schlimm sei, dass alles nur ein Spiel oder ein Witz sei. Menschen, die einer Gruppe angehören, können sich auch gemeinsam mit den anderen eine kollektive Realität schaffen, in der sie mit dem Selbstverständnis leben, dass es in Ordnung ist, Außenstehende schlecht zu behandeln. Als ob die Person, die gemobbt wird, keine echten Gefühle hat oder eigentlich gar keine Person ist.

Online ist auch nicht besser

Social Media ist ein Ort, wo sich das Leben abspielt, so wie das Klassenzimmer oder die Halle beim Handballtraining. In den sozialen Medien ausgegrenzt zu werden, ist für das Opfer genauso schmerzhaft wie Ausgrenzung in der Klasse. Internethetze, hässliche Kommentare in den sozialen Medien und boshafte Nachrichten sind genauso schlimm wie eine fiese Bemerkung im Sportunterricht.

Es ist leicht, sich vorzumachen, dass alles nur halb so schlimm sei, wenn etwas online passiert. „Meine Nachricht ist nur eine von vielen, die sie heute bekommt", könnte man meinen, oder: „War ja nur eine SMS". Man kann sich einreden, dass diejenigen, die online schikaniert werden, die Nachrichten ignorieren und einfach mit ihrem Alltag weitermachen können, als wäre nichts vorgefallen. In Wahrheit ist das jedoch selten der Fall. Kein junger Mensch hat einen Schutzschild, der es ihm ermöglicht, drüberzustehen, wenn er gemobbt wird. Es ist total egal, ob das Mobbing im Internet stattfindet oder von Angesicht zu Angesicht.

Stell dir mal vor, du bekommst eine ganz liebe Nachricht von einer Person, die du sehr gerne magst, oder in die du sogar verliebt bist. Freust du dich darüber? Würdest du dich weniger freuen, wenn die Person dich auf der Straße angesprochen hätte? Freust du dich weniger, wenn du ähnliche Nachrichten von unterschiedlichen Personen bekommst? Wahrscheinlich nicht.

So ähnlich funktioniert es auch mit negativen Kommentaren. Dass es nur einer von vielen ist, macht die Sache eher schlimmer. Wenn du das nächste mal eine Nachricht bekommst, die dich strahlen lässt – stell dir mal vor, es wäre eine Hassnachricht, und du erfährst, dass alle in deiner Klasse dich schrecklich finden. Jugendliche Cybermobbing auszusetzen, zerstört soziale Medien für sie. In dem Moment, in dem du angenehmes Kribbeln verspürst, wenn dich jemand via Social Media kontaktiert, bekommt jemand anderes einen Kloß im Hals und hat Angst davor, die App überhaupt zu öffnen.

Wenn du bereust, jemanden gemobbt zu haben

Auf Seite 206 siehst du ein Beispiel von Jugendlichen, die es bereuen, eine Mitschülerin gemobbt zu haben. Es ist ein gutes Zeichen, wenn du dir wünschst, etwas zurückzunehmen, was du gesagt oder getan hast, oder dir zu wünschen, dass es niemals passiert wäre. Schlechtes Gewissen zu haben ist eine fantastische Eigenschaft – wenn es denn angebracht ist. Es motiviert dich dazu, Dinge wieder in Ordnung zu bringen. Mobbing kann nie ganz wiedergutgemacht werden, denn man kann die Zeit leider nicht zurückdrehen, aber du kannst trotzdem ein Zeichen setzen.

Nimm Kontakt zu der Person auf, die von dir gemobbt wurde. Bitte um Verzeihung. So viel musst du gar nicht sagen, achte drauf, dass du nicht nach Ausreden oder schlechten Erklärungen suchst. Sag einfach: „Entschuldige bitte, ich bin ein*e Idiot*in gewesen, es tut mir so leid."

An dich, wenn du gemobbt wirst

Du Liebe*r, das Erste, was du wissen musst: Es liegt nie an dir, wenn du gemobbt wirst. Es gibt *keinen triftigen Grund, jemanden zu mobben.* Kein Kind, kein*e Jugendliche*r hat es verdient, schikaniert zu werden! An dir ist absolut gar nichts falsch. Das Verhalten der anderen hat überhaupt nichts mit dir zu tun. Nur mit ihnen selbst.

Hast du ältere, wunderbare Menschen, vielleicht eine ältere Schwester oder einen Bruder oder tolle Erwachsene wie deine Eltern oder eine*n Lehrer*in in deinem Umfeld, die dir in deiner Situation helfen können? Denk dran: deine Schule ist dazu verpflichtet, dir Sicherheit zu gewährleisten und dich zu schützen.

Du bist genauso viel wert, wie alle anderen. Wir wissen, wie schwer es ist, aber wenn du es schaffst: Bau dir dein Leben auf, ganz unabhängig von den Mobber*innen, tu so, als würden sie gar nicht existieren. Tu einfach alles, was dir gefällt und worauf du Lust hast, mach dich auf die Suche nach Gruppen, in denen du dich aufgehoben fühlst. Blockiere die Mobber*innen auf Social Media und in deinen Chats, und wenn sie dich damit konfrontieren, kannst du geradeheraus sagen: „Ach, findest du das merkwürdig? Du lässt doch immer nur Scheiße ab!“ (wenn du dich sicher fühlst und dich traust, so direkt zu sein). Solange beim Mobbing keine körperliche Gewalt im Spiel ist, kannst du versuchen zu kontern. Zum Beispiel kannst du auf freche, provokante Fragen mit der größten Selbstverständlichkeit antworten und erhobenen Hauptes weitergehen.

Es ist nicht sicher, dass du den Mobber*innen mit Selbstbewusstsein Einhalt gebieten kannst. Es ist auch nicht deine Aufgabe. Du dürftest diesem Problem nie ausgesetzt sein. Dennoch: Es könnte dir enorm helfen, wenn du die Mobber*innen als Loser betrachtest und dir immer wieder in Erinnerung rufst, dass du dir nichts vorzuwerfen hast. Egal, ob sie dich an deinen wunden Punkten treffen, oder nicht. Sie haben vielleicht ihre Gründe für ihr Verhalten, aber diese Gründe haben nichts mit dir zu tun. Und was sie tun, ist falsch.

Sexueller Missbrauch

Was ist sexueller Missbrauch?

Ein sexueller Übergriff liegt vor, wenn jemand die sexuellen Grenzen einer anderen Person überschreitet, ohne die Einwilligung dafür bekommen zu haben. Sexueller Missbrauch kann Opfern großen Schaden zufügen. Es ist auch möglich, Missbrauch zu erleben und überleben, ohne im Nachhinein darunter zu leiden.

Wer kann Opfer sexueller Übergriffe werden? Die Antwort lautet: Wir alle. Wir alle können die Erfahrung machen, dass sich jemand sexuell an uns vergreift. Es ist wichtig zu wissen, dass sowohl Mädchen als auch Jungen Opfer sexueller Gewalt werden, und dass sowohl Frauen als auch Männer, Mädchen als auch Jungen zu Tätern werden können. Viele Opfer, die von Gleichaltrigen missbraucht werden, haben sich oft zuvor in einer Situation befunden, in der sie mit ihre*r Täter*in geflirtet oder sie/ihn sogar gedatet haben. Es ist niemals okay, die sexuellen Grenzen anderer zu überschreiten. Manchmal verstehen andere diese Grenzen nicht, und es kommt leider oft vor, dass sie glauben, das Opfer „hat es nicht anders gewollt“ oder wäre „einverstanden gewesen“.

WICHTIG

Niemand hat das Recht, sich an dir zu vergreifen, egal was du sagst, egal was du tust, egal wie du dich kleidest. Selbst wenn du nackt auf eine Party gehen würdest – niemand hat das Recht, dich ohne deine Einwilligung anzufassen.

Eine normale Reaktion des Opfers nach einem sexuellen Übergriff, ob nun Kind, Jugendliche*r oder *e Erwachsene*r, egal ob der Übergriff im Netz passiert oder in Real Life, die meisten fühlen sich schmutzig und benutzt. Da der Missbrauch meist hinter verschlossenen Türen stattfindet und ziemlich intime Stellen des Körpers betrifft, ist es auch üblich, sich danach zu schämen, obwohl man überhaupt nichts falsch gemacht hat. Sowohl du als auch dein Körper sind noch dieselben wie vor dem Missbrauch. Es fühlt sich nur anders für dich an, weil jemand die Kontrolle gestohlen hat, die du über dich selbst und deine Sexualität haben solltest.

Wenn du einen oder mehrere sexuelle Übergriffe überlebt hast, und trotzdem das Gefühl hast, dass mit dir alles in Ordnung ist, dann ist das auch nicht verkehrt. Kinder und Jugendliche reagieren ganz unterschiedlich auf diverse Erlebnisse. Dennoch solltest du mit jemandem darüber sprechen.

Eine Vergewaltigung hat nichts mit Sex zu tun. Sex ist etwas, worauf man sich freiwillig einlässt. Vergewaltigung und Missbrauch geschehen gegen deinen Willen. Wenn du Opfer einer Vergewaltigung geworden bist, bedeutet das also nicht, dass du Sex hattest. Du kannst es vergleichen mit jemanden, bei dem/der über Nacht eingebrochen wurde – die Person hatte nicht für eine Nacht eine*n Lebenspartner*in sondern ungebetenen Besuch von eine*r Dieb*in.

Auch wenn du betrunken oder zugedröhnt bist, und gar nicht mehr mitbekommst, was um dich herum geschieht, hat niemand das Recht, sich an dir zu vergehen, nur weil du vielleicht auch Bock gehabt hättest. Das ist Missbrauch / Vergewaltigung.

Es ist normal, die Kontrolle über den eigenen Körper zu verlieren. Dein Körper ist vielleicht plötzlich schlaff und du wehrst dich nicht, wenn sich jemand an dir vergeht. Oder dein Körper reagiert auf sexuelle Reize, da hast du manchmal absolut keine Kontrolle drüber. Das soll heißen: Es kann passieren, dass man während einer Vergewaltigung sexuell erregt wird, auch, wenn es gegen deinen Willen geschieht. Dein Penis kann steif werden, deine Klitoris hart, du kannst feucht werden oder auch einen Orgasmus kriegen. Die Reaktion deines Körpers ist kein Zeichen dafür, ob du der sexuellen Handlung zugestimmt hast oder nicht.

Sexueller Missbrauch unter Jugendlichen

Sowohl Kinder als auch Jugendliche können andere Kinder und Jugendliche missbrauchen. Jugendliche, die andere Jugendliche vergewaltigen oder missbrauchen, können dies aus vielen Gründen tun, einer der häufigsten ist sexuelle Erregung im Rausch, insbesondere durch Alkohol. Alkohol kann bewirken, dass wir sehr selbstsüchtig werden und die Bedürfnisse anderer nicht mehr wahrnehmen. Es fällt uns schwerer, die Grenzen und Absichten der anderen richtig zu interpretieren und zu ignorieren, dass die andere Person eventuell keine Lust auf Sex hat. Andere Ursachen, die Jugendliche zu Täter*innen sexueller Gewalt machen können, sind Mythen. Ein weit verbreiteter Mythos ist zum Beispiel, dass knapp oder sexy gekleidete Menschen

Lust auf Sex haben, oder das eine feuchte Vagina oder ein steifer Penis Indikatoren dafür sind, dass die sexuellen Handlungen freiwillig eingegangen werden. Einige Menschen werden zu Vergewaltiger*innen, weil sie triebgesteuert sind und es ihnen egal ist, wie es der anderen Person geht. Es gibt noch eine Vielzahl von anderen Gründen, unter anderem das Gefühl von Macht.

An dich, wenn du Opfer eines Missbrauchs durch eine*n andere*n Jugendliche*r geworden bist:

Über unseren Körper wollen wir selbst bestimmen. Wenn jemand unser Nein ignoriert, signalisiert die Person damit, dass unsere Bedürfnisse sie nicht interessieren. Die dadurch ausgelöste Unsicherheit, wieviel Kontrolle wir über uns selbst haben, kann tief sitzen. Vielleicht fühlt es sich für dich so an, als hätte sich jemand einen Teil deines Körpers zu eigen gemacht und sich in dein Innerstes eingemischt. Und im schlimmsten Fall erlebst du, dass die Außenwelt dir Vorwürfe macht, das Erlebte herunterspielt oder sagt, dass sie dir nicht glaubt.

Es fällt uns schwer, etwas zu sagen, was die Sache für dich leichter macht. Aber es gibt einige praktische Dinge, die wir dir mit auf den Weg geben wollen:
Geh nicht duschen, zieh dir keine frischen Klamotten an. Suche so schnell wie möglich eine*n Ärzt*in, Gynäkolog*in oder den Notdienst eines Krankenhauses auf. Das kannst du auch tun, wenn die Misshandlung schon eine Weile zurückliegt. Selbst wenn physische Beweise längst verloren gegangen sind, kannst du dich jederzeit an eine*n Ärzt*in oder den Notdienst wenden. Gibt es jemanden, der dich beim Ärzt*innenbesuch unterstützen kann? Nimm Hilfe in Anspruch, um die schmerzhaften Gefühle und Erinnerungen zu verarbeiten. Schütze dich, damit es dir nicht wieder passiert. Wenn zum Beispiel dein*e Partner*in der/die Täter*in ist: Nimm all deinen Mut zusammen, um mit ihm/ihr Schluss zu machen. Wenn du es selbst nicht schaffst, dann hast du vielleicht eine Person, die dir nahesteht, die dich dabei unterstützen kann? Niemand hat das Recht, dich so zu behandeln.

Such dir Hilfe bei u.a.
https://www.re-empowerment.de/
https://gewaltlos.de/

Wenn jemand, den du kennst, von eine*m anderen Jugendlichen missbraucht wurde: Es ist nicht immer einfach, so etwas mitzubekommen, danebenzustehen und nicht zu wissen, was richtig oder falsch ist oder wem oder welcher Version man glauben soll. Zum Glück ist es nicht dein Job, den Fall aufzuklären. Du kannst einfach da sein. Du kannst trösten, das Opfer zum Notdienst begleiten, zuhören und immer wieder bestätigen, wie furchtbar sich das gerade anfühlen muss. Du kannst mit deine*r Freund*in wie sonst auch lustige Dinge unternehmen und ihn/sie auf andere Gedanken bringen. Und eine Sache, die du noch machen kannst: Versuche zu verhindern, dass Gerüchte über die Sache verbreitet werden.

Missbrauch im Netz/Cybergrooming

Wenn jemand ohne deine Erlaubnis private Bilder von dir verbreitet, dich ohne dein Wissen filmt oder dir droht, sexuelle Bilder oder Filme zu verschicken, dann bist du Missbrauch im Netz ausgesetzt. Eine gängige Methode von Cybergrooming ist, dass jemand dir droht: „Ich schicke diese Bilder an alle, die du kennst, es sei denn, du tust, was ich von dir verlange." Niemand darf Fotos von dir teilen, ohne dass du dein Einverständnis gibst. Wer das tut, um Druck auf dich auszuüben, begeht einen schwerwiegenden Verstoß gegen das Strafrecht und kann ins Gefängnis kommen.

Am besten ist es, wenn du nicht auf die Forderungen der Person eingehst, sondern eine andere Lösung findest. Die Polizei will in solchen Fällen, dass du Screenshots und Chatlogs, also Aufzeichnungen eures Chatverlaufs, speicherst, und den Fall zur Anzeige bringst. Das Wichtigste ist, dass du den Kontakt mit der/dem Täter*in unterbrichst, aber wenn du es zusätzlich schaffst, dich bei der Polizei zu melden, kannst du dabei helfen zu verhindern, dass der/die Täter*in sich auch an anderen Opfern vergreift. Gibt es in deinem Umfeld eine*n Erwachsene*n, dem/der du vertraust, der/die in dieser Situation für dich da sein kann? Mit so einem Angriff sollte kein*e Jugendliche*r allein gelassen werden. Wenn du aus der Situation nicht herauskommst, darfst du nicht denken, dass du schwach bist oder dass du Schuld an dem Vorfall trägst. Dies ist allein die Schuld des/der Täter*in, egal was passiert.

Es spielt keine Rolle, dass du dem/der Täter*in Bilder von dir geschickt hast. Cybergrooming ist illegal, egal wie viele Nacktfotos du von dir gemacht und gesendet hast. Viele Erwachsene sagen, dass du niemals auf die Idee kommen solltest, Nacktfotos von dir zu verschicken. Sie sagen dies, um dich zu schützen und sicherzustellen, dass dich nicht missbraucht wirst. Diesen Menschen bist du extrem wichtig, und sie werden ganz bestimmt wissen wollen, wenn Fotos von dir im Netz kursieren oder jemand damit droht, deine Fotos zu verbreiten. Sprich mit ihnen. Du musst damit rechnen, dass sie erst einmal in Panik geraten und dumme Sachen sagen wie: „WIR HABEN DIR DOCH GESAGT, dass du solche Bilder nicht verschicken sollst!“ Gib ihnen erst einmal Zeit, sich abzureagieren, sie regen sich nur so krass auf, weil sich dich lieb haben. Danach kannst du sagen: „Okay, wenn ihr euch wieder abgeregt habt: Was kann ich tun? Könnt ihr mir helfen?“

Im Kapitel über Sex kannst du mehr über Nudes lesen (Seite 96).

Es gibt viele Jugendliche, die sich gegenseitig fertigmachen, indem sie die Fotos anderer verbreiten. In diesem Moment machen sie sich keinen Kopf, wie es dir dabei geht, vielleicht gibt ihnen das Weiterschicken einfach nur einen gewissen Kick. Deine privaten Bilder werden wie Screenshots von einer Pornoseite behandelt. Was sie nicht verstehen, ist, dass Sexualität eine unglaublich private Angelegenheit ist. In dem Moment, in dem sie die Bilder im Internet verbreiten, hat die Sache nichts mehr mit Sex oder Intimität zu tun.

An dich, wenn du denkst: „Ach, ist doch nicht so schlimm, sind ja nur ein paar Bilder …“: Es gibt nichts, was weniger sexy ist, als dass die eigenen Nacktfotos in der Öffentlichkeit verbreitet werden – gegen den eigenen Willen. Das ist einfach nur übergriffig. Wem das schon einmal passiert ist, macht hinterher oft die Erfahrung, dass viele Menschen ungebeten Kontakt aufnehmen. Diese Leute schreiben von ihren Vergewaltigungsfantasien. Das ist furchtbar, das macht den Alltag der Betroffenen unangenehm und unberechenbar. All das ist nur den Personen zu verdanken, die die illegale Entscheidung getroffen haben, die Fotos anderer im Internet zu verbreiten.

Wenn jemand gegen deinen Willen Bilder in Umlauf gebracht hat, kannst du Kontakt zur Polizei aufnehmen. Denk dran: Du hast nicht Falsches oder Peinliches gemacht. Du hast ein Körper, wie jeder andere Mensch auch. Dafür solltest du dich nicht schämen.

Wenn Erwachsene sich an Kindern oder Jugendlichen vergreifen

Wer begeht Straftaten wie sexuellen Missbrauch und Vergewaltigungen? Jeder kann ein*e Täter*in sein, Eltern, Geschwister, ein Onkel oder eine Tante, Großeltern, ein Trainer, ein*e Cousin*e, ein*e Lehrer*in, ein*e Freund*in der Familie oder ein*e Fremde*r. Täter*innen können weiblich oder männlich sein, Mann oder Frau, jung oder alt.

Wie kann es sein, dass ein*e Erwachsene*r, der/die so lieb wirkt, zu*r Täter*in wird? Sexuellen Straftäter*innen fällt oft schwer, sich einzugestehen, was sie eigentlich anrichten. Deshalb lügen sie, reden sich ein, dass sie dem Kind nicht schaden wollen, dass das Kind es selbst will. Dies ist eine Erklärung, warum ein Erwachsener, der das Kind aufrichtig lieb hat, sich sexuell an ihm vergehen kann. Die Kombination von Liebe und Missbrauch ist für das missbrauchte Kind extrem verwirrend und beängstigend und kann den entstandenen Schaden nur verschlimmern.

Es gibt auch Erwachsene, die nur zu gut wissen, wie schlimm ihre Taten sind, dass sie dem Kind oder de*r Jugendlichen extremen Schaden zufügen. Diese Menschen können nach außen hin wirklich sympathisch und empathisch wirken, doch hinter verschlossenen (und verriegelten) Türen begehen sie Straftaten, zu denen sie aus unterschiedlichen Gründen Lust haben.

An dich, wenn du Opfer sexueller Gewalt bist; Dein Leben kann trotzdem schön sein!

Vielleicht glaubst du, dass sich das Leben nach einem Trauma nie wieder gut anfühlen wird. Weil sexueller Missbrauch so krass die persönlichen und intimsten Grenzen der Opfer überschreitet, glauben viele, dass sie von dem Erlebnis nie wieder heilen können, dass der Missbrauch zu einem Teil ihrer Persönlichkeit wird. Diese Gefühle sind ganz normal, doch zum Glück spiegeln sie nicht die Realität wider. Du bist nicht verdorben oder beschädigt, du kannst, mit der richtigen Hilfe und Unterstützung, lernen, die schmerzhaften Erinnerungen und schrecklichen Gefühle hinter dir zu lassen. Der erste Schritt ist, all deinen Mut und deine Kraft zusammenzunehmen und jemandem zu erzählen, was dir widerfahren ist.

Häusliche Gewalt

Was ist körperliche Gewalt?

Körperliche Gewalt bedeutet, dass jemand einer anderen Person absichtlich körperliche Schmerzen zufügt oder sie verletzt. Das können Schläge, Tritte, Kniffe, Stöße oder andere konkrete Gewalthandlungen sein, oder es kann sich um indirektere Gewalt handeln, zum Beispiel wenn jemand eine andere Person bei Schnee und Minusgraden draußen aussperrt. Wenn jemand dir absichtlich Schmerzen zufügt, dann bist du körperlicher Gewalt ausgesetzt. Gewalt gegenüber Kindern und Jugendlichen hat einen Einfluss auf ihren Alltag und ihr späteres Leben.

Körperliche Gewalt hat zwei Levels. Einerseits fügt sie Schmerzen zu, rein körperliche Schmerzen. Es kann passieren, dass man mit Verletzungen im Krankenhaus landet, aber es reicht auch schon, wenn man mit der flachen Hand ins Gesicht geschlagen wird. Andererseits hat körperliche Gewalt zur Folge, dass die Opfer sich in ihrem Umfeld ständig unsicher fühlen und immer damit rechnen müssen, dass ihnen wieder und wieder Schmerzen zugefügt werden. Wenn eine Diskussion darüber, ob du auf eine Party gehen darfst, darin endet, dass deine Mutter zuschlägt, wird eine Grenze ausradiert. Was wird beim nächsten Streit passieren? Wenn du körperliche Gewalt erfährst, bist du stets auch psychischer Gewalt ausgesetzt.

Was ist „Erziehungsgewalt"? Spricht man von „Erziehungsgewalt", meint man damit die Gewalt, die von Eltern ausgeübt wird, weil sie der Meinung sind, so ihr Kind erziehen zu können. „Erziehungsgewalt" oder „elterliche Gewalt" ist genauso strafbar wie jede andere Art der Gewalt, und sie fügt den Opfern genau dieselben Schmerzen zu. Wissenschaftliche Studien zeigen eindeutig, dass Kinder durch Gewalt nicht gehorsamer werden, sie bekommen nur mehr Angst vor ihren Eltern.

Wieso werden Eltern ihren Kindern gegenüber gewalttätig? Wenn Eltern ihren Kindern körperliche Schmerzen zufügen, geht es immer darum, dass sie mit sich selbst kämpfen. Vielleicht haben sie Probleme, sich und ihre Gefühle zu kontrollieren. Die Schwierigkeiten der Erwachsenen wird zum Problem für andere. Manchmal geben sie den Kindern oder Jugendlichen die Schuld. Diese Schuld darfst du dir nicht annehmen, du hast niemals verdient, dass dir jemand wehtut. Egal, was du eventuell getan hast. Es ist der/die Erwachsene, der/die Hilfe braucht, um zu lernen, die eigenen Probleme irgendwie anders in den Griff zu bekommen.

Was ist psychische Gewalt?

Psychische Gewalt ist, wenn dir jemand Schmerzen zufügt, ohne körperliche Gewalt anzuwenden. Man kann zum Beispiel psychische Gewalt mit bösen Worten, Demütigungen, Drohungen und herablassender Mimik oder angsteinflößender Körpersprache ausüben. Wenn ein Elternteil regelmäßig wirklich hässliche Dinge zu einem jungen Menschen sagt (wie: „Schlampe", „Du bist ein Verlierer", „Ich wünschte, du wärst nie geboren!"), tritt er oder sie das Selbstwertgefühl der/des Jugendlichen mit Füßen. Völlig ignoriert zu werden, als wäre man Luft, kann auch ein grundlegendes Gefühl der Unsicherheit erzeugen. Drohungen, zum Beispiel mit Selbstmord oder damit, den Teenager zu verlassen oder rauszuschmeißen, um ihn oder sie zum Gehorsam zu zwingen, sind ernste Formen psychischer Gewalt.

Übertriebene Kontrolle ist auch eine Form von psychischer Gewalt. Eltern sollten ihre Kinder nicht so streng kontrollieren, dass sie keine eigene Privatsphäre mehr haben oder das Kind/der Teenager nicht über wichtige Aspekte des eigenen Lebens entscheiden darf. Kinder sind nicht das Eigentum ihrer Eltern.

Den Eltern sollte es erlaubt sein, Grenzen zu setzen und zu schimpfen, und es muss ihnen erlaubt sein, sachlich zu äußern, wie frustriert oder wütend sie sind. Manchmal verletzen sich Familienmitglieder gegenseitig, ohne dass es deshalb zu psychischer Gewalt kommt. Außerdem sind die Menschen ganz verschieden, und einige Eltern haben mehr Temperament als andere, formulieren sich ungeschickter oder sind weniger geduldig. Erwachsene dürfen ihre Wut und ihre Frustration ruhig zum Ausdruck bringen, aber nicht so, dass sie für ihre Kinder unberechenbar werden oder ihnen Angst machen. Zum Beispiel ist es in Ordnung, streng zu werden, wenn das benutzte Geschirr zum fünfzigsten Mal unters Bett geschoben wurde. Den Eltern muss es auch erlaubt sein, Regeln für Bildschirmzeit und Hausaufgaben sowie angemessene Zeiten festzulegen, zu denen man wieder zu Hause zu sein hat. Allerdings sollten sie weder mit Wut, Sarkasmus oder eigenen schwierigen Gefühlen argumentieren, sodass aus einer Grundsatzdiskussion Mobbing wird. Dein Alltag sollte nicht davon bestimmt sein, dass deine Eltern dein Selbstwertgefühl mindern oder dir mit ihrer Wut Angst machen. Es ist ein sehr großer Unterschied, ob jemand sagt: „Bist du noch wach, du hättest schon vor einer halben Stunde im Bett sein sollen!" (das ist in Ordnung) oder etwa: „Hey!? Bist du immer noch wach und verschwendest deine Zeit? Bist du bekloppt oder einfach nur faul?" (das ist NICHT in Ordnung).

Wieso werden Eltern ihren Kindern gegenüber so fies? Wie bei körperlicher Gewalt sind sich auch in Fällen von psychischer Gewalt Eltern oft nicht bewusst, was sie eigentlich für einen Schaden anrichten. Eltern, die ihre Kinder psychischer Gewalt aussetzen, haben oft auch Probleme in anderen Beziehungen. In gewisser Weise haben die meisten Menschen unbewusste Spielregeln einstudiert, nach denen sie handeln, die ihnen sagen, wie sie sich anderen gegenüber verhalten sollen. Hier sind einige Beispiele von Spielregeln für Beziehungen, in denen man sich geborgen und sicher fühlt. Du kannst sie vielleicht mit deinen Eltern diskutieren?

- Sag nette Worte, mach Komplimente, lächle und sei höflich.
- Sei nicht unnötig kritisch und streng, das bedrückt die Menschen bloß.
- Drohe niemals mit Gewalt oder Selbstmord, um deinen Willen durchzusetzen.
- Rede anderen niemals ein schlechtes Gewissen ein, nur damit du dich selbst besser fühlst.
- Versuche, andere mit deinen Kommentaren nicht zu demütigen.
- Bring andere nicht in Situationen, in denen sie sich schämen oder genieren.
- Vergiss nicht, dass andere Menschen anders fühlen als du.

Wenn Eltern ihre Kinder psychischer Gewalt aussetzen, haben sie oft Schwierigkeiten, diese Regeln zu befolgen. Sie *wollen* nicht absichtlich eine schlechte Beziehung zu ihren Kindern aufbauen, halten sich aber nicht an die Spielregeln für gute Beziehungen. In der Regel handelt es sich um Eltern, die nicht verstehen, warum alles so schwierig ist, und du als Jugendliche*r benötigst möglicherweise die Unterstützung eine*s anderen Erwachsenen, beispielsweise eines anderen Familienmitglieds, um deinen Eltern mitzuteilen, wie es dir geht.

An dich, wenn du psychischer oder körperlicher Gewalt ausgesetzt bist

Es ist nicht deine Schuld. Eltern, die Gewalt ausüben, sagen ihren Kindern oft, sie seien selbst schuld. „Du hast mich dazu gebracht!", kann der/die Täter*in sagen, oder: „Das wäre nie passiert, wenn du mir gehorcht hättest!" Die Erwachsenen, die dich misshandeln, müsssen sich diese Dinge oft selbst einreden, um überhaupt ertragen zu können, dass sie keine Kontrolle haben. Aber das ist falsch. Es gibt nie einen plausiblen Grund, anderen Menschen Schmerzen zuzufügen, weder psychisch noch körperlich. Es liegt in der Verantwortung der Erwachsenen, es ist der Fehler der Erwachsenen. Nicht deiner.

Die wenigsten Eltern sind durchgehend gewalttätig. Oft zeigen sie auch Liebe und Fürsorge. Und das kann ziemlich verwirrend sein. Wenn uns körperliches oder psychisches Leiden von derselben Person zugefügt wird, die uns Essen ans Bett bringt, wenn wir krank sind, glauben wir nämlich schneller an fiese Kommentare oder dass wir es verdient haben, so behandelt zu werden. Und es kann ein ziemliches Chaos in deinem Kopf herrschen, wenn die Person, die dich schlägt, dich auch tröstet, wenn du deinen ersten Liebeskummer hast.

Warum sind sie lieb zu anderen? Es ist ganz besonders schmerzhaft, wenn man miterlebt, wie sehr sich die Eltern zusammenreißen, wenn Besuch kommt. Man selbst muss sich den ganzen Tag anhören, was für eine Enttäuschung man ist, die niemals hätte zur Welt kommen dürfen, aber die Tochter der Nachbarn wird gelobt, der Hausmeister kennt deine Eltern nur als die netten Leute. Die Erklärung ist ganz einfach: Schauspiel und Fassade funktioniert ganz gut vor anderen Menschen, die nicht zum engsten Kreis der Familie gehören. Es kann auch sein, dass es ihnen gelingt, vor anderen Menschen die Ruhe zu bewahren und ihren Frust an ihren Kindern auslassen. Das fühlt sich unfair an. Und das ist unfair.

Manche Eltern haben so viel mit sich selbst zu tun und scheinen sich überhaupt nicht für ihre Kinder zu interessieren. Diese Erwachsenen stellen ihre eigenen Bedürfnisse so sehr in den Vordergrund, dass ihre Kinder kaum noch eine Rolle spielen. Zum Beispiel stehlen sie Geld vom Sparbuch ihrer Kinder oder leben ihr Leben, als hätten sie überhaupt kein Kind, um das sie sich kümmern sollten. Diesen Erwachsenen ist wahrscheinlich nie bewusst geworden, welche Verantwortung dahinter steckt, ein Kind zu haben, oder die prinzipiell nicht besonders viel Empathie mit anderen Menschen haben. Doch es kann auch sein, dass diese Erwachsene ernste Probleme haben und sich wirklich wünschen, bessere Eltern sein zu können.

Gewalt zwischen den Eltern mitzuerleben ist genauso schmerzhaft, als wärest du selbst dieser Gewalt ausgesetzt. Du bekommst mit, wie jemandem, den/die du sehr gern magst, Schmerzen zugefügt werden, es tut auch dir unglaublich weh, du fühlst dich hilflos, du hast Angst, dass das übel enden könnte, mit schweren Verletzungen oder sogar dem Tod. Wenn dich das betrifft, musst du die Sache genauso ernst nehmen, als wärest du direkt von der Gewalt betroffen.

Es ist wichtig, dass du beschützt wirst. Der Schritt, jemandem davon zu erzählen, dass du häuslicher Gewalt ausgesetzt bist, kann ziemlich beängstigend sein. Aber ein Alltag mit Gewalt ist unberechenbar und normalerweise ziemlich schwer zu ertragen. Du verdienst es, vor psychischer und körperlicher Gewalt geschützt zu werden. Eltern, die ihre Kinder schlecht behandeln, können Hilfe in Anspruch nehmen.

Wenn ein*e Freund*in Furchtbares durchgemacht hat

Jedes Trauma ist einzigartig

Drei Freund*innen, die vor ein und demselben Krieg geflohen sind, können die Gewalt und die Gefahr ganz unterschiedlich erlebt haben. Ebenso sind Kinder, die sexuell missbraucht worden sind, ganz verschieden, jede*r hat seine/ihre eigene Geschichte. Die Gewalt, die zwischen Iduns Eltern herrscht, kann nicht einmal annähernd vergleichbar sein mit der Gewalt, die Alexander zwischen seinen Eltern beobachtet. Die Eckdaten der Geschichte eine*s anderen zu kennen, bedeutet nicht, dass man alles darüber weiß. Das bedeutet vor allem eins: Es ist eine Geschichte, die weh tut und daher mit Respekt behandelt werden muss.

Was kannst du als Freund*in ausrichten?

Oft weiß man nicht, was man sagen soll, wenn jemand etwas Schmerzhaftes durchgemacht hat, und viele haben Angst, die Dinge noch schlimmer zu machen. Wenn du traurige Geschichten von jemandem hörst, der/die dir wichtig ist, können auch in dir dunkle Wolken entstehen, die deinen Tag verregnen. Trotzdem ist es schön, dass du für deine Freund*innen da sein möchtest. Hier sind einige Tipps:

→ Sprich mit dem/der Betroffenen, sag, dass du ihn/sie sehr lieb hast. Ein*e Freund*in zu sein bedeutet auch, den Schmerz der anderen Person auszuhalten. Wer etwas Schlimmes erlebt hat, will vor allem hören, dass du wissen möchtest, was passiert ist, auch, wenn du in Tränen ausbrichst, sobald er/sie dir alles erzählt.

→ Du darfst dich selbst schützen. Wir Menschen sind verschieden, und auch wenn einige gut mit dem Schmerz anderer umgehen können, ist es genauso normal, wenn es dich hart trifft. Es ist trotzdem möglich, dass du für deine*n Freund*in da bist. Teile ihm/ihr mit, dass du es nicht erträgst, von dem Erlebten zu hören, aber dass du trotzdem eine Stütze sein möchtest: „Ich hab dich so lieb, dass ich es kaum aushalte, mir das anzuhören. Das heißt nicht, dass es mir egal ist. Können wir uns damit an eine*n Erwachsene*n wenden?“

KAPITEL 9

Psychische Leiden

Über seelische Schmerzen und Herausforderungen

Die meisten negativen Gefühle sind keine psychischen Leiden

Uns Menschen begleiten unzählige Gefühle und Gedanken durch den Alltag. Dass wir uns vor allem auf Probleme und Gefahren zu konzentrieren, ist irgendwie noch in unseren Genen verankert, da dies seit Urzeiten eine gute Überlebensstrategie war. Es kann also passieren, dass wir und in bestimmten Zeiten übermäßig Sorgen machen, oder in denen uns alles leer und bedeutungslos erscheint. Die meisten Widrigkeiten und negativen Gefühle gehören zum normalen Leben, wir brauchen also nicht unbedingt Hilfe, um darüber hinwegzukommen. Nur wenige Menschen hüpfen und tanzen durchs Leben, als ob alles perfekt wäre. Außerdem haben die meisten von uns besondere Eigenschaften, die zur Folge haben, dass es uns in manchen Situationen schwerer fällt, wir selbst zu sein, ohne dass dies bedeutet, dass wir etwas an uns ändern müssen. Es ist nicht leicht, ein Hitzkopf zu sein, oder sehr schüchtern oder jemand, der/die sich schnell Sorgen macht. Aber das ist nicht gleichbedeutend mit einem psychischen Leiden. Deine psychische Gesundheit ist beeinträchtigt, wenn Gedanken und Gefühle mit der Zeit so schwierig werden, dass der Alltag nicht mehr so funktioniert, wie er sollte.

Wie funktionieren Diagnosen, wenn man psychische Probleme hat? Die meisten Diagnosen von psychischen Leiden sind Beschreibungen von ganz bestimmten Schwierigkeiten. Beispielsweise hast du nicht gleich eine Depression, wenn du mal traurig bist. Aber du kannst an einer Depression leiden, wenn du schon so lange niedergeschlagen bist, dass die dunklen Gedanken Überhand nehmen und du das Interesse an Dingen verlierst, die dir eigentlich Spaß machen. Wenn du nervös bist, vor der ganzen Klasse einen Vortrag zu halten, hast du noch lange keine Angststörung – wenn du jedoch richtig Panik bekommst, an der Supermarktkasse nach dem Bon zu fragen, dann sieht es schon eher nach einer Angststörung aus. Auf dem Zebrastreifen nur auf die weißen Felder zu treten ist nur selten eine Zwangsstörung – wäschst du dir andauern und zwanghaft die Hände, ist das schon eher der Fall.

In den Bereichen der Psychologie und Psychosomatik gibt es auch Diagnosen, bei denen es den Betroffenen nicht unbedingt schlecht geht – sie funktionieren auf gewissen Gebieten etwas „anders" als neurotypische Personen – sie sind also „neurodivers". Beispiele für Neurodiversität wären ADHS (Aufmerksamkeitsdefizit-/Hyperaktivitätsstörung), Tourette-Syndrom oder eine Verortung auf dem Autismus-Spektrum (zu denen auch Asperger zählt).

Warum braucht man überhaupt eine Diagnose? Der Hauptgrund für eine Diagnose ist, dass die Erwachsenen, die betroffene Kinder und Jugendliche medizinisch und/oder therapeutisch unterstützen oder deren Angehörige sind, in der Lage sind, effektiv zusammenzuarbeiten. Die Diagnose ist eine Art Codesprache, durch die man ohne Umwege erfährt, was bei den Untersuchungen herauskam und was zu tun ist, ganz ähnlich wie bei physischen Diagnosen. Wenn in den Papieren eines/einer Patient*in angegeben ist, dass er/sie am Pfeifferschen Drüsenfieber leidet, geben diese Unterlagen Auskunft darüber, welche Proben entnommen wurden und was diese Proben aussagten. Ebenso sagen die Worte: „Olav hat eine schwere Depression" etwas darüber aus, wie es Olav gerade geht, zum Beispiel, dass er schon lange sehr traurig ist oder sich leer fühlt, dass er nicht mehr normal leben kann, und dass er negative Gedanken und Gefühle hat und wahrscheinlich viel über den Tod nachdenkt. ABER: „Olav hat eine schwere Depression" sagt nichts darüber aus, wer Olav ist! Diese Diagnose bestimmt nicht, was Olav zum Lachen bringt oder was sein Lieblingsessen ist, sie sagt nichts darüber aus, was Olav alles schon erlebt hat oder wie gut er zeichnen kann.

Es ist ganz normal, mehrere Diagnosen gleichzeitig zu haben. Unsere Gedanken, Gefühle und andere Vorgänge in unserem Gehirn sind eng miteinander verknüpft. Wenn du also mit einer Depression und zusätzlich mit einer Angststörung diagnostiziert worden bist, ist es nicht automatisch doppelt so schlimm. Da die Diagnosen recht spezifisch sind, versucht man den Zustand der betroffenen Person so gut wie möglich zu beschreiben, indem man bei Bedarf mehrere Diagnosen stellt.

Was ist Therapie?

Viele Menschen haben ein bisschen Angst, zur Therapie zu gehen, weil sie nicht wissen, was es ist. Therapie heißt eigentlich nur, Hilfe von eine*r Erwachsenen zu bekommen, der/die viel von Psychologie versteht und weiß, was helfen kann. Du kannst dir zum Beispiel Hilfe holen, um schlechte Erinnerungen angstfrei zu verarbeiten oder dich selbst so gut kennenzulernen, dass du keine Drogen oder Alkohol mehr brauchst, um das Leben zu ertragen. Einige Therapiemethoden sind direkt und führen zu einer schnellen Besserung, zum Beispiel bei Zwangsstörungen. Manchmal muss man viel Zeit aufwenden und sich erst wirklich stabilisieren, bevor man eine Besserung sieht, zum Beispiel bei einer Depression, die eine Weile anhalten kann. Es ist üblich, dass man bei einer Therapie miteinander spricht, aber es gibt auch andere Ansätze, und man muss nicht gut mit Worten sein, um Hilfe bei psychischen Herausforderungen zu bekommen. In den meisten Fällen werden die Eltern und vielleicht die Schule und andere Bezugspersonen einbezogen und angeleitet, wie sie es Jugendlichen leichter machen können, die Schwierigkeiten haben.

Eine Behandlung muss nicht nur eine Therapie sein. In einigen Fällen kommt man nicht um Medikamente herum. Und manchmal liegen die Probleme auch am Umfeld, und die Probleme können behoben werden, wenn sich an äußeren Bedingungen etwas ändert. Aber eine Therapie hilft am besten bei den meisten psychischen Leiden.

Das Wichtigste, egal wofür du in Therapie bist, ist, dass du dich verstanden fühlst und merkst, dass dein*e Therapeut*in dir helfen möchte. Wenn du nach einigen Sitzungen das Gefühl hast, keine gute Beziehung zu deine*r Therapeutin aufbauen zu können, kannst du um einen Therapeut*innenwechsel bitten. Sprich offen darüber, entweder direkt mit deine*r Therapeut*in oder mit jemandem, der/dir dabei helfen kann. Es ist nicht schlecht oder unhöflich, es ist mutig und das Richtige.

Das Zweitwichtigste in der Therapie ist, dass du mitmachst. Nimm deine Termine wahr, sprich es an, wenn du etwas nicht verstehst oder wenn du anderer Meinung als dein*e Therapeut*in bist. Versuch so zu denken: Das Projekt, dein Leben besser zu machen, braucht dich. Deine Meinung ist von unschätzbarem Wert. Auch, wenn du nur sagen willst, dass du keine Hoffnung oder keine Lust hast, Hilfe anzunehmen.

Es kann sein, dass dir Medizin empfohlen wird. Dir werden keine Medikamente verschrieben, ohne dass du während der Einnahmephase von jemandem betreut wirst. Medikamente ändern nicht deine Persönlichkeit, aber sie können dazu beitragen, dass du dich besser fühlst. Wenn bei dir unangenehme Nebenwirkungen auftreten, kannst du andere Arten des gleichen Arzneimittels ausprobieren, um zu sehen, ob du sie besser verträgst. Unterschiedliche Diagnosen verlangen nach unterschiedlichen Medikamenten. Du darfst niemals Medikamente einnehmen, die jemand anderem verschrieben wurden, und nimm nie mehr Medikamente ein, als dein*e Ärzt*in dir verschrieben hat.

Bei allen psychischen Leiden gilt: Sorge dafür, dass du, oder jemand, der/die dir nahesteht, sich um ganz grundlegende Dinge in deinem Alltag kümmert, wie Schlaf, regelmäßige Mahlzeiten, frische Luft, Sonne und Aktivität für den Körper, obwohl all dies sehr schwierig in die Tat umzusetzen ist, wenn du sehr traurig bist. Wahrscheinlich wird es dich tierisch nerven, dass andere diese Routinen von dir verlangen, aber wenn es deinem Körper gutgeht, wird es dir leichter fallen, seelisch zu heilen.

Akute Einweisung

Wenn man eingewiesen wird, bedeutet es, dass man für eine Weile in einer Klinik untergebracht ist, entweder nur für eine Nacht oder über einen längeren Zeitraum. Manchmal sind sich das Klinikpersonal und der/die Jugendliche einig, dass die Behandlung in der Einrichtung die beste Lösung ist, doch manchmal geschieht die Einweisung auch gegen den Willen des/der Jugendlichen, wenn die Erwachsenen keinen anderen Weg sehen. Beispielsweise, wenn sie befürchten, dass die/der Jugendliche nicht mehr auf sich aufpassen kann. Bei akuten Klinikaufenthalten geht es in erster Linie darum, das Chaos im Kopf zu sortieren, damit man daraufhin im Stande ist, außerhalb der psychiatrischen Einrichtung Hilfe anzunehmen. Es ist nicht so, dass eine Zwangseinweisung bedeutet, dass man schneller gesund wird oder dass vor Ort wirklich eine gute Therapie bekommt. Bei einer Zwangseinweisung geht es in erster Linie darum, eine Krise in der akuten Situation zu lösen oder zu deeskalieren, mehr nicht.

Wenn du nicht eingewiesen wirst, bedeutet dies nicht, dass die Erwachsenen dich nicht ernst nehmen! Auch wenn du dich selbst verletzt oder schon lange den Gedanken hast, nicht mehr leben zu wollen, ist es immer noch am besten, wenn du nicht gegen deinen Willen behandelt wirst. Viele Familien hoffen, dass alles besser wird, wenn der/die Jugendliche eingewiesen wird, und empfinden es als Ablehnung, wenn die Therapeut*innen einen Klinikaufenthalt ausschließen – als würden die Probleme ihrer Kinder nicht ernst genommen oder niemanden interessieren. Das ist ein trauriges und sehr nachvollziehbares Missverständnis. Natürlich fühlen sich besorgte Eltern beruhigt, wenn ein Teenager, dem es extrem schlecht geht, eine Weile in einer Klinik untergebracht wird! Und es ist kein Wunder, dass ein Teenager, der unter unerträglichen psychischen Schmerzen leidet, glaubt, es würde helfen, eine Auszeit vom chaotischen Leben zu nehmen. Doch es ist auch so, dass Therapeut*innen wissen, dass die Probleme in einer Notklinik sehr selten gelöst werden können. Daher können Therapeut*innen eine Bitte um einen Klinikaufenthalt ablehnen, obwohl sie sehr besorgt sind und sicherlich verstehen, wie schmerzhaft das Leben gerade ist. Ob du in eine Klinik eingewiesen wirst oder nicht, sagt NICHTS darüber aus, ob du ernst genommen wirst oder jemand sich um dich sorgt!

Wenn dich das betrifft, und du nicht verstehst, warum dich niemand in eine Klinik einweist und auf dich aufpasst, dann sprich unbedingt mit deine*r Therapeut*in darüber. Du sollst dich in dem Therapieumfeld sicher und aufgehoben fühlen. Denk nie, dass du „beweisen“ musst, wie schlecht es dir geht, die Lösung für dieses Problem ist auf keinen Fall, dass du dich verletzt. Unabhängig davon, ob du in einer Klinik behandelt wirst oder nicht, es gibt zum Glück viele Möglichkeiten, dir zu helfen. Alles wird gut.

An dich, wenn du psychisch leidest

Alles kann wieder gut werden

Wenn man jede Hoffnung verloren hat, ist es schwer vorstellbar, dass ein Gespräch mit jemandem oder die Einnahme von Medikamenten helfen können. Zum Glück wissen wir aus langjähriger Erfahrung und viel Forschung, dass man sich durch eine Therapie wieder besser fühlen kann. Es gibt viele verschiedene Möglichkeiten, Jugendlichen zu helfen. Wenn dir etwas Schlimmes passiert, musst du es oft zuerst verarbeiten. In der Therapie kannst du auch mit deinem Selbstbild, Selbstvertrauen und an engen Beziehungen, beispielsweise zu deiner Familie arbeiten. Du kannst in Gedanken und Gefühle eintauchen und wie sie deinen Alltag beeinflussen. Du kannst dir auch Hilfe holen, um dich in deinem Körper wohler zu fühlen. Vielleicht brauchst du auch konkrete Hilfestellungen für andere Lebensbereiche, wie Schule oder Freundschaft. Für Jugendliche ist in der Therapie fast alles möglich. Und es ist niemals hoffnungslos. Du bist jung, hast noch dein ganzes Leben vor dir und es gibt so viele Dinge, die deinen Alltag schöner und leichter machen.

Menschen können echt tolpatschig sein

Für andere kann es schwierig sein zu verstehen, dass du psychische Schwierigkeiten hast. Es kann daher sein, dass andere dir das Gefühl geben, dass du dich ja einfach nur mal „zusammenreißen“ könntest. Aber so läuft das nicht.

Wenn Eltern so erschöpft sind, dass sie idiotische Dinge sagen: Eltern von Jugendlichen, die psychisch leiden, kommen oft an ihre Grenzen. Vielleicht verstehen sie nicht, warum ihre Kinder das Leben so kompliziert finden, und sie fragen sich, ob sie etwas falsch gemacht haben. Oder aber ihre Sorgen sind so riesig, dass all ihre Energie erschöpft ist. Erschöpfte Eltern sagen manchmal unüberlegte Dinge wie: „Wenn du nur endlich mal deine Angst überwinden könntest, dann können wir wie eine normale Familie leben.“ Oder: „Das wirst du ja wohl schaffen, du musst es ja nicht schlimmer machen, als es ist.“ Normalerweise wollen sie vor allem, dass es dir wieder gut geht. Natürlich sollten Eltern solche Dinge nicht sagen, aber ab und zu rutscht ihnen so etwas raus.

Wenn Freunde es schwierig finden, dass es dir seelisch nicht gut geht: Die meisten jungen Menschen mit moderaten psychischen Problemen haben wahrscheinlich die Erfahrung gemacht, dass ihre Altersgenoss*innen damit recht gut zurechtkommen. Aber manchmal ist die Situation so, dass sich Freund*innen und andere Jugendliche ein wenig von der betroffenen Person zurückziehen. Wenn dir das passiert, kann es daran liegen, dass deine Freund*innen nicht wissen, was sie sagen sollen oder wie sie mit dir umgehen sollen. Vielleicht haben sie Angst, die Dinge noch schlimmer zu machen, oder sie finden es schrecklich, dich so zu sehen. Das bedeutet nicht, dass sie sich keine Sorgen machen oder sich nicht für dich interessieren! Sie haben vielleicht sogar den starken Wunsch, für dich da zu sein, ihr müsst nur gemeinsam herausfinden, wie du offen und du selbst sein kannst, auf eine Art und Weise, mit der sie umgehen können.

Auch wenn du dir wünschst, deine Freunde würden aktiver auf dich und deine Bedürfnisse eingehen, ist es doch schön, wenn du trotzdem mit ihnen Zeit verbringen kannst, wenn du das schaffst. Du kannst möglicherweise nicht ganz ehrlich zu ihnen sein, was deine Gefühle betrifft, für dich ist es vielleicht ziemlich anstrengend, sozial zu sein. Doch genau wie frische Luft, Sonne, Schlaf und Essen ist auch sozialer Input gut für die Seele. Auch, wenn es sich gerade unerträglich anfühlt. Du kannst die Zeit, die du mit Freund*innen verbringst, als eine Pause betrachten, in denen du es schaffst, dich auf den Film zu konzentrieren, den ihr schaut, oder auf den Basketball, wenn ihr auf dem Platz unterwegs seid – auch wenn deine Probleme damit nicht verschwinden. Und außerdem kannst du dir mit diesen Unternehmungen regelmäßig in Erinnerung rufen, dass du ein Leben hast, in das du zurückkehren wirst, wenn das Schlimmste überstanden ist.

Ist das eine Angststörung?
Was kann meinem Freund jetzt helfen?
Bleibt das für immer?
Kann ich meine Tics kontrollieren?
Jetzt ist alles wieder gut.
Warum distanziert sie sich von mir?

An dich, wenn du dir Sorgen um eine*n Freund*in machst

Jung zu sein ist schwierig, und in gewisser Weise muss das Leben manchmal ziemlich hart sein. Aber es gibt Grenzen, wie schlimm es dir oder deinen Freund*innen ergehen kann, und irgendwann ist es an der Zeit, jemanden zu finden, der/die dir helfen kann. Du kannst dich wenden, an wen du willst, solange es ein*e Erwachsene*r ist, der/die die Verantwortung übernehmen kann.

Zeichen dafür, dass etwas nicht stimmt:

→ die Person distanziert sich und nimmt nicht an sozialen Unternehmungen teil

→ die Person wirkt nicht mehr fröhlich

→ die Person ist über einen längeren Zeitraum nicht sie selbst

→ die Schlaf- und Ernährungsgewohnheiten der Person ändern sich

→ die Person benimmt sich anders als vorher, wirkt zum Beispiel misstrauisch oder aggressiv

→ die Person spricht aus, dass sie nicht mehr leben will

Frag deine*n Freund*in erst einmal, was los ist. Hinter dem Verhalten kann auch etwas ganz anderes stecken, zum Beispiel kann er/sie nach dem Pfeifferschen Drüsenfieber so erschöpft sein, dass es dich an eine Depression erinnert. Indem du nachfragst, zeigst du auch, dass du dir Sorgen machst und dass dein*e Freund*in sich dir anvertrauen kann. Das ist in einer Freundschaft ganz wichtig.

Was kannst du tun, wenn es ernst wird?

Als Freund*in befindest du dich möglicherweise in einer Situation, in der du dir wirklich Sorgen um jemanden machst. Vielleicht weißt du bereits, dass dein*e Freund*in daran denkt, sich das Leben zu nehmen, oder du siehst Anzeichen von Selbstverletzung. Vielleicht vermutest du, dass die andere Person ein Drogenproblem hat oder im Anabolikakonsum abgerutscht ist. Auch wenn die Person, um die du dir Sorgen machst, dich inständig darum bittet, den Mund zu halten, ist es wichtig, dass du dich einem Erwachsenen anvertraust – sowohl für deine*n Freund*in als auch für sich selbst. Du kannst deine*r Freund*in sagen: „Du bist mir zu wichtig, als dass ich einfach nur zusehen kann." Vielleicht lautet die Antwort darauf: „Wenn ich dir wirklich wichtig bin, dann hältst du die Klappe!", aber dann musst du standhaft bleiben und sagen: „Sorry, aber das kommt nicht in Frage." Oft wird die andere Person tief in ihrem Inneren verstehen, dass du das nicht mit dir allein herumtragen kannst.

Du kannst fragen, ob ihr gemeinsam zu eine*m Erwachsenen gehen wollt, der/die euch helfen kann, doch wenn dein*e Freund*in sich weigert, kannst du dich einfach alleine kümmern. Schreib einen Brief an eine Person, von der du glaubst, dass sie euch helfen kann, oder sprich mit jemandem. Achte drauf, dich direkt an eine*n Erwachsenen zu wenden, nicht an andere Jugendliche. Auf Seite 384 findest du eine Liste mit Anlaufstellen, bei denen du Hilfe findest.

Du kannst viel ausrichten, aber nicht alles

Es sollte niemals in der Verantwortung Jugendlicher liegen, die Probleme anderer zu lösen und das Leiden anderer zu mildern. Bis zu einem gewissen Grad wird es sowieso oft trotzdem passieren, denn Freund*innen sind ein wichtiger Anker und es ist oft einfacher, zuerst mit Gleichaltrigen zu sprechen. Du bist sowieso wichtig – als Freund*in, Cousin*e, Bruder, Schwester, Mitschüler*in oder Nachbar*in – als Gleichaltrige*r.

Was kannst du tun, wenn du jemanden kennst, der/dem es schlecht geht und sich aus seinem/ihren eigenen Leben zurückgezogen hat?

→ **Hab Geduld.** Es kann sehr frustrierend sein mit ansehen zu müssen, wenn jemand, den/die du lieb hast, leidet – vielleicht auch noch auf eine Weise, die nur schwer nachzuvollziehen ist. Du denkst vielleicht: „Kannst du nicht einfach etwas essen?“ oder „Kannst du nicht heute einfach gute Laune haben, immerhin hab ich Geburtstag?“. Lass die ungeduldigen Gedanken kommen, aber lass sie auch wieder ziehen, ohne ein schlechtes Gewissen zu haben. Psychische Leiden und ihre Behandlung brauchen Zeit. Stell dir mal für eine Sekunde vor, dass eines Tages alles besser werden wird. Nur gerade im Moment ist es noch nicht soweit.

→ **Lass Licht ins Dunkel.** Als Freund*in, Cousin*e, Klassenkamerad*in, Schwester oder Bruder hast du eine wichtige Aufgabe, nämlich die Person, die gerade leidet, an das Leben zu erinnern, das außerhalb des Schwierigen existiert. Sprecht über gewöhnliche Dinge, lade ihn/sie zu lustigen Unternehmungen ein und denk dran, der Person, die nicht mehr zu den Pizzaabenden kommen will oder kann, ein Foto zu schicken mit der Nachricht: „Wünschte, du wärst jetzt hier, ich ruf dich morgen an!“ Tu nicht so, als wäre nichts, aber sorge auch dafür, dass die Welt deine*r Freund*in nicht nur aus Angst, Trauer, Psychose, Zwangshandlungen oder Essstörungen besteht.

→ **Sei neugierig.** Du steckst nicht in der Haut der anderen Person. Frag nach, wenn du etwas wissen willst, aber respektier auch, wenn der/die andere darauf nicht antworten will. Du kannst dich auch rückversichern: „Ist es okay, wenn ich dich danach frage?“

→ **Finde eine Balance.** Es kann weh tun, den Schmerz anderer zu akzeptieren, aber es ist ein Teil des Lebens und nichts Gefährliches. Versuch, dich in die andere Person hineinzuversetzen, um zu verstehen, wie schwer er/sie es gerade hat. Aber du musst dich auch beschützen. So wie du irgendwann merkst, von welchen Filmen du Albträume bekommst, kannst du herausfinden, wo deine Grenzen liegen, wenn es darum geht, das Leid anderer zu ertragen. Denk nur dran, deine Grenzen so freundlich wie möglich zu kommunizieren. Du könntest zum Beispiel sagen: „Ich hab dich sehr lieb und will auch wissen, wie's dir geht und was du denkst, aber dann lass uns spazieren gehen oder Fußball spielen, während wir uns unterhalten, denn in einem dunklen Raum darüber zu sprechen wird mir zu heftig.“ Oder: „Es ist schrecklich zu hören, dass du diese Dinge erlebt hast, und ich möchte alles darüber hören, aber ich glaube, ich brauche kleinere Häppchen. Können wir jetzt vielleicht über etwas anderes sprechen und dann an einem anderen Tag an das Thema anknüpfen? Es tut mir nur so weh, weil ich dich so gern hab.“ Du kannst dich darauf vorbereiten, wenn du merkst, dass es an der Zeit ist, Grenzen zu setzen.

→ **Sorg dafür, dass ein*e Erwachsene*r eingeschaltet wird.** Die Sorgen einer/eines anderen Jugendlichen dürfen dich nicht erdrücken – ein*e Erwachsene*r muss die Verantwortung übernehmen. Das kann man nie oft genug sagen (okay, du hast die Message sicherlich verstanden. Aber das ist wirklich wichtig!)

Zu guter Letzt: Du brauchst kein schlechtes Gewissen zu haben, wenn du nicht gesehen hast, dass etwas nicht stimmt. Nicht alle, denen es nicht gut geht, zeigen Anzeichen, die man als Signale für psychisches Leiden interpretieren kann. Außerdem bist du noch jung und bist in erster Linie nur für dich selbst verantwortlich.

Was ist eine Angststörung?

Angst Eine Angststörung hat man, wenn man so eine starke Angst verspürt, die die Lebensqualität beeinflusst. Es gibt viele Jugendliche, die unter einer Angststörung leiden oder jemanden kennen, der/die davon betroffen ist. Bei einer Angststörung hat man vor etwas Angst oder ist sehr unruhig und besorgt, ohne dass es einen wirklichen Grund dafür gibt. Diese Angst äußert sich in so einem starken Ausmaß, dass ein normales Leben unmöglich wird. Es gibt verschiedene Arten von Angststörungen, die davon abhängen, wovor du Angst hast. Einige haben starke Angststörungen, andere haben leichte Angststörungen. Manche erleben, dass Angst auf den Körper eindrischt und in ihm wütet, andere erleben eine heimtückischere Version, die den Geist ständig in eine negative Richtung lenkt. Zum Beispiel, wenn du immer wieder um Bestätigung bittest, hören willst, dass du gut genug bist oder alles gut werden wird. Oder aber du denkst soviel darüber nach, was schief laufen kann, dass du Schwierigkeiten hast, normal zu leben.

Du kannst dir Hilfe suchen, um deine Angststörungen loszuwerden. Es ist unmöglich, sich einfach nur „zusammenzureißen", wenn man Angst hat. Die betroffene Person erlebt starke Angst als lebensbedrohliche Situation, selbst wenn es um etwas geht, was andere als völlig unschuldig ansehen, wie zum Beispiel einen Aufzug zu benutzen. Jedes Hirn hat eine Liste über alle Dinge, die gefährlich sind und vor denen man sich in Acht nehmen soll. Schlangen beispielsweise, stehen schon von Geburt an auf der Liste jedes Menschen, es liegt in unserer Natur, Angst zu haben, wenn wir eine Schlange sehen.

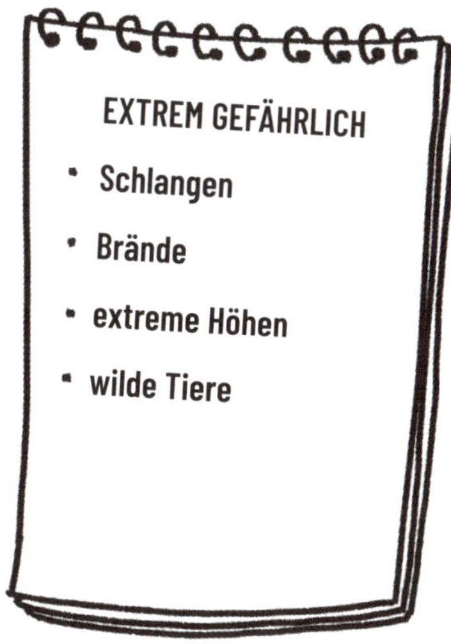

Bei einer Angststörung ergänzt unser Hirn ungefährliche Dinge auf dieser Liste. Man kann sich über alles, was zwischen Himmel und Erde existiert, Sorgen machen – es kann ein oder mehrere ganz spezielle Dinge sein, die dir Angst machen, beispielsweise mit Fremden zu reden.

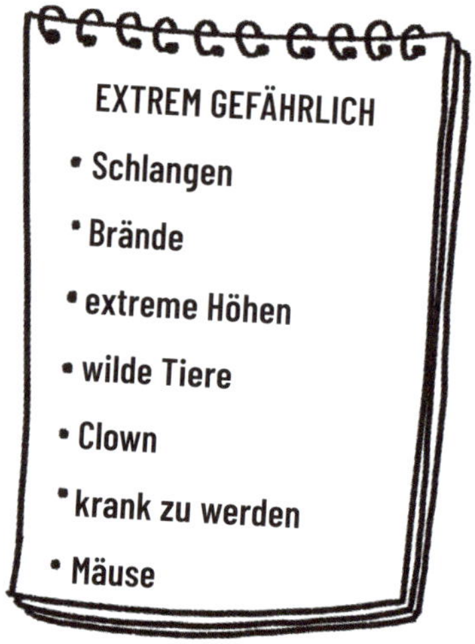

Es ist nicht immer leicht zu wissen, wovor man Angst hat, wenn man an einer Angststörung leidet. Manchmal ist Angst ein grundlegendes, aber vages Gefühl von Gefahr und Unruhe. Manche haben auch Angst, bei denen es um nichts Spezifisches geht – sie bekommen einfach nur regelmäßig Panikanfälle, aus heiterem Himmel.

Angststörungen sind heilbar

Wenn deine Angst so stark wird, dass sie dein Leben beeinträchtigt, spricht mit einer/einem Erwachsenen darüber, dann könnt ihr gemeinsam herausfinden, wer dir bei deiner Angst helfen kann. Die meisten jungen Menschen mit Angststörungen können die Angst vollständig loswerden, aber viele brauchen auf dem Weg ein wenig Hilfe. Das Verlockendste, wenn du unter Angststörungen leidest, ist es, die Dinge, die die Angst in dir auslösen, einfach zu vermeiden. Doch dadurch wird die Angst nur größer. Ein*e vertrauenswürdige*r Erwachsene*r oder ein*e gute*r Therapeut*in kann dir dabei helfen, die Angst zu bekämpfen und ihr zu trotzen.

Das Ziel ist es, ein Leben ohne Angststörung zu führen. Angst zu haben ist in bestimmten Fällen lebensnotwenig – wir Menschen sollen Angst haben. Eine Therapie ist also nicht dazu da, dass du nie wieder vor irgendetwas Angst hast oder dich fürchtest. Aber wenn du unter einer Angststörung leidest, dann ist dein Hirn überfürsorglich und beschützt dich so sehr, dass du dein Leben nicht ordentlich leben kannst. Du kannst es dir wie einen Feueralarm vorstellen, der dich nicht mehr nur alarmiert, wenn er Rauch wahrnimmt, sondern hysterisch zu heulen beginnt, wenn jemand an dir vorbeigeht und einer anderen Person erzählt: „Papa hat mit dem Rauchen aufgehört", nur, weil das Wort Rauch fällt. Wir wollen den Feueralarm nicht ausstellen, wir wollen ihm nur den Unterschied zwischen reeller Gefahr und einer harmlosen Situation beibringen.

Wie Angst funktioniert:

Fight or Flight (Kampf-oder-Flucht-Reaktion). Auf Seite 194 kannst du nachlesen, wie unser Körper alle Geschütze mobilisiert, wenn er in Gefahr ist. Wenn unser Hirn Angst hat, schreit es regelrecht, dass du dich aus dem Staub machen oder dich zum Kampf bereit machen musst. Dein Hirn glaubt, du befindest dich in einer Situation, in der du einen Körper in Alarmbereitschaft brauchst.

Wenn eine reelle Gefahr besteht, du also einer Schlange von Angesicht zu Angesicht gegenüberstehst, sich unter dir ein tödlicher Abgrund auftut oder du vor einer anderen tatsächlichen Bedrohung fliehen musst, ist es ja ziemlich schlau, dass dein Körper reagiert.

Sitzt du hingegen ruhig in einem Klassenzimmer oder im Bus, bist im Kino oder auf einer Familienfeier und hast einen Panikanfall, ausgelöst von deiner Angststörung, ist dieses Gefühl völlig unerträglich. Du bist zwar nicht in Gefahr, aber dein Gehirn denkt, dass du es bist. Dein Herz schlägt, du hyperventilierst, aber du befindest dich gar nicht in einer Situation, aus der du fliehen müsstest.

Still zu sitzen, während der Körper denkt, dass er in den *Fight-or-Flight-Modus* geht, ist wirklich unangenehm und kann furchtbar beängstigend sein. Was in deinem Körper passiert, ist *nicht gefährlich* und das Beste, was du in so einer Situation tun kannst, um den Panikanfall zu überwinden, ist, ihn einfach vorbeigehen zu lassen. Irgendwann lernt dein Gehirn, dass keine Gefahr besteht.

Eine Übersicht über einige Angststörungen, an denen Jugendliche leiden können

Du leidest unter einer **generellen Angststörung**, wenn die Sorgen, die du dir über alle möglichen Dinge machst, deine Gedanken vereinnahmen, sodass es dir schwerfällt, im Alltag zu funktionieren. Dein Hirn bildet sich ein, dass „alles, was schiefgehen kann, schiefgehen wird", und nur deine Vorstellungkraft kann deine Sorgen und Ängste in Grenzen halten.

Leidest du unter **PTBS** (Posttraumatische Belastungsstörung, Englisch: PTSD), dann hast du etwas so Furchtbares oder Überwältigendes erlebt, dass dein Hirn es noch nicht geschafft hat, dieses Erlebnis zu verarbeiten. Lies mehr über PTBS auf Seite 329.

Bei **Hypochondrie** ist dein Hirn davon überzeugt, dass du ernsthaft krank bist und vielleicht sogar sterben wirst, und du kannst nicht anders, als überall Symptome zu entdecken. Hypochondrie ist sehr anstrengend, und du solltest dir Hilfe suchen, um dich von ihr zu befreien.

Zwangsstörungen sind eine besondere Art der Angststörung – du erfährst mehr darüber auf Seite 330.

Phobien. Einige Menschen haben schreckliche Angst vor ganz bestimmten Dingen wie zum Beispiel Höhe, Spinnen oder Wasser. Das sind Phobien. Phobien sind nur lästig, wenn du vor etwas Angst hast, das dir täglich begegnet. Normalerweise vermeidet man die Dinge, vor denen man Angst hat, beispielsweise indem man die Treppen nimmt statt den Aufzug. Da das die Sache nur noch schlimmer macht, ist es besser, der Phobie zu trotzen und sich den Ängsten zu stellen.

Bei einer **Panikstörung** hast du immer wiederkehrende Panikattacken – dein Körper reagiert symptomatisch auf extreme Angst, dein Herz hämmert in der Brust, du hyperventilierst. Die meisten Menschen haben im Laufe ihres Lebens ein bis zwei Panikattacken. Von einer Panikstörung spricht man nur, wenn diese Anfälle sich häufen und dadurch das alltägliche Leben beeinflusst wird.

Bei einer **sozialen Phobie** hast du so enorme Angst, dich zu blamieren, etwas falsch zu machen oder anderen eine Last zu sein, sodass du viele Dinge nicht tust, auf die du eigentlich Lust hättest. Vielleicht bringst du es nicht fertig, vor der Klasse zu sprechen, vielleicht traust du dich nicht, neue Menschen kennenzulernen. Soziale Phobie und Schüchternheit sind zwei unterschiedliche Dinge. Wenn du unter sozialer Phobie leidest, kommt es dir manchmal vor, als seien alle Augen auf dich gerichtet, als stündest du mitten im Scheinwerferlicht. Vielleicht hilft es dir, dich mehr auf das zu konzentrieren, was du gerade tun willst, zum Beispiel einen Platz in der Kantine zu finden oder einen Vortrag zu halten und den Fokus auf die Menschen zu richten, mit denen du sprichst.

Es ist die Angst, die hier spricht, diese Gedanken haben nichts mit der Realität zu tun.

Die meisten Menschen mit sozialer Phobie konzentrieren sich sehr stark auf ihre eigenen Unzulänglichkeiten und denken oft schlecht über sich selbst, wie zum Beispiel: „Kein Wunder, dass mich niemand mag". Betroffenen kommt es manchmal so vor, als ob sie Gedanken lesen könnten, als ob sie wüssten, dass andere schlecht von ihnen denken. Wie bei jeder Angst hilft es, das Gegenteil von dem zu tun, was die Angst will. Wenn du unter einer sozialen Phobie leidest, übe, deinen Platz in einer Gruppe einzunehmen, melde dich im Unterricht, lächle eine Person an, die du noch nicht so gut kennst. Wenn die Angst sehr stark ist, kannst du dir Hilfe suchen.

An dich, wenn du nicht unter einer Angststörung leidest: Unter einer Angststörung zu leiden ist im Grunde dasselbe, wie andauernd Panik zu haben. Hattest du schon einmal richtig vor etwas Angst? Kannst du versuchen, dich in das Gefühl hineinzuversetzen? Dann weißt du ungefähr, wie es deinen Freund*innen geht, die unter einer Angststörung leiden.

Was ist PTBS?

PTBS steht für Posttraumatische Belastungsstörung. Wenn du unter PTBS leidest, heißt das, dass normale Reaktionen auf schreckliche oder überwältigende Ereignisse nicht einfach wieder vergehen, sondern dass dein Körper, Geist und deine Emotionen sich weiterhin so verhalten, als ob du in Gefahr wärst. Die Erinnerungen an das Schreckliche drängen sich immer wieder auf, wann immer sie wollen, du kannst nachts Albträume haben, und es kann sich anfühlen, als wäre eine Zeitmaschine Amok gelaufen, sodass du plötzlich das Gefühl hat, der Schmerz würde dir erneut zugefügt. Betroffene vermeiden üblicherweise alles, was sie an das Geschehene erinnert, und viele versuchen auch, nicht an Dinge zu denken, die sie mit dem Trauma assoziieren. Vielleicht bist auch du schreckhafter und mehr auf der Hut, suchst die Orte, an denen du dich befindest, nach Notausgängen ab, oder lebst dein Leben, als wärest du ständig in Gefahr.

Für PTBS gibt es sehr gute Behandlungen. Du brauchst keine Medikamente, sondern eine spezielle Therapieform, die es deinem Gehirn nach und nach ermöglicht, Ruhe zu bewahren, wenn du an die schrecklichen Dinge denkst, die dir widerfahren sind. Eine passende Metapher für die Traumatherapie ist das Entrümpeln eines Schrankes. Im jetzigen Zustand kannst du den Kleiderschrank möglicherweise nicht öffnen, ohne dass alle Klamotten herausfallen und dich unter sich begraben. Deine Erinnerungen sind chaotisch und lösen Angst in dir aus. Mit der richtigen Therapie kannst du die Kleidungsstücke sauber zusammenlegen, sodass du ein Kleidungsstück nach dem anderen herausnehmen kannst, wann immer du möchtest. So kannst du zu einem Zeitpunkt deiner Wahl über die Verletzung nachdenken, ohne das Gefühl zu haben, die Kontrolle über deine Gedanken und Gefühle zu verlieren.

Nach einer Weile wirst du in der Lage sein, auf deine Geschichte zurückzublicken als etwas, das in der Vergangenheit passiert ist und über das du nicht nachdenken musst, wenn du keine Lust hast. Du kannst wieder richtig durchatmen, die Welt um dich herum so sehen, wie sie ist, und herausfinden, wie dein Leben von nun an aussehen wird.

Was sind Zwangsstörungen??

Zwangsstörungen (OCD – vom Englischen Obsessive Compulsive Disorder) werden oft fälschlich als lustig-schrullige Persönlichkeitsmerkmale von Menschen dargestellt, die gerne Ordnung halten, die mit einem Grinsen schiefe Bilder geraderücken, Dinge in gewisse Reihenfolgen anordnen und dann gestresst sind, wenn jemand diese Reihenfolge durcheinanderbringt. In Wirklichkeit hat so ein Verhalten nichts mit einer Zwangsstörung zu tun – wer wirklich unter Zwangsstörungen leidet, dessen/deren Alltag ist anstrengend und schwierig. Zwangsstörungen können Zwangsgedanken, Zwangshandlungen oder beides in Kombination sein. Wer darunter leidet weiß eigentlich, dass diese Gedanken oder Handlungen irrationell sind, dennoch fällt es ihnen schwer, sie sein zu lassen.

Zwangsgedanken sind Gedanken, die ungewollt immer wieder kommen, fast wie ein Schluckauf, und die Emotionen negativ beeinflussen. Es handelt sich dabei um unangenehme Gedanken, Gedanken, die Scham auslösen oder große Angst machen.

Ein häufiger Zwangsgedanke ist, sich selbst oder andere zu verletzen. Viele Menschen, die von diesen obsessiven Gedanken heimgesucht werden, haben große Angst, gegen ihren Willen Selbstmord zu begehen. Vielleicht räumen sie alle Messer weg oder haben Angst, allein zu sein. Niemand nimmt sich das Leben, weil er/sie Todesangst davor hat, sich das Leben zu nehmen, ohne es zu wollen. Es fühlt sich einfach so an, als könnte es passieren, wenn man die Kontrolle verliert.

Menschen, die unter **Zwangshandlungen** leiden, erwischen sich dabei, immer und immer wieder dieselben Handlungen auszuführen, die von außen bedeutungslos erscheinen, sich für die Betroffenen jedoch so anfühlen, als würde etwas Schlimmes passieren, wenn sie es sein ließen. Ein üblicher Zwang ist, sich zu viel zu waschen, weil das Gehirn die Vorstellung hat, dass man sich sonst irgendwo ansteckt und krank wird. Andere haben das Gefühl, Dinge auf eine spezielle Weise sagen oder tun zu müssen, damit nicht irgendwo Menschen sterben. Wieder andere verspüren den Zwang, ein und dasselbe mehrmals hintereinander zu tun oder etwas immer wieder überprüfen zu müssen. Das Gehirn hat eine "Auf-Nummer-sicher"-Regel aufgestellt, und es ist sehr unangenehm, sich dazu durchzuringen, die Handlung zu unterlassen. Viele Menschen, die unter Zwangshandlungen leiden, finden es direkt gefährlich, sich der Notwendigkeit zu widersetzen, die Handlungen auszuführen, als ob sie mit ihrem Leben spielen würden. Nicht in der Lage zu sein, etwas Bestimmtes zu tun, ist auch ein Beispiel für eine Zwangshandlung, wie beispielsweise jemandem, der in den Urlaub fliegen wird, keine „Gute Reise“ wünschen zu können, weil man befürchtet, das Flugzeug würde sonst abstürzen.

Falls du keine Zwangsstörung hast, kannst du dir das Ganze so vorstellen: Du bekommst mit, dass die Person, die für dich kocht, Hundekot an den Händen hat. Würdest du das Essen gegessen? So echt fühlen sich Vorstellungen für Menschen mit Zwangshandlungen an, egal worum es geht. Es spielt keine Rolle, ob sie tief im Inneren wissen, dass es irrational ist. Sie erleben ihre Vorstellung als eine reale Bedrohung oder etwas Widerwärtiges. Im schlimmsten Fall können Obsessionen und Zwänge so intensiv sein, dass es sich anfühlt, als würde man sein eigenes Leben oder das Leben anderer riskieren, wenn man sich ihnen widersetzt.

Behandlung: Zwangsstörungen sind oft furchtbar ermüdend und nehmen einen Großteil des Alltags ein. Wenn du an einer Zwangsstörung leidest, kannst du nur gewinnen, wenn du dir Hilfe suchst. Ein*e Krankenpfleger*in oder ein*e Hausärzt*in kann dir dabei helfen herauszufinden, ob es sich um eine Zwangsstörung handelt, und dich an jemanden weitervermitteln, der/die dich behandeln kann. In Deutschland gibt es heute sehr wirksame Behandlungsmethoden bei Zwangsstörungen.

WICHTIG

So genanntes „magisches Denken“ ist völlig normal und durchaus üblich. „Magisches Denken“ bedeutet, dass man sich so verhält, als ob die Elemente unserer Welt auf völlig unwahrscheinliche Weise miteinander zusammenhängen. Viele glauben zum Beispiel, dass es zu regnen anfängt, wenn man das Wetter beschreit und sagt "heute ist perfektes Grillwetter". Fußballfans können davon überzeugt sein, dass es ihrer Mannschaft zum Sieg verhilft, wenn sie ihre Flagge berühren. Solange solche Rituale den Alltag nicht beeinträchtigen und man sie ohne größere Probleme wirklich unterlassen kann, handelt es sich nicht um psychische Erkrankung.

Depression und bipolare Störung

Depression

Du leidest unter einer Depression, wenn die Traurigkeit dich fest in ihren Klauen hält und du über einen langen Zeitraum nicht so funktionierst wie sonst. Du hast schmerzhafte Gedanken, du verlierst deinen Enthusiasmus und die Freude im Alltag. Was dir einst Spaß gemacht hat, macht plötzlich keinen Spaß mehr. Du hast vermutlich ein schwieriges Verhältnis zu Essen, weil du entweder mehr oder weniger isst als normalerweise. Viele Menschen haben Probleme beim Einschlafen. Sie schlafen viel mehr als zuvor oder wachen früh auf und können partout nicht mehr einschlafen. Betroffene isolieren sich oft, sie distanzieren sich von Freunden und Familie, denken Schlechtes über sich selbst und haben ohne Grund ein schlechtes Gewissen. Traurigkeit ist nicht zwingend die vordergründige Emotion, Depressionen können auch als lähmende Gleichgültigkeit erlebt werden. Die Gedanken können sich um Tod und Selbstmord drehen, und in den schwersten Fällen kann man von der Depression getäuscht werden und man glaubt, dass es nie besser werden wird und der Tod die einzige Lösung ist. Depression ist eine schreckliche psychische Erkrankung und nicht dasselbe wie "down sein" oder die übliche Traurigkeit, die jede*r mal verspürt. Du kannst dir richtig gute Hilfe suchen, wenn du depressiv bist, unter anderem in Form von Gesprächstherapie, eventuell in Kombination mit Medikamenten.

Depression als Teil der bipolaren Störung

Die bipolare Störung ist eine psychische Erkrankung, bei der man zwischen depressiven Phasen und Phasen, in denen man extrem glücklich, sehr aktiv oder grundlos gereizt ist, hin und her schwankt. In den aktiven Phasen haben Betroffene ungewöhnlich hohe Energie, weniger Schlafbedürfnis, schlechtere Selbstkontrolle, schnellere Gedankenabläufe und übertriebenes Selbstvertrauen. Wenn Betroffene extrem glücklich und unnatürlich energiegeladen sind, sprechen wir von der manischen oder hypomanischen Phase (bei der Hypomanie ist der Antrieb etwas abgeschwächter). Es gibt verschiedene Versionen der bipolaren Störung, und besonders bei Teenagern können Symptome in einem ziemlich chaotischen Wirrwarr auftreten. Es gibt gute Behandlungsmethoden für bipolare Störungen. Wenn du das Gefühl hast, dass du oft traurig oder unnormal energiegeladen bist, und zwar auf eine Art und Weise, in der du nicht mehr ganz du selbst bist, solltest du mit eine*r Hausärzt*in oder eine*r Schulsanitäter*in sprechen, sie können dir gegebenenfalls eine weitere Untersuchung verschreiben, bei der ermittelt wird, warum es dir so geht.

Wenn dein*e Freund*in an Depressionen leidet – Die Geschichte von der Eisscholle

Grundsätzlich sind Teenager vor allem mit sich selbst beschäftigt. Und das ist vollkommen in Ordnung, es ist das gute Recht eines jeden Teenagers, sich um sich selbst zu kreisen. Direkt danach kommen die Menschen, die man lieb hat und die Dinge, die für den Alltag relevant sind. Je älter du wirst, umso mehr wirst du dich auch für Probleme und Themen interessieren, in denen es nicht nur um dich geht. Was denkst du über die Todesstrafe, wie sehr sorgst du dich um Menschen in anderen Ländern, die aus politischen Gründen im Gefängnis sitzen oder gefoltert werden? Oder was ist deine Meinung zum Tierschutz?

Stell dir vor, wir alle sitzen auf unserer Eisscholle, auf der es einzig und allein um uns selbst geht. Hier ist nur Platz für egoistische Gedanken wie: „Was soll ich morgen anziehen?" „Wie finde ich mich selbst?" oder: „Was soll mal aus mir werden?"

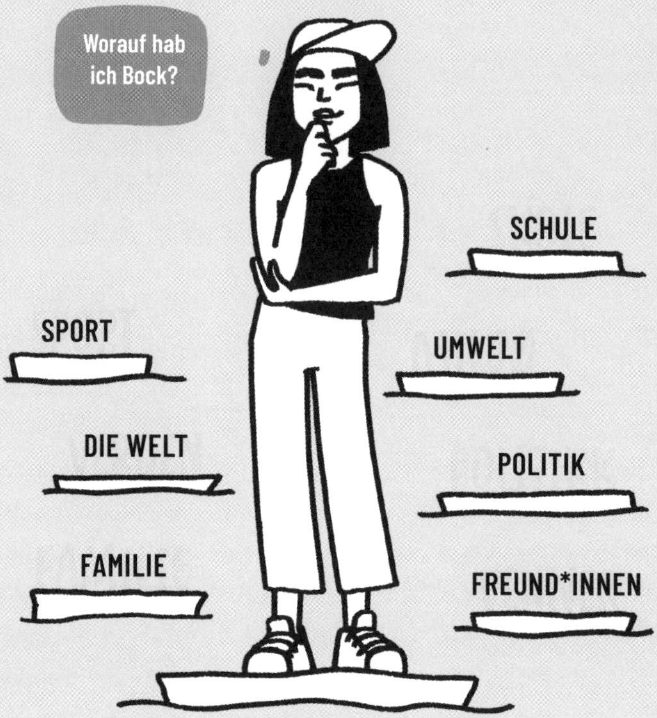

Um uns herum treiben die Eisschollen der anderen und kleinere Schollen mit Problematiken oder Themen, die uns persönlich gar nichts angehen, die aber trotzdem ganz interessant sein können. Zu unterschiedlichen Zeitpunkten in unserer Jugend treiben all diese kleinen Eisschollen näher zusammen und verschmelzen zu einer großen Scholle, auf der wir herumlaufen können. Unser selbstzentriertes Teenager-Hirn interessiert sich plötzlich viel mehr für andere Menschen und Themen. Auch wenn wir den Fokus auf uns selbst behalten, spazieren wir irgendwann durch eine große gemeinschaftliche Eislandschaft und greifen uns gegenseitig unter die Arme, beschäftigen uns für die großen Fragen des Lebens und führen Gespräche über viele verschiedene Dinge.

Wenn ein*e Freund*in unter einer Depression leidet, wird sie auf deiner Eisscholle isoliert. Den Rest der Welt lässt sie/er langsam an sich vorbeitreiben, auch wenn sie/er das gar nicht will. Denk dran, dass dein*e Freund*in sich nicht für immer verändert hat und total egoistisch geworden ist – es geht ihr/ihm nur gerade so schlecht, weil die Depression die Macht über ihre/seine Eisscholle hat. Nimm es nicht persönlich! Das bedeutet nicht, dass dein*e Freund*in dich nicht mehr gerne hat.

Als Freund*in kannst du viel erreichen, wenn du mit deiner Eisscholle näher an die betroffene Person herantreibst, auch wenn sie desinteressiert scheint. Während du dich für die dunklen Gedanken und schlechten Gefühle deine*r Freund*in interessierst, kannst du ihm/ihr gleichzeitig einen Einblick in die unzähligen anderen Eisschollen geben, die noch da draußen herumtreiben. Erzähl von dir und davon, was dich gerade beschäftigt, sprich Themen an, für die ihr euch beide begeistern könnt, zeig der anderen Person, dass du für sie da bist. Lade deine*n Freund*in weiterhin zu Unternehmungen ein, auch wenn du die letzten fünfzehn Male schon Absagen bekommen hast. Hol die/ihn zu Spaziergängen an der frischen Luft ab, damit er/sie nicht den ganzen Tag bei zugezogenen Gardinen drinnen sitzt. Auch wenn du es nicht bemerkst – der Kontakt mit dir wird eine kleine Brücke zur Eisscholle deine*r Freund*in schlagen, woraufhin sie/er leichter in Kontakt zum Rest der Welt kommt.

Manchmal muss man zusammen mit der betroffenen Person die Traurigkeit aushalten, denn wenn man depressiv ist, kann man nicht einfach so tun, als wäre alles in Ordnung. Betroffene Personen haben das Bedürfnis, dass das Umfeld anerkennt: „Wir sehen dich, wir wissen, dass es dir schlecht geht.“ Es ist gar nicht so schlecht, dass ihr euch manchmal in die Gedanken und Gefühle der/des Betroffenen vertieft, du machst die Depression nicht schlimmer, wenn du Empathie zeigst und ihm/ihr zuhörst.

WICHTIG
Es ist NIEMALS deine Aufgabe, eine*n Freund*in von seiner/ihrer Depression zu heilen, es ist NIEMALS deine Schuld, wenn ein*e Freund*in sich selbst verletzt oder über Suizid spricht. Du darfst Grenzen setzen und musst auf dich selbst aufpassen. Du lebst dein eigenes Leben, deine Eisschollen und du bist die wichtigste Person in deinem Leben.

Was ist eine Psychose?

Bei einer Psychose beginnt das Gehirn, Fantasie und Realität zu vermischen, sodass die Person keinen Unterschied mehr bemerkt. Es gibt verschiedene Gründe, warum Menschen eine Psychose entwickeln, und normalerweise kann niemand genau sagen, warum einige Menschen eine Psychose erleiden. Manchmal vergehen Psychosen wieder, sie können u. a. durch Drogen ausgelöst werden, oder man kann eine psychotische Störung haben, bei der die Psychose Teil eines größeren Krankheitsbildes ist, deren Symptome sich über einen längeren Zeitraum bemerkbar machen. Schizophrenie ist ein Beispiel für eine psychotische Störung. Heute gibt es gute Behandlungsmöglichkeiten. Wenn du an einer Psychose leidest, ist es wichtig, schnelle Hilfe zu bekommen.

Wie funktioniert eine Psychose?

Wenn sich die Grenze zwischen Wirklichkeit und Fantasie auflöst, erlebt man Dinge, die gar nicht wirklich passieren. Betroffene haben Sinneseindrücke, die das Hirn erfindet, man sieht Dinge, die andere nicht sehen oder hört Stimmen, die gar nicht da sind, entweder von außerhalb oder im eigenen Kopf. Das sind Halluzinationen. Betroffene haben auch Ideen oder Vorstellungen, die sich völlig real anfühlen, die aber nur Erfindungen des Gehirns sind. Die Ideen können wie aus einem Film sein, mit übernatürlichen Elementen, Spionen, Überwachung oder Computerchips.

Wenn du an einer Psychose leidest, erlebst du diese Vorstellungen als Realität. Man nennt sie Wahnvorstellungen. Das Gehirn bildet sich zum Beispiel ein, dass du über ganz besondere Kräfte verfügst, auserwählt wurdest oder via Fernsehen oder Radio persönliche Geheimbotschaften erhältst. Das Gehirn kann auch schreckliche Angst bekommen und davon überzeugt sein, dass du verfolgt und überwacht wirst. Außerdem kann man bei einer Psychose Denkstörungen haben – soll heißen, die Gedanken verhalten sich nicht so, wie sie es normalerweise tun. Zum Beispiel kann man das Gefühl haben, dass alle Gedanken phasenweise verschwinden oder dass sie hin und her springen und Chaos verursachen.

Für Betroffene bedeuten Psychosen, dass sie das Gefühl dafür verlieren, wer sie eigentlich sind. Sie fühlen sich fremd, als ob sie nicht wirklich existieren, oder als wären sie Roboter, tot oder ein Schattenwesen. Die Welt kann ihnen falsch oder wie in einem Film erscheinen. Das kann furchtbar beängstigend und verwirrend sein.

Solche Gedanken und Gefühle können natürlich auch auftauchen, ohne dass du gleich eine Psychose hast. Aber es ist fast immer ein Zeichen dafür, dass du erschöpft bist oder es dir einfach nicht gutgeht. Dann solltest du mit eine*r Erwachsenen sprechen, der/die sich mit psychischer Gesundheit auskennt.

Wenn Psychosen das Leben schwerer machen

Wer unter einer Psychose leidet, hat oft mit alltäglichen Dingen zu kämpfen, gleichzeitig wird das Festhalten an der Realität immer schwieriger. Viele Menschen ziehen sich von der Außenwelt zurück, Duschen, Umziehen und Zähneputzen kann ermüdend und kaum zu bewerkstelligen sein. Die Stimmung der Betroffenen schwankt oft stark und kann für Außenstehende schwer zu verstehen sein. Viele Betroffene haben Mühe, sich zu konzentrieren und brauchen Unterstützung und Verständnis, zum Beispiel in der Schule. Es fällt ihnen oft schwer, sich zu motivieren, und positive Gefühle wie Freude tauchen immer seltener auf.

Sind Psychosen heilbar?

Es ist auf jeden Fall möglich, von einer Psychose geheilt zu werden, viele Betroffene durchleben nur eine psychotische Episode. Andere sind möglicherweise lange Zeit auf Medikamente oder andere Behandlungen angewiesen, führen aber trotzdem ein gutes Leben. Für viele Betroffene können Medikamente ausschlaggebend sein. Durch sie verschwinden Halluzinationen und Wahnvorstellungen. Aber es ist auch wichtig, eine Therapie zu machen und nicht nur Medikamente einzunehmen.

An dich, wenn du noch nie eine Psychose hattest:

Stell dir vor, du schaust aus dem Fenster und entdeckst plötzlich jemanden, der um deinen Briefkasten herumschleicht. Eure Blicke treffen sich, die Gestalt verschwindet ungewöhnlich schnell. „Du bist ein Loser, stirb!", flüstert plötzlich eine Männerstimme. Du hast schon lange den Verdacht, dass irgendetwas nicht stimmt, aber nie gewusst, was genau. Es kommt dir so vor, als wären alle um dich herum Schauspieler, als wäre dein Leben gar nicht echt.

„Wenn du jemandem von uns erzählst, wirst du das bitter bereuen", flüstert die Männerstimme, und spricht dennoch so laut, dass es sich in deinen Ohren wie ein

Brüllen anhört. Du spürst die Angst in dir aufsteigen, und du bekommst kaum noch Luft. Das Telefon klingelt, es ist dein bester Kumpel, du gehst ran. „Hallo", sagst du, und versuchst, so entspannt wie möglich zu klingen. Er fragt dich, wann ihr euch treffen wollt, um gemeinsam zum Training zu gehen. Du versuchst zu antworten, während der Mann in deinem Ohr flüstert: „Niemand kann dich leiden, und wir werden dafür sorgen, dass du stirbst." Dann hast du das Gefühl, die Gedanken deines Kumpels würden durch den Hörer kriechen und sich in deinem Hirn festbeißen. Deine Gedanken sind dir plötzlich völlig fremd. Das sind nicht deine Gedanken. Du versuchst, auf seine Fragen zu antworten, aber deine Gedanken gehören nicht zu dir und du kannst dich auf gar nichts mehr konzentrieren.

So kann es sich für jemanden anfühlen, der/die an einer Psychose leidet. Die Realität ändert sich, Stück für Stück, und wird zu einem Chaos, das gleichzeitig in der Schwebe hängt und in sich zusammenfällt. Für die betroffene Person ist es unmöglich zu wissen, dass Teile ihres Empfindens vom Hirn erfunden sind. Psychosen treten in unendlich vielen Varianten auf, und jeder Mensch, der eine Psychose entwickelt, erlebt sie ganz individuell. Allen gemeinsam ist jedoch, dass sie nichts dafür können und glauben, dass alles, was sie erleben, die Realität ist.

Gut zu wissen

- → Menschen mit Psychosen sind nicht gefährlicher als andere.
- → Dinge zu sehen, die gar nicht da sind, müssen nicht auf eine Psychose hindeuten, es gibt viele andere Ursachen für Halluzinationen und Wahnvorstellungen.
- → Drogen (vor allem Cannabis und Marihuana) können psychotische Episoden auslösen.
- → Auf folgenden Seiten kannst du mehr über Psychosen, Depressionen und bipolare Störungen erfahren: https://www.psychenet.de/de/
https://www.bipolaris.de/
https://dgbs.de/

Was sind Persönlichkeitsstörungen?

„Persönlichkeitsstörung" ist ein etwas mysteriöser Begriff, der eine wahnsinnig große Bandbreite an Schwierigkeiten beinhaltet. Menschen mit Persönlichkeitsstörungen haben oft schon früher in ihrem Leben heftige Dinge durchgemacht.

Persönlichkeitsstörung bedeutet nicht, dass man eine gestörte Persönlichkeit hat. Das Wort „Persönlichkeitsstörun" klingt so, als ob etwas mit dir nicht stimmt, tief im Inneren, als ob du beschädigte Ware wärst. Das ist nicht der Fall. Wenn du eine Persönlichkeitsstörung hast, läuft etwas in deiner Wahrnehmung von dir selbst und anderen schief, was zur Folge hat, dass du irgendwann schlecht in deinem Alltag „funktionierst", und Probleme entstehen, die dich selbst oder andere Menschen in deinem Umfeld (oder natürlich beide) beeinträchtigen. Einige Menschen haben zum Beispiel so viel Angst davor, verletzt zu werden, dass es sich anfühlt, als hätten es alle anderen in ihrem Umfeld auf sie abgesehen. Andere haben das Gefühl, dass sie alleine nicht klarkommen. Es gibt so viele Varianten von Persönlichkeitsstörung wie Menschen auf der Erde.

Man leidet unter einer Persönlichkeitsstörung, wenn die Art, sich selbst und die Welt zu interpretiert, das Leben sehr kompliziert macht. Man hat Schwierigkeiten, die Dinge aus der Perspektive anderer zu betrachten. Betroffene verlieren sich in ihren Fehlinterpretationen und gewöhnliche Dinge können zu einer echten Krise werden. Wenn zum Beispiel der/die beste Freund*in nicht auf eine Nachricht antwortet, glauben Betroffene, sie seien nichts wert und können genauso gut sterben. Oder sie fühlen sich, als ob sie nur noch eine Hülle wären, ohne Kern. Oder sie empfinden ihre Emotionen als so überwältigend, dass sie in aller Verzweiflung nur noch mit Drogen, Sex, Essen oder Selbstverletzung reguliert werden können. Es gibt viele Grade und Versionen einer Persönlichkeitsstörung, und es ist oft ein langer Weg, um herauszufinden, unter welcher Art der Persönlichkeitsstörung man leidet.

Es gibt gute Therapien für Persönlichkeitsstörungen, sowohl Gruppentherapien als auch Einzelsitzungen, in denen man daran arbeitet, sich selbst und die Welt um sich herum besser zu verstehen. Vielleicht dauert es seine Zeit, aber es lohnt sich.

An dich, wenn du nicht unter einer Persönlichkeitsstörung leidest

Stell dir vor, du spielst in einer Band oder einem Orchester. Alle Instrumente müssen vor dem Start gestimmt werden, damit die Note A für alle Musiker*innen gleich ist. Wenn man zusammen spielt, ohne die Instrumente vorher gestimmt zu haben, entsteht eine schreckliche Dissonanz. Menschen mit Persönlichkeitsstörungen spielen auf verstimmten Instrumenten. Ihr Auftreten in der Welt, die Art und Weise wie sie mit anderen Menschen zusammenspielen, ist ein wenig falsch getuned, sodass die Musik irgendwie schief klingt.

Selbst wenn sie wissen, was zu tun ist und den Anweisungen auf dem Notenblatt folgen, klingt es einfach falsch, wenn sie mit dem Rest des Orchesters spielen. Denn ihre Einstellungen sind in erster Linie falsch. Vielleicht hören sie es selbst und bemerken, dass sie ihr Instrument schief gestimmt haben. Aber vielleicht hören sie nur, dass alles ganz schief klingt und denken, dass mit dem Rest des Orchesters irgendwas nicht stimmt. In der Therapie wird der Person geholfen, ihr Instrument richtig zu stimmen, damit es mit dem Rest der Welt zu schöner Musik einstimmen kann. Sie müssen erst einmal verstehen, dass sie es sind, die falsch getuned sind, nicht die anderen. Aber sobald sie das eingesehen haben, steht einer Besserung nichts mehr im Wege. Bis dahin: Denk dran, dass es Betroffenen oft weh tut, eine Persönlichkeitsstörung zu haben. Die meisten Menschen möchten in Einklang mit ihrem Umfeld sein.

Was sind Essstörungen?

Wer unter einer Essstörung leidet, hat eine schwierige Beziehung zu Nahrung und zum eigenen Körper. Die meisten Menschen mit einer Essstörung sind normalgewichtig oder übergewichtig, es ist ein Irrglaube, dass jede*r mit einer Essstörung untergewichtig ist. Wir kennen einige Essstörungen, die Diagnosen und bekannte Namen haben, wie Anorexie, Bulimie und Esssucht. Es ist aber auch möglich, unter einer Essstörung zu leiden, die noch keinen Namen hat, die wir aber immer noch „Essstörung" nennen, weil sie den Umgang mit dem Körper stark beeinträchtigen. Bei allen Essstörungen leiden die Betroffenen unter psychischen oder physischen Schmerzen, schwierigen Emotionen und chaotischen Gedanken. Da sich während der Pubertät viel verändert – unter anderem unser Körper – sind viele Jugendliche in dieser Zeit besonders anfällig für Essstörungen.

Wenn du den Verdacht hast, dass sich bei dir eine Essstörung anbahnt:

Wenn dir auffällt, dass du Schwierigkeiten hast, normal zu essen, versuch mal, dich selbst zu regulieren. Aber wenn du nach einigen Tagen feststellst, dass das nicht funktioniert, ist es wichtig, dass du mit eine*r Erwachsenen sprichst, den/die du magst und von dem/der du glaubst, dass er/sie dir helfen kann. Vielleicht deine Eltern, eine Großmutter oder ein*e Schulsanitäter*in? Erzähl deiner Vertrauensperson, wie du dich fühlst, nimm Hilfe und Fürsorge an. Du musst nicht dünn sein, um wegen einer Essstörung um Hilfe zu bitten. Nicht alle wissen das. Bei Essstörungen geht es darum, wie du dich fühlst, nicht wie du aussiehst. Es gibt Hilfe und es gibt Anlaufstellen, an die du dich wenden kannst. Die meisten Menschen können sich von einer Essstörung erholen, besonders wenn sie frühzeitig Hilfe bekommen. Hier kannst du Informationen einholen und jemanden kontaktieren, wenn du über Essstörungen sprechen willst:

https://www.bzga-essstoerungen.de/
https://www.anad.de/
https://www.bundesfachverbandessstoerungen.de/
https://helferline.info/
https://www.jugend.support/selbstgefaehrdung-sucht/essstoerungen/

An dich, wenn du noch nie mit Essstörungen zu kämpfen hattest: Du musst wissen, dass sich hinter einer Essstörungen keine Diät, keine Willensschwäche oder ein oberflächliches Körperbild verbergen. Es kann gut sein, dass die betroffene Person über ihr Aussehen und Gewicht spricht, aber bei einer schweren Essstörung geht es immer um mehr als nur Körper und Gewicht. Essstörungen sind psychische Störungen, ebenso schwerwiegend wie Angststörungen oder Depressionen, obwohl sie von außen wie ein Lifestyle erscheinen, für den man sich von Tag zu Tag wieder entscheidet. Wenn man unter einer Essstörung leidet, fühlt es sich für die Betroffenen zunächst so an, als ob sie die Kontrolle hätten, aber eigentlich hat „etwas anderes" diese Kontrolle übernommen. Essstörungen können ganze Tage, jeden Tag, ein ganzes Jahr verschlingen. Denk dran: Menschen können aus ganz anderen Gründen über- oder untergewichtig sein, die nichts mit Essen oder Körperbild zu tun haben.

Was du tun kannst, wenn ein*e Freund*in unter einer Essstörung leidet:

→ Wenn die betroffene Person keine Hilfe annehmen will, kannst du ihr trotzdem helfen, indem du dich an eine*n Erwachsene*n wendest. Abgesehen davon ist das Beste, was du für deine*n Freund*in tun kannst, einfach weiter für sie/ihn da zu sein.

→ Du kannst niemanden gesund machen– das ist auch gar nicht deine Aufgabe. Mach der betroffenen Person Komplimente, erinnere sie an die schönen Dinge des Lebens und hör nicht auf, ihn/sie zu Unternehmungen einzuladen.

→ Versuche, nicht die Hoffnung und den Mut zu verlieren, und denk dran, dass du nichts hättest tun können, um die Essstörung zu verhindern. Schreib gern liebe Worte in einen Brief oder auf kleine Zettel – deine Worte können viel bewirken, wenn die Essstörung das Ruder übernimmt.

→ Vielleicht wäre es schlau, keine Kommentare mehr zu Körper und Aussehen zu machen.

Was ist Bulimie?

Bulimie (Bulimia nervosa) ist eine Essstörung, bei man phasenweise die Kontrolle über das Essen verliert und die Nahrung anschließend wieder loswerden will, beispielsweise durch Erbrechen. Wie bei den anderen Essstörungen geht es bei Bulimie darum, dass es den Betroffenen psychisch schlecht geht. Bulimie ist oft mit starker Scham verbunden, und kostet viel Zeit und Energie, die man für Gedanken ans Essen und das Entleeren des Körpers nach dem unfreiwilligen Überessen aufbringt. Die Erleichterung, wenn Betroffene das Essen wieder erbrochen haben, hält kurz an, und es baut sich eine neue Verzweiflung auf, die wiederum unkontrolliertes Überessen mit anschließendem Brechritual triggert. Dieser Teufelskreis ist schmerzhaft.

Die meisten Menschen, die unter Bulimie leiden, sind normalgewichtig, aber das kann auch variieren, genau wie bei anderen Essstörungen.

Wenn man unter Bulimie leidet, braucht man Hilfe, um wieder gesund zu werden. Jugendliche glauben schon mal, dass Bulimie eine Art Schlankheitskur ist, dass man essen kann, was man will, weil man die Kalorien hinterher mit Hilfe von Übertraining, Erbrechen oder Abführmitteln wieder loswird. Das ist nicht der Fall. Eine Person, die an Bulimie leidet, ist in einem erschöpfenden und beängstigenden Muster gefangen, aus dem er/sie ohne Hilfe schwer herauskommt. Bulimie zu haben ist, als würde man in einem schmerzhaften Labyrinth herumgeschubst, aus dem es keinen Ausweg gibt, in dem deine Emotionen dein Selbstbild verspotten und deinen Verstand mit Selbsthass füllen. Die meisten Menschen, die an Bulimie erkrankt sind, brauchen Hilfe und Unterstützung von der Außenwelt, um wieder gesund zu werden.

Bulimie kann deinem Körper extremen Schaden zufügen. Neben der Tatsache, dass Bulimie seelische Schmerzen nur verstärkt, ist sie auch körperlich gefährlich – das wissen viele Menschen nicht, was dazu führen kann, dass sie zu lange warten, bevor sie sich Hilfe suchen. Sowohl das provozierte Erbrechen als auch die übermäßige Einnahme von Abführmitteln können den Herzrhythmus stören und im schlimmsten Fall zum Herzstillstand führen. Erbrochenes ist auch voller Magensäure und kann zu Rissen in der Speiseröhre und Schäden am Zahnschmelz führen, insbesondere wenn du dir unmittelbar nach dem Erbrechen die Zähne putzt.

Was ist Esssucht?

Esssucht ist die häufigste Essstörung. Bei einer Esssucht ist Essen zu etwas ganz anderem geworden als ein Mittel, um den Hunger zu stillen und den Körper am Leben zu erhalten. Es geht auch nicht darum, sich zu amüsieren oder Eis zu essen, wenn du Liebeskummer hast. Menschen, die an dieser Essstörung leiden, verlieren die Kontrolle darüber, was sie essen. Es ist nicht so, dass sie lange am Tisch sitzen und leckeres Essen und leckere Desserts genießen. Im Falle einer Esssucht kommt es Betroffenen nicht so vor, als ob sie eine Wahl hätten – sie müssen essen und es fühlt sich unmöglich an, keine großen Mengen zu sich zu nehmen. Es kann ein schreckliches, unangenehmes Gefühl sein, doch sie essen weiterhin unkontrolliert. Die Betroffenen essen schnell und hektisch und essen Dinge, die schnelle Energielieferanten sind, wie Fette und Zucker. Es ist eine normale Folge, übergewichtig zu werden, wenn man über einen längeren Zeitraum zu viel ist. Bei einigen kann das Gewicht stark schwanken, weil sie phasenweise sehr viel essen und dann wieder nicht so viel oder gar nichts. Sowohl bei Bulimie als auch bei anderen Esssüchten können die Betroffenen magersüchtige Phasen haben oder zeitweise fasten.

An dich, wenn du eine Esssucht entwickelt hast: Du sollst wissen, dass dein Zustand absolut nichts mit mangelnder Willensstärke zu tun hat, sondern das Ergebnis von psychischen Problemen ist. Es geht auch überhaupt nicht darum, dass du „Essen liebst“. Wenn du zu viel isst, weil du ein*e Genießer*in bist, dann wäre Essen für dich ein tolles Erlebnis, und dein Verhältnis zu Ernährung wäre kein absoluter Albtraum. Du verdienst all die Hilfe, die du kriegen kannst. So wie es dir jetzt geht, soll es dir nicht gehen. Bitte deine*n Ärzt*in oder jemand anderen um Hilfe – letzten Endes brauchst du jedoch eine Therapie, und nicht nur gutgemeinte Ratschläge, wie du dein Gewicht kontrollieren kannst. Das Problem ist nicht, dass du dich schlecht ernährst, sondern dass eine Essstörung die Kontrolle über deinen Alltag übernommen hat. Die meisten Menschen, die an Esssucht leiden, haben etwas Schlimmes durchmachen müssen. Wenn dich das betrifft, dann spricht mit jemandem darüber, sodass du die Hilfe bekommst, die dir zusteht. Es ist natürlich nicht sicher, dass ein Zusammenhang zwischen deinen Essgewohnheiten und deiner Psyche besteht, aber es ist dennoch wichtig, dass du darüber sprichst.

Du kannst auch eine Esssucht besiegen und in Zukunft ein gesundes und natürliches Verhältnis zu deiner Ernährung aufbauen.

Esssucht kann gefährliche körperliche Folgen haben. Unser Körper ist nicht dafür gemacht, über einen längeren Zeitraum übermäßige Mengen an Nahrung zu verarbeiten. Er ist nicht in der Lage, die gesamte Energie zu verbrennen – er speichert sie als Fett, das wir nicht brauchen und unser Körper dadurch schwerer und schwerfälliger wird. Dies kann im Laufe der Zeit dazu führen, dass einige der fein abgestimmten Systeme im Körper zusammenbrechen und sich der Blutzucker nicht richtig reguliert (Diabetes), was einer Behandlung bedarf, damit es nicht zu schwerwiegenden Folgen kommt. Im schlimmsten Fall kann übermäßiges Essen über einen längeren Zeitraum dazu führen, dass Blutgefäße und das Herz überlastet und geschädigt werden.

Was ist Anorexie/Magersucht??

Anorexie (Anorexia nervosa) oder auch Magersucht ist eine schwere psychische Störung. Wer Essen verweigert, lebt oft mit negativen Emotionen, und hat oft Panik davor, genug zu essen, um den Körper gesund zu halten.

Es ist eher selten, dass es bei Magersucht ums Aussehen oder ein bestimmtes Körperbild geht, auch wenn wahnwitzige Körperideale dazu beitragen können, die Krankheit zu verstärken. Der Prozess startet oft damit, dass Betroffene abnehmen und etwas an ihrem Körper ändern wollen, aber die psychische Erkrankung Anorexie hat vielmehr mit sehr negativen Gedanken und Gefühlen zu tun. Je tiefer man in den Strudel hineingezogen wird, umso stärker ist die Angst, zu viel zu essen oder nicht genug Sport zu machen. Sich auszuhungern verlieht Betroffenen ein Gefühl von Kontrolle, die ständig aufkommende Panik wird dadurch beruhigt. Betroffenen fällt es oft schwer zu erkennen, dass sie krank sind.

Was du wissen solltest, wenn du Angst davor hast, zu essen oder zuzunehmen:

- Jede*r kann an Anorexie erkranken, egal welchen Alters und welchen Geschlechts.

- Anorexie entwickelt sich oft schrittweise. Vor allem am Anfang gibt es eine Phase, in der dir selbst noch auffällt, dass irgendetwas nicht stimmt. Es wäre super, wenn du bereits da um Hilfe bittest. Siehe Seite 386

- Sobald du eine Magersucht entwickelt hast, kannst du deinen Gedanken oder deinem Blick in den Spiegel nicht mehr trauen. Wenn jemand sagt: „Gut, dass du noch ein bisschen auf den Rippen hast, dass du noch nicht tot umfällst", interpretierst du diese Aussage so, als würde die andere Person dich für übergewichtig halten. Was sie wirklich meint, ist, dass du den Kampf gegen die Anorexie noch gewinnen und überleben kannst. Dein Hirn „kidnappt" deine Gedanken, wenn du an Anorexie leidest.

- Wenn man zu wenig Nahrung bekommt, denkt der Körper, er befindet sich in einer Hungerkatastrophe (was ja eigentlich auch der Fall ist) und er tut alles, um Nahrung zu bekommen. Anfangs führt das dazu, dass du voller Energie bist und dich gut fühlst, intensives Glück verspürst, fast wie bei einer Verliebtheit, woraufhin du schnell zu dem Glauben verleitet wirst, dass Hunger der Schlüssel zu allem ist, was bisher schief gelaufen war. Das Erschreckende daran ist, dass der Körper es nicht schafft, ewig von der wenigen Energie zu zehren, und nach einer Weile zusammenbricht. Während es ständig bergab geht, bemerkst du vielleicht nicht, dass du immer kränker wirst, doch irgendwann ist dein Körper erschöpft und deine Gedanken sind auf Abwegen.

- Viele, die an Anorexie leiden, entwickeln später eine Bulimie.

Anorexie kann unserem Körper erheblichen Schaden zufügen. Wenn der Körper über längere Zeit zu wenig Nahrung bekommt, baut er sich allmählich ab. Wenn du zu viel subkutanes Fettgewebe verlierst, können sich auf deiner Haut kleine Härchen bilden, die als Lanugo-Behaarung bezeichnet werden und als eine Art Fell fungieren. Der Körper befiehlt deinem Blut, sich auf die inneren Organe zu konzentrieren, sodass Finger und Zehen bläulich und kalt werden. Das Gehirn arbeitet schlechter und du wirst trauriger. Der Körper wird nicht nur trauriger, sondern sehnt sich auch immer verzweifelter nach Nahrung, und deine Gedanken kreisen nur noch ums Essen. Deine Muskeln werden schwächer und krampfen schneller. Dein Haar wird dünner, die Nägel brüchig, die Haut trockener. Auch unser Skelett braucht vernünftige Ernährung, Mangelernährung kann unsere Knochen porös machen – also voller winziger Löcher, sodass du dir zum Beispiel leichter etwas brechen kannst, wenn du im Winter ausrutschst und hinfällst. Dies nennt man Osteoporose. Anorexie, die nicht behandelt wird und Untergewicht führt, kann tödlich sein.

ACHTUNG: Du kannst auch untergewichtig und krank sein, ohne dass man dir deutliche Anzeichen wie Lanugo-Behaarung oder kalte, bläuliche Finger ansieht. Es gibt keine Indizien, an denen du ablesen kannst, wann du „zu weit" gegangen bist. Wenn du Schwierigkeiten mit dem Essen hast, bist du bereits zu weit gegangen.

Wenn du eine Anorexie entwickelt hast, dann jagt dir allein der Gedanke, nur ein kleines bisschen zuzunehmen, enormen Schrecken ein. Essen kommt gar nicht in Frage, und du lügst vielleicht, um dir das Drängen deines Umfelds zu ersparen. Ein hungriges Hirn denkt schlechter, als ein gesundes Hirn, das heißt also, du wirst die Sorgen, die sich andere um dich machen, mit einem „Darüber werde ich später nachdenken" abwehren. Aber Hunger erschöpft den Körper und hört auch nicht auf, dich zu plagen, nur weil du gerade eine Denkpause machen willst. Die beste Lösung für deine Lage ist, Hilfe anzunehmen, und dich aus den Klauen der Krankheit zu befreien. Du hast keine Zeit zu verlieren!

Es besteht *immer* Hoffnung! Du kannst ein ganz normales Leben leben, du kannst ein gutes Verhältnis zu deinem Körper und Essen zurückgewinnen. Sprich mit eine*r Erwachsenen, der/dem du vertraust. Sei so ehrlich, wie es nur irgend geht, wenn du über dein Problem sprichst. Eines Tages wirst du auf diese Zeit zurückblicken und froh sein, dass du Hilfe gesucht hast und mutig genug warst, deinem Umfeld zu vertrauen. Die Welt wünscht sich, dass du ein Teil von ihr bleibst!

Muskeln und verzerrte Körperbilder

Die Dysmorphophobie oder körperdysmorphe Störung (BDD auf Englisch) ist eine psychische Störung, bei der die Betroffenen ihren Körper ganz falsch wahrnehmen, und zwar in so einem hohen Maße, dass sie panisch versuchen, ihn zu verändern.

Eine Variante der Dysmorphophobie ist die Muskeldysmorphie, auch Bigorexie genannt. Bei diesem psychischen Leiden glaubt man, klein und dünn zu sein, und ist krankhaft damit beschäftigt, groß und muskulös zu werden. Von der Bigorexie sind vor allem Jungs* betroffen. Diese Form der Dysmorphophobie ist gefährlich, Betroffene leiden und sind ausgelaugt. Ihr Leben wird davon bestimmt, genug zu wiegen, kräftig auszusehen und Muskeln aufzubauen. Das Verhältnis zum Essen wird von der Störung beeinflusst, und das wahrgenommene Spiegelbild kollidiert völlig mit der Realität. Im schlimmsten Fall greifen Betroffene zu anabolen Steroiden, in dem Versuch, Kontrolle über den eigenen Körper zu erlangen.

Du brauchst Hilfe, wenn du:

→ dein Bedürfnis, ausreichend große Muskeln aufzubauen, dich dazu bringt, die Grenzen dessen zu überschreiten, was gesund oder sicher ist.

→ merkst, dass du und dein Umfeld abweichende Meinungen zu deinem Äußeren haben. Beispielsweise, wenn andere dich bitten, beim Krafttraining einen Gang runterzuschalten, während du nur eine schmale, schwächliche Gestalt im Spiegel siehst.

→ immerzu an Essen, Training und an deinen Körper denkst, dass die Gedanken deinen Alltag beeinträchtigen, und du es einfach nicht sein lassen kannst.

→ panisch damit beschäftigt bist, dein Gewicht oben zu halten, zuzunehmen oder Muskeln aufzubauen. Das Thema Gewicht sollte im Leben eines/einer Jugendlichen nicht soviel Platz einnehmen, du solltest nicht rund um die Uhr an Muskeln denken müssen. Wenn deine Gedanken trotzdem nur um diese Themen Kreisen, besteht jeder Grund zur Sorge.

Was ist ADS/ADHS?

ADS steht für Aufmerksamkeitsdefizit-Syndrom. Das bedeutet, dass Betroffene Probleme haben, ihre Aufmerksamkeit zu kontrollieren. Sie können sich auf bestimmte Dinge sehr intensiv konzentrieren, in anderen Situationen sind sie schnell abgelenkt oder bekommen nicht mit, wenn jemand mit ihnen spricht. Folglich haben sie Schwierigkeiten, sich so zu organisieren, dass sie ihre Aufgaben erledigen können. Eltern, Lehrer*innen und Vorgesetzte bei der Arbeit können sich beschweren, weil es so aussieht, als wären die Betroffenen schlampig, unorganisiert oder würden nicht zuhören, wenn man ihnen etwas sagt, aber Personen mit ADS tun das nicht mit Absicht.

Auch wer **ADHS** hat, ist oft abgelenkt, verliert schnell den Fokus und hat Probleme, sich zu strukturieren und organisieren, zum Beispiel damit, sich die eigene Zeit gut einzuteilen. Bei ADHS kommen noch Elemente der Hyperaktivität hinzu (dafür steht das H in ADHS) – Betroffene verspüren eine große Unruhe (Rastlosigkeit) in sich, oder haben das Bedürfnis, sich viel zu bewegen oder mit Dingen in den Händen herumzuspielen. Sie haben manchmal Schwierigkeiten zu kontrollieren, was sie sagen oder tun. Der Mechanismus, der uns erst nachdenken lässt, bevor wir sprechen, und durch den wir Konsequenzen reflektieren, bevor wir etwas tun, funktioniert bei Betroffenen nicht so gut. Ein typisches Symptom ist Impulsivität. Das kann dazu führen, dass Betroffene Ärger bekommen, obwohl sie gewisse Dinge nicht so gemeint haben.

Rastlosigkeit und das Phänomen, jedes noch so kleine Geräusch zu hören

ADS und ADHS sind keine Krankheiten, es ist nur so, dass das Hirn der Betroffenen etwas anders funktioniert. Das kann die Betroffenen natürlich echt zur Verzweiflung bringen, aber das Problem ist in erster Linie, dass unsere Gesellschaft nicht bereit ist für Menschen mit ADS und ADHS. Wir haben ein Schulsystem, das von uns erwartet, stillzusitzen und stundenlang aufzupassen, und in unserer Gesellschaft wird man für alles, was man sagt und tut, zur Verantwortung gezogen. Bei den alten Jägern und Sammlern wäre es von enormem Vorteil, sich über einen kürzeren Zeitraum intensiv zu konzentrieren, viel Energie zu haben und jedes noch so kleine Geräusch wahrzunehmen, um rasch zu handeln, wenn sich die Beute zeigt oder sich eine Bedrohung anbahnt.

Warum muss man allem einen Namen geben? Es ist superwichtig, herauszufinden, dass du ADS oder ADHS hast, damit du selbst und alle in deinem Umfeld wissen, wie du funktionierst, und du nicht mehr unnötig für dein Verhalten bestraft werden kannst, wenn du zum Beispiel mal nicht zugehört hast. Die Diagnose an sich ist nur ein Name, den man den Phänomenen gegeben hat, die bei vielen Menschen auftreten. ADS und ADHS äußern sich von Person zu Person unterschiedlich, und es ist wichtig, dass du immer du selbst bleibst und dass du deinen Alltag so gestalten kannst, wie es sich für dich am besten anfühlt. Es gibt viele Hilfsmittel und Methoden, die Kindern und Jugendlichen mit ADS und ADHS das Leben erleichtern. Zum Beispiel hilft es in manchen Fällen, wenn Betroffene bei Klassenarbeiten mehr Zeit haben oder Aufgabenstellungen und Aufträge auf eine andere Art und Weise erhalten. Darüber hinaus können einige Betroffene von Medikamenten profitieren, die die Konzentration schärfen und Unruhe im Körper reduzieren. Du und die Erwachsenen in deinem Umfeld werden es herausfinden. Vergiss nie – dir sollte immer zugehört werden. Es ist dein Leben und nur du allein weißt, wie es ist, du zu sein.

An dich, wenn du keine Aufmerksamkeitsprobleme hast

Hier ist ein Beispiel dafür, wie es sich anfühlen kann, wenn das Gehirn (nicht du!) Flüchtigkeitsfehler macht und kleine Dinge sehr schnell ablenken können: Stell dir vor, schreibt eine wichtige Klassenarbeit. Du hast viel geübt und bist bereit. Die Aufgabenblätter werden verteilt. Es sieht gut aus, in den meisten Fragen geht es um die Französische Revolution, und das ist absolut dein Thema. Jemand tippt dir auf die Schulter, du drehst dich um, dein*e Klassenkamerad*in will sich einen Stift ausleihen. Du siehst dir das Aufgabenblatt noch einmal an, und jetzt stellst du fest, dass dort auch viele Fragen zur Russischen Revolution stehen, die du eben noch nicht gesehen hast. Du willst deinen Stift in die Hand nehmen, aber du hast ihn verliehen, es war wahrscheinlich der einzige Stift, den du heute dabeihast. Jetzt musst du dir einen neuen Stift besorgen, und neben dir isst irgendjemand richtig laut eine Karotte. „KNACK, KNIRSCH!“, es ist unmöglich, sich hier zu konzentrieren. Du findest einen Stift. Jetzt essen alle um dich herum Karotten. Du versuchst, sie zu ignorieren und dich auf deine Aufgaben zu konzentrieren. Plötzlich tauchen Fragen auf der Rückseite des Blattes auf – waren die eben schon da? Die Fragen sind nicht nummeriert, du fängst ganz oben an, aber die Themen sind alle durcheinander und es ist echt viel Arbeit, die eine Revolution von der anderen zu unterscheiden. Schließlich findest du eine Strategie – du markierst die Fragen zur Russischen Revolution mit einem grünen Marker, die Fragen zur Französischen mit einem gelben. Irgendwann haben die Leute ihre Karotten aufgegessen und du kommst endlich in die Gänge. Das wird gut. Du grinst vor dich hin. „Noch fünf Minuten!", ruft dein*r Lehrer*in plötzlich. Die andere schieben ihre Blätter zusammen, bereit für die Abgabe. Du hast gerade erst angefangen.

Was ist das Autismusspektrum/ Asperger?

Einigen Menschen kann man gar nicht ansehen, dass sie auf dem Autismus-Spektrum sind, weil sie nur leichte autistische Züge haben, wie man heutzutage sagt. Früher nannte man das „Asperger-Syndrom", und der Begriff wird bestimmt noch eine Weile geläufig sein.

„Asperger" ist keine Krankheit oder Störung. Es bedeutet nur, das Menschen auf dem Autismus-Spektrum etwas anders funktionieren. Einige Aspekte der Neurodiversität sind wie eine Superkraft. Menschen mit leichten autistischen Ausprägungen können sich oft intensiv mit einem Thema beschäftigen, das sie interessiert. Ein*e Freund*in vom Spektrum ist oft ein*e ungewohnt ehrliche*r Freund*in, und Freundschaften mit einer neurodiversen Person sind oft von Loyalität geprägt.

Das Hirn fokussiert sich auf das Präzise und Logische. Jugendliche auf dem Spektrum können manchmal nicht ohne weiteres all die ungeschriebenen Regeln des sozialen Miteinanders verstehen. Es fällt ihnen schwer, Körpersprache und andere Reaktionen zu verstehen. Was andere Leute sagen, nehmen sie in der Regel wörtlich. Sie haben Probleme zu kapieren, was andere Menschen fühlen und denken, weshalb sie manchmal zynisch wirken oder verletzende Dinge sagen können, obwohl sie eigentlich die liebsten Menschen der Welt sind. Menschen auf dem Spektrum tun sich schwer damit, Andeutungen zu verstehen.

Wenn man auf dem Autismus-Spektrum ist, versteht man oft nicht, wenn Leute eine Sache sagen, aber eine andere meinen

Masking. Es gibt Menschen auf dem Autismus-Spektrum, die sich soziale Gepflogenheiten antrainiert haben, dass alle um sie herum denken, sie wären neurotypisch. Dafür müssen sie ziemlich viel Energie aufbringen. Auch wenn sie ziemlich gut darin sind, die sozialen Spiele mitzuspielen, finden sie es oft anstrengend, sich „anzupassen".

Beim Autismus-Spektrum geht es um mehr als um das Soziale. Unter anderem finden Betroffene es schwierig, wenn Pläne ohne Vorwarnung geändert werden. Viele reagieren sehr empfindsam auf äußere und innere Eindrücke. Es kann sein, dass Menschen auf dem Spektrum Schwierigkeiten haben, die eigenen Gefühle zu verstehen und sie zu justieren. Aber für Jugendliche auf dem Autismus-Spektrum sind die sozialen Herausforderungen wahrscheinlich am schwierigsten. In der Jugend geht es oft vor allem darum, Teil eines sozialen Gefüges zu sein.

Wenn du jemand vom Spektrum kennst und ein*e gute*r Freund*in sein willst:

Versuch, die Dinge nicht zu persönlich zu nehmen, auch wenn sie in deinen Ohren verletzend oder frech klingen. Hast du eine*n Freund*in auf dem Spektrum, kannst du dir sicher sein, dass sie/er dir nicht absichtlich weh tun will. Sprich darüber, indem du ganz direkt sagst: „Ich finde es nicht gut, dass du mich dumm nennst."

Je mehr Menschen auf dem Spektrum inkludiert statt abgewiesen werden, umso besser wird das Leben für die Person, die soziale Codes manchmal schwierig findet. Ein*e Jugendliche*r auf dem Spektrum hat keine Hintergedanken oder will Leute gegeneinander ausspielen. Du weißt eigentlich immer, woran du bei ihnen bist. Das allein schon ist echt mal eine tolle Eigenschaft, findest du nicht auch?

Was ist das Tourettesyndrom?

Das Tourette-Syndrom ist ein Zustand im Gehirn, bei dem Signale, die hätten gestoppt werden sollen, weitergegeben werden, was zu unwillkürlichen Bewegungen und Geräuschen wie Blinzeln, Keuchen und Zuckungen führt. Die unwillkürlichen Bewegungen und Geräusche werden Tics genannt. Eigentlich soll man selbst entscheiden können, ob man zum Beispiel die Nase rümpft, aber wenn man Tics hat ein Tic nun mal das Nasenrümpfen ist, sendet das Gehirn eine Botschaft an die Nase, sich zu rümpfen - auch wenn Der/die Touretter*in überhaupt keine Lust darauf hat. Man kann Tics unterdrücken, aber das ist ziemlich anstrengend. Die meisten Touretter*innen spüren den sogenannten „Urge“ (Vorwarnung), bevor die Tics auftreten, eine Art Kribbeln in den Muskeln. In dem Moment, in dem der Tic kommt, verschwindet der „Urge“ und das System entspannt sich, bis es sich ein neuer Tic anbahnt. Für viele Touretter*innen ist ein "Urge" anstrengender als der Tic an sich.

Tics sind nicht gefährlich, sie sind nur furchtbar anstrengend, unangenehm und manchmal sogar schmerzhaft. Man kann auch Tics bekommen, ohne Tourette zu haben. Tourette ist nur der Name für eine Häufung von Tics. Bei Touretter*innen sind die Tics während der Pubertät besonders aktiv, bevor sie wieder abnehmen und in einigen Fällen irgendwann im Erwachsenenalter sogar verschwinden. Tics können schlimmer werden, wenn die Touretter*innen gestresst sind oder wenig Schlaf bekommen haben.

Es gibt verschiedene Arten von Tics. Häufige Tics sind zum Beispiel, Augenblinzeln, Stirnrunzeln, Räuspern, Nasenschnauben, den Kopf hin und her zu werfen oder die Augen zu verdrehen. Tics treten auch häufig in Kombination auf oder folgen aufeinander. „Vokale Tics“ bedeutet, dass Geräusche aus Mund oder Nase kommen, wie Keuchen oder Pfeifen. Einige Touretter*innen stoßen in unangebrachten Situationen Schimpfwörter und Beleidigungen aus, obwohl sie eigentlich gut gelaunt sind.

Was kannst du tun, wenn dich das betrifft? Wenn Teile deines Körpers ohne deine Zustimmung tun, was sie wollen, vor allem, wenn du es schon kommen spürst und nicht verhindern kannst, hast du vermutlich Tics. Wenn sie milde verlaufen, sodass sie dich nicht weiter beeinträchtigen, musst du nichts weiter unternehmen. Bei Tics, die Schmerzen verursachen, die dich dazu bringen, dich zurückzuziehen oder die deine Konzentration beeinträchtigen, solltest du dir allerdings Hilfe suchen. Es gibt eine Therapiemethode, bei der dem Gehirn die Tics abgewöhnt werden. Du kannst auch Medikamente bekommen, aber eigentlich kann Tourette nicht medikamentös geheilt werden. Auf jeden Fall sollten dein*e Lehrer*in, deine Eltern und du selbst herausarbeiten, wie du dir einen Alltag gestalten kannst, der deine Tics-Aktivität möglichst dämpft. Deine Tics werden oft dadurch verschlimmert, dass andere sie kommentieren, und es ist wichtig, dass die Erwachsenen um dich herum sich dessen bewusst sind.

Es ist ganz normal, das Tourette in Kombination mit anderen Diagnosen auftritt. Tatsächlich ist die Wahrscheinlichkeit höher, dass Touretter*innen auch ADHS, eine Zwangsstörung oder einer Verortung auf dem Autismus-Spektrum diagnostiziert wird, als wenn sie nur Tourette haben.

An dich, wenn du keine Tics hast. Tics sind keine schlechten Angewohnheiten oder Zwangshandlungen, und so werden sie von Touretter*innen auch nicht empfunden. Wenn du noch nie Tics hattest, weißt du auch nicht, wie sich das anfühlt. Es ist dennoch möglich, Vergleiche zu ziehen, damit es dir leichter fällt, Touretter*innen zu verstehen. Stell dir vor, du sitzt den ganzen Tag lang in der Schule oder bei einem Kurs und sollst aufpassen. Immerzu, vielleicht alle anderthalb Minuten, musst du gähnen. Du kannst nicht einfach immerzu gähnen, also musst du es unterdrücken. Je öfter du denkst: „Ich darf jetzt nicht gähnen!", umso schlimmer wird es. So kann es sich anfühlen, Tourette zu haben und zur Schule zu gehen.

Einige Tics bergen soziale Herausforderungen. Zum Beispiel wenn der/die Touretter*in die Augen verdreht. Andere stöhnen. Du kannst dir vielleicht denken, wie unangenehm es sein kann, eine ganze Busfahrt lang zu stöhnen, oder die Augen zu verdrehen, wenn dein*e Freund*in dir von ihrem kranken Hund erzählt.

Wenn Dinge, die angeblich helfen, alles noch viel schlimmer machen

Wenn du in einem Gedankenkarussell aus negativen Gefühlen und einem geknickten Selbstbild feststeckst, kann es sein, dass dir der ein oder andere Fluchtweg sehr verlockend vorkommt und sich wie eine Pause anfühlt. Die meisten Menschen sind auf der Suche nach Strategien, die das Leben erträglicher machen, wenn es gerade kaum auszuhalten ist. Aber einige dieser verlockenden Dinge machen alles nur noch schlimmer.

Manchmal merkt man sogar selbst, dass man in Muster abrutscht, die Probleme bereiten. Manchmal jedoch wird die Situation ziemlich kompliziert, bevor man merkt, was eigentlich passiert ist. Beispiele für Fluchtwege oder auf Dauer schlecht funktionierende Strategien sind Selbstverletzung und Drogen. Du darfst nie vergessen, dass es immer andere Lösungen gibt, selbst wenn du dich selbst verletzt oder Drogen nimmst und das Gefühl hast, da nicht mehr rauszukommen. Es gibt viele Möglichkeiten, aus dem Tief herauszukommen. Am besten ist es, du wendest dich an eine*n Erwachsene*n für ein Gespräch, der/die dir hilft, deinen Weg zu finden. Nicht alle haben eine*n Erwachsene*n in ihrem Umfeld, dem/der sie sich anvertrauen können. In dem Fall kann man Hotlines anrufen oder anonym mit eine*r Berater*in chatten. Sieh dir mal unsere Liste auf Seite 384 an.

Wenn man Drogen nimmt, um sich besser zu fühlen

Was sind Drogen? Drogen sind verschiedene Stoffe, die man zu sich nimmt, um sich für eine gewisse Zeit anders zu fühlen und vielleicht die Dinge um sich herum anders wahrzunehmen. Alle Drogen beeinträchtigen das Gehirn, wo auch die jeweiligen Effekte entstehen. Gängige Drogen sind Alkohol, Haschisch, Marihuana, MDMA, Kokain und Heroin.

Und was soll jetzt das Problem sein? Drogen können deine Sorgen nicht vergehen lassen, auch wenn es sich für kurze Zeit so anfühlt. Der Rausch kann positive und negative Gefühle in dir auslösen und viele finden, dass Drogen den Schmerz lindern, oder dass ein nicht auszuhaltender Alltag spannender wird. Dadurch können Drogen zunächst ungefährlich wirken, sodass man die Risiken vergisst. Wenn man noch jung ist, und das Gehirn seine Entwicklung noch nicht abgeschlossen hat, sind vor allem Haschisch und Marihuana gefährlich. Jugendliche, die an Schlafproblemen leiden und Cannabis konsumieren, um zur Ruhe zu kommen, werden irgendwann feststellen, wie der Effekt nachlässt und es inzwischen noch schwieriger geworden ist, die Schlafprobleme auf andere Weise zu lösen. Oder die Rastlosigkeit nimmt automatisch zu, wenn sie mal nicht konsumieren. Wer Alkohol trinkt, um sich besser zu fühlen, riskiert ein Suchtproblem, das es schwieriger macht, das Leben nach seinen/ihren ursprünglichen Vorstellungen zu führen. Je früher man mit dem Konsum von Drogen beginnt, desto größer ist die Wahrscheinlichkeit, süchtig zu werden.

Viele Jugendliche beobachten, dass ihr Umfeld Drogen völlig unproblematisch findet. Dann kann es schwieriger sein, über ein Problem zu sprechen, zum Beispiel, wenn du wegen all der Joints dem Unterricht nicht mehr folgen kannst. Als wäre es eine Niederlage, dass Drogen dir Probleme bereiten. Die Wahrheit ist allerdings, dass dein Alltag durch Drogenkonsum nur erschwert wird – such dir Hilfe, um dein Leben zurückzugewinnen.

Wenn man drogenabhängig ist, erfüllt die Droge schon längst nicht mehr ihren ursprünglichen Zweck, sondern gibt dir das Gefühl, keine Kontrolle mehr zu haben. Plötzlich ist es extrem unangenehm, wenn nicht sogar schmerzhaft, ohne Drogen zu leben, dass du es kaum noch aushältst. Für die meisten Abhängigen bedeutet das, sich gleich bei der nächsten Gelegenheit wieder zuzudröhnen, vielleicht mit dem Gedanken „Das ist wirklich das letzte Mal!“ Dabei wissen sie, dass es sich in diesem Moment zwar wieder gut anfühlt, aber nur solange der Rausch anhält. Danach wird es nicht leichter sein, eher noch schwerer. Oft bekommen die Leute gar nicht mit, wie sie die Kontrolle verlieren und in die Abhängigkeit abrutschen. Drogenabhängigkeit ist ein echtes Problem, und es ist unglaublich schwer, auszusteigen, auch wenn man sich bewusst ist, wie die Drogen das Leben zerstören, das man sich all die Jahre aufgebaut hat. Der Rausch kann mehr Bedeutung gewinnen als jede Freundschaft, oder bringt Betroffene dazu, sich von ihren Familien zu entfernen, in der Schule nicht mehr aufzupassen oder nicht mehr bei der Arbeit zu erscheinen. Vielleicht sehen sie ein, dass sie gar nicht erst damit hätten anfangen sollen, sich hätten ein Leben aufbauen sollte, das ohne Drogen funktioniert, doch die Abhängigkeit hält sie fest in ihrem Griff und macht es ihnen wirklich schwer, aufzuhören. Außerdem gibt es ja immer noch einen Grund, warum man überhaupt erst zu den Drogen gegriffen hat, und es klingt auch nicht gerade verlockend, zu diesen alten Problemen zurückzukehren.

Physische und psychische Abhängigkeit von Drogen. Man kann nicht im Voraus wissen, wer süchtig wird oder wie viele Drogen dazu führen, dass man abhängig wird. Daher wird das Ausprobieren von Drogen zu einem Glücksspiel, das für alle gleichermaßen gefährlich ist. Einige Drogen verlieren allmählich ihre Wirkung. Oder sie werden mit anderen Stoffen kombiniert. Das erschwert die Situation zusätzlich und erhöht das Suchtrisiko.

Physische Abhängigkeit: Viele Drogen, unter anderem Alkohol, können den Körper so krass anfixen, dass es körperlich wehtut, damit aufzuhören. Manche Drogen ahmen körpereigene Schmerzmittel nach, sodass der Körper aufhört, diese Stoffe selbst zu produzieren. Du kannst dir vielleicht vorstellen, wie krass ein Entzug ist, wenn der Körper sich vor Schmerz windet? Es gibt viele Anlaufstellen für Menschen, die mit den Drogen Schluss machen wollen.

Psychische Abhängigkeit: Psychisch abhängig zu sein bedeutet, dass nicht der Körper unerträglich wird, wenn man aufhört, sondern die Gedanken und Gefühle. Alle deine Probleme werden mit jedem Mal, das du Drogen einnimmst, größer, und um dich herum wächst ein Labyrinth böser Gedanken immer dichter. Deine Verzweiflung lässt dich immer wieder zu den Drogen greifen. An diesem Punkt ist man längst in einem komplizierten Muster festgefahren und braucht professionelle Hilfe, um sich daraus zu befreien.

Je fortgeschrittener die Abhängigkeit ist, desto schwieriger ist es, aufzuhören. Drogen zu nehmen wird schnell zu einem Automatismus, als wäre es eine offensichtliche Lösung für Schwierigkeiten, Langeweile, Unruhe oder Konzentrationsschwäche. Abhängigkeit macht die Abwesenheit von Drogen zu einem Problem an sich, und der Stoff ist die einzige Lösung, die du dir vorstellen kannst. Stell dir vor, du wirst ins Wasser geworfen und spürst, dass du kurz vorm Ertrinken bist, doch du könntest dich retten, indem du schwimmst. Also beginnst du zu schwimmen. Ebenso stark empfindet man die Erlösung durch die Droge, wenn man abhängig ist. Das drogenabhängige Hirn trickst sich selbst aus, indem es glaubt, die Droge ist der einzige Ausweg.

Unser Gehirn wird nicht nur von Drogen beeinträchtigt, es kann auch ernste Schäden davontragen. Alle Drogen, inklusive Alkohol und Cannabis (Haschisch und Marihuana) können ernte Konsequenzen für unser Gehirn haben. Beispielsweise können sie eine Psychose auslösen (siehe 336), Gehirnzellen können absterben, man kann auf einem traumatisieren Trip sein (wenn die Droge anders wirkt als vermutet und man einen furchtbaren, albtraumartigen Rausch erlebt) oder sogar ins Koma fallen (über längere Zeit bewusstlos sein). Im schlimmsten Fall kann man durch Drogen sterben. Die meisten Drogen sind so unberechenbar, das ein Stoff, den man vorher ohne Probleme vertragen hat, plötzlich lebensgefährlich werden kann, obwohl man dieselbe Menge wie beim letzten Mal genommen hat.

Was kannst du tun?

Wenn du mit den Drogen zu kämpfen hast und nicht weißt, wie du aus der Abhängigkeit herauskommst, versuche andere Dinge zu finden, die helfen, wenn das Leben unerträglich ist. Vielleicht kannst du mit eine*m Freund*in darüber reden, was du denkst? Skaten? Musik hören? Zeit mit deiner Schwester verbringen? Eine Serie gucken? Füll deine Zeit mit Dingen, die nichts mit Drogen zu tun haben, am besten mit abwechslungsreichen Themen und Beschäftigungen, und bitte Erwachsene in deinem Umfeld um Hilfe. Es kann sein, dass die Erwachsenen erst einmal komplett ausrasten, wenn du zugibst, dass du Drogen nimmst, aber es ist besser, um Hilfe zu bitten als noch weiter abzurutschen.

Wenn du das Gefühl hast, dass Drogen ein Ausweg aus deinen negativen Gefühlen sind, egal ob du nun abhängig bist oder (noch) nicht, wäre es sehr gut, wenn du mit eine*m Erwachsenen über deine tatsächlichen Probleme sprichst, statt sie wegzuballern. Es kann sein, dass du dich eine Zeitlang von Freund*innen fernhalten musst, mit denen du sonst zusammen Drogen genommen hast, aber vielleicht kannst du sie auch dazu überreden, mit dir zusammen auf Entzug zu gehen? Es gibt eine ganze Reihe von Anlaufstellen, bei denen du erst einmal über deine Abhängigkeit sprechen kannst, ohne dass du versprechen musst, aufzuhören.

Beim Drogentelefon bekommst du 365 Tage um Jahr rund um die Uhr Hilfe – dort kannst anrufen oder mit eine*r Berater*in chatten:

https://drogennotdienst.de/
+49 030 19237

Gaming

Wenn Video- oder Computerspiele deinen Alltag bestimmen: Egal wie positiv, sozial, fördernd und toll Gaming für die meisten Menschen sein kann, wird es an der Stelle zum Problem, an der es eine Flucht aus der Einsamkeit, Angst oder Depression ist. Außerdem kann man zu Gaming ebenfalls eine Abhängigkeit entwickeln. Gaming wird dann zum Problem, wenn du es nicht mehr mit einem Alltag unter den Hut bekommst. Du bist abhängig, wenn du es nicht schaffst, dich auszuloggen, und du nimmst Streit mit deinen Eltern, unzureichenden Schlaf und andere Probleme in Kauf.

Und was soll jetzt das Problem sein? Wenn das Spiel die negative Welt aussperrt, sperrt es auch alle Lösungen aus, alle, die dir helfen wollen sowie tolle Real-Life-Erlebnisse. Die Probleme, die du dir wegwünschst, warten auf dich, sobald du deinen Rechner oder deine Konsole abschaltest, und du riskierst, dass du mit jedem Mal weniger Lust hast, an dem Leben da draußen teilzunehmen.

Was kannst du tun? Gaming hat viele Vorteile, allein schon das Gefühl, dass du irgendwo dazugehörst, du selbst sein kannst und etwas meisterst ist unendlich positiv und nichts, was du kategorisch sein lassen solltest. Sei dir stattdessen bewusst, ab wann du nicht mehr nur spielst, weil es dir gefällt, sondern weil das Leben außerhalb des Spiels unerträglich ist. Ein Zeichen dafür, dass Gaming bei dir zum Problem geworden ist, wären, dass die Aktivität einen Großteil deiner Zeit und deiner Kapazitäten beansprucht, auf Kosten anderer Dinge, die eigentlich eine Bereicherung für deinen Alltag sind. Ein weiteres Zeichen ist, dass du aufgibst, Lösungen für deine Probleme zu finden und du eine gewisse Unruhe verspürst, dich im echten Leben zu bewegen. Wenn du das Gleichgewicht nicht allein wiederherstellen kannst, gibt es viele gute Anlaufstellen. Sprich erstmal mit eine*r vertrauensvollen Erwachsenen, die/der dir entgegenkommt und mit der/dem du gerne sprichst.

Selbstverletzung

Was ist Selbstverletzung? Bei der Selbstverletzung geht es darum, sich selbst Schmerzen zuzufügen oder sich vorsätzlich zu verletzen, ohne daran sterben zu wollen. Es ist oft die Rede von Schneiden und Kratzen, aber auch andere Dinge können selbstverletzend sein. Sich selbst körperlichen Schmerz zuzufügen, kann von psychischen Schmerzen ablenken. Manche beschreiben das Sehen von Wunden und Blut als eine Möglichkeit, „die Emotionen in Blut zu tauchen“, als hätte es eine lindernde Wirkung. Der Körper reagiert auf die Schmerzen mit dem Ausstoß von schmerzstillenden Hormonen, was Betroffenen in dem Moment sehr gut tun kann. Für einige ist Selbstverletzung die einzige Möglichkeit, Schmerzen, Wut oder andere intensive Emotionen zu lindern, sie tun es, um das Leben erträglicher zu machen. Andere haben wiederum das Gefühl, dass sie so abgestumpft sind, dass der Schmerz sie „weckt“ und sie sich endlich wieder lebendig fühlen.

Und was soll jetzt das Problem sein? Egal, auf welche Weise du dir weh tust, und sei es nur, dass du dir den Fingernagel in die Haut drückst – das ist eine ziemlich ungünstige Art, deine Probleme zu lösen, aus dem einfachen Grund, weil sich niemandes Leben durch Selbstverletzung zum Besseren gewandt hat. Auf lange Sicht ist das nie eine Lösung. Die Ursachen deiner Schmerzen liegen woanders und sie verschwinden nicht, wenn du dich selbst verletzt. Sie tut mindestens genauso weh, wenn du aus deiner Starre erwachst oder die körperlichen Schmerzen abgeklungen sind.

Was kannst du tun, wenn du betroffen bist? Wenn du dich selbst verletzt, ist es das Beste, wenn du dir das abgewöhnst und dir stattdessen Hilfe suchst (siehe Seite 384). Es geht dir offensichtlich nicht gut, und du sollst dir keine Schmerzen zufügen müssen, um deine Gefühle in Schach zu halten. Hast du jemanden in deinem Leben, dem/der du dich anvertrauen kannst? Vielleicht könnt ihr gemeinsam herausfinden, was dein Leben so unerträglich macht? Während du versuchst aufzuhören, halte dich von Webseiten fern, auf denen selbstverletzendes Verhalten gezeigt wird. Wissenschaftliche Erkenntnisse haben gezeigt, dass es schwieriger ist, sich von diesem Verhalten zu lösen, wenn man Selbstverletzungen bei anderen sieht.

Wenn du das Bedürfnis hast, dich zu verletzen, versuche, den Drang zu unterdrücken, vielleicht erst einmal nur für eine halbe Stunde, statt dem Impuls zu folgen. Nutze diese halbe Stunde, um zu experimentieren, wie du mit deinen Gefühlen umgehen kannst, Was war der Auslöser für dein Bedürfnis, dich zu verletzen? Was brauchst du jetzt? Hilft es, drüber zu sprechen, oder willst du lieber irgendeinen Film sehen? Kannst du zeichnen, Gewichte heben, Fußball spielen oder Tagebuch schreiben? Selbstverletzung wird von vielen als starker Impuls wahrgenommen, aber auch starke Impulse können tatsächlich vergehen, wenn du dich dazu zwingst, andere Auswege zu finden.

Wenn du nicht mehr leben willst

Du wunderbarer Mensch,
Wenn du das hier liest, hast du gerade sehr schmerzhafte Gedanken und spielst mit dem Gedanken , nicht weiterleben zu wollen. Trotzdem hoffen wir, dass du Energie hast, hier weiterzulesen.

Wenn man ans Sterben denkt, hat man ziemlich oft das Gefühl, dass alles andere keinen Sinn macht. Vielleicht bist du erschöpft, nachdem du eine sehr schwere Zeit durchgemacht hast. Vielleicht glaubst du auch Dinge, die sich im Moment wahr anfühlen, die aber nicht wahr sind - zum Beispiel, dass die Welt besser wäre, wenn du nicht mehr hier wärst, oder dass das Leben immer so unerträglich ist wie in diesem Moment. Das sind ganz normale Gedanken, wenn man eine schwere Depression hat.

Nach unzähligen Jahren Forschung und Erfahrungen wissen wir, dass das Leben ständig in Änderung begriffen ist, vor allem, wenn mir Menschen noch jung sind. Es ist nie so hoffnungslos, dass es nicht wieder bergauf geht. Vielleicht dauert es seine Zeit, vielleicht muss man viel Arbeit da rein stecken, aber eines Tages wirst du auf diese Zeit zurückblicken und froh sein, dass du dich dafür entschieden hast zu kämpfen und zu leben. Gib der Welt eine Chance, dir zu helfen, mach dich auf die Suche nach mindestens eine*m tollen Erwachsenen in deinem Umfeld, der-/dem-gegenüber du dich öffnen kannst. Es lohnt sich! Ehrenwort!

Wenn du niemanden hast, mit dem/der du sprechen kannst, gibt es viele Anlaufstellen, an denen du auf erfahrene Erwachsene triffst, die dich mit offenen Armen empfangen. Zum Beispiel kannst du die Telefonseelsorge rund um die Uhr erreichen:
0800 1110111
Oder das Sorgentelefon: 116 111
Beim psychologischen Notdienst kannst du auch mit jemandem chatten:
https://www.justanswer.de/

Bleibe nie mit deinen Suizidgedanken allein! Wenn es dir so schlecht geht, dass du überlegst, dir das Leben zu nehmen, musst du unbedingt mit jemandem sprechen. Eine Liste mit Tipps und Anlaufstellen findest du auf Seite 384.

Es ist sehr schön, wenn du tief in deinem Inneren weißt, dass du nicht sterben willst. Auch wenn du an Selbstmord denkst und darüber sprichst, kann es sein, dass du eine sogenannte Ambivalenz verspürst, dass du leben und gleichzeitig nicht leben willst. Oft geht es bei Suizidgedanken darum, dass du dir sehnlichst wünschst, irgendetwas in deinem Leben solle sich ändern, dass das Leben, so wie es jetzt ist, nicht weitergehen kann. Vielleicht ist deine Hoffnung, dass die Dinge sich bessern, erschöpft, oder du kannst dir beim besten Willen keine Lösung ausmalen. Aber es gibt immer, immer einen Ausweg. Immer. Hast du das Gefühl, dass du eigentlich nicht mehr Leben willst, dich aber noch irgendetwas von einem Suizid abhält? SEHR GUT! Das bedeutet, ein Teil von dir hat immer noch Lust, dem Leben eine Chance zu geben, statt aufzugeben und zu verpassen, was aus dir und deinem Leben hätte werden können. Wir unterstützen diesen Teil von dir mit allen Kräften. Folge deinem weisen Instinkt und sprich mit jemandem. Es kann im Grunde jede*r sein, aber es sollte ein*e Erwachsene*r sein, der/die dir hilft, dich aus dem zu befreien, was du gerade durchmachst. Jetzt kannst du es dir noch einmal anders überlegen. Wenn du dir das Leben nimmst, wirst du niemals die Chance haben, es dir nochmal anders zu überlegen. Dann ist es zu spät. Gib der Welt und dem Leben eine weitere Chance oder tausend weitere Chancen! Es gibt noch so viel zu sehen und zu tun, ein besseres Leben zu leben. So extrem viel!

WICHTIG

Alles ist besser als sich das Leben zu nehmen. Es gibt unzählige Menschen da draußen, die dich unterstützen wollen. Und egal, was du gerade glaubst – die Welt will, dass du bleibst.

An dich, wenn du dir um eine*n Freund*in Sorgen machst

So schön, dass du dich sorgst und helfen willst. Hier folgen einige Ratschläge für dich, wenn du dir Sorgen machst, dass ein*e Freund*in sich das Leben nehmen will.

→ Nimm es immer Ernst, wenn jemand Andeutungen macht oder offen über Selbstmordgedanken spricht. Frag genauer nach und sage eine*r Erwachsenen Bescheid. Wenn dein*e Freund*in dich bittet, es niemandem weiterzusagen und du ihm/ihr versprochen hast, das Geheimnis zu bewahren, dann lass dir gesagt sein, dass du dieses Geheimnis nicht allein auf deinen Schultern tragen solltest. Du musst eine*n Erwachsene*n einschalten, der/die eingreift.

→ Du kannst eine*n Freund*in mit der Frage: „Denkst du an Selbstmord?“ nicht auf dumme Ideen bringen. Du kannst wirklich geradeheraus fragen: „Willst du so dein Leben beenden?

→ Wenn der/die Jugendliche, um die/den du dir Sorgen machst, Dinge sagt wie „dann bin ich vielleicht schon nicht mehr hier“, Profile bei den sozialen Medien löscht, Sachen weggibt oder sich auf irgendeine andere Art und Weise verabschiedet, ist es Zeit zu handeln.

→ Denk dran: Es ist NIE deine Schuld, wenn du jemanden nicht retten kannst. Selbst wenn dein*e Freund*in sich dir anvertraut und du niemandem Bescheid gesagt hast, weil du dich nicht getraut hast oder dachtest, es wird schon nicht zum Äußersten kommen, ist es trotzdem nicht deine Schuld.

PS:
Wenn du jemanden kennst, der/die sich das Leben genommen hat, entweder jemand aus deiner Familie oder deinem Freundeskreis, gibt es viele sehr gute Anlaufstellen für Hinterbliebene von Angehörigen, die dafür sorgen, dass nach dem Suizid einer geliebten Person niemand mit seiner/ihrer Trauer allein bleibt.

KAPITEL 10

Wie du die Welt siehst

Und woher weißt du, was die Wahrheit ist?

Woher sollen wir wissen, ob die Erde nicht doch flach ist?

Und stimmt es, dass Regierungen auf der ganzen Welt Chemikalien in Flugzeugabgase mischen, um uns zu vergiften? Es gibt Menschen in unserer Gesellschaft, die darauf bestehen, dass ihre Annahmen der Wahrheit entsprechen, auch wenn Gegenbeweise leicht zu recherchieren sind. Warum ist das so? Wie können wir unterscheiden zwischen Theorien, die wir wirklich mal genauer unter die Lupe nehmen sollten und reinster Fantasie?

Wir brauchen uns keine Sorgen über vergiftete Flugzeugabgase zu machen, oder darüber, plötzlich vom Rand der Erde zu fallen, aber wir wissen, dass es echte Gefahren für Pflanzen, Tiere, Menschen und unseren Planeten gibt. Wie können wir dazu Stellung nehmen und was können wir tun, um uns eine bestmögliche Zukunft zu schaffen?

Ein **Troll** im Internet ist eine Person, die sich in Onlinediskussionen einmischt, um eine Debatte zu stören oder zerschlagen. Troll-Armeen sind Firmen, die dafür bezahlt werden, glaubwürdig erscheinende Fake News im Internet zu verbreiten, um die Menschen politisch zu manipulieren. Es ist nicht sicher, ob sich das Wort „Troll" auf die glitschigen, lichtscheuen Fabelwesen bezieht, oder ob es sich vom Englischen „to troll" ableitet – mit einer langen Schnur, an der möglichst viele Haken angebracht sind, zu fischen, in der Hoffnung, das möglichst viele Fische anbeißen.

Kritisches Denken

Wie unterscheiden wir zwischen Lüge und Wahrheit

Wir alle sehnen uns nach mehr Kontrolle. Das Leben kann unberechenbar und beängstigend sein, und die Menschheit hat immer nach mehr Macht gestrebt, als ihr eigentlich gut tut. Wir haben uns Salz über die Schultern geworfen, beim Anblick schwarzer Katzen auf Holz geklopft und aus unseren Teeblättern die Zukunft vorhergesagt. Solche kleinen Angewohnheiten sind überhaupt nicht schlimm. Jeder soll glauben, woran er/sie will, Geld ausgeben, wofür er/sie will, und Trost in dem finden, was seiner/ihrer Meinung nach das Beste ist. Warum es dennoch noch ratsam ist, sich eine gesunde Skepsis anzueignen, am besten von klein auf, ist, dass der Mensch sich leicht täuschen lässt. Sonst kann es passieren, dass man lebensverändernde Entscheidungen auf der falschen Grundlage trifft oder den falschen Leuten Geld gibt. Im schlimmsten Fall verzichten Menschen auf lebenswichtige Medikamente, weil sie dazu verleitet werden, sie durch irgendeinen Unsinn zu ersetzen, der gar nichts bringt.

Fake news, Missverständnisse und Übertreibungen

Journalist*innen, Blogger*innen, Politiker*innen und andere, die in den Positionen sitzen, uns mit Neuigkeiten und Informationen zu versorgen, haben noch ganz andere Absichten als uns nur aufzuklären. Einige haben ihre ganz eigene Agenda, sie wollen Geld verdienen oder eine Wahl gewinnen. Oder einfach so viele Menschen wie möglich auf ihrer Seite wissen. Andere wollen, dass wir ihre Seiten anklicken und locken uns mit schockierenden News oder Unterhaltung. Ihr seid mit dem Internet aufgewachsen und habt schon einen guten Riecher dafür, zwischen Lüge und Wahrheit zu unterscheiden. Trotzdem lauert überall die Gefahr, getäuscht zu werden. Sei dir dieser Dinge bewusst:

→ **Menschen lügen.** Es ist nicht so, dass alles, was gepostet oder gedruckt wird, der Wahrheit entspricht. Es gibt eine ganze Menge Leute, die Dinge erfinden und rumerzählen, als wären sie wahr. Verlass dich nie darauf, dass die „Fakten“ die dir jemand vorträgt, auch wahr sind. Menschen lügen leider, um ihre Meinung zu verbreiten, und sie wollen, dass du ihnen glaubst.

→ **Manipulation ist schwer zu erkennen.** Wer andere von seiner/ihrer Meinung überzeugen will, spielt oft mit Themen, die Leute beeinflussen können, zum

Beispiel Angst. „Lesen Sie hier, wie sie sich vor Krebs schützen können“, oder „Die Gewalt nimmt zu, die Polizei hat keine Kontrolle mehr über die Situation!“ – mit Überschriften dieser Art verdienen die Medien mehr Geld als mit „Ratschläge für ein gesundes Leben“ oder „In den letzten Tagen hat es vermehrt Gewalt gegeben, die Polizei erhöht die Zahl ihrer Einsatzkräfte, es gibt jedoch keinen Grund zur Sorge.“

→ **Ein einfacher Trick, eine Lüge zu verbreiten:** einen neuen Bildtext unter ein altes Bild zu setzen. Sogar gewissenhafte Journalist*innen passiert das manchmal, da kann es sich aber oft um einen Fehler handeln. Bilder sind oft unzuverlässige Beweismittel. Sie werden oft für politische Propaganda missbraucht.

→ **Deepfake und Bildmanipulation** sind Phänomene, die sich immer weiter verbreiten, die man aber doch schnell mal vergessen kann. Was man sieht, muss nicht immer der Wahrheit entsprechen.

Fake Bildunterschrift:
„Muslimische Mutter vergisst ihr Kind vor der Haustür.“

Original Bildunterschrift:
„Familie nach Brand obdachlos. Die gesamte Familie konnte aus dem brennenden Haus gerettet werden.“

→ **Videoclips.** Das ganze Internet ist voller Videos, die uns erklären wollen, was es mit gewissen Dingen auf sich hat. Eine gängige Technik, um andere von etwas zu überzeugen, wofür es absolut keine Beweise gibt, ist es, Lügen und Wahrheiten zu vermischen. Auch wenn du siehst, dass einige Inhalte eines Videos wahr sind, kannst du dem Rest nicht automatisch vertrauen. Filmen und Videos, die dich von etwas überzeugen wollen, solltest du sehr kritisch gegenüberstehen.

Wie kann man Fake News aufdecken? Deine wichtigste Waffe gegen Manipulation ist es, kritisch zu sein. Wenn dir jemand schockierende Details erzählt oder dich mit krassen Infos beinahe zu Tode erschreckt, nur damit du ihm/ihr glaubst, denk immer dran, dass diese Person die Infos auch nur irgendwo aufgeschnappt haben könnte oder leichtgläubig war. Die wenigsten überprüfen, ob die Informationen, die sie bekommen, auch wirklich richtig sind, bevor sie sie weitererzählen. Was die Runde macht, ist nicht automatisch wahr. Stelle deine*r Gesprächspartner*in immer folgende Frage: „Woher hast du diese Info?" und sei skeptisch gegenüber Behauptungen, für die keine Beweise von vertrauenswürdigen Quellen geliefert werden können. Außerdem solltest du wissen, dass es einige Länder gibt, deren Regierungen absichtlich Fake News verbreiten.

Quellenkritik

Auch wer keine politische Agenda hat oder absichtlich Lügen erzählt, kann Fehler machen und vorgeben, von etwas Ahnung zu haben, was aber tatsächlich nicht der Fall ist. Viele Leute können sich auch schriftlich so ausdrücken, dass es professionell klingt, ohne dass das Geschriebene der Wahrheit entsprechen muss. Es gibt also einen großen Unterschied zwischen Texten, die eine*n sogenannte*n Redakteur*in haben, der dafür sorgt, dass alle Quellen auf ihre Richtigkeit überprüft werden, und beispielsweise Websites, auf denen jeder, der/die will, seine "Fakten" posten kann. Sowohl auf Websites, in Videos, in Büchern als auch bei Vorträgen gibt es Leute, die vorgeben, Dinge zu wissen, von denen sie keine Ahnung haben, die jedoch sehr glaubwürdig erscheinen. Informationen in Enzyklopädien und auf Websites, die einen Herausgeber haben, müssen qualitätsgesichert sein. Ausschlaggebend ist jedoch, woher die Website oder Enzyklopädie die Informationen hat und ob sie die Fakten richtig weitervermittelt werden.

Aufgrund seiner zentralen stimulierenden Wirkung (Korribi & Mirabel, 2019) beschleunigt Tabak unnatürliches Wachstum der Beinmuskulatur (Mirabel, Shcomskij & Trevali, 1986), was das normale Gehen erschwert, und hat zusätzlich direkten Einfluss auf die Schuljahresendnoten. Tabakkonsum ist daher ein starkes Argument gegen Darwins Stimulustheorie (Desmond & Moore: Darwin, 1991).

Würdest du dieser Aussage glauben, wenn sie in einem Onlinelexikon stünde? Nicht ein einziger Satz dieses kleines Textes ist wahr. Aber sieht ganz schön professionell aus, stimmt's? Es ist gar nicht so schwer, einen Text so aussehen zu lassen, als basiere er auf renommierter Forschung. Im Großen und Ganzen kannst du Lexika und Webseiten, die für die Wissensvermittlung erstellt worden sind, vertrauen – aber es kann auch passieren, dass sich dort Fehler einschleichen. Es lohnt sich, auch die Quellen zu überprüfen, die die jeweiligen Medien benutzen, und ein Thema von unterschiedlichen Blickwinkeln zu beleuchten, statt sich nur auf eine Quelle zu verlassen.

PS:

Warum solltest du den Autorinnen dieses Buches glauben? Wenn du dieses Buch gelesen und zwischendurch gedacht hast: „Hm, das hört sich komisch an" oder „Worauf begründen sich eigentlich diese Aussagen?", dann ist das nur gut. Das bedeutet, dass du kritisch denken kannst! Warum solltest du dich also auf die Informationen verlassen, die in diesem Buch stehen? Wir, die wir dieses Buch geschrieben haben, sind vom Fach. Kirsten ist Psychologin und Astrid ist Ärztin. Dass bedeutet, dass wir in unseren Fachbereichen ausgebildet und schon einige Jahre berufstätig sind. Außerdem beschäftigen wir uns mit neuester Forschung und Wissen.
Aber auch Leute vom Fach können sich mal irren. Deshalb haben wir viele Expert*innen, die besonders viel Ahnung von spezifischen Themengebieten haben, gebeten, unsere Kapitel schon während der Entstehung des Buches zu lesen. Es kann dennoch sein, dass du dich bei einigen Aussagen fragst: „Stimmt das wirklich?" Es ist super, dass du Fragen stellst und neugierig bist. Ziehe auch gern andere Quellen hinzu, betrachte sie kritisch und hinterfrage stets: Wer spricht hier und warum wird auf diese Weise argumentiert? Und worauf begründen sich diese Aussagen?

Es gibt eine Wahrheit

Man vergisst leicht, dass Wahrheit nichts ist, worüber man abstimmen kann. Wir wissen zum Beispiel, dass die Erde rund ist. Der Mensch hat dies auf viele verschiedene Arten sorgfältig studiert. Dennoch gibt es Gruppen, die darauf bestehen, die Erde sei flach. Das dürfen sie ruhig behaupten, niemand kann sie dafür ins Gefängnis stecken. Aber in diesem Fall gibt es eine einzige gültige Wahrheit. Die Erde ist nicht abwechselnd flach und rund, je nachdem, wer gerade eine stimmliche Mehrheit hat. Ebenso verhält es sich mit den meisten anderen Tatsachen. Es kann uns schwerfallen, herauszufinden, wie die Dinge funktionieren, aber in vielen Fällen gibt es eine objektive Wahrheit, ob es uns gefällt oder nicht.

Was ist der Sinn von Forschung?

Forschung ist die Suche nach neuem Wissen. Forscher*innen auf der ganzen Welt arbeiten hart daran, richtige Lösungen und Erklärungen für Phänomene zu finden, sie tun also das Gegenteil von raten und spekulieren. Sie arbeiten nach speziellen Regeln, sodass uns die Recherche tatsächlich in Richtung Wahrheit führt. Unter anderem sollte man, wenn man Forschungsergebnisse prüft, immer wieder zu denselben Ergebnissen kommen, sonst kann es sich einfach nur um Zufälle handeln. Forschung muss auch stets mit sich selbst ins Gericht gehen – haben wir heutzutage bessere Methoden, um Ergebnisse zu ermitteln als noch vor zehn Jahren? Sollten wir das noch einmal überprüfen? Seriöse Forschung versucht immer wieder, sich selbst zu hinterfragen und Gegenbeweise zu den eigenen Annahmen zu liefern, einfach nur, um wirklich ganz sicher zu sein. Deshalb wirst du immer wieder in den Nachrichten hören, dass Forscher*innen zu „neuen Erkenntnissen“ gekommen sind oder ihren „Standpunkt geändert“ haben. Das ist ein gutes Zeichen, dass die Forschung den eigenen Ergebnissen skeptisch gegenübersteht und wirklich versucht, aufzudecken, wo sie möglicherweise einen Fehler gemacht haben könnte. Forschung ist kompliziert, aber sie ist das beste Werkzeug, das wir haben, um herauszufinden, was die Welt tatsächlich im Innersten zusammenhält. Auf diese Weise baut die dokumentierte Forschung aufeinander auf und ermöglicht es uns Menschen, die Wahrheit zu ermitteln.

Wenn zwei Dinge gleichzeitig passieren, bedeutet das nicht, dass sie sich gegenseitig beeinflussen. Stell dir vor, du liest die Schlagzeile „Wer frühstückt, stirbt!“ Das stimmt in gewisser Weise. Viele Menschen frühstücken, alle Menschen werden irgendwann sterben. Mit anderen Worten: Wenn man nach einem Grund sucht, warum Menschen sterben und sich also fragt: „Was verbindet all diese Menschen?“, würde man schnell erkennen: „Sie haben gefrühstückt!“

Aber das Frühstück hat absolut nichts mit dem Tod der Menschen zu tun. Sie sind nicht wegen ihres Frühstücks gestorben. Wenn du diesen Sachverhalt verstehst, hast du mehr kapiert als so manche Zeitung, die über Forschung berichtet.

Stell dir vor, Forscher*innen stellen fest, dass sich Paare, die sich jede Nacht einen Gute-Nacht-Kuss geben, mit einer viel geringeren Wahrscheinlichkeit scheiden lassen als Paare, die dies nicht tun. In den Medien sorg das für Furore: „Die magischen Worte am Abend“, „So vermeiden Sie es, in der Scheidungsstatistik aufzutauchen“ und „Wünscht euch eine gute Nacht!“ Paare im ganzen Land geben sich von nun an Gute-Nacht-Küsse, egal, ob sie darauf Lust haben oder nicht. Aber die Scheidungsstatistik ändert sich nicht. Warum nicht? Denn es war nicht der Gute-Nacht-Kuss selbst, der diese magische Wirkung hatte. Paare, denen es gut geht, küssen sich öfter vorm Schlafengehen als Paare, die eine schwere Phase durchmachen. Die Zähne zusammenzubeißen und jeden Abend ein "Gute Nacht" zu hervorzupressen, ist keine Lösung für eine angeschlagene Ehe. So sieht es aus, wenn man Statistiken falsch interpretiert.

In der Forschung nennt man das Phänomen, wenn zwei Dinge gleichzeitig passieren, **Korrelation**. Eine Korrelation sagt nichts darüber aus, was zu welchen Resultaten geführt hat.

Verschwörungstheorien

Verschwörungstheorien sind verschwurbelte Spekulationen und Gerüchte, die sich so weit verbreiten, dass einige Menschen wirklich glauben, dass sie wahr seien. Es gibt ganz unschuldige Verschwörungstheorien, wie zum Beispiel, dass Elvis noch am Leben ist. Leider gibt es auch viele Verschwörungstheoretiker*innen, die für alles, was in unserer Welt falsch läuft, irgendwelchen von mächtigen Menschen geführten Geheimorganisationen die Schuld geben. Beispielsweise ist eine bekannte Verschwörungstheorie, dass die Anschläge vom 11. September 2001 auf die USA vom FBI selbst inszeniert worden sind und gar kein Terrorangriff von außen war. Videos, die diese Verschwörungstheorien „belegen", sehen erschreckend echt aus. Das liegt daran, dass die Macher*innen Fakten und reine Spekulation miteinander vermischen, und daraus eine Theorie entsteht, die so wirkt, als entspräche sie der Wahrheit. Da Geschichten von Geheimagenten und Spionen natürlich viel interessanter sind als die Wahrheit, finden viele Menschen Verschwörungstheorien interessant. Außerdem liefern diese Theorien oft naheliegende und teils dramatische Erklärungen für komplizierte Sachverhalte. Wir Menschen tendieren dazu, einer Sache zu glauben, wenn wir das Gefühl haben, sie stimmt. Vielleicht ist das der Grund, warum Videos, die Verschwörungstheorien verbreiten, oft extrem an die Gefühle der Leute appellieren?! Viele dieser Art von Videos schockieren, lassen die Dinge besonders gruselig wirken und entwickeln spannende Plots. Ihr Ziel ist es, ihr Publikum wütend zu machen und aufzuregen.

Im besten Fall sind Verschwörungstheorien lustige Fantasiegeschichten, die uns neugierig machen oder über die wir lachen können. Im schlimmsten Fall führen Verschwörungstheorien zu Schießereien in Schulen, Morden und Terroranschlägen. Menschen, die einen gemeinsamen Feind suchen, begeben sich immer tiefer ins Dickicht aus Lügen und falschen Feindbildern – sie interessieren sich nur für Personen und Informationen, sie bestätigen, was sie ohnehin schon denken.

Eine bekannte Lüge. Eine bekannte Verschwörungstheorie besagt, dass ein wichtiger Impfstoff zu Autismus führt. Und dass die Behörden weltweit darüber informiert sind, aber trotzdem weiter impfen. Diese Lüge stammt von einem kreativen Forscher und einer fiktiven Entdeckung. Der Forscher sollte untersuchen, ob der Impfstoff gefährlich sei, und er wollte so gern eine Entdeckung machen, durch die er Ruhm und Ehre erlangen würde. Er änderte daher seine Ergebnisse und veröffentlichte einen Artikel, in dem er behauptete, der Impfstoff würde Kindern schaden, weil er Autismus verursache. Es stellte sich schnell heraus, dass dies nicht stimmte, und viele große Studien haben im Nachhinein sehr gründlich bewiesen, dass die Impfung keinesfalls zu Autismus führt. Aber das Gerücht hatte sich bereits verbreitet und die Leute glaubten einfach dran. Obwohl die meisten Menschen heute erkannt haben, dass der Impfstoff völlig sicher ist, gibt es immer noch einige, die ihre Kinder nicht impfen lassen. Es ging hierbei um einen Impfstoff gegen Masern, eine der gefährlichsten Kinderkrankheiten. Um eine neue starke Welle von Masern und anderen schweren Erkrankungen zu verhindern, sind wir darauf angewiesen, dass möglichst viele Eltern ihre Kinder weiterhin impfen lassen. Wir sehen bereits, dass in einigen Gebieten die

Ausbreitung des Masernvirus wieder zugenommen hat, der für Kinder tödlich sein kann. Es ist eigentlich schon seltsam, dass eine vielfach widerlegte Lüge dazu führen kann, dass noch Jahrzehnte später Kinder schwer krank werden. Aber so funktionieren Gerüchte, und so funktioniert die Welt manchmal.

Manchmal irrt man sich

Es ist nicht immer so einfach zu wissen, welche Infos auf guter Forschung beruhen, oder ob es sich wirklich um Aberglaube oder Mythen handelt. Vielleicht ist sogar die Forschung, der man vertraut, zu falschen Antworten gekommen. Es hilft ungemein, wenn wir herausfinden, dass etwas, das wir für richtig hielten, falsch war, denn dann sind wir der Wahrheit wieder einen Schritt näher gekommen. Hier sind einige Beispiele für Dinge, von denen wir lange überzeugt waren, dass sie wahr sind, die sich jedoch als Missverständnisse, Gerüchte, Erfindungen oder Forschungen herausgestellt haben:

→ dass man mit vollem Magen nicht schwimmen gehen soll, weil man dann Krämpfe bekommt. Das stimmt nicht. Vielleicht würde dieses Gerücht verbreitet, damit Eltern in Ruhe essen können und nicht auf das Kind im Wasser aufpassen müssen? Du kannst jedenfalls schwimmen gehen, nachdem du dir den Bauch vollgeschlagen hast.

→ dass wir im Laufe eines Jahres acht Spinnen im Schlaf verschlucken – das ist nur ein Gerücht, das ironischerweise in die Welt gesetzt wurde, um zu zeigen, wie leicht die Menschen auf Fake News hereinfallen. Und Schwupps – der Mythos verbreitete sich wie ein Lauffeuer. In Wirklichkeit verschlucken wir keine Spinnen im Schlaf.

→ Dass der Mensch nur zehn Prozent seines Gehirns wirklich benutzt – viele gehen immer noch davon aus, dass neunzig Prozent unseres Hirns ein Mysterium ist, das Übernatürliches und Fantastisches birgt, zu dem wir keinen Zugang haben. Das entspricht nicht der Wahrheit.

Kann man an Horoskope glauben?

Horoskope sind ein gutes Beispiel dafür, dass uns jemand den Eindruck vermitteln kann, etwas zu wissen, was wir Menschen unmöglich wissen können. Die Konstellation der Planeten hat keinerlei Einfluss darauf, wie es in deinem Liebesleben aussehen wird, oder welcher Persönlichkeitstyp du bist. Was sich für dich einzigartig anfühlt, kann auf viele andere Menschen zutreffen, ja, vielleicht sogar auf die meisten von uns. Daher kann es plötzlich so klingen, als sei dein Horoskop ganz spezifisch auf dich zugeschnitten, sodass viele Leute denken: „Wow, das stimmt ja wirklich!"

HOROSKOP

Für dich, wenn du zwischen dem 01. Januar und Silvester geboren wurdest:

Du bist ein Mensch mit einer starken Persönlichkeit. Einige deiner unzähligen Facetten bekommen andere nicht so oft zu Gesicht, aber gegenüber Menschen, denen du vertraust, bist du sehr offen. Du hast schon das ein oder andere Mal gelogen, auch vor deinen Liebsten. Manchmal hast du Gedanken, die du noch nie laut ausgesprochen hast, Geheimnisse, die auf deinen Schultern lasten. Oft behältst du deine schlauen Einfälle für dich. Du bist fröhlich und humorvoll, wenn du mit deinen Freund*innen Zeit verbringst, doch manchmal kannst du dich einsam fühlen. In diesem Monat ist es wichtig, dass du die Chancen ergreifst, die sich dir bieten. Lass dich nicht von anderen entmutigen! Denk dran: Die Liebe begegnet dir immer dann, wenn du sie am wenigsten erwartest. Halte nach deiner Traumperson Ausschau! Ist es vielleicht jemanden, der/die schon eine Rolle in deinem Leben spielt?

Und wenn die Welt nun untergeht?

Das verhängnisvolle Dasein der Menschen

Seit Menschengedenken hat es Katastrophen gegeben, sowie viele andere Faktoren in unserer Welt, vor denen der Mensch Angst hat. Das Leben ist ein Projekt voller unberechenbarer Wendungen, an einigen Orten der Erde mehr als an anderen. Seit Generationen machen sich junge Menschen auf der ganzen Welt Sorgen um Hungersnöte, einen drohenden Atomkrieg, Unterdrückung und Menschenrechtsverletzungen. In den letzten Jahren haben Menschen auf der ganzen Welt demonstriert und Veränderungen im Umgang mit unserem Planeten gefordert, damit die Natur, von der wir vollständig abhängig sind, überleben kann. Mit der Entstehung des Internets ist es schwieriger geworden, sich vor Schlagzeilen und Nachrichten zu schützen. Gleichzeitig macht es die digitale Kommunikation einfacher als je zuvor, gemeinsam und im globalen Kontext an der Lösung von Problemen zu arbeiten. Stell dir vor, es hätte schon Mobiltelefone, Internet und Social Media gegeben, als im dreizehnten Jahrhundert die Pest in Europa grassierte:

Mit Technologie gewappnet

Im Jahr 2020 wurden weite Teile der Welt von einem winzigen Virus in die Krise gestürzt, der uns bis dahin noch unbekannt war. Dank der schnellen Verbreitung von Informationen konnten sich die Länder gegenseitig auf den neuesten Stand bringen und gegenseitig aus ihren Erfahrungen lernen. Auf diese Weise wurden unzählige Leben gerettet. Gleichzeitig war es wichtig, sich vor den schrecklichen Schlagzeilen, Verschwörungstheorien und "Was-wäre-wenn"-Szenarien zu schützen.

Wenn man Angst davor hat, dass die Welt dem Untergang geweiht ist

Wenn du dir Sorgen über Dinge machst, die dir über den Kopf steigen, kann es sein, dass du vom Weltgeschehen überfordert bist und Angst hast. Die Tatsache, dass du dir diese großen Fragen stellst, bedeutet, dass die Realität mit Karacho in deine Gedanken gecrasht ist, und es ist überhaupt kein Wunder, dass dir für einen Augenblick die Spucke wegbleibt. Du sollst keinesfalls aufhören, dir Gedanken über die Welt zu machen, aber du kannst lernen zu akzeptieren, wie viel eigentlich in Angriff genommen werden muss. Dein Leben ist trotzdem genauso viel wert wie vorher, und du darfst Spaß haben und es genießen, auch wenn es Kindern und Jugendlichen in anderen Teilen der Welt schlechter geht als dir.

So kannst du dich beruhigen, wenn die Panik dich packt

→ Gewöhne dich an den Gedanken, dass du langsam erwachsen wirst. Für die Welt und die Gesellschaft ist es ein großer Vorteil, dass du viele Zusammenhänge verstehst, aber für dich ist das eine sehr anstrengende Phase. Wahrscheinlich kommt es dir so vor, als sei die Welt ein viel düsterer Ort als zuvor, aber die Wahrheit ist, dass du dich verändert hast, nicht die Welt.

→ Denk dran, auch mal positive Nachrichten zu lesen und nicht nur die Artikel anzuklicken, deren Überschriften schon Schreckliches verheißen. In unserer Welt geschehen immerzu wunderbare Dinge und wichtige Fortschritte. Kriege enden, Kinder bekommen Hilfe, Länder, die früher die Regenwälder abgeholzt haben, kümmern sich nun besser um ihre Natur, Krisen werden verhindert. Eigentlich sollte dich der aktuelle Nachrichtenstrom mit positiven wie negativen Schlagzeiten gleichermaßen bombardieren, aber so funktioniert das leider nicht. Du musst selbst etwas unternehmen. Halte die Augen nach positiven Entwicklungen im Weltgeschehen offen, damit du dich nicht in dem Gedankenstrom verlierst, dass alles dem Untergang geweiht ist.

→ Auch wenn sie dir die Wahrheit vermitteln, kann es sein, dass einige Journalist*innen übertreiben oder die Fakten zugespitzt formulieren, um ihre Aussage zu verdeutlichen. Lass dich nicht von dramatischen Überschriften um den Schlaf bringen. Du kannst entweder tief in ein Thema eintauchen und selbst reflektiert recherchieren, oder akzeptiere, dass du gar nicht so viel über ein Thema weißt, und das vielleicht auch besser so ist.

→ Fokussiere dich auf dein Leben und ziehe eine Grenze zu den Dingen, die du ohnehin nicht kontrollieren oder beeinflussen kannst. Du brauchst kein schlechtes Gewissen zu haben, dass du zwischendurch auch mal an dich selbst denkst, obwohl die Welt gerade aus den Angeln fällt.

→ Unternimm etwas, um die Welt zu einem besseren Ort zu machen. Engagement verleiht Hoffnung, zu handeln fühlt sich besser an als aufzugeben.

Deine Meinung zählt – du bist wichtig, auch wenn du dich nicht engagierst

Du kannst dich dazu entscheiden, wegzusehen – deine Stimme ist dennoch genauso wichtig, wie alle anderen! Auf der Erde leben Milliarden von Menschen, und wenn sich niemand um unseren Planeten schert, dann wird alles im Chaos versinken. Niemand ist mit der Pflicht geboren, sich zu engagieren. Und diejenigen, die für eine bessere Welt kämpfen, sind genauso normal wie du. Du bist wichtig, Deine Stimme zählst. Immer. Und wenn du erst einmal achtzehn bist, ist deine Stimme in zweierlei Hinsicht von Bedeutung, denn dann kannst du dazu beitragen, die Welt zu ändern, indem du dich mit politischen Parteien beschäftigst und eine von ihnen wählst.

Dennoch kann dich niemand dazu zwingen, dich für eine bessere Welt einzusetzen, vor allem nicht, wenn du noch jung bist. Du hast bestimmt genug mit dir selbst zu tun. Und wer weiß – auch wenn es jetzt total uninteressant klingt, kann es sein, dass du irgendwann deine Meinung änderst. Dafür ist es nie zu spät. Du kannst jederzeit damit anfangen, die Welt nach deinen Vorstellungen mitzuformen. Auch, wenn du siebzig bist.

Positive Einstellung: Wenn du siehst, wie andere sich für eine bessere Welt engagieren, belästige sie nicht mit nervigen Kommentaren, die ihnen die Arbeit nur erschweren. Du kannst dazu beitragen, dass positive Stimmung herrscht und deine Mitmenschen für ihren Einsatz gelobt und angefeuert werden. Das stärkt und motiviert!

Sei dir bewusst, wen und was du unterstützt. Wenn du weißt, dass ein großes Textilunternehmen seine Arbeiter*innen ausbeutet und du trotzdem viel bei diesem Unternehmen einkaufst, bestärkst du es eigentlich in seinen Handlungen. Du hast viel Macht, wenn es darum geht, wo und was du konsumierst. Tatsächlich hilft du unserer Erde am meisten, indem du überhaupt weniger konsumierst und abwartest, bis du wirklich etwas Neues brauchst.

Ehrenamtlicher Einsatz: Du kannst dich Organisationen anschließen, die die Zustände, in denen wir leben, aktiv ändern wollen. Oder aber du willst einzelnen Personen helfen, vielleicht in der Altenpflege oder als freiwillige*r Helfer*in bei der Inklusion in deiner Region. In ehrenamtlichen Jugendorganisationen findest du oft sehr guten Anschluss. Wenn du deine Komfortzone verlässt, kannst du tatsächlich wunderbare Freundschaften schließen und spannende Gespräche führen.

Du hast einen Einfluss auf deine Umwelt. Deine Umwelt hat nicht nur einen Einfluss auf dich, auch du beeinflusst alles, was um dich herum geschieht. Allein schon, wenn du mit deinen Eltern über Umweltschutz diskutierst, setzt du ein wichtiges Zeichen. Wenn du dich hinter die Person stellst, die in den Kommentaren schikaniert wird, trägst du zu einem besseren Diskussionsklima bei. Jedes Mal, wenn du den Mund aufmachst, wenn ein Unrecht geschieht, leistest du einen Beitrag, um dieses Unrecht zu bekämpfen.

An dich, wenn du für eine bessere Welt kämpfst

Danke, dass du dich so engagierst und deine Zeit nutzt, um an andere als nur an dich selbst zu denken. Vielleicht bist du von anderen idealistischen Jugendlichen umgeben, oder aber du bist mit deinem Anliegen solo unterwegs – dein Einsatz ist so viel wert! Es ist jedoch auch wichtig, dass du dir Grenzen setzt:

→ Dein Tag hat auch nur vierundzwanzig Stunden. Überlaste dich nicht.

→ Denk dran, alle Siege und Fortschritte zu feiern, haste nicht einfach nur weiter zum nächsten Problem, das gelöst werden muss.

→ Die Ärmel hochzukrempeln, um die schrecklichsten Facetten dieser Welt zu bekämpfen, kann ordentlich wehtun. Du hast das Recht, dich vor grausamen Erlebnissen und traurigen Bildern zu schützen. Wisse stets, wo deine Grenzen sind.

→ Man kann, ohne es zu merken, unkritisch werden. In allen Milieus riskiert man, mit allen anderen einer Meinung zu sein und schon bald darauf im Takt zu marschieren. Wenn du nicht aufpasst, bleibt kein Platz mehr für Nuancen. Mach dir bewusst, dass ihr, obwohl ihr für wichtige Ziele kämpft, manchmal auch Fehler machen könnt. Setzt euch kritisch mit euren Meinungen auseinander, überprüft stets, dass ihr auch wisst, wovon ihr redet. Das verlangt einiges an Mut, aber so sorgt ihr dafür, dass euer Kampf ein guter Kampf bleibt. Sei auch vorsichtig gegenüber Feindbildern, die Verbündete von dir von angeblichen Gegnern zeichnen. Nur weil ihr unterschiedlicher Meinung seid, müsst ihr euch nicht gleich zu Feinden erklären, sondern könnt stattdessen miteinander in Dialog gehen

Also, wird die Welt bald untergehen?

Was auch immer du tust, egal, ob du dich dazu entscheidest, deinen Beitrag für die Verbesserung der Welt zu leisten oder nicht – Die Welt wird nicht untergehen. Die Menschheit wird im Laufe deines Lebens nicht aussterben. Forscher*innen, Zeitungen und Politiker*innen berichten von Worst-Case-Szenarien, damit uns bewusst wird, wie schlimm es werden kann, wenn wir nichts unternehmen. Während wir diese Informationen erhalten, arbeiten glücklicherweise viele tüchtige Menschen unermüdlich daran, herauszufinden, was wir tun können. Wenn du das nächste Mal Schlagzeilen siehst, die dich erschrecken, wie „Forscher warnen!“ oder „Die Lage ist ernster als befürchtet“, kannst du vielleicht auch erleichtert sein und denken: „Wie gut, dass sie die Menschen, die wählen gehen und somit eine Änderung bewirken können, darauf aufmerksam machen.“

Als die Menschen einst die Welt gerettet haben

Hast du schon mal vom Loch in der Ozonschicht gehört? Vor einigen Jahrzehnten war das Ozonloch in aller Munde und sorgte für Angst bei den Menschen. Die Ozonschicht ist eine Schicht aus Gas, die die Erde vor UV-Strahlen schützt – wie Sonnencreme. Ohne die Ozonschicht stirbt das Leben auf der Erde. Die Zeitungen waren voll von Nachrichten darüber, dass die Ozonschicht immer dünnere wurde und immer neue Löcher entstanden. Die Leute hatten Angst. Dann fanden die Forscher*innen heraus, dass die Schäden der Ozonschicht vom Menschen verursacht wurden und auf eine Substanz zurückzuführen waren, die in Spraydosen und Kühlschränken verwendet wurde. Dann gelang es der gesamten Weltgemeinschaft, angeführt von der UNO, durch den Verbot dieser Chemikalie eine riesige Wende herbeizuführen. Das Loch in der Ozonschicht ist derzeit versiegelt, und Forscher*innen hoffen, dass die Ozonschicht bis 2050 wieder so dick ist, wie sie einmal war.

Dies ist nur ein Beispiel für die Probleme, die Menschen bereits gelöst haben, indem sie die Forschung ernst genommen und die Ärmel hochgekrempelt haben. Wir müssen bereit sein, etwas zu ändern, anders zu leben, uns impfen zu lassen, weniger Antibiotika zu uns zu nehmen oder keine Substanzen zu verwenden, die die Ozonschicht zerstören. Der Mensch hat Potenzial, Probleme vorherzusehen und ihnen vorzubeugen. Wir können bedrohte Arten retten. Wir können Krankheiten ausrotten. Wir können dafür sorgen, dass alle Kinder eine Ausbildung erhalten. Wir können Frieden schaffen. Wir können den Temperaturanstieg auf dem Planeten stoppen. So wie wir einst das Loch in der Ozonschicht versiegelt haben.

Hier kannst du dir Hilfe holen

In diesem Buch findest du immer wieder unseren Rat: „Sprich mit jemandem darüber“, oder „Hol dir Hilfe“.
Was meinen wir eigentlich damit?

Wenn du oft sehr traurig, ängstlich, wütend, einsam oder unglücklich bist, dann verdienst du, dass es dir besser geht. Wenn du etwas Furchtbares erlebt hast, das dein Leben zerstört, kannst du lernen, das Trauma zu überwinden. Wenn du dich oder jemanden, den/die du kennst, bei einem oder mehreren Punkten, die in diesem Buch beschrieben werden, wiedererkennst, sei gewiss: Hilfe ist nah!

Warum es hilft, mit jemandem zu sprechen? Wenn man am dunkelsten Punkt seines Lebens angelangt ist, kann es dir schnell so vorkommen, als ob dir sowieso niemand helfen will, dass andere dich nicht verstehen oder nichts tun können. Aber die Welt ist voll von Menschen, die schon schlechte Zeiten erlebt, an den Tod gedacht, jemanden verloren haben, Opfer eines Missbrauchs geworden sind, verbotene oder schreckliche Dinge getan haben oder richtig auf die Nase gefallen sind – *und denen es heute besser geht.* Der erste Schritt ist die Erkenntnis und von da an geht es weiter bergauf.

Gibt es jemanden in deinem Umfeld, mit dem / der du sprechen kannst? Viele von uns sind von Menschen umgeben, die sie gern haben: Freund*innen, Eltern, Geschwister, Schulsanitäter*innen, ein*e Lehrer*in oder ein*e Trainer*in. Trotzdem kann es uns schwerfallen, komplizierte Themen und Probleme anzusprechen oder zu erzählen, dass es uns schlecht geht. Aber die allermeisten Menschen wollen für ihre Lieben da sein und sie unterstützen. Stell dir vor, ein*e Freund*in kommt zu dir und vertraut dir seine/ihre Probleme an. Würde dir das nicht viel bedeuten? Taste dich erstmal langsam vor, ein Schritt nach dem anderen.

Vielleicht reagieren sie anders, als du denkst? Dann gib nicht auf. Vergiss nicht: Die Erwachsenen und deine Freund*innen sind auch nur Menschen und können all diese Emotionen haben, über die du in diesem Buch gelesen hast. Vielleicht bekommen sie es erst einmal mit der Angst zu tun und bagatellisieren dein Problem („Uff, wieso siehst du alles gleich so schwarz?", „Warum machst du immer alles so kompliziert?", „So ging's mir auch schon, das geht wieder vorbei"). Vielleicht hast du nach einer schlaflosen Nacht all deinen Mut zusammengenommen, gewartet, bis das Klassenzimmer leer ist, und dein*e Lehrer*in sagt nur: „Oha, da müssen wir mal genauer drüber sprechen", doch dann passiert nichts?

Gib nicht auf!

Wenn du schon so mutig warst, über dein Problem zu sprechen, hast du bereits den ersten Schritt getan. Wenn die Person, an die du dich gewandt hast, keine große Hilfe ist (vielleicht weiß sie nicht, wie sie dir helfen soll?), dann überlege, wen du stattdessen ins Vertrauen ziehen könntest. Du stehst am Anfang deines Lebens, du verdienst es, dass es dir bald besser geht. Wenn du die Chance ergreifst, dir Hilfe zu suchen, bekommst du Werkzeug an die Hand, das dir auch in deinem weiteren Leben helfen wird. Dir steht eine ziemlich toughe Zeit bevor, aber gleichzeitig lernst du auch, dich selbst besser kennen. **SEI MUTIG, SEI DEIN*E EIGENE*R BESTE*R FREUND*IN.**

Wenn du Schwierigkeiten hast, mit jemandem von Angesicht zu Angesicht über deine Sorgen und Gedanken zu sprechen, gibt es viele Anlaufstellen, die du anrufen oder per Internet kontaktieren kannst. Du kannst auch schreiben, wenn dir das leichter fällt als zu sprechen. Denk immer dran: Du bist wichtig! Dein Problem ist nicht bedeutungslos. Wir empfehlen dir öffentliche, qualitätskontrollierte Hotlines und Online-Dienste, von denen wir wissen, dass ein*e kompetente*r Berater*in sich deiner annehmen wird.

Anlaufstellen, wenn du Hilfe brauchst

Telefonseelsorge

0800 / 1110111
https://www.telefonseelsorge.de/
Chat: online.telefonseelsorge.de

Beim **psychologischen Notdienst** kannst du auch mit chatten: https://www.justanswer.de/
Diese Hotlines sind gratis und rund um die Uhr für dich erreichbar, wenn du jemanden brauchst, mit dem/der du sprechen kannst. Du kannst anonym bleiben, und dein*e Gesprächspartner*in hat Schweigepflicht. Wenn es dir leichter fällt, alles aufzuschreiben als zu sprechen, kannst du auch eine Mail an die Berater*innen schreiben oder chatten.

Hilfstelefon für Kinder und Jugendliche

Hotline Kinderschutz: 030 / 61 00 66
Kindernotdienst: 030 / 61 00 61
Jugendnotdienst: 030 / 61 00 62

Nummer gegen Kummer: 116 111
https://www.nummergegenkummer.de/

Das Hilfstelefon / die „Nummer gegen Kummer" sind kostenlose Dienste für Kinder und Jugendliche, die Gewalt, Drohungen, Misshandlung oder anderen schwierigen Situationen ausgesetzt sind.

Die **Jugendnotmail** berät Kinder und Jugendliche gratis.
https://www.jugendnotmail.de/

Der **Deutsche Kinderschutzbund** setzt sich für eure Rechte und euren Schutz ein.
Telefon: 030 / 214 809 0
https://www.dksb.de/

Häusliche Gewalt

Hilfetelefon Gewalt gegen Frauen: 0800 / 116 016.
https://www.hilfetelefon.de/
Das Hilfstelefon ist rund um die Uhr besetzt. Es gibt auch einen Chat.

Hilfetelefon Gewalt gegen Männer: 0800 / 1239900.
https://www.maennerhilfetelefon.de/

Bei diesen Hotlines kannst du anrufen, wenn du dir Sorgen um jemand anderen machst, beispielsweise deine Mutter oder deinen Vater, wenn sie Gewalt von ihren Partner*innen/dem anderen Elternteil erfahren.
Auf dem **Familienportal** findest du eine Übersicht über Einrichtungen, die in Krisen und Notsituationen helfen.
https://familienportal.de/familienportal/lebenslagen/krise-und-konflikt/krisetelefone-anlaufstellen

https://www.re-empowerment.de/
https://gewaltlos.de/

Auch unter diesen beiden Adressen findest du Hilfe bei häuslicher Gewalt:

Sexuelle Gewalt

Hilfetelefon Sexueller Missbrauch: 0800 / 22 55 530
https://www.hilfe-telefon-missbrauch.online/

Beim Hilfetelefon bekommst du kostenlose, vertrauliche Hilfe, wenn du sexueller Gewalt oder sexuellem Missbrauch ausgesetzt bist. Die Berater*innen am Hilfstelefon und im Chat sind psychologisch und pädagogisch ausgebildet.

Beratung bei Essstörungen

BZgA-Info-Telefon: 0221 / 892031
https://www.bzga-essstoerungen.de/
https://www.anad.de/
https://www.bundesfachverbandessstoerungen.de/
https://helferline.info/
https://www.jugend.support/selbstgefaehrdung-sucht/essstoerungen/

Bei diesen Telefon- und Onlinediensten findest du Hilfe, wenn du unter Essstörungen leidest oder ein schwieriges Verhältnis zu deinem Körper oder Essen hast. Die geschulten Berater*innen verstehen dich und können dir wichtigen Rat geben.

Sex und Sexualität

https://www.loveline.de/
https://www.liebesleben.de/
https://www.bzga.de/service/beratungsstellen/sexualitaet-partnerschaft-und-verhuetung/
https://www.profamilia.de/fuer-jugendliche/fuer-jugendliche

Wenn du deine ersten sexuellen Erfahrungen machst, sind sicherlich noch viele Fragen offen. Diese Beratungsstellen sprechen mit dir über Pubertät, Körper, Sex, Consent, Verhütung, Kommunikation, sexuell übertragbare Krankheiten, aber auch über Liebeskummer – und sie helfen dir, wenn du oder dein*e Partner*in ungewollt schwanger wird.

BZgA-Telefonberatung zu HIV und Aids: 0221 / 892031

Queere Jugend

Telefon Queere Jugend: 030 / 282 79 90
https://www.queere-jugend-hilfe.de/
https://queer-leben.de/
https://www.queerformat.de/
https://sonntags-club.de/
https://www.dji.de/themen/queere-jugend.html
https://queer-at-school.de/
http://www.gleich-und-gleich.de/
https://abqueer.de/

Hast du Fragen zu Sexualität, Geschlecht und Identität, dann kannst du dich auf diesen Plattformen beraten lassen und auch mit anderen Jugendlichen vernetzen.

Hilfe für Hinterbliebene

https://www.hilfe-nach-suizid.de/
https://www.klartext-trauer.de/
https://trauernde-geschwister.org/

Wenn du einen geliebten Menschen durch Suizid verloren hast, kannst du unter diesen Adressen Hilfe finden. Du kannst dich und deine Familienmitglieder unter anderem auch für Hilfsprogramme anmelden.

Drogen/Sucht/Doping

Drogennotdienst Soforthilfe: 030 / 19237
https://drogennotdienst.de/

Beim **Drogennotdienst** bekommst du akute Hilfe, wenn du oder ein*e Freund*in in eine Abhängigkeit abgerutscht bist.

Sucht & Drogen Hotline: 01806 / 313031

Karuna 030 / 55 15 33 29
https://www.karuna-prevents.de/

Karuna ist eine interaktive Suchtprävention für Kinder und Jugendliche.

BZgA-Info-Telefon: 0221 / 892031
https://www.kenn-dein-limit.info/beratungsstellenfinder.html

Und auch das Bundesamt für gesundheitliche Aufklärung hat ein Hilfsangebot bei Drogen- und Alkoholproblemen.

Doping
https://www.nada.de/nationale-anti-doping-agentur-deutschland
https://www.gemeinsam-gegen-doping.de/
https://www.kenn-dein-limit.info/beratungsstellenfinder.html
https://beratung-nacoa.beranet.info/

Wie dieses Buch entstanden ist

Kirsten ist Psychologin und arbeitet mit Kindern und Jugendlichen. In den letzten zwanzig Jahren hat sie viel mit Jugendlichen und Familien gearbeitet mit unterschiedlichen Hintergründen und aus unterschiedlichen Problembereichen gearbeitet. Astrid ist Fachärztin für Kinder- und Jugendmedizin und hat ihre Doktorarbeit über Gehirnentwicklung bei Kindern geschrieben.

Durch unsere tägliche Arbeit haben wir das große Glück, einen Einblick in das Leben junger Menschen zu bekommen. Das Buch ist als Dank an alle Jugendliche entstanden, die wir kennengelernt haben, die uns Vertrauen entgegengebracht haben und uns gezeigt haben, welche Sorgen, Gedanken und Träume sie haben. Dieses Buch ist das Ergebnis unserer vereinten Kompetenz als Ärztin und Psychologin und behandelt Fragen, die die Jugendlichen, die wir kennenlernen durften, sich stellen. Als zusätzliche Qualitätssicherung haben wir eine Reihe von Fachkräften gebeten, einen kritischen Blick auf die Themen zu werfen, auf die sie spezialisiert sind.

Unser Dank gilt diesen Spezialist*innen:

Per Martin Løken, Psychologe am Nic Waals Institut, Oslo, Spezialist in klinischer Kinder- und Jugendpsychologie.
Leitender Berater für dieses Buch

Guro Øiestad, Psychologin, Professorin am Psychologischen Institut der Universität Oslo, Autorin einer Reihe von Büchern über Selbstbild / Selbstgefühl / Selbstvertrauen bei Kindern und Jugendlichen, sowie Bücher zum Thema Kritik.
Unsere Beraterin für: Wie man mit Kritik umgeht, Selbstbild / Selbstgefühl / Selbstvertrauen

Helene Flood Aakvaag, Psychologin, Doktorin der Psychologie, promovierte zum Thema Scham, Autorin, Senior-Forscherin am NKVTS (Nationales Zentrum für Gewalt und Traumatischem Stress).
Unsere Beraterin für: Scham und schlechtes Gewissen

Kristin Oudmayer, Angestellte bei UNICEF Norwegen, Rednerin, Autorin von Büchern über Mobbing.
Unsere Beraterin für: Mobbing

Arnhild Lauveng, Psychologin, Spezialistin für klinische Gesellschaftspsychologie, Autorin, Doktorin der Psychologie, Senior-Beraterin und -Forscherin am Nationalen Zentrum für Erfahrungskompetenz für psychische Gesundheit, Skien, Norwegen.
Unsere Beraterin für: Psychosen und Gedanken

Runi Børresen, Professorin an der Universität Südost-Norwegen, ehemalige Zuständige für Essstörungen für die Organisation Sunn Idrett (Gesunder Sport).
Unsere Beraterin für: Körper und Essstörungen

Merete Glenne Øie, Psychologin, Spezialistin für klinische Neuropsychologie, Doktorin der Psychologie, forscht unter anderem zu psychotischen Störungen.
Unsere Beraterin für: Psychose

Rolf Marvin Bøe Lindgren, Psychologe, Autor, Kolumnist im Dagbladet und Berater im Nationalen Kompetenzzentrum für hochbegabte Kinder.
Unser Berater für: ADHS und „wenn du schneller lernst als andere"

Sissel Rostøl Bakken, psychiatrische Krankenpflegerin beim norwegischen Dienst Sex & Samfunn (Sex und Gesellschaft).
Unsere Beraterin für: Sex

Margarete Wiede Aasland, Sexologin, Autorin, Therapeutin.
Unsere Beraterin für: Sex

Gunnar Tjomlid, Autor, Blogger, Skeptiker.
Unser Berater für: Kritisches Denken

Eline Grelland Røkholt, pädagogisch-psychologische Beraterin, Lektorin und Autorin von Büchern zum Thema Trauer.
Unsere Beraterin für: Trauer

Vibeke Silseth & Bente Lømo, Psychologinnen bei der Stiftung ATV (Alternative für Gewalt)
Unsere Beraterinnen für: Wut, Aggression, häusliche Gewalt

Norwegische Kriminalpolizei / Dezernat für sexuellen Missbrauch und Internetkriminalität.
Unsere Berater*innen für: Nudes, Missbrauch unter Jugendlichen, sexuelles Schutzalter, Missbrauch im Netz

Synøve Magnussen Wiig, Sveinung Odland und Mari Bræin, Psycholog*innen beim RVTS Øst (Regionales Zentrum für Gewalt, Trauma und Suizidprävention, Oslo)
Unsere Berater*innen für: Suizidprävention, Selbstverletzung und Traumata

Annelise Fredriksen und Jon Fausanger Bjåstad, Psycholog*innen beim Norwegischen Verband für Kognitive Therapie.
Unsere Berater*innen für: Gedanken, lästige sexuelle Gedanken

Tone Maria und Mikael vom Harry Benjamin Ressourcen-Zentrum.
Unsere Berater*innen für: „Nicht Mädchen genug – nicht Junge genug“

Ingeborg Senneset, Journalistin, ausgebildete Krankenpflegerin und Autorin von Anorektisk (Magersüchtig). Instagram: @ingeborgsenneset
Unsere Beraterin für: Magersucht, Zwangsstörungen, was ist noch normal an unseren Körpern, wann müssen wir uns Sorgen machen

Thomas Pedersen, Drogenberatung für Kinder und Jugendliche im Stadtteil Østensjø in Oslo.
Unser Berater für: Drogen

Anne Marie Frøkedal, Psychologin an der Personlighetspoliklinikken (Persönlichkeits-Polyklinik), Abteilung für Persönlichkietspsychiatrie / Ullevål, Oslo.
Unsere Beraterin für: Persönlichkeitsstörungen

Jonas Sharma-BAkkevig, Psychologe, Ratgeber am Norwegischen Institut ISTDP (intensive, dynamische Kurzzeittherapie).
Unser Berater für: Gedanken, wie viel kannst du beeinflussen, Scham, schlechtes Gewissen, negative Gefühle

Jan Christian Nøtnæs, Psychologe.
Unser Berater für: Angst- und Zwangsstörungen

Torunn Seberg, Psychologe, Spezialistin für Sucht- und Abhängigkeitspsychologie.
Unsere Beraterin für: Wenn Gaming zum Problem wird, Sucht

Hoang Oanh Nguyen, Kinder- und Jugendpsychiaterin am BUP (Kinder- und Jugendpsychiatrie in Norwegen) und in der Jugendpsychiatrischen Klinik in Ahus, Norwegen.
Unsere Beraterin für: Persönlichkeitsstörungen und psychische Leiden

Erik Carlquist, Psychologe und Juniorprofessor.
Unser Berater für: Sex

Aasta Schawlann, Psychologin, Spezialistin für klinische Kinder- und Jugendpsychologie. Spezialistin für klinische Erwachsenenpsychologie.
Unsere Beraterin für: Entscheidungen, Alle Menschen um dich herum und psychische Leiden

Anne-Helene Winsnes, Spezialistin für klinische Pädagogik am BUP Romerike, Norwegen.
Unsere Beraterin für: Autismus-Spektrum

Kristin Evelyn Gladmann, Psychologin, Spezialistin für klinische Kinder- und Jugendpsychologie, Spezialistin für Neuropsychologie.
Unsere Beraterin für: Psychische Leiden

Wanda Røstad, Psychologin.
Unsere Beraterin für: Psychische Leiden

Anne Bysting, Psychologin.
Unsere Beraterin für: diverse Themenbereiche im Buch

Bente Berglund, Psychologin am BUP Romerike, Norwegen.
Unsere Beraterin für: diverse Themenbereiche im Buch

Brita Holm Valvo, Lehrende im Fach Pädagogik.
Unsere Beraterin für: diverse Themenbereiche im Buch

Beiträge von Jugendlichen und jungen Menschen: Da sich dieses Buch an Jugendliche richtet, war es für uns eine Selbstverständlichkeit, junge Menschen und Jugendliche in unseren Arbeitsprozess zu integrieren. Unser Dank geht an die Schüler*innen der Humanistischen Schule, Oslo, die Auszüge aus verschiedenen Kapiteln gelesen und ganz gewissenhaft unsere Frage- und Feedbackbögen ausgefüllt haben. Danke an Oscar Gladmann Husby und Oda Sofie Hamberg. Danke an alle Jugendlichen, die ausgewählte Kapitel gelesen haben. Unser Dank gilt ebenso den unzähligen Jugendlichen, die Fragen zu Themen beantwortet haben, mit denen sie persönliche Erfahrungen gemacht haben. Vielen Dank an alle, die uns Vorschläge dazu gemacht haben, was in diesem Buch nicht fehlen darf. Jeder Input wurde gehört und war unglaublich wertvoll. Danke an den Zentralvorstand von PRESS – Redd Barna Ungdom (Jugendorganisation der Hilfsorganisation für Kinderrechte) für einen wertvollen Nachmittag mit interessanten Diskussionen über alles, was Kinder und Jugendliche heutzutage über ihre Rechte wissen müssen. Ein besonderer Dank geht an die damalige Leiterin von PRESS, Mina Vinje, dass sie für uns die Kapitel über Druck, Stress und Schönheitsideale gelesen hat.

Vielen Dank an alle, die für uns und das Buch da waren: Ihr seid zu viele, als dass hier alle genannt werden könnten, aber jeder von euch wird geschätzt. Dank an Nina Fjeldheim und Ole Martin Moen von der Humanistischen Schule in Oslo sowie an Kaveh Rashidi, Lars Vatnaland, Helene Holtmoen Eriksson und Øyvind Holtmon. Danke an unsere Illustratorin Kristine Agøy Sand für die enge Zusammenarbeit – dein cooler Strich hat die perfekte Balance zwischen dem Humor und der Ernsthaftigkeit des Buches geschaffen. Danke an unsere enthusiastische und talentierte Lektorin Pia Larsen und an den Rest des Teams von Cappelen Damm. Danke auch an unsere Familien, für eure Geduld und Unterstützung in dem spannenden und anspruchsvollen Prozess des Schreibens: Kaare, Lavrans, Aleta und Selja, sowie Jan, Marcus und Philip.

Literaturverzeichnis

Aakvaag, H.F. (2018). *Hei, Skam – en bok om følelsen skam, hvorfor den oppstår og hva den gjør med oss. (Hallo Scham – Ein Buch über das Gefühl der Scham, warum sie existiert und was sie mit uns macht.)* Oslo: Cappelen Damm.

Bakken, A. (2018). Ungdata 2018: Nasjonale resultater. NOVA Rapport 8/18. Erreichbar via: http://www. hioa.no/ OmOsloMet/ Senterforvelferdsogarbeidslivsforskning/ NOVA/Publikasjonar/Rapporter/2018/ Ungdata2018. Nasjonaleresultater.

BMI – Body-Mass-Index, http://www.euro. who.int/en/ healthtopics/diseaseprevention/ nutrition/ahealthylifestyle/bodymass index-bmi. Abgerufen im Mai 2020.

Brout, J.J. et al. (2018). Investigating misophonia: A review of the empirical literature, clinical implications, and a research agenda. In: *Frontiers in Neuroscience.*

Cain, S. (2014). *Stille – introvert styrke i en verden som aldri slutter å snakke. (Stille – introvertierte Stärke in einer Welt, die nie schweigt.)* Oslo: Pax Forlag.

Dahl, K. (2012). Cognitive Behaviour Therapy for children and adolescents suffering from Obsessive Compulsive Disorder. In: *Trento Psicoterapia Cognitiva e Comportamentale,* 57–70.

De nasjonale forskningsetiske komiteene. Generelle forskningsetiske retningslinjer. (Die norwegischen Ethik-Komitees) Erreichbar unter: https://www.etikkom.no/ forskningsetiskeretningslinjer/ Generelleforskningsetiske retningslinjer/. Abgerufen im Mai 2020.

Diler, R.S. et al. (2017). Distinguishing bipolar depression from unipolar depression in youth: Preliminary findings. In: *Journal of Child and Adolescent Psychopharmacology,* 27(4), 310–319.

Di Pietrantonj, C. et al. (2020). Vaccines for measles, mumps, rubella, and varicella in children. In: *Cochrane Database of Systematic Reviews,* 4(4).

Doidge, Norman. (2007). *The brain that changes itself – stories of personal triumph from the frontiers of brain science.* New York: Viking Penguin.

Egeland, R. & Carl, C. (2017). *#Hverdagspsyk – hvorfor har jeg det sånn? (#Alltagspsycho – wieso geht's mir so dreckig?)* Oslo: Cappelen Damm.

Ehlers, A. & Clark, D. M. (2000). A cognitive model of posttraumatic stress disorder. In: *Behaviour Research and Therapy, 38,* 319–345

Engert, V. et al. (2017). Specific reduction in cortisol stress reactivity after social but not attentionbased mental training. In: *Science Advances,* 3(10).

Eriksen, I.M. et al. (2017). *Stress og press blant ungdom. Erfaringer, årsaker og utbredelse av psykiske helseplager (Stress und Druck unter Jugendlichen. Erfahrungen, Ursachen und Verbreitung psychischer Leiden).* NOVA Rapport 6/17.

Euler S. et al. (2019). Interpersonal problems in borderline personality disorder: Associations with mentalizing, emotion regulation, and impulsiveness. In: *Journal of Personality Disorders*. doi:10.1521/pedi_2019_33_427.

Forebygging av selvmord og selvskading. (Selbstmordprävention und Selbstverletzungsprävention) Erreichbar unter: https://rvtsmidt.no/ fagfelt/ selvmordsforebygging/. Abgerufen im Mai 2020.

Giese, L. (2020): *Ich bin Linus. Wie ich der Mann wurde, der ich schon immer war.* Hamburg: Rowohlt.

Higashida, N. (2013): *The Reason I Jump: The Inner Voice of a Thirteen-Year-Old Boy with Autism. Warum ich euch nicht in die Augen schauen kann: Ein autistischer Junge erklärt seine Welt*, Deutsch von Christel Dormagen, 2014.

Hjelle, O.P. (2018). *Sterk hjerne med aktiv kropp. (Starkes Hirn, aktiver Körper)* Oslo: Kagge Forlag.

Kahneman, D. (2012). *Tenke, fort og langsomt. (Denken, schnell und langsam)*. Oslo: Pax Forlag.

Konspirasjonsteorier (Verschwörungstheorien). Abgerufen von: https://22julisenteret.no/ressurs/ konspirasjonsteorier/. Abgerufen im Mai 2020.

Larsen, H.M. & Slaatta, I.J. (Hrsg.) (2011). *Tenk på det! (Stell dir vor!)* Oslo: Humanist Forlag.

Lauveng, A. (2016). *I morgen var jeg alltid en løve. (Morgen war ich schon immer ein Löwe)*. Oslo: Cappelen Damm.

Lillejord, S. et al. (2017). *Stress i skolen – en systematisk kunnskapsoversikt. (Stress in der Schule – ein systematischer Wissensüberblick)*. Oslo: Kunnskapssenter for utdanning.

Lov om straff (straffeloven). Annen del. De straffbare handlingene. Kapittel 26. Seksuallovbrudd. (Norwegischen Strafgesetzbuch. Zweiter Teil. Kapitel 26. Sexueller Missbrauch) Erreichbar unter: https://lovdata.no/dokument/NL/ lov/2005052028/KAPITTEL_211. Abgerufen im Mai 2020.

Madsen, O.J. (2015). *Det er innover vi må gå – En kulturpsykologisk studie av selvhjelp. (Nach Innen müssen wir vordringen. Eine kulturpsychologische Studie zur Selbsthilfe)*. Oslo: Universitetsforlaget.

Madsen, O.J. (2018). *Generasjon prestasjon – hva er det som feiler oss? (Die Leistungsgeneration. Was ist nur los mit uns?)* Oslo: Universitetsforlaget.

Meland, A. (2018). *Stillhetens råskap. (Die Coolness der Stille)*. Oslo: Cappelen Damm.

Novotny, M., Valis, M., & Klimova, B. (2018). Tourette Syndrome: A mini review. In: *Frontiers in Neurology*, 9(139). Øiestad, G. (2009). *Selvfølelsen. (Selbstgefühl)*. Oslo: Gyldendal.

Perrin, S. et al. (2017). Cognitive therapy for PTSD in children and adolescents. In: Landolt M., Cloitre, M. & Schnyder, U. (Hrsg.). *Evidence-Based Treatments for Trauma Related Disorders in Children and Adolescents*. Cham, Switzerland: Springer.

Pittig, A. et al. (2018) The role of associative fear and avoidance learning in anxiety disorders: Gaps and directions for future research. In: *Neuroscience & Biobehavioral Reviews*, 88, 117–140.

Politiet. Trygg nettbruk. Delbart. (Die Internetpräsenz der norwegischen Polizei. Netzsicherheit. Was man teilen kann). Erreichbar unter: https://www.politiet.no/rad/tryggnettbruk/delbart/. Abgerufen im Mai 2020.

Queer-Lexikon: https://queer-lexikon.net/2017/06/08/transition/ Abgerufen im Juni/Juli 2021

Røkholt, E.G. et al. (Hrsg.). (2018). *Sorg.* (2. utgave). (*Trauer*. 2. Auflage) Oslo: Fagbokforlaget.

Sayal, K. et al. (2018). ADHD in children and young people: Prevalence, care pathways, and service provision. In: *The Lancet Psychiatry*, 5, (2).

Senneset, I. (2018). *Anorektisk. (Mager-süchtig).* Oslo: Cappelen Damm.

Service, F.J. et al. (2020). Hypoglycemia in adults without diabetes mellitus: Clinical manifestations, diagnosis, and causes. Waltham, MA: UpToDate Inc. Abgerufen unter: www.uptodate.com.

Sharpless, B.A. & Klikovác, M. (2019). Clinical features of isolated sleep paralysis. In: *Sleep Medicine*,58, 102–106.

Silberman, S. (2015): *NeuroTribes: The Legacy of Autism and the Future of Neurodiversity. Geniale Störung: Die geheime Geschichte des Autismus und warum wir Menschen brauchen, die anders denken*, Deutsch von Harald Stadler und Barbara Schaden, 2016.

Skårderud, F. (2013). *Sterk/svak – håndboken om spiseforstyrrelser. (Stark/schwach – Das Handbuch zu Essstörungen).* Oslo: Aschehoug.

StGB – Strafgesetzbuch, § 182, Sexueller Missbrauch von Jugendlichen. Erreichbar unter: https://dejure.org/gesetze/StGB/182.html. Abgerufen im Juli 2021.

Tjomlid, G. (2013). *Om edderkopper og kritisk tenking. (Über Spinnen und Kritisches Denken).* Erreichbar unter: https://tjomlid.com/2013/01/10/om-edderkopper-og-kritisk tenking/

Walker, M. (2017). *Why we sleep* London: Penguin Random House.

WestwellRoper, C. & Stewart, S.E. (2019). Challenges in the diagnosis and treatment of pediatric obsessive compulsive disorder. In: *Indian Journal of Psychiatry*, 61(Suppl 1), 119–130. doi:10.4103/psychiatry.IndianJPsychiatry_524_18

Williams, D. (1991): *Nobody Nowhere: The Extraordinary Autobiography of an Autistic. Ich könnte verschwinden, wenn du mich berührst. Erinnerungen an eine autistische Kindheit.* Deutsch von Sabine Schulter, 1992.

Yonkers, K.A. et al. (2008). Premenstrual syndrome. In: *The Lancet*, 371, 1200–1210.

Zanesco, A.P. et al. (2019) Mindfulness training as cognitive training in high demand cohorts: An initial study in elite military servicemembers. In: *Progress in Brain* Research, 244, 323–354.